KUWEI

酷威文化

图书 影视

繁星
如你 上

言七——

著

四川文艺出版社

目录

---—— *Contents* ———---

第
一
章

旧 梦 新 尘 唯 有 你

—— Chapter 1 ——

宛亦站于窗前。

浅色的衣衫裹着清晨的凉意，精致面容如同天然珠玉般泛着清冷微光。

而窗外，是弥漫于天地间浓厚的雾气。

她喜欢大雾，可以掩盖住这个城市所有的风起云涌。

"宛主管，早。"

陆晓错开早高峰提前来到办公室，发现主管竟比他更早，惊讶着打了声招呼。

宛亦淡淡地应了声，没有回头。

陆陆续续地，入座声、开机声、轻谈声充满了南恒证券的投行部，她依旧立于窗边一侧未动，透过明净玻璃盯着这白茫茫的一片。

直到一个软糯的声音在她身后响起：

"宛主管，这是上周您安排我去参加预上市企业交流会的总结。"

宛亦这才回身，接过何惜晴双手递过来的报告，眸光淡淡地从她脸上掠过，让何惜晴霎时有些紧张无措。

宛亦收回目光，用素白手指一页一页地翻看着，神色却越来越冷，她甩手合上报告，抬眼看向何惜晴：

"大部分做企业的人都有一个上市梦，我是让你去给这些企业家建立梦想，不是让你去打破希望的。

"主板上不了还有中小板、创业板、科创板、新三板，即便是都上不了，或许还能合作发行企业债。而你倒好，傻子似的一条一条给他们分析上不了主板的原因。第一次见面是要去维系关系而不是泼人冷水，我之前教给你的东西一句都没记住吗？"

宛亦把文件扔在桌子上："回去自己好好想想。"

何惜晴咬住唇，肩膀轻颤，似是无法承受她的训责，眼泪唰地一下流了出来。

宛亦再次抬起冷眸看向她，毫无耐性：

"哭什么？再让我看见你哭一次，就滚回你的市场部！"

办公室里一片安静，不少人的目光不动声色地投于窗边。

"主管，"陆晓走过来看了何惜晴一眼，却很快移开视线，"十点修远文化的 CFO 来跟我们签订上市保荐合同，您看怎么安排？"

宛亦把目光转向陆晓，静默一会儿，淡声道：

"把昨天准备好的合同检查一遍拿到会议室，午餐定在疏墨餐厅的薏馆包间，半小时后你跟我一起下楼去接他们。"

说完她转身离开办公室，没再看何惜晴一眼。

陆晓目送宛亦离开，转身看向眼前这个怯懦优柔、半个月前被公司分管合规的林副总从市场部调来投行部实习的何惜晴，微微叹息，递过去一张纸巾："擦干眼泪，如果你以后来投行部工作，如今天这般被严格要求是经常的事。"

他们的投行部主管——宛亦，毕业于全国最好的财经学府，大学期间在华盛顿做过一年的金融交换生，本科毕业没多久就通过了CFA（特许金融分析师）Level Ⅲ级别的考试。她四年前来到南恒证券，玩命似的工作，进入投行部两年后做了保荐代理人，所向披靡，一路晋升，在A股指数暴跌的这几年，经纪业务萎靡不振，南恒的盈利大多是由投行业务创造的，连老总都恨不得把她当摇钱树来供着。

不仅如此，她偏还生得容色冷艳，资本傲人，有点脾气也正常。

"你要记住，"陆晓接着说，"宛主管她的心是好的，跟着她，能很快成长。"

投行部对员工的能力及素养要求很高，为了鞭策部门新人快速成长，宛亦对所有新人都是高效高压的培训，能坚持下来的，必是精英。

修远文化的创始人祁修远有事未来，只派公司的CFO和其下属前来签订合同，因为前期与修远文化沟通到位，双方保荐上市的合同签订得很顺利，签完合同后，宛亦又轻松地与他们聊了会儿股市行情，将近午饭时点，她便邀着一行人来到了疏墨餐厅。

疏墨是一家开在古四合院里的中国风餐厅，青砖铺地，竹雾氤氲，虚实光影错落有致，甫一走入，便能让人忘却一身尘霾。

双方公司的员工年龄相仿、职位对等，在合作尘埃落定后，氛围一片轻松，点完了菜，大家便随性地坐在包间里闲聊。

陆晓的目光不自觉地落到了宛亦身上，她不知何时已换掉了早上那一身精练的GIVENCHY职业套装，此刻的她身着香云纱质的圆领衬衣裙，衣前纯手工的中式盘扣精致入微，让她少了几丝清冷，多了些许的古典温婉，倒是与这餐厅氛围很相衬。

房间一侧立有一架七弦琴，映在窗畔浓密的竹影下，宛亦望见，便一边闲答着话，一边缓步于琴旁，素手随意拨弄。

"差点错过了这么多热闹。"一道温润嗓音随着开门声传来，"这是什么曲子？真是灵净而清雅。"

宛亦闻声望去，笑容自唇角绽开："祁先生，您来了。"

看见了来人，修远文化的CFO赶忙让出主座位置，与从琴间收手的宛亦一起迎着来者入席。

年近四十的祁修远穿着一件立领桑蚕丝外套，胸前的盘扣恰好也是精致复古的纯手工设计，落肩袖的整体剪裁让他举手投足间尽显儒雅飘逸。

跟于他身旁的还有一年轻男子，身量很高，洁白的衬衣袖口卷起，露出线条流畅的手臂，站于祁修远一侧，不多言语，幽深眸色中带着一丝对长者的敬重。

祁修远没有介绍他，宛亦也不方便多问，只在留心时听祁修远唤了他一声"阿湛"。

入座之后，祁修远笑道："今天我本是去郊区江边垂钓，听闻小宛说疏墨新上了一道雪芽冬笋，觉得新奇，便临时决定来尝个鲜。"

"这雪芽冬笋，用采摘于春雪时的新茶同切成薄片的冬笋一起浸焙而成，鲜醇甘爽，营养丰富。"宛亦娓娓道来，笑得清透大方，"我寻思着符合您的口味，便又邀了您一次，希望没有打扰到先生垂钓。"

"哪里，"祁修远的笑容中多了份水到渠成，"今日江水涨潮，你不邀请，我也要早早地回市区。"

"竟然涨潮了？"宛亦略显惊讶，"前段时间，我也去了一趟郊区江边，入目的江景还是极为贴近张若虚孤篇盖全唐的《春江花月夜》，'江天一色无纤尘，皎皎空中孤月轮'，壮丽缥缈，格局高远。"

祁修远笑应着："现在你再去看，便如李白笔下'天门中断楚江开，碧水东流至此回'那般的磅礴气势了。"

两人愉快地谈笑着，与祁修远一同前来的时湛不动声色地观察着宛亦。

黑瀑长发垂于腰间，双瞳剪水，浅淡唇色像初绽的粉樱花，诗词从她口中飘逸而出更是格外动人。

还有在进屋之前，听闻她随性拨出的琴音，虽只有寥寥几声，却功底尽显，就连此刻，房间里仿佛还留着七弦琴音的袅袅余韵，如她耳畔那双晶莹杏花坠子，有着沁人心脾的留香。

时湛的目光越来越移不开，不动声色渐渐变成堂而皇之。

感知到时湛的目光，宛亦侧过脸来，与他深幽眸色相碰，她冲他清浅一笑，却见他依旧不移开凝定她的眼神，宛亦眉心动了动，便挪开了目光接着与旁人笑谈，没再搭理他。

这一顿饭吃得轻松且妙趣横生。餐后，宛亦和陆晓在餐厅门口叫来专车送修远文化的人离开。

时湛在上车前忽而回首望向宛亦，他的眼神十分奇特，似想无限探寻，又似驻足远处随意观望。

宛亦依旧对他报以浅笑，姿态大方。

这次时湛没有凝望太久，很快收回目光，随车而去。

专车将祁修远送回修远文化后又将时湛送入 CBD。

CBD 高耸入云的写字楼鳞次栉比，位于其间的轻悦传播离南恒证券不算太远。轻悦传播这家公司，是由时湛和君齐两人创立的。

在移动互联网的浪潮下，中国的商业生态已是来到了数字化转型的路口，传统企业和商家势必会迎来重大改革。

而轻悦传播是一家大数据营销服务提供商，专为企业的数字化转型提供策划和宣传服务。利用数据分析、人工智能、新型营销服务模式等从根本上提高企业的绩效，这几年来业务发展迅猛，前方的发展空间也更为广阔。

CEO 宽广舒适的办公室里，两张办公桌面对面地摆放着。

君齐靠上椅背，眉梢略带慵懒，看向对面忙了一下午的时湛："扑腾什么呢？"

"准备轻悦传播上市的资料。"

"想上市了？"含笑目光落在对面男人身上，君齐薄唇翘起，"前段时间我说上市，你说我自讨苦吃，找一堆监管机构来看管，引一群想一夜暴富的股民来骂，把我给拒绝了，今天又是抽了哪门子的风？"

"去找南恒证券。"时湛抬起头，笑了笑，没有解释，"你去谈。"

"去你大爷！"君齐拿起一个文件夹扔向对面，时湛眉峰一挑，带着椅子迅速转向旁侧，文件夹带风错着他手臂掉落在地。

时湛回身之时淡笑的神情里竟带上了份认真，接着对君齐说："别去招惹他们的投行部主管宛亦，也是南恒的保荐代表人。"

君齐来了兴趣："你对她有意思？"

"这个宛亦，才学惊艳，兰心蕙质，步步莲花——"

"你不是中邪了吧？"君齐打断时湛。

"我小舅的原话。"

"祁修远？"君齐神色中加了一分惊奇，道，"你那位多年无欲无求的小舅开尊口夸了这个女人？"

时湛点头。

"真是能耐了。"君齐略一思忖，"做到券商的这个位置，至少得三十多岁，年龄倒是跟你小舅挺搭。"

"她才二十六。"

"二十六？"

时湛静了一静："我也好奇，这么个诗情画意的小姑娘是怎么在资本市场兵不血刃的。"

君齐笑了笑，不是很感兴趣，低下头翻看着手中的文件，随口又问："那为什么你不亲自去南恒？"

过了一会儿，却没听见对面的回应声，君齐又诧异地看过去，时湛正极为缓慢地晃着手中金属质的签字笔，神色不明。

"嗯？"君齐疑惑更深。

时湛这才看向他，笑得半真半假，说："我怕自己会去跟小舅抢人。"

君齐一笑而过，不甚上心，他可是没见过，这灵魂矜贵的时少爷对谁动过真心。

宛亦回到南恒证券后，把合同规整了一下，又拿着几个涉及合规的材料准备去找林副总签字。

林副总办公室里，何惜晴正哭得眸中带泪，控诉着宛亦对她的严苛。

"宛亦她天天训斥你？"林副总看着她，一脸的不悦，低沉着声音道，"你是我介绍过去实习的人，她一个小小的部门主管都敢对你这么不客气，还把不把我放在眼里了！"

何惜晴委屈万分："无论我怎么做，在她眼里都是不对，可有时候我根本不知道自己究竟是哪里做错了。"

林副总看着她这副梨花带雨的模样，情不自禁地放缓声调，把她拉进怀里哄着："错只错在你太美了，招人嫉妒。"

何惜晴破涕为笑，娇柔地捶上他胸口："讨厌。"

冰冷的敲门声却在此刻不合时宜地响起，宛亦在门外没什么表情地叩着门。

屋里胶在一起的两个人赶忙分开，被打断温情的林副总不耐烦地问道："谁？"

宛亦直接开门进来。

何惜晴霎时肩膀一颤，不由得向后退了两步，很努力才克制住几欲转身逃开的冲动，她惊疑地看着宛亦，宛亦清冷眸光掠过她，没做停留。

"什么事？"林副总的神色也有些僵冷。

宛亦淡淡看他一眼，把手中需要他签字的文件放在桌子上，用笔不轻不重地叩了一下，转身关门离开。

何惜晴吓得脸色苍白："我们的谈话会不会被她听见了？"

"不用怕，"林副总又把她抱在怀里，轻拍着安抚，"听见了又能怎么样？一个部门主管而已，我迟早会替你收拾她。"

办公室的隔音效果并不是那么好，宛亦微垂着眼眸，听见门内传来的对话，唇角似扬起一丝笑意，清冷无边。

时湛整理完轻悦的资料后发给了君齐，让他择时联系宛亦。做完这些，时湛心情却有些不好，在位置上静坐了一会儿，拿出一个烟青色钧瓷茶罐，准备出门。

"你去哪儿？"君齐好奇。

"给小舅送些云雾茶。"

"等会儿，我跟你一起去。"

时湛瞧他一眼，淡笑："你去做什么？"

"我也去修修身，养养性，收收心。"君齐懒懒散散地从座位上起身，拎起外套，"走。"

祁修远办公的地方一派古朴温雅，一片花梨木屏风将空间一划为二，前方待客品茶话诗，后侧藏书挥毫泼墨。时湛和君齐到时，他正翻阅着一部古书，见他们到访，便收了书，邀二人在茶台前坐定。

时湛送来的云雾茶产自常年云雾萦绕的庐山，祁修远打开钧瓷茶罐，见其条索紧凑秀丽，绿润多豪，不由感叹："高山出好茶，果真名不虚传。"

时湛笑道："庐山云雾是绿茶中的优品，风味独特，以'味醇、色秀、香馨、汤清'而久负盛名，放我那儿暴殄天物了，您品品。"

祁修远淡淡笑着，将取自北临郊外山脉处未经污染的无根之水煮沸，待其稍稍冷却，冲入几只茶盏，之后各投入一茶匙的庐山云雾，看其叶上下浮沉，游动渐展，品茶之前，先赏了一出醇香四溢的茶舞。

时湛端起茶盏，见其汤色明亮，清高的香气萦绕在鼻息间，入口，便觉得心中的闷郁被这醇厚甘甜的味道略略抚平了。

一杯饮尽之时，祁修远的助理进来通报："南恒证券的宛亦前来拜访。"

祁修远眉目沉静，淡笑："请她进来。"

时湛手指稍微顿下，眼眸微垂，静了一瞬，放下手中杯盏："你们聊，我去屏风后看看藏书。"

君齐略感诧异，却随他起身，走至屏风后，问："怎么不一起聊聊？"

时湛没有说话。

宛亦温清的声音很快在屏风外响起，掺着祁修远的温醇笑意，听起来竟格外和谐动人。

君齐倚着藏书柜朝屏风外看了几眼："他们倒是挺搭。"

时湛微闭了眼睛，像是在闭目养神："是，挺搭。"

言不由衷和情不自禁是时湛很不喜欢的两种状态，一个代表着违心，一个代表着失控，如今，这个女人，竟让他占了两样。

他情不自禁地想靠近，却要言不由衷地说出她与自己最敬重的长辈很相配。

君齐问："你主动回避，是给他们让出空间？"

时湛睁开眼睛，似笑非笑："不是告诉过你，我怕自己会去跟小舅抢人。"

君齐惊了："你这玩笑开得有点大了。"

宛亦简单地跟祁修远聊了些上市前的准备工作，半小时后，便轻声告辞，时湛和君齐也没过多叨扰，宛亦走后没多久，他们也离开了。

　　路过寓西商场时，君齐拿胳膊肘轻撞了时湛一下，抬起下巴示意着侧前方："宛亦。"

　　时湛望过去，宛亦正靠着水池边石栏，长发轻晃在风中，嘴角扬着一丝笑意，姿态轻松地接着电话。

　　他不由在心中低嘲一声，真是越不想见，越是处处可见。

　　君齐瞧着他神色："你这想靠近不敢靠近还让我帮你靠近的样子，挺有意思！"

　　时湛的目光落在宛亦身上没动，这姑娘现在的模样和他记忆中的，相差了太远，他没法不去揣测，她这温婉沉静的外表下，是否还有另外一个她。

　　"我小舅凡心不动太久，万一来的是哪路妖魔心怀鬼胎，以我小舅那重情的性格，半条命都能被折腾没。"

　　时湛收回目光，望向别处，心口沉郁再次聚拢，他与宛亦，竟是因为他小舅对她的偏爱，才再次相见。

　　时湛遗憾转身："你是情场高手，火眼金睛，帮他鉴定一下。"

　　君齐轻哂一声："我的名声就是这样被你传坏的。"

　　宛亦正接着大学同学苏琼的电话。

　　"我终于回来了！"

　　苏琼热情的声音震耳欲聋，宛亦顷刻把手机拿开八寸远，笑着应她："听你这声调，是准备回来把中国的资本市场震得抖三抖？"

"那可不。"苏琼一如既往地自信澎湃。

苏琼在华盛顿读完研后，去华尔街做了两年的基金经理，现在拿到牌照在国内成立了一家自己的私募公司——君恒投资，高调回归，准备大干一场。

宛亦唇角浮着一丝笑，听苏琼在电话那边说自己这几年的如鱼得水，偶尔搭上一句。当年两人一个宿舍，关系很好，算是她学生时代唯一的朋友。

末了，苏琼说："见个面？"

"来吧，寓西商场，等着你。"

苏琼迅速赶来，一见到宛亦，就给她来了个厚重的拥抱，差点没把宛亦的腰给撞折。

苏琼感叹着："你还是这么阳光漂亮又可爱。"

宛亦没法接这话，漂亮她勉强接受，阳光可爱？这得对她有多深的误解。

两人找了一家餐厅，坐下来聊着，苏琼看着她，惋惜几声："我以为你会成为一个很厉害的操盘手，没想到你竟然去做了投行，上学时白拿那么多股票、基金大赛的奖牌了。"

"这不挺好，你少了一个竞争对手。"宛亦把点好的餐单递给服务生，"你是真的热爱，我当年不过是因为奖金高才去参加那些比赛。"

两人是多年的好友，宛亦在她面前很放松，吃饭时直接就对苏琼说了："不管你在华尔街浸淫多少年，混得多风生水起，来国内做私募，都要夹着尾巴从零开始，国内资本市场跟国外不一样，一上来就大刀阔斧会让你吃亏。"

苏琼长发一撩,眉眼生着光:"怎么个不一样法?"

宛亦淡笑:"自己去体会。"

苏琼略不服:"你可别小看我,怎么地我也是公司股价会因我的报告而产生震荡的那种华尔街之狼。"

"好。"宛亦弯起眼睛笑,"华尔街之狼,欢迎你回来。"

投行市场竞争激烈,遇到这种主动抛来橄榄枝求合作的公司不易,收到君齐发来的资料后,宛亦立刻放下手边的工作去研究这个大数据营销服务公司。

时湛和君齐两个创办人把轻悦传播经营得风生水起,公司发展到现在,没出现过资金短缺,也未经历过 VC(风险投资)和 PE(私募股权投资)这两个阶段的融资,营收状况和概念都很棒,着实是一家优质企业,上市阻力很小。

宛亦整理研究完轻悦的资料后很快约见了君齐。

在约定的咖啡厅君齐见到她时愣了一愣,宛亦着一身 Versace 衬衣、长裤,高跟鞋气势横生,容色清艳惑人。君齐看了好几遍才确认她就是那日在祁修远工作室所见的"兰心蕙质"的宛亦。

这下他可乐了,谈业务时暗中拍下一张照片发给时湛,嬉笑道:"步步生莲?"

这十厘米的尖细鞋跟怕是要把那莲花碾作尘哪。

收到照片的时湛盯着手机中的宛亦看了半天,了然地笑了,果然,这个宛亦完全与那天的温婉清丽判若两人,转手把手机递给坐于对面品着普洱的祁修远,时湛重复着君齐的话:"步步生莲?"

祁修远目光浅淡掠过，神色空洞，笑笑未语，只闻紫砂壶中茶水温声倾泻。

时湛停顿了一会儿，接着说："这宛亦拼的不是工作的实力，而是精湛的演技吧？"

"何必这么较真。"祁修远淡笑，"我和她也只会在这场合作中略略见上几面，工作中能相谈甚欢，便足矣。"

缓缓放下手中的紫砂壶，祁修远接着说："现在这个社会，人都普遍浮躁且自傲，像她这样把合作中的每一个细节都考虑到位、相处全程让你舒适而不尴尬，又能依着你的喜好让你愉悦的合作伙伴已经不多了。左右都得找家券商合作，何不找一个情智双高的保荐人？上市交给她，也放心。"

时湛有些无法相信："仅仅是合作，就能让你把她夸上天？"

祁修远笑，温声未变："就像是那天，即便是我提前明确说了我不参会，她依然依着我的喜好订餐，顾全大局的同时二次邀请，以备我不时出现，就凭着她这份玲珑细致的心思，就担得起我的称赞。

"况且，诗文琴赋信手拈来，古典文化渗入一言一行，这种底蕴实力，可不是能演出来的。至于她在别人面前什么样子，便与我无关了。"

时湛望着面前只大自己十来岁的小舅，表情并不明朗，似失望又似放松："我还以为你终于放下舅母了。"

一瞬间，寂色在祁修远的脸上蔓延。

"一生一代一双人，争教两处销魂。"

他的手搭在白蜡木桌边，抬眼望进窗外明亮的光线里。

"我与你舅母虽已是阴阳两隔，但我是要为她终身不再娶的。对于任何异性，我都只会是欣赏，不会再动心。"

时湛沉默了半晌，不欲再聊这个略微沉重的话题，抬眼间，眼睛的微光下，隐藏的却是如释重负和期冀。

他随口问向别处："那你的公司为什么要上市？不太像你清心寡欲的性格。"

"公司的 CFO 觉得上市有利于公司发展和文化传播，提了两次申请，我懒得跟他们磨，便批了。"

这怕是史上最随意的上市理由了。

回到轻悦，时湛跟君齐闲聊时说起这些，君齐兴致索然："我还真以为你小舅对那姑娘感兴趣，亏你还煞费苦心地找我帮他把个关。"

时湛微皱起眉头，停顿了一会儿才说："小舅夸宛亦的那会儿恰好宛亦打来电话邀他去疏墨，我硬跟着一起去了，想看看这被他夸的姑娘到底是什么样子。谁知道却发现……"

"你好意思说别人？"君齐半抬眸子打断他，微挑的眼角睨向时湛，"你小舅至少还恋过，倒是你，喜欢的是男是女找一个带给我们瞧瞧，自回国起就开始孤身一人，我都怀疑你看破红尘了。"

话间，君齐懒懒地从椅子中起身，抄上车钥匙："走了，找我那如花似玉的女朋友去，你留着跟你小舅一起削发为僧吧！真是一家子的奇葩。"

"什么时候找的新女友？"时湛挑眉，他记得君齐前几天才失恋。

"今天。"

君齐顾长的身影随着慵懒的声音消失在办公室门口。时湛收回目光浅淡一笑，重新埋首于文件之中，却怎么也无法聚精会神，不自觉地拿起手机翻到宛亦的那张照片。

她清冷的容色在他指尖放大，时湛望着，深幽眸色中隐现一道暗芒。

这个女人，如五年前一样，还是能把这极端的两种形象切换得毫无违和感。

看着看着，时湛心底仿佛有什么在萌动，或者说，复苏。

入夜，晚霞隐入一片深暗的蓝色。

言子辰散漫地靠在椅子上出神，桌前放着一杯刚冲好的牛奶，宛亦一入家门，就看见朦胧水汽里少年精致的脸。

"给你的。"见她回来，言子辰抬起下巴指向那杯奶，而后起身，躺进松软的沙发里，勾起身侧的魔方，快速地转动起来。

他今天穿了件简单到极致的白 T，清冷消瘦的少年，穿起白色衣裳来，竟有一丝阳光的味道。不像平日惯常的黑色，无端地就有些沉郁。

宛亦多看了他一眼："你穿白色挺好看的。"

少年没有搭话，眉眼漠然，掺着一丝傲气。他停了一会儿，说："我这周末比赛。"

宛亦脱下外套，没太上心："嗯。"

言子辰的指尖顿下："你不去看？"

"没空。"

少年冷冷地瞥过她，不再言语，只是停顿的魔方忽而更炫地被转起，眼花缭乱，带着一丝郁结。

宛亦端起牛奶小口啜饮，扫过少年的冰凉神色，问："什么比赛？"

"亚洲魔方锦标赛，初赛。"言子辰低垂着眼睫，是不想与她说话的语气。

"脾气还不小。"宛亦说着，把杯子放下，转身欲回屋内，"好好比，等你进了决赛，我再陪你去，最近真没空。"

少年再度抬眸看向她："把牛奶喝完。"

宛亦略微停滞，笑笑，抬杯饮尽。

宛亦想起一年前她与言子辰刚认识，第一次看到他桌子上那堆凌乱炫目、形状各异的多面体时，不确定地问他："这些都是魔方？"

结构、设计都与魔方类似。

可如果说是魔方，却没有一个是她见过的那种六色的、每面均有九小块的正方体。

"对，"言子辰点头，"魔方狭义上是指普通的、被世人熟知的三阶魔方，而这些——"

他手指一一指过："二阶魔方、高阶魔方还有异形魔方，它们的复原步骤都以三阶魔方为基础。"

"阶和异形是什么意思？"

"阶数是指魔方每个边所具有的块数，比如三阶魔方就是最常见的那种每边有三个小块的魔方。二阶是指 $2×2×2$ 的魔方，高阶是四阶以上魔方的统称，异形魔方便是指这些镜面、钻石、鲁比克等外形略怪异、相对三阶变化较大的魔方，但是复原原理大多是以三阶的复原步骤为基础。"

说罢，他拿起一个凌乱的二阶魔方，随手向上掷起，落回手中之时，已是六面整齐复原的模样。

宛亦眼瞳微闪，惊异万分："怎么做到的？"

"不难，速度够快就行。"

"能快到毫秒之间？"

"半秒内。"

话间，言子辰已是把另一个二阶魔方复原，依旧是让人来不及反应的速度。

"有三阶魔方吗？"

言子辰微垂眼睫，从口袋里拿出随身携带的一个。

"拼这个。"宛亦指着这个常规三阶魔方，打开手机秒表，"开始。"

少年寒玉般的手指微泛冷意，与那飞速旋转的炫丽六色形成奇异的冲突，只是一眨眼的工夫，复原的三阶魔方已出现在少年掌心。

眼花缭乱，像是镜头里倍速的特效，让人无以探寻。

宛亦看了一眼手中的计时器，3.4 秒。

太快了。

"世界纪录是多少？"

"3.57秒。"

宛亦不由侧首，盯着他，消化了好一会儿，才问他："参加过比赛吗？"

言子辰把三阶魔方扔在桌子上，眸色清淡："没有。"

"去比赛吧。"这一刻，宛亦的眼睛有一丝亮光划过，虽声线依旧无澜，"不要埋没自己。"

本应生活在阳光下的言子辰，不应该被生活的残酷压抑在黑暗里。

天赋异禀的少年，有战场，才能燃烧。

因为接了几个大项目，君齐忙得天翻地覆，而上市又不是什么要紧的事，对宛亦的再度邀约便是一推再推。

这天刚一得空，助理便来报告：南恒证券的宛亦没有预约，直接来公司找君总，已在等候室等了很久。

君齐微怔，与时湛对望了一眼后起身："我现在过去。"

走至门口忽而顿住，他回首看向时湛："打我电话做什么？"

"你把手机接通，开外音。"

"你这是要窃听？"略带揶揄的笑容自君齐眼角眉梢洇开，"宛亦人就在那儿，你直接跟她去谈不就好了？"

时湛淡淡笑了下："上次见面，小舅没有向她介绍我，她不知道我是轻悦的时湛。"

"哦。"君齐恍悟，"你躲在暗中偷偷观察呢。"又调笑，"还是怕自己深陷迷情，不敢靠近？毕竟，她是你之前屡次想从祁修远那儿抢过来的人。"

时湛笑笑，没解释。君齐也没再多说，接通电话，敛起脸上的调笑神色，转而走进会议室。

"不好意思，久等了。"君齐气度翩然，笑着邀请宛亦先入座。

宛亦并无过多客套，简单打过招呼后便开门见山："我猜你们想上市，只是一时兴起。"

被猜中原因，君齐当下心中讶异，却是不动声色："为什么？"

"轻悦不缺钱，无须通过上市来融资，业内口碑与实力已是最佳，也无须利用上市提高知名度。最重要的一点是——"宛亦隔着桌子望着他笑，"你们一点都不积极。"

这便是嫌他们怠慢了她。

君齐的笑容略有愧疚："不好意思。"

当时决定要上市不过是因时湛托他与宛亦多接触，替自己小舅把关，但是祁修远对宛亦并无他意，所以——

"关于上市我们确实还需要重新决定一下。"

"好。"宛亦没有丝毫的拖泥带水，"我只说两个观点：一、上市能加强品牌优势，能让轻悦在以后的人才招聘和商务合作中更占优势；二、在政府方面，上市公司也能获得更多的政策支持，你们好好考虑。"

手机轻振了一下，君齐拿出扫了眼，时湛发来的：不需要重新决定了。

君齐怔了下，这个意思是要接着合作？

难道时湛要抢人不是个玩笑？君齐暗自在心底笑，这个他一度以为要孤独终老的好兄弟真的红星鸾动了？

自手机间抬起头，君齐喜上眉梢："决定好了，轻悦的这个市还是要上的，以后就麻烦宛主管你多多操心了。"

宛亦微微蹙眉："我希望你们慎重考虑。认真做好决定，这样彼此的时间都不会被浪费。"

"放心，以后我绝对会随叫随到。"君齐靠向椅背，笑起的眼里像是会溢出星点，"就算我无法及时赶到，我们公司另一个管事的也会踏着风火轮比我跑得更快。"

宛亦似是被他的幽默逗得笑了一下，点了下头："IPO（首次公开募股）的方案做好后，我会联系你。"

初步决定合作意向之后，宛亦又约见了君齐两次，向他全面细致地展示了针对轻悦制定的方案。

君齐对她的专业度和处事风格极为欣赏，很快敲定了合作。

"才色双全哪。"

君齐嬉笑着评价时湛看上的这姑娘。说完这些，他又正经地问了句："如果你小舅对宛亦真的有什么想法，你会怎么办？"

"我不知道，"时湛半阖深幽眼眸，掩饰住翻涌起的情绪，"只是那天，小舅说他对宛亦别无他意时，我轻松了不少。"

祁修远的那一句"对任何异性，我都只会是欣赏，不会再动心"，无疑像一道剧烈的强光，划开了他心底的屏障，让他愈发地想要靠近宛亦。

君齐抬头睨了他一眼："知道吗时湛，真的没有比你更闷骚的人了。"

时湛端起咖啡杯，一脸的慵懒宁静："是吗？"

说着，他看了眼腕表，拿起外套："刚才南恒证券不是邀请你晚上和他们一起唱歌？地址发过来，我替你去。"

君齐愣了一愣，随即愤怒："你大爷的时湛！你追个姑娘让我为你鞍前马后的，下辈子你不变成个姑娘来报答我都说不过去！"

时湛挺拔的身影已消失在门边，声音却幽然传回："为什么不是你变成个姑娘从了我？"

时湛去车库取了车子，独自驱车去与南恒约定的地点，路过同仁大学时却不期然在大学门外碰见了宛亦，她正和一个男孩子在一起，白皙的脸上带着些愠色，训斥着身旁少年："言子辰我警告你，在学校给我收敛点，怎么上大学了还能干出请家长这种事？"

少年一脸的漫不经心："导师把我一朋友的研究成果占为己有，我黑她电脑搜索证据，为人讨回公道。"

"你天天戴着耳机与世隔绝，到哪儿都是一副事不关己的样子，还能为人讨回公道呢？"宛亦睨着他，"没那本事别强出头，留下痕迹被人抓着。不是怕你被处分，谁闲着没事来学校替你挨骂？"

"我可没留下痕迹，技术高着呢。"

"没留痕迹导师怎么知道是你？"

"她猜的，全校除了我，没人有本事黑进她电脑。"

宛亦拿包去敲打少年的肩膀："就你能狡辩！"

少年一步躲开："疼。"又笑了，"你有需要也可以找我来帮忙。"

宛亦真是气笑了，缓了几秒，接着训诫言子辰。

少年不以为意，清清淡淡的，一副"左耳朵进右耳朵出、听进去一句算我输"的模样。

时湛把车停在路对面，摇下车窗，撑着手臂看着宛亦鲜明的样子，这姑娘这会儿倒是挺接地气的。

过了一会儿，宛亦开车带着少年走了，时湛这才启动了车子。

因为各项事宜已经谈妥，只剩第二天合同的签订，加班完成最后的合同检查后，南恒证券的一帮人率先来到KTV，一入包厢，璀璨炫目的灯光把大家这段时间的紧绷和压力一扫而空。一改办公室里的正统，所有人都随性地嬉闹起来。

时湛到的时候，宛亦已经到了，他在心底笑了下，这姑娘车开得挺快。

因为提前收到君齐发来的消息，所以宛亦看到代替君齐而来的时湛后，并无过多的惊讶，只是眼角稍稍一抬，清绮之色乍然流泻，伸手与他温热掌心轻握，声音和悦："时总，欢迎。"

向大家简单地介绍了时湛后，宛亦又与他聊了几句，全程并未提及他们曾有过一面之缘，时湛眼睛微眯了眯，他可不信这么短的时间她会把他给忘了，而从她脸上的神色，却看不出一丝的惊讶或了然于心。

投行部的几个姑娘格外兴奋，红着脸围过来敬酒："早就听说轻悦的时总气宇不凡，今天终于见得庐山真面目，竟然比传闻中的更好看啊！"

"时总，听说轻悦的企业文化很棒，老板和员工没什么等级之分，是真的吗？"

"你们轻悦做的每一个内容营销的案例我都会看，能把广告策划做得这么别具一格的，也只有你们轻悦了！"

时湛淡笑着与她们碰了碰杯子，简单地一一回应。

宛亦看了眼这个被众星捧月的男人，有部门的这几个姑娘在，可不用担心他会遭到冷遇了，她从热闹里抽身，走去一旁，随手拿起一只酒杯，边小口啜饮边点着歌，独自在一角落里，倒也寻了个清净。

而这一方清净却没持续多久。

身后传来的幽深注视如同一股强大压力，让她不得不回头，撞上时湛的眼眸，他唇角微挑，指间的酒杯向她抬了抬。

宛亦只得起身，缓步走过去，裙摆在交织的光线里晃动，她在时湛身侧坐下，举杯与之轻碰，笑得满室生香："感谢时总对我们南恒证券的信任。"

"是对你的信任。"时湛笑应着，看着她，这会儿眼前的姑娘，是一副伪装过后不走心的小模样。

宛亦笑："过奖。"

时湛盯着她，深瞳慑人，可能是氛围太好，加之没有祁修远带来的精神负担，他心情放松，眼中渐现不加掩饰的兴趣。

身边有人放着 *Wonderful U*，迷幻动人的声音里，时湛略微低头靠近宛亦，声音低沉回旋，似带着无限余韵："祁修远面前的温婉可人，君齐面前的雷厉风行，我面前的明亮动人，哪一个才是真的你？"

宛亦轻抿一口递至唇边的浅金色液体，笑了笑，微微倾斜酒杯，把他视线引至屏幕，却答非所问：

"为你点的歌，玩得尽兴。"

时湛望去，那一排已点的歌单，几乎全是他平日所爱。

他微怔，这般精准，这姑娘私下里了解过他？

再回首时，宛亦正边接电话边朝包间外走着，他下意识地跟了出去，包间位于走廊深处，时湛站于门前，深沉目光紧跟着她在光影里远去的纤影，心中忽而生出一丝旖念。

在楼梯间打了几个电话回到走廊时，层层叠叠的光影里，时湛把宛亦拦下。

"宛亦。"他唤她名字，"你还没有回答我的问题。"

宛亦抬头，望进他的慑人双瞳里。

或许是因为不胜酒力，又或许是因为灯影迷人，她忽然觉得这男人的声音有些惑人。

宛亦有一瞬间的失神，下意识地轻笑，柔声反问：

"可哪个又是真的你？祁修远的外甥？轻悦传播的创办人？还是时越集团的继承人？"

宛亦说完，却蓦地回了神，惊觉自己失言了。

时湛的瞳色一瞬深了下来，盯了她好一会儿，才挑起眉梢，缓缓问道："时越集团的继承人，你是怎么知道的？"

时越集团由他的爷爷在中华人民共和国成立之初一手创办，是当前国内数控系统研制与销售实力最强的企业，现任的掌门人是他的父亲时华晖。

他和父亲的关系很不好，十岁起便未以时华晖儿子的身份出席过任何场所，连身边好友知道这层关系的都寥寥无几。

宛亦稳下情绪："互联网的时代，哪有什么绝对的秘密？总有蛛丝马迹。"她说着，又笑得流光溢彩，"你们轻悦本身就是做大数据的，还能不明白？"

时湛又是好一会儿没说话，他盯着她的眼睛，想看出些痕迹，最后，翻篇似的笑了笑，看了她一会儿，突然音色深沉地问她："你查了这么多，有没有查到，我们在美国见过？"

在美国见过？

宛亦眼角一跳，回忆了一会儿，没有印象。抬头看着时湛，用眼神探究着他这句话的虚实。

"五年前，"时湛轻笑一声，替她回忆，"纳斯达克证券交易所旁边的一个咖啡厅，露天的位置上，一个中国姑娘十指在键盘上飞旋，做着期货短频交易。

"她的同学兴奋地和她交流着旁边交易所刚挂牌敲钟的中国企业，这姑娘头都没有抬，冷淡地讽刺一句'如果企业不缺钱的话，上市就是自讨苦吃，找一堆监管机构来看管，引一群想一夜暴富的股民来骂'。"

宛亦眉头轻蹙，隐约想起了些画面，大学的时候，她作为交换生在华盛顿待过一年，暑假时在一家基金公司实习，有空就会拿着电脑去旁边某咖啡厅做一些模拟交易。

时湛带上了一丝调笑，接着说："没想到当年对企业上市那么嗤之以鼻的你，现在为企业做上市倒是做得风生水起。"

宛亦眉头微微展开，略低下头极淡地笑着："当时年少轻狂胡言乱语，时总见笑了。"

"我们第二次见面还记得吗？"时湛勾起唇角，灯光在他眼睛里晃出星子，"还是在华盛顿，交易所门口碰见你的第二天，你在一家餐厅做兼职，我找你点餐，当时，你的笑容明艳可爱得完全不同于前一天的清冷。"

他当时便觉得有意思，一个人变脸怎么能比股市变盘还快，变色龙附身呢？技能还挺强大。回国后他屡次想起这个姑娘，还后悔了好久，当时为什么没有去打听她的中文名字和联系方式。

对于这些，宛亦倒懒得去回忆了，只抬眼笑得意味不明："您记忆力可真好。"

时湛也笑："有趣的经历可不会随着遗忘曲线逐渐被淡化，反倒会随着时间的推移而历久弥新。"

"您怕是对'有趣'有什么误解吧。"话间，宛亦懒得装了，伸手欲拂开时湛挡于自己前面的手臂，"工作中，与对方保持同频，高效对话，提高效率，缩短工作时间，不是最基本的吗？"

所以，她才会提前把每个客户的性格喜好分析透彻，合对方的拍，速战速决，省下时间做别的事。

"哦，原来对方什么样你就是什么样。"

时湛说着，把目光移到宛亦推他手臂的手指上，纤细柔软，似带有电流，让他条件反射地加重了力道，宛亦推不开。时湛挺拔的身影笼着她，这个姿势，徒增了一丝暧昧。

宛亦挑起眼睛，看着时湛："时总，我们不熟。"

"你不是喜欢和客户保持同频吗？"时湛笑着看她眼睛，真是一双清冷漂亮的想诱人犯罪的眼睛。

"那如果——"时湛慢慢贴近她，心中生出一种异样的情绪，竟似渴望，"我是这样的呢？"

一瞬间酒精熏入大脑，他抬手轻轻地抚摸过她微凉的脸颊，带着一种奇异的温柔和不可言说的暧昧，就像两人已经认识了很久，亲密如恋人。

但他很快移开。

因为这一瞬时湛突然发现，他有些不自控地，想要沉溺。

宛亦侧过脸颊，抬起眼睛："我不牺牲色相，职业生涯中只遇到过你一个登徒子。"

时湛挑了挑眉，收了挡着她路的手臂，望着她的眼睛，目光里依旧是对她毫不掩饰的兴趣。

那是一种两人终于再次相遇、可以毫无负担地追求而凝聚成的光。

宛亦和他对视，眼眸波澜不惊，而此刻这个男人对她的轻薄举止，公司里的钩心斗角，却让她心中涌起一股厌薄。

"跟客户保持同频可不是没底线的妥协。"宛亦开口，慢慢地说，声线清绮，却掺了丝冰寒，"声色场所惯用的撩人伎俩我劝时总你少用。"

宛亦动了动小腿，雪白的脚踝在精致的高跟鞋上有着好看的弧度，她微抬鞋跟，毫不客气地压上时湛的脚背。

"觉得甲方很了不起？可以肆意妄为？"

脚下的力度越来越重，尖细的鞋跟带给时湛尖锐的痛感，他没有动，一瞬不瞬地看着宛亦的脸，能感觉到她的不遗余力，但他必须承认，此刻宛亦唇边淡讽的笑意，冷光微闪的眼睛，也让他怦然心动。

房间里传来的歌声依旧迷幻——

But I know that it's wonderful incredible baby irrational.

I never knew it was obsessional.

这氛围竟营造出了一种他多年未曾体验过的激动心情，脚上传来的痛感也变得甘之如饴。

他可以想象那里已经是一片瘀青，可他的眼神依旧无法从她那半冷半厌又惑人的笑容中移开。

第
二
章

敬 我 余 生 无 喧 嚣

— Chapter 2 —

两人回到包厢后，均如同什么都没有发生过，交谈礼貌，气氛和谐，因为第二天还需要签合同，一行人便没玩得太晚。结束后，宛亦看着助理叫来代驾把双方公司的人都安排妥当后，才独自打车回家。

到家下了电梯后，宛亦发现走廊间的灯不知何时坏了，一片漆黑，她皱了皱眉头，凭惯性摸索到公寓门口，正准备指纹开锁，猝不及防间却有人朝她扑来，大力而迅速地撕开了她的上衣。

宛亦的眼睛还未适应黑暗，看不清对方的位置不好反击，只能侧身后退用手护住自己上身仅存的胸衣，那人并未有进一步的动作，也退后了几步，拿起相机迅速拍下几张照片，窜入消防通道，消失不见。

宛亦在原地静立了三秒，而后拾起衣服缓缓披上，倚着门掏出打火机点了一支烟，半透明的烟雾在黑夜里看不清形状，只有一点红光明灭闪烁。半晌，烟灭，她也同时转身，开了房门，换件衣服，直直走向言子辰的房间。

屋内斜靠于窗畔的少年抬起头来，却依然未停地转动着指尖的三阶魔方，看着无声闯入的人，眉头皱起，生出了些恼意："出去。"

宛亦好似未闻，直直走过去打开他的电脑，面色冷郁："过来，帮我个忙。"

转瞬间，魔方已被言子辰复原，他随手扔于一旁，修长指节微弯不耐烦地掀去耳机："什么忙？"

"帮我黑一个人的电脑。"

"嗯？"言子辰挑起眼睛看着她，洇出了丝丝笑意，斜靠着窗畔没有动，"下午是谁把我训得一无是处的，这会儿找我帮忙呢？我改邪归正了，可不能重操旧业。"

宛亦瞥他一眼："别废话，过来。"

少年挑了挑眉，懒懒散散地走了过去："谁的？"

"如果我没猜错的话，"宛亦的手指轻敲在桌面，"应该是他。"

第二天上班，公司分管合规的林副总罕见地把所有部门集合在一起开晨会。

讲了一些无关紧要的事项之后，忽然话锋一转，语出严肃："公司内部竞聘总监的事情想必大家都知道了，优秀的人都在努力做业绩用实力去争取，而有些人却心术不正，总想着走一些歪门邪道，想着不劳而获！"

话间，林副总用眼神锐利地扫视着大家，声音陡然提升："投行部的宛亦！"

宛亦半抬起眼眸，冷淡地看向他。

"虽然昨天我已经拒绝你了，但为了避免大家效仿，我还是必须在会上警告你，别妄想着恃色行事！你这种毫无道德底线败坏公司风气的行为趁早给我收起来！"

此话一出，在座的人均是一惊，面面相觑，他意思是——平日里高冷清丽的宛主管想通过色诱他来晋升？

完全不像那种人啊？！

似是知道大家会心存质疑，林副总打开随身携带的电脑，在会议室的大屏幕上放出一张图片。

宛亦随着大家的目光一起看过去。

照片背景是虚化的，光把她侧着脸低垂的眉目映得娇媚万分，因角度问题，她护住胸衣的手看上去更像是在缓缓褪去肩带。

平心而论，摄影技术真不错。

"昨晚跑到我家行事暧昧，若不是我拿出相机警告制止，你还要接着脱下去，做出这等丑事，公司绝不会姑息！"

宛亦微抬起下巴，看着他，缓缓开口："你想怎么办？"

她声音清冷无波，未解释，竟似千真万确。

"我想怎么办？你这种不择手段的卑劣员工公司能留你就是对你的仁慈！"

林副总咄咄逼人，一边指着那"确凿"的证据，一边接着说："作为部门主管，你这种行为不仅触犯了合规底线，而且造成了极为不好的影响，暂停手中的工作，好好反思，手中的项目交由部门更优秀的人接管。轻悦的这个项目，剩下的让陆晓与何惜晴去谈，还有广安那个项目，让赵中原和李金安去谈，你什么时候想清楚了，再回来上班！"

宛亦在心中冷笑。

原来这就是何惜晴这段时间变得这般好学的原因，忙前跟后，竟是在刷存在感，签合同前两个小时接管项目，成为主要负责人，签下单后不仅能分得大笔奖金，而且还能直接通过实习考核进入投行部，真是打得一手好算盘。

"行，让她接管。"宛亦淡声道。

林副总有些诧异，他没想到宛亦竟如此平静干脆地同意了，甚至他准备好的那套说辞都还没有用上。

宛亦嘴角略微扬起，冷笑着起身，走向林副总："不过，我很想知道，我是怎么诱惑你的？"

她盯紧林副总的眼睛，缓缓解开一颗衬衣的纽扣，把衣领扯过肩膀，雪白的肌肤、优美的肩线霎时展露在众人面前："是这样的吗？"

座无虚席的会议室一时唏嘘声四起，连林副总都往后退了一下："你想干什么？"

在大家惊诧的眼神中，宛亦青葱般的手指移至右侧锁骨下，那个位置有颗桃花瓣大小的朱砂痣，醒目而刺眼。

她挑眉，摁着这颗痣："P图的时候是不是忘把它给P上了？"

林副总看见她凝脂细肤上刺目的朱砂痣，目光不可置信地在图片和她锁骨下来回移转，连出语都变得结巴：

"这——怎么可能？是你知道我拍……故意画上去的吧？那颗痣是假的！"

"假的？"宛亦缓缓地扣上衬衣，嘲弄地看着他，"痣可以是假的，但图片上那样的波澜壮阔，我可是自叹不如。"

朱砂可以点，而大小，可不是能随心所欲变换的。

宛亦淡声笑："还是，你是拍了别人的照片，把我的脸换了上去？"

话语间，宛亦的眸光转落在何惜晴脸上，然后一寸一寸地往下移，落定于她胸前。

顺着她的目光，所有人都看向何惜晴的胸部，那傲于常人的双峰把衬衫撑得异常饱满，看形状，竟真与图片上的大小差不多。

一道道探寻的目光让何惜晴觉得似有烈焰灼肤，羞得满面通红，下意识地拿起笔记本遮在胸前。

与此同时，林副总护短似的一声暴喝："都看什么看？"

喊完之后，却发现自己在冲动之下跳入了宛亦的圈套。

他与何惜晴的关系虽没有公开，但大家私下里早已开始怀疑。在宛亦目光的引导下，他们这一遮一怒，几乎是欲盖弥彰地坐实了宛亦对大家的误导。

宛亦什么都没有指明，但最可怕不过人的想象了，怕是此刻大部分人都已开始联想这张图是何惜晴，是林副总将宛亦的面容P了上去。

真是见了鬼，他想不明白，照片怎么就莫名其妙地被替换了？

"更何况，"宛亦接着说，"在最终确定参与总监竞聘的人选时，我退出了。"

有同事把竞选总监的人员名单翻出来，大家互相在席间传着看，确实没有宛亦的名字。

会议室里安静得有些诡异。

真相已不必过多解释，是宛亦色诱林副总，还是林副总诬陷宛亦，大家都已了然于心。

"让我猜猜为什么——"

宛亦轻声细语地开口，眸色温潋，好似笑言一场，而散发的气场却让人不自觉心底生寒。

她看向林副总："是因为我经常反驳你迂腐的观点让身为领导的你无地自容？"

又把目光转向何惜晴："是我经常刺破你的玻璃心让你的自尊心受挫？

"再或者，林副总你迫不及待地想把你的新相好安排到投行部，却被我撞破了你们这不可告人的关系，想出这么愚不可及的办法，给我警告，顺便削弱我的职能？"

说着，宛亦笑了笑："来，惜晴，这是轻悦的合同，还有材料，都给你。"

宛亦把那一摞文件摔在何惜晴面前的桌子上，文件与桌面接触的响声中，何惜晴一阵瑟缩，在众人目光里无地自容。

宛亦盯着林副总，目色随声音一起降了几个八度，沉沉地敲入人心："一会儿，轻悦的人就会来签合同，有能耐，你们就去把合同给我签回来。"

说完，她打开会议室的门，走出去，"嘭"一声门关上。

关门时因为肩胛的过度用力，她挺直的背脊上，两片薄薄耸立的蝴蝶骨把衬衣撑得削薄。

宛亦的心情非常不好，踩着高跟鞋快速走出了公司。一个项目成不成她无所谓，只是嗤之以鼻这种下流的手段。

竟然还用在了她身上。

走到写字楼的大厅前，宛亦恰好碰见前来与南恒签订上市保荐合同的时湛。

"宛亦。"时湛喊住她，又示意身边轻悦的员工先行上楼。

宛亦驻足，看向时湛的眼眸莫名生寒，全身散发着一种请勿靠近的气息。

时湛一愣。

他心念一转，看来她并不是作为乙方下来接他的。收起唇角因见到她而扬起的笑意，时湛问："这个时候，你要去哪儿？"

宛亦没有回答他，眼神冷淡。

时湛看着她，忽然有些出神，虽然不合时宜，却还是无法控制地想起昨晚她柔软的面容。

"上午签好合同，中午一起吃饭吧。"时湛淡笑着，"你不是说跟我不熟，多吃几次饭就熟悉了。"

宛亦神色毫无变化："对不起，工作之外，我不想跟你有任何交集。"

"别这么快拒绝，"时湛目色变了变，依旧笑着，"昨晚……"他已向她表露了心意，虽然所用方式有些冒昧。

"昨晚？"宛亦声线冰凉，抬眼冷讽，"大家都是成年人，昨晚灯红酒绿暧昧的场景下我都不愿意配合你逢场作戏，现在已经天亮了，你还没清醒吗？来自讨什么无趣？"

时湛眉梢微动，眼神一瞬变得复杂难测。

他平生第一次这么冲动地想靠近一个女人，而她却告诉他，自讨无趣？

静默良久，时湛沉声："昨天冒犯了，我向你道歉，但对我来说，不是逢场作戏。"

"呵，你还动心了？"宛亦嘴角勾出一抹似笑似嘲的弧度，"那我做你的女朋友？毕竟，你时越集团太子爷、轻悦传播创始人的身份能让我做很多事情都畅通无阻。"

时湛深幽眼眸微微眯起，紧紧地盯着她。半晌，薄唇缓缓吐出："如果你愿意，我没什么意见。"

宛亦嗤笑："一天、两天，还是一周？我还真挺幸运，赶上了你的感情空窗期。"

时湛的面容陡然转冷，一把捏住她手腕："就算你不愿逢场作戏，也没必要这时候闹翻吧？"至少要留得一份情面把合同签下，而不是此刻，在他的步步退让中得寸进尺。

宛亦挣脱，抽出一张名片按在他胸前，却不是她的。

"要热情是吗？"宛亦冷笑，"找她去吧，保证跟我的态度有天壤之别。"

时湛皱起眉头，看着名片上的名字：何惜晴。

再抬头，却见宛亦已经走开，只留他一个清寒冷影。

时湛面色森冷地来到南恒证券，扫过候在会议室里的何惜晴与林副总，吐字成霜："为什么临时换负责人？"

轻悦的财务总监走过来，低声将在时湛来之前已得知的答案重复给他："林副总说，宛主管因为个人原因休假一个月，从何惜晴那里打听到的却是宛亦行事不端，因对林副总怀有不良企图而被暂停工作。"

时湛抬起眼睛盯着林副总，双眸深似寒潭。

对他有不良企图？他时湛把自己送到宛亦面前，她都懒得多看两眼，会对这个一脸殷勤、脑满肠肥的家伙有不良企图？

时湛合上合同，不再多说，对自己的人下令："走。"

林副总瞬间色变，赶忙去拦："时总，您有什么要求尽管提，我保证，小何一定会比宛亦更尽心，做得更好。"

此刻的时湛心情差到了极点，看都没有看他一眼，声音冰寒："让宛亦拿着合同来找我，她休假了是吗？不急，我等。"

轻悦传播总裁办公室里，君齐靠上转椅，看到刚回来的时湛，扬起唇角笑："南恒刚才给我打电话了，这事我谈了这么久，怎么让你去签个合同就黄了？耍我玩呢？"

时湛直接忽略掉他的问题，脑袋里全是宛亦又冷又讽刺的面容，沉着声："晚上陪我喝两杯。"

"好好的，喝什么酒？"君齐好笑，看见时湛沉郁的神色时却愣了愣，转了话锋，"Penfolds Grange？"

"Whisky 吧。"

君齐不由侧目："呦，你这是要借酒消愁啊。你不是一遇到这个宛亦就方寸大乱了吧？"君齐起身，走到时湛身侧，倚着明净可鉴的桌子，仔细看他的神色，"她把你怎么了？"

时湛闭上眼睛，靠向椅背，手指按紧眉心，只觉大脑似有烈火焚过，寸草不生。

她把他怎么了？

不过是冷眼相对，浇灭了他刚升腾起的希望，就使他沉落万分。

"情深不寿啊。"君齐笑时湛的过分反应，"你可要小心点。"

宛亦到家时天色已彻底暗下，星月淡薄的夜晚，言子辰坐在客厅里，似是等了她很久。见她回来，抬起眼眸问："手机关机，去哪儿了？"

宛亦诧异："今天怎么回来了？"

她记得周二到周四子辰都会有社团活动，住校不回来。

"昨晚的事情解决了吗？"少年的声音微凉，却带着纯粹的担心。

"差不多了。"宛亦淡笑，"我不会让人随意欺负的。"

言子辰看她一眼："昨天那张照片，为什么不直接让我把原片彻底删除？"

"删除或改动太大容易打草惊蛇，随便改几处能伺机而动。"

果然今天事态的发展让她顺利地来了个请君入瓮，简单地给言子辰复述了当时的情景，宛亦漫不经心地笑起："放心，不会再有人认为那张春色蔓延的图片真的是我。"

言子辰稍放下心来，似又想起了什么，接着问她："上次查的那个时湛，到底是什么样子的人？"

"时湛——"宛亦拉长了声音，在思索中稍显迟疑。

刚得知轻悦有上市意向时，她便开始调查时湛和君齐，关于时湛，查遍所有渠道，除能查到他早些年在社交网站上分享过的几首歌外，再无其他。言子辰见不得她皱眉，便一声不吭地黑进了时湛的电脑。

彼时宛亦才知道，言子辰竟是这般精通计算机，时湛电脑的加密程度极高，他却不甚费力。

可毕竟是违法行为，宛亦也只是略略翻看了时湛放在桌面的相册，别的文件一律未碰。

他的相册里只有两张照片，均是时湛年少时期与时华晖在时越集团的合照，对比之下极为相似的眉目和照片背景，让她很容易猜出了他不被别人所知的身世。

不过无论是君齐还是时华晖，花边新闻、私人报道都被她找出一大堆，唯有时湛，似乎干净得像一张白纸。

而这个看似干净的像白纸的人，对她的举动却近乎轻佻。如果不是亲自接触，或许真的会被所查到的资料欺骗。

这个人竟把自己的本性过往隐藏得如此之深，真是可怕。

言子辰望着她的神色："或许他跟你所查到的一样，本就是个清冷低调的人？"

宛亦略略嘲讽，初识便对她放肆暧昧的人，清冷低调？

"我猜他与南恒合作的目的不只是上市。"

"不只上市？"言子辰抬起头，黑瞳不自觉紧缩，"还有你吗？"

宛亦不欲多讲，声音散漫下来："以后不会再有交集了。"

公司里一片乌烟瘴气，宛亦也懒得去。第二天跟着言子辰一起去同仁大学转了转，权当散心。校园里青春盎然、绿树成荫，言子辰带她去上课，远离学校好几年的宛亦坐在阶梯教室里竟坐出了好奇感。上课铃声响起，教授夹着书本进来，激情澎湃地讲起了经济学中的博弈论。

宛亦看了言子辰一眼："你这专业还学微观经济学？"

"不学。"言子辰目光垂着，熟稔地转着写字笔，指骨分明，修长瓷白，分外好看，"我的专业课你听不懂，带你来听你能听懂的。"

"上课不要交头接耳，认真听课。"老教授看了他们几眼，一只手端起保温杯，另一只手轻叩了两下桌，指了指宛亦，"这位同学，上课连课本都不带，来给我重复一下我刚才讲了什么。"

宛亦愣了神。

这算是，上课做小动作被抓了现行？

言子辰瞟了她一眼，接着转手中的笔，轻笑一声。

在全班同学的注视下，宛亦懵懵懂懂地站起来，她刚才只听见教授在讲博弈论，讲到哪儿了不知道。稍停顿回忆了一会儿，她才开口回答，重复了一下博弈论的概念，顺便拿博弈论中的一个著名案例"囚徒困境"做了一下补充解释，算是应付了教授的提问。

教授大喜过望，呦，这位同学可以啊，"囚徒困境"他还没讲到呢，课本提前预习得可真不错。

"那这位没带课本的同学。"教授示意宛亦坐下，又指向言子辰，并寄予厚望，"来给我说说零和博弈是怎么回事。"

言子辰哪会啊，慢慢地站起来，不吭声，指间转着的笔还没停下，一副破罐子破摔的样子。

教授痛心疾首："同一个班的学生为什么就差距那么大！多跟你同桌学学！"

这回换宛亦挑起眼睛来笑他，被罚站的言子辰低头瞥她一眼，坐下之后，摁着笔写了个字条扔到宛亦面前：敢不敢明天跟我去听网络技术课？

宛亦拿着这好笑的字条在手里翻转着看，没忍住，笑了，沉闷的情绪也烟消云散了。

下了课，言子辰带宛亦去学校食堂吃饭，仁大的红烧排骨特棒，他不爱吃，给宛亦打了一份，帮她端着，找了个空位坐下。

"嗨，言子辰！"室友卿墨看见他，跟他打了个招呼，又看了站在言子辰身边的宛亦一眼，意味深长地笑了。

言子辰面无表情地指了指红烧排骨窗口前的长队："你再不去，就没了。"

卿墨拍了下言子辰的肩膀，一副"晚上我再拷问你"的表情，转身向排骨窗口跑去。还没跑到，就被好几个女同学给围住了，女同学们急慌慌地问卿墨："言子辰和那姑娘是什么关系啊？"

卿墨笑了，眼神扑朔迷离："你们猜猜？"

女同学们偷瞄了好几眼，神色犹豫不定。

"很难猜吗？"卿墨特别擅长雪上加霜，压低了声音给女同学们描述着，"你们看啊，言子辰那双眼放光、情窦初开般的给姑娘夹小排骨的样子，是不是比平时那副清清冷冷不搭理人的模样好看多了？"

被卿墨捅了刀子的女同学们看不下去了，伤心，全散了，今晚注定是个辗转难眠的夜晚了。

回想大一，言子辰刚入校的时候，那颜值可是被好多姑娘给盯上了，都以为他是学表演的，可最后打听了一圈，才发现学校根本没有表演系。

后来在高校间的一次网络安全大赛中，言子辰代表仁大夺了冠，大家才知道他是学网络技术的。姑娘们高兴坏了，她们学校的网络技术专业一个女生都没有，再也不用担心有谁能够近水楼台先得月了。

可今天言子辰身边的这姑娘，是从哪儿飞来横刀夺爱的呀？

午饭后，言子辰去上专业课，宛亦散着步去地铁站。

仁大附近道路清净，人很少，过马路时宛亦正想着自己持仓的一只股票，没太注意便不小心闯了红灯。

"喂，那个同学！"交警喊住她，指着前面高高亮着的红灯，"道路千万条，安全第一条。这么喜欢红色，赶着去拥抱？"

宛亦顿住脚步，抬头看了看，又退回了路边。那确实，做金融的哪有不喜欢红色的？

交警走到她身边，皱着眉头开始教育："半分钟都等不了吗？乱闯红灯不仅会导致交通无序，还会增加发生交通事故的概率，知不知道？如果今天你被撞了，是不是害人又害己？"

宛亦理亏，乖巧点头，从善如流。

当交警大哥说出"今天不罚你点儿，你就意识不到犯了多严重的错误"时，她还自觉地拿出钱包："扫码还是现金？"

"我说罚钱了吗？"大哥厉色不减，拿出一个红马甲递给宛亦，

"穿上，站在路边，抓住三个闯红灯的进行教育，才能走。"

穿红马甲？抓人？就她这小身板？

这难度也太大了点，还有点丢人。

宛亦踟蹰了一下："大哥，我身体素质不好，跑不动，能换个处罚方式吗？"

"身体不好你红灯闯得这么麻溜？"交警皱着眉头评估了一会儿她说话的真实性，"或者就你闯红灯被抓这事发个朋友圈，点够十个赞，放你走。"

那她更丢不起这个人了……

"大哥，"宛亦抬起脸，半咬着唇，看起来真是又凶又委屈，让人心生怜意，"能仁慈点吗？！"

可大哥完全不为所动，并且开始加码："五十个。再说一个字加到一百。"

看来对这水火不入的大哥说什么都没用了，宛亦收了表情换了脸色，清凌凌地站在那儿，拿出手机，飞快地在朋友圈里打出一行字："本人于陇海路与银杏路交叉口闯红灯被交警查获，特发此朋友圈忏悔检讨，帮忙点赞，积满五十交警放人。"

很快，这条朋友圈下面红心翻飞，无比热闹。

苏琼第一个点了赞，评论：无言以对，只想爆笑，哈哈哈哈哈哈。

言子辰评了一连串的省略号，说：我总算学会了"服气"这两个字怎么写。

陆晓发了一脑袋的问号，问：主管，你是不是被盗号了？

宛亦没加时湛的微信，却加过君齐的，君齐刷到这条朋友圈时，差点没笑抽，把手机递给时湛："你这姑娘倒是挺能放得下脸面的。"

时湛看了几眼他手机，扬了扬唇角，很神奇的，这几天不太好的心情便如被拨开了云雾的天空，明朗了大半。

之后的几天宛亦也没再去公司。开盘时间在家看看 A 股和期权期货的盘子，下午三点收盘后就去商场逛逛，倒也轻松惬意。

位于市中心的寓西商场在工作日并没有太多的人，前来为母亲挑选生日礼物的时湛听到一个声音后突然顿下了脚步。

"宛小姐，您把戒指戴在无名指上，别人会误会您已婚了。"

"宛"这个姓氏并不多见，他抬眼朝声音传来的店内望去，果真——

坐在高脚凳上的宛亦背影纤细，面对着柜台正挑选着戒指。时湛扫了一眼店铺名称，一个小众的钻石品牌。

笑容和煦的设计师还在为她介绍着："您的手指纤柔漂亮，这有一款尾戒很适合您，要不要试一试？"

"不用，就这只了。"

宛亦看着无名指上的钻戒，极简的款式，钻石不大，却有着很高的纯净度。在她以后经常要出席的场合里，被人误以为是已婚，倒也能省去不少麻烦。

宛亦从钱包里抽出银行卡，动作间无名指上的钻戒带出通透的光芒，她站起身："结账吧。"

前台小姐眼神温柔，带着一丝羡慕，忍不住又瞄了几眼站在另一侧比店里广告牌上模特儿还好看的时湛，才笑意盈盈地对宛亦说："这位先生已经帮您付过款了。"

宛亦侧首，这才看见时湛，他安静地站在那里，清俊挺拔，看着她的目光散着慑人的光芒。

她收回目光，丝毫未在他身上停留，脸上亦没有什么多余的表情。只是抬起手，在时湛走向她的时候开始褪着无名指上的戒指。

戒环稍微有些偏小，戴上去很容易，取下却有些费劲，她暗下力度，刮得指节生疼，然后不轻不重地把取下的戒指放回礼盒，淡声道："退了。"

时湛在她身侧站定，看着她，目光依旧是有些烫人。他拿起戒指，扣起宛亦的手，重新为她戴在食指上。

时湛音色极低："要求做我女朋友的是你，对我避之不及的也是你。宛亦，你是怎么想的？"

"避之不及？"宛亦还真略微思考了一下，视线微垂，落在食指星芒璀璨的戒环上，薄笑，"算不上，没费这么多心思在你身上。"

时湛稍许停顿，也笑："听你这么说，我还真是自作多情了……给个机会让我对你献个殷勤就这么难吗？"

平铺直叙的语言，被钻石的光罩上了抹清冽，竟显得有些撩人。宛亦眼中疏淡重现，取下戒指，在店员惊诧的眼神里转手扔向楼下，慢慢地吐出两个字："有病。"

时湛盯着那道闪光的弧线，直到它落入一楼，消失在视线里，他极有存在感的目光才重新回到她身上，用同样的不疾不徐的语气说："不喜欢的话，再陪你挑一款？"

宛亦转身就走。

她的步伐略快，时湛因着腿长，倒也能泰然自若地跟上，气质出众的他走于她身侧，与她好似一双璧人。

走了一小段，他平和地问着她："今晚想吃什么？"

宛亦驻足，抬眸，似笑非笑地望着时湛："时老板，你如果闲，去关注一下山区儿童，我暂时还吃得起饭，用不着你三番五次地来请。"

时湛淡笑："楼上有家淮扬菜，菜式新颖可口，怎么样？"

宛亦停了几秒，这才露出冷色的气场，转身擦着他的手臂走开，瞳色如同冻寒了的冰湖，回头看了他一眼，半含警告："我对你一点兴趣都没有，你最好也收起对我打的主意。"

时湛这次倒没再跟上，看着宛亦的背影，想着她那天的朋友圈，又笑了。

南恒证券那边，陆晓主动退出了轻悦的项目，投行部别的员工也不愿与何惜晴一起接手，她独自跑了好几趟轻悦，连前台那一关都没过去。

屡次的无功而返让何惜晴又去找林副总哭诉了。

"这个麻烦的宛亦——"林副总咬牙，"实在不行，就只能用那个办法了。"

他思考了一会儿，面色阴沉地来到投行部，巡视一圈，没见她人影，林副总声音晦暗："宛亦人呢？"

"主管不在。"陆晓神色淡淡地站起来，发生了之前的事情，整个投行部对林副总都颇为不满。

"给她打电话，让她来公司！"

陆晓在心中冷嗤一声，反驳道："您不是让主管回家反思去了吗，还让她来公司做什么？"

被冷言相待的林副总怒火中烧，正要继续命令，却听见一道不耐烦的声音穿透玻璃传来："最近遇到的闲人还真是多。"

话音刚落，宛亦的身影就出现在了投行部，目色淡淡地扫过林副总，像是沁着凉意的细密雨丝："怎么一大清早的就有空跑我这儿撒欢？"

几天没见到主管的投行部员工一看见宛亦，全部喜形于色，松了一口气。可算看到主心骨了，这几天老大不在，整个投行部工作安排都乱了。

"主管，我有事情跟你谈。"一道声音突然插了进来，有些迫不及待。是何惜晴。

宛亦转眸看向她，眼角若有似无地挑起，打开自己办公室的门，向身后招了招手。

林副总与何惜晴对视了一眼，同时跟随而入。

"说吧。"宛亦坐到自己的椅子上，靠着椅背，抬眸看着站于桌前的两人。

有人撑腰的何惜晴再不是往日那副唯唯诺诺的模样，站在林副总身后笔直地挺着腰身："我手上有你从业违规的证据。"

"是吗？"宛亦倒是来了些兴趣，浅薄一笑，似极具耐心，"什么证据，说出来听听。"

何惜晴放了一段录音。

录音中有宛亦清楚而略显不耐烦的声音："这只股票，你持有两个月，一定能翻倍。"

宛亦从头到尾安静听完，在录音结束的这一瞬，忽而粲然一笑。呵，她还真是违规了。

两个月前，阴雨缠绵的一天。

一个生了半头白发的阿姨站在公司柜台前，哀哀戚戚地哭诉着她在股市上把养老钱赔了大半、家离子散的惨痛经历，一遍又一遍，任柜台怎么劝都不肯走，扰得大家无法安心工作。

投行部与公司柜台在同一层，宛亦听着心烦，便过去给她推荐了一只股票，让她把剩余资金全部买入，大概率能弥补之前的亏损，或许还能实现不少盈利。

阿姨如获救命稻草，止了哭声，前后追问，她不胜其烦，随口给出确定的回答。

不想，这却被人这般有心机地录了下来。

她不做经纪业务很久，竟是忽略了证券从业人员无论在什么时候都不能给任何人承诺收益，即便是她对自己的判断有绝对的信心。

做这行啊，还真是得时时刻刻恪守法规、严格律己。

真无趣。

"宛亦，你也知道如果客户拿着这段语音去投诉你会是什么后果，你不但会受到证监会的惩罚，连公司都不会容你！"

林副总双手撑在桌子上，盯着她："只要你和惜晴一起拿着与轻悦的合同去找时湛签字，签完合同，惜晴转正，你还是投行部的主管，这条录音我也会销毁，大家相安无事。"

宛亦收敛了笑容，抱臂坐在那儿看着咄咄逼人林副总，冷淡的眼中没有一丝情绪，等他说完，轻哂："去告，去投诉我，我等着。"

威胁她？

她宛亦，从很久之前就不是那个任人宰割的弱者了。

"你别不知好歹，"似是没想到宛亦丝毫未妥协，林副总绷紧了下颚，声音更加低沉，"一旦证监会对你处罚，按公司制度，以我的职位可以直接把你开除，有违规记录，别的券商也不一定会接受你，你可得想清楚。"

宛亦从椅中缓缓起身，拿了她要拿的文件，拎起包就准备走了，面容上的似笑非笑让眼底的冷讽散发到了极点："林副总，我可不介意咱俩玉石俱焚。"

一旦她受到惩罚，分管合规的林副总也逃不了责任，如果严重到影响公司的评级，那他更别想好过。

以为她宛亦是有多珍惜现在这个职位？

这个世界，早已没什么是她舍不得的了。

何惜晴有些慌神，无措地看了一眼林副总，对方安抚地拍了拍她，目光阴沉地看着宛亦的背影。

被他捏着七寸还能这般有恃无恐？他最看不惯的就是宛亦这副永远也不服他管教的模样。真以为他不敢把她怎么样？

"惜晴，"林副总沉声道，"按我们之前与这位客户谈好的价钱，把钱给她打过去，让她立刻去证监会投诉宛亦！"

他不信，真到面对监管机构的调查时，这宛亦还能这般处变不惊。到时候，还不得来求他撤诉。就算是最后没撤诉，警告函发了下来，身负监管机构警告的宛亦更是得受他钳制。

证监会效率很高，接到投诉，很快派人过来调查。

林副总亲自来喊的宛亦，森冷地笑着让她在会议室等着调问。

来者面容淡漠，自带气场，看着宛亦的眼神闪烁了几下。

"喻北。"他自我介绍。

宛亦点头，在他对面坐下，拿出火机，啪地燃起指尖细烟，缥缈雾气里，她半抬双眼，眸色清冷。

"问。"她淡声说。

喻北看着她指尖的烟皱起眉头："把你烟灭了。"

宛亦淡笑："看不惯就罚重点。"

喻北一瞬无言，看了她几秒，又撤回目光，把录音放出："这段声音的主人是你吗？"

"是。"

"你对客户承诺过收益？"

"是。"

男人抬头盯着她，眉心蹙得更深："这件事会影响到你的职业生涯，希望你重视。"

来之前他翻了一眼宛亦的以往业绩，大学期间就已多次获得股票、基金大赛的奖牌。在券商工作四年，从经纪业务起步，很快进入投行部，签下多家公司的IPO，在短时间内做出这种业绩，几乎是史无前例的优秀。

上午收到这个投诉的时候，喻北啼笑皆非了好久。

之前，他收到的投诉大多都是因为亏损而产生的纠纷，而在这个投诉里，录音中宛亦给客户推荐的那只股票收益早已翻倍，这个投诉者拿着这么丰厚的盈利不知感恩，还倒打一耙，真是把白眼狼演绎到了极致。

不过不管盈亏如何，违规的根源在于她随口说出的"一定"二字。这种情况被投诉，明显是不知得罪了谁，以此被要挟或报复。

倘若她此刻不承认得这么绝对，私下再与得罪之人道歉，让其撤销投诉，也就不了了之了。为这点小事，让自己的整个职业生涯有污点，得不偿失。

宛亦看着指尖的袅袅烟气，笑得毫无温度："你是在给我暗示，你们监管机构，今天会在这件事上包庇我？"

喻北抬眼看了看她，嘴角略略扬起，心底微讽，还真是块顽石。

而后，他便不再多说，收整好记录，合上电脑："你的警告函很快就会下发。"

宛亦笑："越快越好。"

春末的阳光略显疏冷，穿过巨大透明的窗子，落在桌前男子英挺的背上。

"时湛。"

君齐从外面回来，笑得如沐春风，绕到在键盘上十指如飞的时湛身旁，在他面前放了一杯外带美式，接着说："刚才，我与一个证监会的朋友闲聊，他跟我讲了今天处理的一个奇葩投诉，聊到最后竟然发现，这件事是发生在南恒宛亦身上的。"

"嗯？"时湛眼瞳微动，这才抬起头，看着他。

君齐叹然："真是任性妄为，不按常理出牌啊——"

安静地听完君齐的叙述，时湛有些神色不豫。他拿出手机，拨给宛亦。

正在通话中。

过了一会儿，他又拨一遍。

两遍三遍，五遍六遍，依然如此。

他意识到不对劲，喊住送文件的助理，用她手机拨出那个背熟了的号码。

很快，宛亦冷冷清清的声音传过来："哪位？"

时湛蹙眉："你把我拉黑了？"

"是你啊。"听出他的声音，宛亦笑，"拉黑你不是很正常吗？"

"理由。"时湛的声音明显绷紧起来，是隐忍的克制。

"不想与你说话，不喜欢你，不愿高攀，没必要留着，够不够？"

"宛亦，你能不这么嚣张吗？"

"你不来烦我会内伤吗？"

"你——"

还没"你"出来什么，那边宛亦就甩手把电话挂了，时湛瞬间握紧手机，指节泛出青白的颜色。

这下，真的是内伤了。

他活这么大，还真没被人这么一次次地不给面子过。

君齐看着他的神色，迟疑了一下："宛亦的警告函应该还没下发，需不需要我去找——"

"她不需要。"时湛硬声打断。

别说是一封小小的警告函，就算她的违规被判定为行业禁入，看她这样子也是不甚在意。

静了一会儿，时湛低头笑笑，还真是，谁都拿她没办法。

当然，交警大哥除外。

宛亦的警告函很快下来了。

南恒有明确的规定，一旦触碰合规线，公司将会给予严厉的惩罚，轻则降职，重则开除。而分管公司合规的林副总，更是有权将宛亦直接开除。

"给你最后一次机会，"林副总拿着离职表来到宛亦办公室，"如果你再不服从公司安排去把轻悦的合同签下来，别怪我不留情面地把你开除。"

宛亦挑眉，接过离职表，在手中翻看了一会儿。

这停顿的空当让林副总以为她是犹豫不舍，正准备添油加醋地威胁，却见宛亦拿起笔在指尖悠然转动两下，如写意一般落笔，温然雅致地描出"宛亦"二字。

竟然签了？

林副总呆立当场，他自以为的宛亦会反过来求他的画面并没有出现，愣了半晌，不可置信地看向宛亦："难道你不知道，如果南恒开除你，任何一家券商都不会再要身负证监会警告函的你吗？这么高薪酬的职位，你上哪儿找？"

宛亦没接他的话，只是眼神极淡地掠过他，却让他感觉，似有什么冰寒液体没过心脏。

林副总这才觉得全身发冷，事态的发展竟一步步超出了他的预期，明明是他在威胁宛亦，怎么现在却被她逼到了这么个被动的局面？

宛亦被林副总开除的消息传开后，整个投行部都炸了，怎么就从反思变成了开除？

大家无法在座位上安心地工作下去，聚在一起义愤填膺："别的部门不知道，我们还能不知道吗？这个何惜晴一点斤两都没有，还妄想负责轻悦的项目。林副总是脑子有坑，想毁了我们投行部吗？"

"之前主管把那么好的商会资源都给她了，自己把握不住被骂两句又能怎么样？傍上个副总就不知道天高地厚了！"

"我们也离职吧，这地儿没法待了，主管去哪儿我们去哪儿。"

何惜晴站在投行部外，屋内的谈话悉数入耳，她咬紧牙关，硬生生地把眼中的泪水憋了回去。

她哪里比宛亦差了？不就是个轻悦么？她就不信自己搞不定。

南恒老总在得知宛亦被开除后很快约谈了林副总。

他把一份宛亦入职以来的创收报告放在林副总面前，用笔沉沉地叩了两下，目色凌厉："你看看。"

林副总心底一沉，赶忙翻开，宛亦那超乎他想象的优异绩效让他不由倒吸一口气。

"你作为公司分管合规的副总，难道完全不关注营销市场吗？"

南恒老总语气深沉，紧蹙着眉头，"你不仅没有帮助宛亦化解与客户之间的矛盾，还推波助澜，最后竟然开除了她。"

"一张警告函的影响力能敌得过她为公司做的贡献吗？很多规则在不可替代的优秀面前都是可以放宽的，这几年券商的形势你难道不知道？交易量萎缩严重，经纪业务营收大量缩减，南恒之所以盈利良好不全是因为投行业务在苦苦支撑吗？"老总越说越气，看向林副总的眼神也带上了几分沉怒。

林副总生出一股怯意，他从未见过老总发这么大的火，一时大气都不敢出。

其实最初，他也只是想给宛亦一个下马威，不承想她竟然这么狠心干脆，一举堵死了所有后路。

老总眼神由怒转冷："现在给你两条路，把宛亦给我重新招回来，或者招到一个比她更强的人，不然，我也同样能把你降职。"

轻悦传播。

时湛端着水杯立于窗前，出神地看着窗外。

天气很好，蓝得透彻，没有一丝浮云。

"宛亦被南恒开除的事你知道吗？"君齐突然开口。

"嗯。"

"你怎么看？"

"投行工作太累，压力太大，离职了也好。"时湛转身，走回桌前，放下手中的玻璃水杯，唇边笑容淡淡，却生出些自嘲，"可我觉得，我似乎是真的不想放开她了。"

"嗯？"君齐抬头，瞧热闹般地看着他。

"我冷了自己几天，想着既然她对我不感兴趣，屡次拒绝，那我也没必要再一直惦记着，最后发现不行，总是不自觉地就想到她。"

这姑娘比他以为的还要有意思。

"别乱开玩笑啊。"君齐嘴角扬起，"你平时一副禁欲的样子，怎么动起情来大张旗鼓的？"

时湛没理他的调笑，兀自失着神，过了会儿，君齐又问他："接下来有什么打算？"

时湛笑："追啊。"

夏日晴朗的夜空，繁星璀璨，因此显得月亮有些轻淡，像笼了一层细纱，却让人看着格外舒服。

"最近不用天南海北地飞了？"看着连续好几天晚上都在家的宛亦，言子辰诧异地问道。

"嗯。"宛亦躺进蓬松柔软的沙发，声音带着一丝慵静，"我从南恒离职了。"

投行部虽是券商所有业务中收入最高的部门，却也是竞争最大、节奏最快的，出差、加班、熬夜是常态。她买的这个房子，在以往的三年里，还没酒店的利用率高。

少年安静地看了她几秒，问："你的离职与何惜晴他们有关系吗？"

"有点关系。"宛亦笑得不甚在意，"不过我本就准备辞职，无所谓以哪种方式。"

言子辰干净透彻的脸上染上一丝郁结:"你无所谓以哪种方式离职,但是他们达到目的了,就这样让他们得逞了?"

"怎么可能?"宛亦抬眼看着言子辰的眼睛,笑得一派自信,"不用我还手,他们这样招惹我本就是在自取灭亡。"

少年微低下头,想了会儿,没再说话,又起身走到桌边,冲了杯牛奶,递到她手中,顺手拿起放在一旁的三阶魔方,问她:"那你以后准备做什么?"

"做独立投资人。"

券商的工作只是她积累资本的一个途径。

这几年,她把做投行挣的钱全都加杠杆投资于楼市和近期表现极好的大宗商品期货。但像这种带杠杆高风险的投资里,一个行情把握不准就有可能血本无归,在达到心中预估的收益之后,她便见好就收。

而A股已是在底部盘整到位,此时的机会远大于风险,她预测,很快就会有一波大牛市到来,由于证券从业人员不能炒股,她便离职在家,准备把所有资金逐步投入股市,经历一波牛市的发酵,她名下的资产便足够她去选择创业者来投资。

自那之后,她便会专注于有潜力项目的天使轮融资。

"那你为什么不去成立一家基金公司?这样不是能募集到更多的资金,有更多的资本去投资?"子辰一边漫不经心地练着魔方,一边问她。

"那是别人基于我的投资水平和盈利能力来投资我,而不是我选择投资别人。"宛亦淡然道，"以后就随心所欲一点，自己掌握主动权，不想和别人扯上那么多的关系。"

不管她在工作中是什么样子，在她的私人时间里，除了言子辰和苏琼，她很少联系别人，也没什么朋友。

她是什么时候变得不愿意与人深入接触的？

大概是，在声嘶力竭也得不到任何回应之后，是在失去了所有再也无从失去了之后，是习惯了一个人毫无牵挂的生活之后。

在这个喧嚣凌乱的世界，永远不知道人心有多不可测，永远不知道欲望会把人性侵染至怎样的黑暗，既然没有净土，那这薄凉的人世，她便一笑置之。

这十年，她努力让自己变得强大，有足够的力量拒绝一切不喜欢，不必向别人低头，可以随意选择自己的人生。

而曾经那些被撕裂的岁月，不值得再回头。

她只有一次人生，不会只消磨在仇恨之中。

少年停下指尖的动作，高度旋转的魔方霎时静止，她的那句"不想和别人扯上那么多的关系"在他脑海里回旋了好几遍，最后，言子辰抬起黑瞳，望向她："那我呢？"

"你欠我一条命。"宛亦缓缓地搅动着杯里的牛奶，醇郁香气里，她声线清晰，半开玩笑道，"没还清之前，逃不了。"

言子辰的目色沉静了下来，斜靠在沙发上，嘴角似勾起了一丝笑意："这辈子，还不清了。"

而他的心底，却仿若升起了一片星云，绮丽的颜色，温暖了胸腔。

第
三
章

寻 找 人 生 最 初 的 悸 动

Chapter 3

夏季末，北临市一年一度的商业交流会在会展中心如期举行。

夜幕降临，上万平方米的大厅里灯光炽白如昼，云鬓衣香，华然璀璨。

在这个热烈非凡的场合里，有人沟通合作，共同发展，如时湛、君齐；有人展示项目，谋求投资，如创业中的中奇创世；有人洞察市场，进行潜力挖掘，如宛亦；也有人冠以交流之名特色行事，如何惜晴。

会场并不显眼的一角，时湛与君齐两人长身而立，低声交流着，轻悦这两年风头极盛，为不少企业做出了品效合一的营销转型策略，前来与之交谈的人不胜其数，两人有些应接不暇，便寻一安静吧台，稍作休息。

因此，何惜晴寻了好久才找到时湛。

"时总。"在明亮的光线下，何惜晴柔声喊出，拿着酒杯款款向时湛走去，极低的胸线把那一对绵白酥软暴露在众目睽睽之下，纤腰长腿直叫人血脉贲张。

君齐眼角掠见，不由低笑出声，拿眼无声地揶揄他。

时湛眼色淡然无波，直至她走近，才向后侧过身体，晾开她欲贴上的那对绵软。

洞悉何惜晴的来意，他指向身边的君齐："轻悦的 IPO 不归我管，找他。"

闲靠在一旁看热闹的君齐差点没把喝进去的那一口酒给喷出来。手肘撞上时湛肩头，君齐睨着他："这时候归我管了，啊？"

时湛看着他，用眼神表示：不够美？

君齐懒得理他，转过身为自己倒酒，他喜欢的可是小仙女，这种庸脂俗粉，算了吧。

时湛这才转眸看向何惜晴，眼底一片幽凉："宛亦之前给轻悦做了一份 IPO 方案，一个星期内如果你能做出一份更完善的，我便把合同签给你。"

何惜晴当即怔在原地，这怎么可能？不说一个星期的时间根本不够用，且宛亦已把方案做到了极致，想超越，几乎没人能做到。

何惜晴露出楚楚可怜的表情，正欲说些什么，却撞入时湛露出不耐的寒凉眸色里，她背脊突然就生出一片冷意，硬生生地把未说出口的话憋了回去。

君齐神色有些倦懒，微靠在吧台边，沁凉的目光扫过她："还不走么？再不走，连这个机会都没了。"

何惜晴低头咬住唇，不由得尴尬离去，走至露台，才愤然道："这个宛亦，不知使了什么手段，竟让轻悦的合同非她不可。"

露台上正站着几个与何惜晴走同一条路线的女人，斜靠着透明栏杆的腰肢都似柔弱无骨，个个声音都妖娆软媚。

"或许轻悦的两位老总不喜欢你这种类型的？一会儿我帮你去

试试？"其中一个笑道，"说不定时总就喜欢我这款呢。"

"不用。"何惜晴咬牙，没有轻悦还有别的公司，她不信，自己搞不定轻悦，还能搞不定一个轻悦的替代品？

"怎么，怕我抢了你的大客户？"那女子笑容愈发轻慢，"你们主管啊，一看段位就高出你几千丈，长了一张不可侵犯的脸，谁知道不为人知的一面是什么样呢。"

"就是，"另一个女人笑着插话进来，"你跟着这位给投行圈奉献了不少经典案例的女人学了这么多天，怎么连一个轻悦都搞不定呢？都学到了什么，也教教我们？"

何惜晴心中恼怒，正想出语诋毁宛亦，眼角余光却触碰到一抹清淡身影，她心底一震，怵然回首。

宛亦闲散地靠在会场中离露台最近的一个吧台。

很明显，她们的对话她悉数入耳。

迎着何惜晴的目光，宛亦掠起一丝笑，如初冬飘落的雪粒，一颗颗恍若清透无物，落在心头，却能积寒成霜。

露台上的女人们瞬间全部噤声。

不远处的时湛隔着几重人影也看见了宛亦，他的目光在她身上停顿了好一会儿，不自觉地扬起唇角，朝她走了过来。

"在看什么？"时湛走近问她。

"看风景，"听出了时湛的声音，宛亦没有回头，只是把酒杯微微向阳台倾斜，"这一排花红柳绿姹紫嫣红，时总你觉得哪个最好看？"

时湛抬起眼眸顺着她指引的方向淡淡扫过，没做停留，那一排千娇百媚在他眼中仿若无物。

露台上的姑娘们顷刻间尴尬万分。

再回首时，宛亦已转身走开，时湛便跟上，脱下外套覆上她双肩："会场凉风开得太足，别着凉了。"

"不用。"她反手脱下，把外套扔回他手中，看也没看他，直直离去。

时湛莫名生出一股火气，攥紧了外套，追了上去，手臂从背后冷硬地卡在宛亦锁骨处，让她动弹不得。

时湛隐忍着，愠色目光警告地落在宛亦侧首回望的寒凉面容上，声音低沉："拒绝我会上瘾吗？"

宛亦声音沉冷："你放开。"

"宛亦，你是不是不敢相信我对你是真心的？"

"你装什么专情？"她尝试挣脱，却发现在他的钳制下，她根本无法抽身。

时湛冷笑："你连我的身份都能查出来，我是什么人，还没有查清楚吗？"

"查不到不代表没有，"宛亦无法动弹，侧眸生冷地盯着他，"一个人，如果隐藏太深，只会让人望而却步。"

时湛不再说话，眼色沉暗，更用力地拥着她，直接从身后的安全出口撤出会场，而后俯身扣着她的腰，严丝合缝地把她按压在楼梯间的墙壁上。

他低头看着身下的她。

这是他第一次这么近、这么仔细地看她。

从会场透出的微光勾勒出宛亦细致的轮廓，皮肤是干干净净的白，唇色略淡，暗色瞳仁深处，那一簇隐怒的火苗燃出绮丽风华，落在他眼里，近乎倾城。

就是这一双眼睛，无限地吸引着他。

他一直以为这世间没有什么会让他打破自律。然而他错了，从他见到她的第一面起，他就知道他错了。

宛亦如罂粟，初见让他念念不忘，再次相见，就让他上了瘾。

时湛的眼瞳中掠起一丝侵略，在平日里，光是想她都已经无法自控了，更别说此刻的温软入怀了。

他眼瞳深了深，目光从宛亦眼睛移到她淡色的唇上，那近在咫尺的唇，如花瓣般，引诱着他。

这是人性最本能的冲动——

时湛忍不住俯身吻了上去，宛亦的唇清凉如水，触上的那一瞬间，他忽觉整个世界都不一样了。

是几近窒息，是无法言说的情感，是不可抑制的沉溺。

五年后的再次相见，她笑起来那瞬间的流彩华光就已让他着迷。在往后的接触中，愈发地让他想要沉沦其中。

那是一种他无法克制的情绪，如同常年冰封的湖面被突然暴露在炙热骄阳下，冰裂在蓄力的释放里汹涌蔓延。

是失控的肆虐。

时湛越吻越深，箍她更紧，几乎想要按进身体里去，所有的情绪爆发于唇齿之间，炽热而紧迫，似要在她唇上烙上隽永的印记。

直到宛亦毫不留情地咬破了他的唇角，唇间传来的痛意和血液浓厚的腥甜才使时湛停止下来，渐回清明。

宛亦的手臂和身躯依旧被时湛紧密压制着，她动弹不得，盯着他的眼睛，冷讽："这就是你追女人的方式吗？好一出霸道总裁强吻的戏码。"

时湛的手指拭上她在这一刻嫣红的唇瓣，真是个淡漠的人，被他这般热烈地亲吻，竟还是凉如薄冰。

时湛淡笑："和风细雨的倾诉衷肠对你有用吗？既然如此，何不先得到？至于我有没有隐藏什么，你有的是机会来深入了解。"

像是听到了什么可笑的东西，宛亦眼底微光闪烁："你不觉得，这样只会让我更讨厌你吗？"

时湛的眼眸幽深下来，盯着她："宛亦，花点时间来了解我，我不会辜负你。"

宛亦也看着他，如此近的距离，她能清晰地看见他眼底翻涌的情绪，竟然是让她匪夷所思的承诺。

宛亦有一瞬间的如坠云雾。

但她很快清醒过来，轻扬起嘴角，声音出人意料地柔了几分，说的却是"痴人说梦"。

而时湛，应该是在这一刻下定决心，就算耗尽余生之力，他也要拥有她。

九月的北临天气很好，清凉覆盖了夏末的余热，宛亦看着窗外通透高远的蓝天，关上电脑。

要布局的那些股票已建好底仓，大盘预计还需稍做盘整才会爆发。

她拿起身边的那只澄澈杯子，些许温意渗入掌心，晴空静谧，日光和煦，真是难得的悠闲时光。

略略舒展肩膀，宛亦随手打开普撒旅游的一条推送，看见标题时，心涧却被微微触动：

开启未知旅途，寻找生命之光。

看完整篇文章，发现这是为标新立异的小众人群定制的一个为期十天的旅行，不告知行程不告知内容，在一段未明的探寻中感知世界，印证光阴。

宛亦放下水杯，慢慢地回想过往的时光。

这十年，读书加工作，她去过很多地方，以往的每个行程都是在风尘仆仆中度过，不曾停歇，不曾感受，错过了太多沿途的风景。

这些年，她太努力了，努力地想获得选择自己人生的能力，现在，她算是做到了吧？

宛亦当下便决定给自己放个假。

松弛有度，以后的人生，不会再过得像绷紧的弦。

坐上旅行社的专机时是九月中旬，给言子辰发了条消息，宛亦就关了机，闭目靠上椅背，静待起飞。

这是一个六人小团，全线乘坐旅行社提供的专机，路上也能有闲逸私享的大空间，单人单座，配套全面。飞机飞行平稳后，机组人员呈上新鲜的蔬果茶点，导游念锦轻缓动听的声音充满整个机舱，先是介绍了专机内的各项设施和服务，又说起设计这条旅行线的初衷："沿着人皆尽知的轨迹，永远也找不到触碰心灵的惊喜。

"所以，关于这场旅行，我们的主题是未知。为了贴合主题，我们把这场行程分为挑战自己和探寻世界两部分，力求这场旅行中的每一段都能让大家耳目一新，带给你们新的认知，建立更好的世界观。

"从此刻起，我们便开启了寻找生命之光的征程。"

念锦的声音很好听，舒适安宁，让人觉得时光都慢了下来，她笑着稍微停顿，用眼神与旅客们互动，接着说："之所以称为'寻找'，是因为很多人会在忙忙碌碌的生活中把自己遗失，而生命的意义在于用健康的身体去探寻世界和丰富人生，希望每个人都能通过这场旅行，走出困惑，寻回自己，找到最初的悸动与方向。"

宛亦听着，有一瞬间的出神，人生最初的模样，她几乎已经忘记了。

"最初的悸动，我已经找到了。"别样宁静的机舱里，忽而一道男声幽淡地从她身旁传过来。

宛亦怵然侧首。

隔着双人宽的走廊和一道万米高空的清浅阳光，时湛正看着她，似乎已经看了好一会儿，他的深幽双目中，有着清晰的笑意，低声地唤着她的名字："宛亦。"

宛亦盯着他看了几秒钟，神色微变，很快不耐地把帽檐压下，隔断他目光。

时湛似乎心情愉悦，并无过多在意。望着她，笑容自唇角展开，眸底是一片温存。

客机到达机场后，转坐直升机，午后时分，终是来到了行程的第一站。

这是一片隐蔽于世的连绵雪山。目及之处纯白缥缈无边，天际遥远而空灵。

神秘，孤独，像是世界尽头的冷酷仙境。

前前后后地，大家都从直升机上走下，因为在机舱内坐得较为分散，从令人震惊的景色中回过神的宛亦这才去注意同行的旅客们，除了她和时湛，还有一对情侣，一个独行的姑娘，和——

喻北？

"又见面了。"喻北的面容在冷冽的空气中愈发清晰，走近她，"真是巧。"

宛亦扬起眼角："监管机构的工作竟是这么闲？这可是为期十天的行程。"

"我也离职了，"喻北的笑容在随着声音而展开的大团雾气里变得朦胧，"我的性格不适合在那种地方工作。"

宛亦想起喻北在调查她违规事件时给予她的暗示，淡淡笑起："确实不适合。"

"来，行李我帮你拿着。"喻北向前一步，正欲去拿她的箱子，却被另一只手截住，时湛不知何时已走到他们身侧，幽凉目色扫过喻北，又单手替宛亦拉拢了一下羽绒服，"风大，快进屋。"

自然而亲近的动作让喻北神色变化了几分，他暗自笑了笑。

宛亦拢过自己的衣服，转身，从两个男人中间推着自己的箱子朝前走，稍皱起的眉尖略显出她的不耐。这计划中独自放空的旅行，可真是热闹了。

住宿的地方坐落于雪山之下，是一栋半透明的别墅。

除了一楼的餐厅、娱乐室、健身房和一些必要的结构性钢木石材，其余部分几乎全是由导热玻璃建成，位于顶层的各间卧室更是有着巨大的环形玻璃窗和全透明的天顶，住在这儿，就像融入了天地自然里。

念锦为大家安排好住宿、强调好安全须知后，大家便拿着行李箱回房稍事休整，准备一会儿好好逛逛这神秘仙境。时湛提起宛亦的箱子，被她按下："谢谢，我自己来。"

时湛便松手，让她自己来拿，却是跟着她上了楼，手撑于她房门边，问出一句："刚才那人是谁？"

宛亦毫不客气地反手把他推开，"哐"的一声，已是利落地关上了门。

隔着一道敦实的木质房门，时湛低低地笑出一声，凉而静的声音，带上一丝温度："好好休息。"

因路途遥远，抵达雪山的当天便没有安排任何活动，休整好之后，大家开始自由活动。

一楼是各式的休闲娱乐室，每一间都建得精巧有趣，宛亦来到一楼，一间一间地随意转着，却意外地在阅览室碰见独自翻书的喻北。

"又巧了。"见她进来，喻北把手中书放下。宛亦笑了笑，扫了一眼书的封面——《少年派的奇幻漂流》。

她看过那部电影，一部把自然光和生物光拍到极致的电影。

"我就是看了这本书才想出来旅行的。"喻北笑着说，见宛亦把目光从书上收回，又问她，"为什么从南恒离职？一个警告函应该不至于让公司把你这个小功臣开除。"

宛亦淡淡道："准备自己投资点初创项目。"

喻北看着她，停顿了几秒，平静带笑的嗓音忽添一丝警醒："国内资本热衷于炒作热点，各种初创项目同质化严重，你可要擦亮眼睛。"

宛亦嗯了一声，走向巨大飘窗上不知谁人落下的一盘残棋，问喻北："那你离职后准备做什么？"

"自己创业。"

宛亦的目光凝于黑白二子之间，拈起棋钵中的一枚黑子置于棋盘之中，略略沉思，又拈起一只白子，却是半天也未落下，喻北好奇望去，就听她漫不经心地开口："创业市场也不是前几年那般人人能分得一杯羹百花齐放的样子了，是丛林法则，弱肉强食，你好自为之。"

喻北闻言不由得深望她一眼，最后垂目于棋盘之中，展唇笑："一个人下着残局有什么意思，不如你我对弈一局？"

宛亦便摘子起了新局。

没一会儿，喻北便意识到他轻敌了，纵观棋面，虽然他起势夺人，但宛亦不疾不徐，攻守有度，丝毫不露破绽。

抬眼望了望面前沉静的人，喻北微奇："单看你，不像是精通围棋的人。"

"本就不甚精通，"宛亦手中棋子轻响，"是你太弱。"

"你这人。"喻北笑，轻摇头，看着她有条不紊地落下手中白子，思绪略有飘忽。

在他收到关于宛亦的投诉去查她履历时，就觉得这姑娘有意思，见面时更是被她那种即便是处于弱势也能掌控全局的气势所吸引。通过之后的了解，发现她其实也没那么强势，工作中有些果断凌厉，但生活中的宛亦，气质还是很清雅的。

或许，创业初期的他应该离宛亦远一点，不应该分心给情爱，可有些难做到，不是吗？

但靠近，真是有点儿危险了。

棋局越来越紧张，他们不再说话，思绪均凝聚在黑白二色间，窗外的雪静谧而落，亦如室内的落子无声。

当喻北的手机铃声响起时，太过于专心的两人都被吓了一跳。

"抱歉，我出去接个电话。"

宛亦淡淡地"嗯"了一声。

看了一会儿面前被打断的棋局，她把手中余子扔回棋钵，略感无聊，便侧首打开窗子，闲闲掬起一捧窗沿散雪，又任雪花从指间零落。

有人把虚掩的门推开，推门声很轻，淹没在窗外盘旋的风雪之中。

宛亦的目光落在眼前玲珑的雪片上，不一会儿便觉得凉意渗入，撒尽指间纯白，复关上窗户，却在不经意间回身时撞进了时湛望着她千变万化的眸色中。

两人目色相交时，时湛眼中更是掠过一丝惊诧。很快，他眼神恢复正常，走近她："终于找到你了。"

"什么时候进来的？"宛亦脸上的淡静素色一瞬隐去，眉尖微蹙，"你有事吗？"

时湛笑："想你算不算？"

宛亦挑起眉梢，眼底绮丽四起，睨着他几秒，而后垂首跂上鞋子，披上外衣绕他走了出去，丢下一句警告："别跟着我。"她真的是挺烦这人的。

时湛的目光深邃慑人，看着她的背影，又侧首看向那未完的棋局。

白子还未动杀机，黑子却是已初露败象。

他的笑容不由得更深。

别墅背后的雪山下有一片阶梯状的温泉，玉一般的半圆形层层叠叠，蓝色的水面在周围的冰川白雪和氤氲水雾中缥缈如幻。

宛亦回房换了衣服，独自去了温泉。

刚一入池，温热而柔软的泉水便包围了她的身体，带着水滴置于池外的手指却是触寒成冰，这种奇异的冲突感让她觉得微妙，悠然于天地之间的惬意又让她心间生出丰沛的欢喜。

这一刻无比的放松让宛亦顾自笑了笑，微光勾勒出她的剪影，清素的侧颜，恍若玉质天成，连这绝世独立的风景都像是被她分去了几分光华。

时湛远远望去，惊鸿一瞥，一刹竟不知道自己身处何方。

他目光凝驻在她身上，良久，踏雪无声，时湛缓缓拾阶而上，走到宛亦所在的池边，沿阶坐于她身侧。

宛亦的余光触及时湛身影，心间丰沛的情绪霎时淡去了几分，收回垂于池外的雪腕，抬首，清淡地看着他。

时湛的目光犹似夜空焰火，在她身上停滞，却长久不语。

终是宛亦冷然先开口："在这个旅行团里遇到你，不是意外吧？"

"嗯，我知道你报了这个团。"

时湛回应着，脑子里浮现出《凤求凰》中的那句词：有一美人兮，见之不忘。一日不见兮，思之如狂。

"你就不能消停会儿？"宛亦脸上的笑容撤得干干净净，她也不是没被别人追过，但论阴魂不散，她真是没见过比这人功底更深厚的了。

时湛笑："想见你，会上瘾。"

宛亦神色稍微动了下，把身子往池水中沉了沉，微澜的泉水掩着她的纤柔身段，轻薄的雾气里，她的眉目不甚分明。

"在想什么？"时湛问。

"我在想，我应该怎么反应才能让你把瘾戒掉。"

时湛看着她，眼睛里清晰地映出她被水雾环绕的模样，笑："别做无用功了，我自己都没有办法，更何况是你。"

宛亦拂过额前带着水滴的发丝，不带情绪地缓声道："我不可能喜欢上你。"

时湛没有立刻回应，目光一直停留在她的面容之上，半晌，才说："智利的阿塔卡马沙漠，曾经寸草不生，干燥到连土壤中都毫无生命迹象，甚至 NASA 都把那里模拟成火星来做探测器的实验，而近年，却因极端天气突然开出一望无际的花海，美若仙境。

"宛亦你说，连沙漠都能绽出如锦繁花，还有什么是不可能的？"

对于这一点，他有很深的体会。

他是一个很难被打动的人，遇着她，却是一眼沉迷。即使在一开始他还略有顾虑，他还稍做迟疑，却还是无力克制地步步沦陷。

他第一次知道，爱上一个人的感觉，竟是这般美妙。

万物都似带上了她的影子，连冰山都有了温度，阳光有了色彩，暴雨亦有了风情。

除了她，世间再无更欢喜。

这种感觉一度让他自己都觉得不可思议。

"宛亦，"他接着说，"人生有很多种可能，就像你不知道你会在这个行程中遇见什么，是苍野繁星，抑或大漠孤烟。如果这场旅行让你看到了不一样的世界和自己，便尝试着跟我在一起可好？"

宛亦抬头看着时湛。

在他的周身，四下忽而飘起苍茫的大雪，恍若在一刹那消弭了尘世间所有的声音。

隔着轻薄的水雾，她没有回应。有雪花落于她长睫之上，很快变成了莹透水粒。

时湛望着她，等待着，可宛亦依旧没有回应。

而宛亦，却觉得自己在这一刻，莫名的怦然心动。

她想，一定不是因为他，而是因这世界，在这静谧的大雪里，一瞬变幻出让她折服的风景。

第二天，晴，暖阳映着积雪，整个世界是与昨天大雪苍茫不同的纯净清新。

早餐过后，念锦告知了大家今天的活动安排：在教练的指导和带领下，完成穿着单衣赤脚在冰雪中行走二十分钟的挑战。

念锦的声音落下时，大家的笑容也随之而凝固了，不自主地感到透骨的冷意。

屋内一片安静，众人面面相觑。

"开玩笑……"终于，喻北先出声，"我是来体验世界多样性的，不是来玩命的。"

"就是……"附和的声音随之而起，"这冰冻三尺的温度，二十秒都是在挑战极限，何况是二十分钟？"

面对大家的质疑，念锦轻笑："放心，我们的活动都经过了权威机构的测试与审核，均在大家所能承受的范围之内，并且我们有专业的指导团队和医疗团队跟着，任何意外都能得到及时的处理，大家尽管放心。"

可大家质疑的态度依旧未转变。这个挑战对于常年生活在气候温暖的都市人来说，确实有些石破天惊。

站在旁边的时湛笑着，开口："荷兰有个冰人维姆·霍夫，他拥有独特的抗寒能力，曾靠着自创的吐纳御寒方式，只穿短裤在芬兰北极圈跑下了一个完整的马拉松，我们今天要学习的抗寒方式，大概与他大同小异。"

话是对所有人说的，而他的眼睛却只看着微蹙眉头的宛亦。

宛亦抬头，与时湛的眼神相碰，他的幽黑深瞳中带着一种安定人心的力量，看见她望向他，似又燃起了一簇火花。

宛亦很快移开了目光。

众人听闻后，略微安静了一些，如果是有前例可循，那这疑虑倒是可以稍稍打消几分。

团中独行的那个女生闪箐惊奇地看了时湛一眼："懂得真多啊！"

"没错。"顺着时湛的话，念锦接着说，"冷是很好的疾病预防手段，是一种医学疗法，对一些疾病的压制和消除有着很好的效果。而现在我们的生活，过分地依赖于外界的各种制暖产品，压抑着自己的身体，忘记了我们身体的潜能远远超乎于自己的想象，大家要相信自己，完成这个挑战的难度不会超过你们搞定一家高净值客户的难度。"

轻松的比喻让气氛缓和了下来，大家都笑了笑，不再有那么强的抗拒了，在医护团队和指导团队就位后，念锦便安排教练带着大家到户外，先是身着厚衣服学习御寒的吐纳方式。

凛冽的寒冷中，教练的声音散落飘远："跟着我做第一组吐纳——深吸气，半呼，如此循环……接着，再来做深呼吸。

"下面学习第二组……

"深吸气，屏住呼吸，感受氧气到达你身体里的每一个部位，而后呼出……"

在教练不断的指导和纠正下，终于，通过吐纳，宛亦觉得大脑中的氧气逐渐充盈起来，神思集中，竟然渐渐地忘了脸畔那刺骨的寒。

几组练习之后，宛亦暗自惊叹，这方法让她真的觉得没有那么冷了。

经过一上午的学习和练习，午后时分，念锦把大家带至雪山后的一个湖边。

因为寒冷，湖边寸草未生，只有几块仿若被风化了千年的巨石，结冰厚达数尺的湖面明镜般映着蓝天和积雪。

空寂辽远，冷意袭人。这便是他们一会儿要单衣赤足而行的场地。

宛亦的目光扫过队友们，大多数人又露出了迟疑之色，其实她也一样，不管上午练习得有多好，真的要脱掉棉服在冰天雪地里赤足而行时，还是会临场生惧。

念锦温暖轻和的声音适时响起："克服自己内心的恐惧，大家一定都能完成今天的挑战。"

喻北咬咬牙，率先脱下了羽绒服。闪箐跟了上去，随后大家也都脱下外套。

几乎将人吞噬的寒冷霎时袭来，只着单衣的宛亦在这一瞬间又萌生了退缩的冲动，瘦削的肩膀止不住地打战。

时湛快步走到宛亦身边，扶住她："静下心来，做一组吐纳。"这时候，一对一的教练也前来帮他们调节呼吸。

一组，两组，持续集中的吐纳让宛亦的大脑逐渐专注了起来。

这种专注力让身体的冷感和大脑渐渐脱节。渐渐地，她颤抖的身体安静了下来，竟是不觉得有多冷了；慢慢地，仿佛有暖流在身体里弥散开，内心也平静了下来。

在宛亦最初的想象中，这二十分钟一定是度秒如年，她一定是捏着秒表咬着牙扛过最后的时间。

可当教练宣布时间到，所有人都完成了这个挑战项目的时候，宛亦感受着自己轻松的身体和清醒的大脑，诧异地抬起头，不想这二十分钟竟是过得这么快。

身边传来队友们热烈兴奋的欢呼声，大家都为获得了这样的突破而觉得开心和惊奇。宛亦在短暂的惊异后，更多的感受却是震撼。

她感觉这场挑战对她而言，不仅仅是战胜了对寒冷的恐惧，更是一种自控力的提升，同时也让她意识到人体是一个多么神奇的存在，她突然对自己的潜能就有了空前的期待。

"我们是怎么做到的？"

回到别墅，窗外飘起了小雪，温暖如春的室内，闪箐意犹未尽地问着念锦。

念锦笑："吐纳能帮助身体在一定程度上和大脑隔离，让身体自己调节，激发出潜能来对抗外界环境。我们人体的强大是你无法想象的，所以，永远不要让你的思维禁锢你的行为，克服禁锢，才能引爆超乎你想象的潜力。

"不过，在没有专业老师指导的情况下，不建议大家私自用这种方法来拓展自身的潜能。在平日里，激发自己潜能更为简单实用的方法就是坚持每天留出时间来做运动，运动不仅能使身体素质更好，同样也会诱发大脑神经的新生，改造你的大脑。"

宛亦听到这儿，蹙眉思考了一下，问念锦："不是有种说法，大脑的神经元数量自出生起就已经固定，不能再新生了？"

"嗯？"念锦顿了一顿，似乎被难住，一时间没有回答上来。

"错误的观点。"时湛笑着接上，看向宛亦，"运动产生大量神经元，而新的神经元是一个完全空白的干细胞，需要经过二十八天的发育和使用才能加入一个神经网络中，否则，你就会失去它。所以只要持续运动，并且持续使用这些新生的神经元，你的大脑就会越来越强大。"

得到答案的宛亦认真地想了会儿，问他："也就是说，在适当的运动后学习，效率会提高，同时也能锻炼大脑？"

时湛望着她笑："对。"

"谢谢。"宛亦点了点头，没有再问，她的余光里是窗外飘扬的雪片，仿佛被注入能量的身体和安宁的环境，让她在这一刻觉得，世界史无前例的美好。

念锦感激地看了时湛一眼，接着说："这也是我们此趟旅行的意义，学会管理身体，激发潜能，见识更宽广的世界，开拓心情，管理情绪，自此以后，用更好的方式决定自己的人生。"

天色向晚之时，雪停了，有风在窗外低吟浅唱，远处的雪山背后绽放出令人炫目的霞光，为这纯净的世界添上几分动人的色彩。

晚餐是雪地烧烤。

在这滴水成冰的户外自己动手烧烤，虽是有着月下畅饮、微光映雪的情调，却也真是考验了大家的配合度，穿串，烤串，抓紧时间大快朵颐，一个步骤没接洽好，无孔不入的寒气就会把食材冻成冰碴，就连那啤酒也必须在恒温箱里存着，不然那入口的就是啤酒冰棒。

不过也真是特殊的体验。

那对情侣不断地从别墅搬出烧烤的工具，宛亦和闪箐在食材被冻结实前把它们迅速地穿入铁针，递给站在烧架前的时湛和喻北，两个男人很是生疏地开始翻烤。

"这是我平生第一次下手烧烤，刚查了烤肉攻略。"喻北说。

"是吗？"时湛看了他一眼，漫不经心地应着，只觉得喻北有些熟悉，一时却想不起来在哪儿见过，略低下头给烧烤架上的食材刷了一层油，时湛接着说，"我比你强点，无师自通。"

而后，时湛又把目光移到宛亦身上。

宛亦穿好了串子，穿着厚厚的羽绒服坐到了一旁高处等着，她的脚下是不知被风化了多少年的青石，她安静地坐在那里，静观这个热闹的世界。

宛亦凝视着人群，不知在思考着什么，时湛凝视着她，心中升起一丝微妙的、无法说清的感觉。

清夜无尘，月光如银，就好像此刻的她不属于这人间，而是他脑海中最美妙的幻影。

金色的炭火映着四周干净的白雪，在微风和油脂的熏染下越燃越旺，很快烧成了红通通的一片。

久立于烧烤架前的时湛渐渐地觉得有些热了，额头竟渗出了稍许汗珠，在火光的映衬之下，为他的侧颜添上了几分温度。

"宛亦。"时湛朝着青石喊了一声，又顺便把手边香气四溢的食材翻了个面，逗着她，"来，帮我擦擦汗。"

宛亦坐在那儿未动，只掠过凉丝丝的一个眼神。任她毫无回音，时湛兀自笑道："快，一会儿起风了，容易着凉。"

"我帮你。"喻北的声音不合时宜地插了进来，拿起纸巾走近时湛，不甚温和地擦干他额头的汗水。

时湛眉宇间露出一丝清寒，沉下眸色看向他："怎么哪儿都有你。"

喻北扬起下巴指指宛亦："她明显不想搭理你，还要去自讨没趣。"

时湛几无可察地蹙了一下眉头，冷哼一句："少说两句，对你没坏处。"

宛亦不想搭理他，他自己看不出来的吗？

在以往的生命里，他何曾这般对一个异性温言软语过？次次碰壁无所谓，可这无孔不入的搅场王是哪儿来的吗？

喻北低头翻了翻鸡腿，又抬头看着时湛，笑了笑，缓缓开口："真想和你抢她。"

电光石火间，时湛突然回头。

他记起喻北了，他们曾因君齐有过一面之缘，就职于证监会。所以他和宛亦相识于那场违规处理？

"不过，我准备放弃了。"喻北目色平静地看了宛亦一眼，"不适合创业时期的我。"他不能分心。

时湛盯着他，半晌，笑："学会放手很好，你以为你只是错过，实际上是逃过一劫。"

他有种预感，这个叫作"宛亦"的女人一定会搅得他生活地覆天翻，谁追她都会是像历劫。可他依旧无力抗拒。

时湛移开目光看向夜空，唇畔勾出的笑容愈发深远。

漫天繁星，雪光醉人，却远不及她的笑容。

肉很快被烤熟，在滋滋的声响中，香气弥漫，油光诱人。

时湛简单地立于烧烤架前，带着几分让人无法忽视的独特气场，低头仔细地挑选出已熟的食材，喻北在一旁招呼着大家围过来，赶紧趁热吃掉。

一时间，场面很是热闹，牛肉羊肉，蔬菜鸡翅，入口瞬间，鲜香在味蕾上翻腾舞蹈，惹得大家赞不绝口。

"好棒啊！"闪箐拿着手中的鸡翅往时湛身边挤，"你的手艺我能给你打一百一十分，多十分怕你太谦虚了不知道骄傲。"

喻北眼神幽幽："姑娘，那个鸡翅是我烤的。"

"啊？"闪箐听闻，赶忙把鸡翅塞回喻北手中，又从时湛面前的烧烤架上拿起一串肉，咬一口，意犹未尽，"还是这个更好吃。"

念锦打开了户外音响，温暖欢快的歌声响起，是一首《行星》。

闪箐跟唱了几句，仰头看着漫天星光，感叹着："这满天的小行星啊……"

时湛把手中的蔬菜装着盘，没抬头："你看得见的行星只有五颗，金木水火土。"

"我还上山打老虎呢！"闪箐顺口接上，"怎么还能扯上五行八卦金木水火土呀，是要算星座吗？"

时湛顿了顿，抬眼看着她："我是告诉你，这五颗用肉眼可见的行星，分别是金星、木星、水星、火星和土星。"

闪箐捂脸："是不是觉得以后都没法跟我聊天了？"

"也不是。"时湛笑了，"孔夫子说，不以人废言。"

闪箐望着男人映着火光的笑容，也跟着痴笑，还拿起了个鸡腿吃，吃着吃着，回过味来，这不是什么好话吧，这是在说她文盲呢吧？

那对小情侣看着他们闹，笑得肩膀乱颤，宛亦也跟着笑了笑，她吃得不多，但是真喜欢这种氛围，热闹过后便与大家告别，独自先回了房间。

晚间，四下大雪，独此别墅灯火通明。

宛亦在温暖柔软的床上坐下，望着全景玻璃窗外绝世独立的山脉。

没有一丝的喧嚣，没有一丝的光污染，室内隐然飘香，伴着星河入眠，这感觉已不是简单的震撼，而今天所经历的这一切，是惊奇而又全新的体验。

原来这个世界有如此多的可能性，让她不自觉地就有些期待接下来的行程。

第
四
章

赴 你 一 场 不 期 而 遇

Chapter 4

宛亦这儿白雪纷飞，北临初秋的天气却是阴雨连绵，言子辰自昨天收到宛亦的微信后就没再联系上她，在家里等了两天也没见人回来，周六晚上，他闷闷不乐地回到学校。

到寝室里，打开微信，宛亦的消息还是只有那清淡的一句：我出去玩几天，你在学校别乱跑别惹事。

去哪儿玩了？具体几天？到底是谁在乱跑？言子辰问她，到现在还没给回复。打电话，竟然一直关机。

心烦，少年靠着椅子，抄起魔方，复原，打乱，复原，打乱，再复原，再打乱，发泄着火气，眼花缭乱的指法闪得对面卿墨的眼睛都快瞎了。

虽然眼睛快瞎了，但卿墨还是忍不住在心里默默地感叹一句，真是太炫酷了。

他凑近："从大一就开始见你玩这个，看了三年都没看明白怎么复原的。"

言子辰闷声："我从小学开始玩的。"

"哦，对哦。"卿墨回忆了一下，"我记得，魔方就是我刚上小学时问世的，一下子风靡全球，两千零几年的时候。"

言子辰反驳："魔方问世四十多年了。"

"哦。"卿墨又问，"你从小就这么快吗？几秒钟都能复原。"

"练的。"言子辰表情依旧沉郁，"你当我是神童？"

卿墨憋屈了："言子辰你今天吃炮弹了吗？说一句你怼一句！"

言子辰不吭声了，也知道自己的态度不对，沉默了一会儿，道歉般给卿墨解释："1974年，匈牙利建筑教授厄尔诺·鲁比克为了让学生更好地认识立方体的空间结构，做出了魔方的雏形，它的千变万化和复原的困难性吸引了很多人去探索，魔方因此由一个教学工具变成了一个智力玩具。

"而现在，随着WCA（世界魔方协会）的成立、魔方种类的扩充、世锦赛的推广、交流平台的多元化，魔方也逐渐从一种智力玩具变成了一种竞技项目。"

卿墨略感惊奇："你们还有比赛？"

"对，官网会记录WCA认证的比赛成绩，显示各个项目的世界排名并不断刷新。复原魔方不难，但魔方选手们追求的不仅仅是复原，更是极限速度，我们不断地改进复原公式，提高手速，加强连贯，就为获得更高的速度。"

"复原魔方不难？"卿墨抓住了一句重点，目光幽幽地看着言子辰，一副"站在山顶的你是不是看不起我们正在爬山的人"的表情。

他接着说："你当我没玩过魔方吗？我竭尽全力也只能拼出一面，同时拼出两面都没成功过。"

言子辰笑了笑："这是一个很多人都会陷入的误区，三阶魔方是一个立体结构，每一块都是会相互牵制影响的，所以，复原三阶魔方应该是一层一层地来，而不是一面一面地来。"

卿墨似懂非懂，拿起他桌子上的另一个三阶魔方，探究地转了几下。

言子辰把手中魔方复原，从下往上指着层数让卿墨看："三阶魔方一共有三层，底层、中层、顶层。"又翻转着给他看颜色，"有六个面，把白色面放于下方的话，完整的颜色排列就是，上黄、下白，前蓝、后绿，左橙、右红，这是三阶魔方的官方配色。"

卿墨看得仔细，问他："这个颜色的排序会变吗？会不会这次复原是上黄下白，下一次复原就变成了上黄下绿？"

"不会，复原后颜色的相对位置不会改变，这个三阶魔方无论复原多少次，都只会是上黄下白，前蓝后绿，左橙右红。"

"为什么？"

言子辰没有立刻回答他："我先简单地给你讲下三阶魔方的结构。"

他把手中魔方的顶层转了四十五度，用力摁着中间的一个棱块，啪的一声，棱块卡脚露出，完整的魔方瞬间变得七零八碎，散了一桌子的零件。

"三阶魔方主要由两部分构成，中心轴和这些可旋转或移动的块。"言子辰拿起零件中的那个有六个方向延伸端的内部结构，"这是中心轴，使魔方保持着一个可转动的整体而不散架。"又敲了下与中心轴相连且各有一面颜色的六个小块，对卿墨说，"这是三阶魔方的中心块。"

他指向零落在桌面上的小方块："你数一数剩下的一共有多少块？"

卿墨拨弄着那一堆从魔方上拆卸下来的绚丽方块，回答他："二十块。"

"其中有多少是有两个面涂着颜色的？"

卿墨仔细地数了数："十二。"

"对，这十二块有两面颜色的小方块是三阶魔方的棱块，处于魔方十二条边中间的位置。再数一数，三个面涂着颜色的小块有几个？"

卿墨数了数剩下的："八。"

"对，这八块有三面颜色的小方块是魔方的角块，位于三阶魔方的八个顶角。"

卿墨稍作消化："所以，一个三阶魔方的外部一共有二十六个块，其中包括六个中心块、八个角块、十二个棱块。"

"对。"言子辰抬眼看了一下卿墨，"明白为什么三阶魔方复原后颜色的相对位置不会改变了吗？"

卿墨拿起中心轴，翻转着看，略思考，回答他："三阶魔方的中心块与中心轴相连，只能旋转而无法移动，因此中心块的位置是不会改变的，而中心块的颜色决定了这一面的颜色，所以，三阶魔方复原后颜色的相对位置不会改变。"

"对，六个中心块不能移动。"

言子辰总结着："所以，只要把八个角块和十二个棱块归位，魔方也就复原了。并且角块只能和角块换位，棱块只能和棱块换位。

"这样一分析，是不是觉得复原魔方很简单？"言子辰说着，又从底层开始一层层地往上组装着魔方，装到顶层只剩一个棱块的时候，把顶层转了四十五度，将最后的一个棱块按了进去。

"你可算了吧！"卿墨盯着言子辰手中的魔方零件，"我现在只学会了拆魔方，离复原还差十万八千里！谢谢。"

言子辰把拼好的魔方打乱："我给你示范一下复原魔方的初级方法'层先法'的步骤，你就差不多知道怎么复原了。"

"我一般都会以白色面为底，'层先法'一共七步。"

言子辰说着，用眼神示意卿墨认真看：

"第一步，底层棱块归位，如果以白色面为底的话，底棱就是带有白色面的四个棱块，白色面朝下，侧面对齐形成十字，便完成了第一步底棱归位。

"第二步，底层角块归位，将四个带有白色面的角块的白色面朝下，另外两面颜色对齐，归位。

"第三步，中层棱块归位，将第二层的四个棱块颜色对齐，归位，做完第三步你会发现，魔方的底层和中层都已经拼好了。

"第四步，顶棱翻色，也就是做好顶面十字。

"第五步，顶角翻色。

"第六步，调整顶角位置。

"第七步，顶层棱块归位。OK，复原。"

言子辰把复原好的魔方收拢在掌心，问："记住层先法的七个步骤了吗？"

卿墨呵呵一笑，一副"我们不是同一世界的人"的表情："七个步骤的名字是记住了，可每步是怎么转成的，一个没看懂。"

"每个步骤都有公式，我写给你，在理解了魔方的结构和复原步骤之后，你对着公式拼，看看难不难。"

言子辰拿起笔，很快写好公式，并画上示意图，卿墨半信半疑地接过，极为生疏地对着纸上的公式开始复原，还念叨着："在我看来，能复原魔方的都是神童。"

但在言子辰刚才给他一通拆分和讲解之后，卿墨发现自己竟然真的能轻松地看懂这些公式，随着魔方一层层的复原，卿墨越来越惊奇。

"三分钟！"看了眼计时器，他竟然三分钟就拼好了！

他此刻特想唱一首《我欲上青天》。

卿墨鉴宝似的把复原好的魔方放手中翻来覆去地看，喜不自胜，暗自想着：拿着这个去跟心尖上的姑娘表白是不是成功率会高很多？

卿墨边想着边看了一眼手机，暗着的屏幕映出他的轮廓，对着屏幕整理了一下头发，卿墨陶醉着："长得还挺不错。"抬头看了眼言子辰，他又蔫儿了，愤慨地道，"你说我怎么就这么不走运地跟你分在了一个寝室？天天光被姑娘们围起来打听你了，不知道还以为我天天沉浸花丛四处乱撩呢。"

言子辰看了他一眼，没有说话。

卿墨悲春伤秋了一会儿，又问言子辰："你一般多久复原？"

"三秒多点。"

卿墨作势起身："友尽，再见。"

言子辰又转起了笔，漫不经心地道："你把层先法的这些公式背熟，速度很快就能提升到六十秒内，之后再慢慢渗透高级玩法，逐渐缩短复原时间。"

卿墨又坐了下来，对着公式开始研究起来，寝室变得格外安静。

言子辰的微信响了一声，他抬眼去看，是宛亦发来的：下周日回北临，去了雪山，信号不稳定，刚开机。

悬了两天的心终于安定下来，言子辰停下指尖转动的笔，盯着手机屏幕，想接着问她几句，又有点不太想搭理她。

"卿墨。"一片寂静中言子辰突然开口。

卿墨抬头，撞上了言子辰突然变得专注的眼睛。

"我……"言子辰手指撑在手机屏幕上，骨节用力得都有点儿青白了。

他看着卿墨的眼睛，犹豫着："你……"停顿了一下，又一声，"你……"

言子辰"你"了好半天也没"你"个什么东西出来，卿墨不由自主地挺直了背脊，没见过这么优柔寡断的言子辰，搞得他也有点紧张了。

终于，言子辰吐出了一句完整的话："你——会喜欢一个比自己大七岁的人吗？"

"我的天！"卿墨松了一口气，拍拍胸口，"言子辰你能一句话利落点说完吗？眉目含情、吞吞吐吐的，我还以为你要向我表白！都快吓心梗了。"

言子辰脸上浮出一层红色："你正经点。"

"好，正经。"卿墨站起来，双手撑在他面前的桌子上，"你什么古墓派思维，现在都什么年代了，你还在犹豫着能不能姐弟恋，人小姐姐还不一定看得上你呢。"

言子辰沉默了会儿，神色消沉："你说得对。"

"能看上，能看上。"卿墨赶紧改口，直起身子，"我开玩笑的呢，你可别露出这副苦大仇深的表情，跟我欠你百八十万似的。"

"是那天食堂碰上的小姐姐吗？"卿墨又问。

"嗯。"

"你什么时候开始喜欢的？"

言子辰不吭声了，拿着手里的魔方翻来覆去地转，也不去复原它，思绪不知飘到了哪里。

"对了。"见他不愿意回答，卿墨转了话题，"导师那事儿，谢了啊！"前段时间，导师霸占了他们实验室对于提高 VR（虚拟现实）视频沉浸感的研究成果，言子辰黑了导师电脑找回证据，帮他拿回了专利权。

言子辰思绪收回了一些，黑瞳看着他："你应该感谢你走运地跟我分在了一间寝室，不然找谁帮你去。"

呵，卿墨笑了，还记仇呢，这人！

旅行的第三日。

一早，念锦告知了大家当天的任务：在互相帮助之下，整个团队一起徒步登上这座海拔将近四千米的雪山主峰。

爬雪山，绝不是像想象中的那般在一片绝世美景中轻松而行，随着海拔的不断升高，植被逐渐稀少，空气干燥而稀薄，加之气压的变化，会导致身体产生各种不适，尤其是接近顶峰近四千米海拔的时候，恶劣的环境可能会导致每个人都寸步难行，甚至会有头痛、呼吸困难等更为严重的高原反应。

这个挑战的难度指数，绝对不低于昨天单衣赤足在冰雪中行走二十分钟。但由于昨天的顺利，今天没有任何人提出异议。

为避免出现危险，每个人携带充足氧气和能量补给的同时，旅行社还安排了急救医生和几名专业的登山人士与他们同行。

一片跃跃欲试里，一行人来到了主峰脚下。

朝阳中，整个山峰云蒸霞蔚，常年的积雪晶莹微闪，承满雾凇的玲珑树干笔直地伸向天际。碧空如洗，玉树琼花，浩壮而静美，让人不由得对大自然的鬼斧神工叹为观止。

可真正地行走起来才发觉，登山的路并不是想象中那般好走，少有人行走的路乱石重生，掩埋在积雪之下，大家必须集中精力盯紧路面，互相搀扶，根本无暇顾盼周边的美景。

越往前走，道路越狭窄，甚至还有不少被大雪压断的树枝横隔在小道中间。

出发时笑语连连的一队人渐渐地消弭了声响，行走的速度也越来越慢。猝不及防，一片寒风裹挟着干雪侵袭而来，直刮得大家身形不稳。

"还好吗？"

时湛侧身看向宛亦，向她伸出手，欲拉她一把。宛亦避开他手掌，在连声音都似被打散的大风里强自镇定着："我没事。"

时湛蹙起眉心，不再说什么，停下脚步让宛亦走到他前面，确保她在自己视线范围之内。

宛亦偏瘦，走得很艰难，逆风的阻力、雪面厚度的深浅不一，让她的每一步都似走在风口浪尖，摇摆不稳。

时湛一边稳着自己，一边目光更紧地跟随着她。

艰难地走了一段距离，风丝毫没有减小。宛亦撑着登山手杖想稍微停歇片刻，却踩到了雪面下什么不平的东西，"噗"的一下摔倒在厚厚的积雪中，脚踝传来一阵阵疼痛，疼得她眉眼都拧在了一起。

时湛霎时惊出一身冷汗，冲上前去一把将她从雪地中抱起，冲着身后大喊："医生！"

而后他迅速扫过周围的环境，找到一块巨大的岩石，脱下外衣垫于其上隔绝石头的冰寒，又将宛亦放在上面，轻抬起她那只受伤的脚。

赶过来的医生忙给宛亦检查——脚踝还能活动，稍有肿胀，医生松了口气："还好，只是很轻度的扭伤。"刚才在这个男人一惊一乍的喊叫和暗沉眼神的压迫下，他还以为这姑娘摔断了腿呢。

医生麻利地给宛亦做着冰敷、加压包扎。

时湛一边扶着宛亦一边把目光移向前方的路。

那是一条覆着厚厚积雪的崎岖窄道，一面是陡峭山坡，一面是寒冷峭壁，靠近陡坡的那一面只有一条铁链松松拦着，大家必须紧贴着山壁互相帮扶协助，才能安全地通过此段。

宛亦此刻的情况，虽还勉强能走，但继续参与爬山的话，万一之后再遇见大风或别的突发情况，不仅对她的自身安全有威胁，还会拖累大家的行程。

可是，山顶那清绝天下的景色——

时湛眉宇间生出了一丝不易察觉的遗憾。

算了，安全至上，此次，无缘便无缘了。

在他凝神思考间，包扎妥当的宛亦已是撑起身体准备从石头上下来。察觉到她的动作，时湛回神，皱起眉头按住她："别乱动！"

声音不大，却有种无法抗拒的穿透力。

宛亦抬头，撞入他深色眼瞳里，怔了一怔，安静下来，难得地没有反驳。

见医生处理完，一旁略显担忧的念锦咨询着随行的专业人士："宛亦她还能接着登山吗？"

"不了，"对方定论前，时湛已做出了决定，"我送宛亦下山。"

"不用你，"宛亦的神色恢复了沉静，身体却本能地避开时湛半弯下身欲抱起她的双手，侧首喊，"喻北，帮个忙！"

时湛的眼光暗下几分，却没有给她拒绝的机会，强硬着将她拦腰抱起。

"回别墅的路不远，我一个人送她就够了。"时湛扫过一旁目色动摇的喻北，眼神落在念锦身上，"你们继续，注意安全。"

说罢，便抱着宛亦朝山下走去，身后念锦的声音被风送了过来："路上当心，我跟团里的工作人员说过了，他们会上山接应你们……"

下山的路因人少显得更加冷清，周身恍若静置了千年的树木参天而立，冬日稀疏的枝丫裹着一层厚厚的凝霜。

风渐渐停下，两人均是沉默，互不言语，一时万籁寂静，唯留积雪中一行深沉的脚印。

终于，时湛垂眸，看着怀中的人，冷笑："竟然想着找喻北？以为他对你就没企图了？"

宛亦淡声："比你强点儿。"

"比我强？强在哪里？"

"至少他不会乱亲乱抱乘虚而入。"

时湛微弯起唇角，略低下头："你还真是了解我。"

他的温热气息恰好落在她耳郭处，宛亦躲了躲，他便柔下声与她耳语："宛亦，双手要圈住我的脖子，这样我才能把你抱稳。"

宛亦抬眼，警惕地看着他，在满是他清冽的气息中强压着被撩拨的心绪，拒绝着："你放我下来，我在这儿等旅行社的人。"

时湛的目光在宛亦面容上停驻几秒，抬起头，笑着叹道："真是恃宠而骄。"而后，他更紧地搂住她的腰身，转而凝定并不是那么好走的路面。

宛亦的目光也落在了雪面，看着蓬松的雪被他的步伐掀出淡淡浮雾，染白了他的裤脚，她一瞬间，神思恍惚。

回到别墅，酒店里的常驻医生又为宛亦检查了一遍，确认无碍后，时湛才抱她回了房间，把她放在床上的这一刻，他才真正地放下心来。

顺势勾起宛亦的下巴，身心均放松下来的时湛贴近她唇瓣，深瞳中泛起惑人的微光："这会儿，我特别想乘虚而入怎么办？"

宛亦的双目波澜不惊，心涧却被他太过诱惑的语调扰得微波四起，她稳着心绪，抽出身后的靠枕，用力砸到他胸前，掀起眼睑，神色淡漠："滚。"

"你就是这个态度？"时湛看进她的眼睛里，扬起唇角笑，"我不放心旅行社的人，抱你走了这么远的山路把你送回来，你这过河拆桥的转眼间就让我滚？"

宛亦眉梢皱了皱，顿了一下，没再说话。

时湛笑，不再逗她，直起身子略微舒展酸胀的手臂，又替她调好暖风的温度，才回身望着她："不出意外，他们这会儿应该已经登顶，如果你争气，也能站在雪山之巅看世界了。"

天地纯净，山云一色，是我想带你一起看的无与伦比的风景。站在雪山的巅峰，真是会觉得整个世界都是自己的。

"不过也不要遗憾，国内同样有很多不亚于此地的雪山，比如梅里雪山，比如玉龙雪山，等回国——"时湛的眼中划过一丝流光，稍做停顿，接着说，"我再带你去，就当是补偿今天错失的风景。"

宛亦静了片刻，缓缓抬眸看向他。

时湛背窗而立，深色的眼睛在光的勾勒下鲜明惑人，一瞬不瞬地看着她，在他身后的全景玻璃窗外，是圣洁而神秘的连绵雪山，还有那不知何时又飘起的雪，像是这般纷飞了几个世纪，洁净而安宁。

宛亦想起她刚才在雪山上摔倒，时湛冲上来时的那个眼神，是真实到过分的紧张，是瞬间迸发的担忧，在一刹那，重重地砸落在她心上。

宛亦沉默着，忽然无法说出拒绝的话。

久等不到她的任何回复，时湛略微收敛了笑意，撤回目光，不再执着于她的答案。时湛转身走到一边的果蔬机旁，拾了几只还带着水珠的鲜果扔进去，按下制作键。

空气中顷刻弥散开淡淡的清甜。

很快，时湛把灌满果汁的玻璃杯放在她床边，看了她一眼，声调平稳："好好休息，晚饭的时候我来接你。"

宛亦的扭伤并不严重，休息一天后便好了大半，念锦告诉她之后的活动安排不会再像这两日般需要做大量的运动，宛亦便放下心来，不再担心会因为她而误了大家的行程。

第四日，因登雪山消耗了大量体力，大多数人都睡到了日上三竿，中午体验了当地的美食后，下午，念锦带着大家深度游览了这冰雪之境。

出了别墅，不远处冰河上冻结的浮冰在阳光的折射下发出幽蓝的光，露天温泉在白底的映衬下更加朦胧醉人，还有那万年的冰川，亦是壮美到令人敬畏。

像是地球之外的静谧奇观，过目难忘。

逛完景点回别墅的时候，念锦告诉大家第二天就要离开这里奔赴下一个目的地，众人听闻均有不舍。晚餐后，大家一起聚在别墅顶层透明的观光厅，放着舒缓的音乐，以酒话景，享受着雪山脚下最后的时光。

不知是谁提议，这些歌，光是听着有什么意思，不如大家一起唱啊。

念锦听闻，很快送来了一只立式话筒，闪箐率先点了歌，热热闹闹地开了场，大家轮换着唱完几首，气氛已是被烘托了起来，在这几天的挑战项目中培养出革命情感的队友们，聊得也是愈发投机。

闪箐说："当初我报这个团的时候，还犹豫了好久，怕是个坑，但旅行社的那个推送文案写得太好了——'开启未知旅途'，把我的好奇心吸引起来了，不来试一试怕错过了这个机会。"

喻北点头："我也是。来了之后才发现，这趟旅行不仅营销方案做得好，内容也棒。"他又问念锦，"你们公司的营销方案是自己做的，还是交给了营销公司？"

念锦笑道："今年的方案都是交给营销公司做的。"

"哪家？"

念锦看了一眼时湛，他没有说话，她便也不好说："我不管营销，也不太清楚。"

喻北点了点头，没再接着问她，又聊起了别的话题。

互相碰杯间，时湛的目光频频落在宛亦身上，她安静地坐在窗边吧台前，侧着身半对着窗外，对于喝酒聊天，不拒绝也不主动，对于这般热闹的气氛，不融入亦不扫他人兴，倒像是透明的存在。

时湛起身，坐上另一侧的高脚椅，单手扶着立于一旁的银话筒点了首歌，前奏响起，他低沉中略带金属般韵色的声音随之倾泻而出：

不愿染是与非，怎料事与愿违

心中的花枯萎，时光它去不回

但愿洗去浮华，掸去一身尘灰

再与你一壶清酒，话一世沉醉

……

　　时湛经话筒传出的声音比往日柔了几分，有宁静，有瑰丽，不是情歌，没有告白，这一首《不染》却是独唱给宛亦听的。

　　他看着宛亦的侧影，在歌声中，思绪飘到初来这里的那个下午。

　　他在阅览室里找到她，彼时，她赤足坐在飘窗上，透明窗外是一片银装素裹，身侧是未完的棋局，伴着簌簌下落的雪，整个人清透得没有一丝烟火气息。而后，她关上窗子，在那万象无声的房间里回身，不经意地撞入他的眼睛。

　　那一瞬，她的眉目似水，素色清容如无瑕白璧一般，多一分妆的色泽，就像是多了一分轻渎。

　　他第一次知道，原来她一个人的时候是这样的。

　　不是艳丽到直刺人心的油画，亦不是颜色丰富重叠的水彩，而是那深浅一色，一点一点弥散，浸染灵魂的水墨。

　　纯粹至透明。

一壶清酒，一身尘灰

一念来回度余生无悔

一场回忆，生生灭灭，了了心扉

再回首浅尝心酒余味

……

再回首浅尝心酒余味

时湛继续唱着，千回百转的心念在歌声中倾泻而出。他的目光幽长，半分没有从宛亦的背影上移开。

最初相识，他以为她是一个八面玲珑的人，最后发现她所有的努力，所有的配合，所有的完善，都是为了换取无须妥协的自由。

就像这首歌里唱的一样，身于尘霾，不染是非。这样的宛亦，更容易让他心折。

宛亦静静地坐在那里，一直未动，没有回身。

可她的神思却在时湛直入人心的声音中剧烈地震荡着，在背着光的地方，谁也看不清她的表情。

但她听懂了，这首他唱给她的歌，她听懂了。

曲终，吵闹的房间已是鸦雀无声。静了两秒，突然爆出了一阵掌声。

时湛从椅子上下来，目色从宛亦的背影上收回，很淡地笑了一笑，示意大家继续喝酒。

早已微醺的闪箐拿着酒杯虚浮着步伐撞到时湛身旁，双眼闪着光："你是我听过的现场版中，唱得最好听的人。"

"是吗？"时湛不动声色地拉开了些距离，笑着，"谢谢。"

"你好像什么都懂，什么都会，什么都能做得很好，还帅到逆天啊。"

屋内暖气很足，时湛只穿着一件雾蓝色衬衣，很挑人的颜色，穿在他身上，却是气质卓然，他一双长腿随意抵着高脚凳，极尽悦目。

闪箸几乎看痴了："真是羡慕你这种人，对你来说，是不是想得到什么都非常容易？"

"当然不。"掠过闪箸眼中呼之欲出的倾慕，时湛的目光重新落在宛亦身上，他指着宛亦，兀自扬笑，说，"你们女孩都喜欢什么样的追求方式？为什么我的数次告白都没能让她有一点动心？"

闪箸愣住，这一句话，瞬间断了她对他萌生的所有念想。

不紧不慢地饮尽杯中酒，时湛又接着对闪箸说："我请你喝酒，你去帮我问问她可好？"

这个拒绝，真是恰到好处而又彻底，被扎了心，竟还能让她生出相怜之情。

闪箸幽幽叹气："这真是我见过的最别致的拒绝方式。"

不多说了，一起喝吧！

第五日。

他们在午后抵达波多黎各，一个色彩斑斓的自由邦。

办理完入住，宛亦爬到酒店的最高处，三百六十度环视了这个海岛，以海岸线为分割，居民区的一面热情鲜明，各色建筑耀眼缤纷，而另一面则云烟俱净，海天共色。

热烈与安宁这完全不同的两种风格带给宛亦奇异的视觉冲突，她顺其自然地就被这景色撩拨出丝丝兴奋，期待接下来的体验。

回房间稍微休息了一会儿，下午过半热度稍退的时候，念锦带着大家来到乘坐水上快艇的海边，快艇倒是没什么新奇的，大多数人在别的海岛早已体验过，而当这里的快艇飞起来时，大家才明了——根本不能相提并论。

驾驶员开得很狂野，超出想象的狂野，用极致的速度带着大家追风斩浪，游艇双侧激起的巨大水墙隔绝了所有的视线，只有风声在耳边肆虐，分分钟要把人吞噬了去。

宛亦觉得自己的心脏都快停跳了，身边的闪箐快把嗓子喊哑了。在一圈圈的急转之中，连大脑都似晕眩到快要撞出头颅。

当游艇的速度终于降下来，带着大家在近岸缓行观光时，宛亦才觉得自己炸裂的魂魄慢慢地回到了身体里。水雾渐渐散去，她看着回归平静的水面，深深地吸了一口气，虽然心脏还在狂跳，心情却是从未体验过的酣畅淋漓。

那一对情侣中的女朋友整个身体都挂在了男朋友身上，吓得眼泪汪汪，声音颤抖："像我这种连过山车都不敢坐的人，这个速度简直要了我的命。"

男朋友轻拍着安抚她，轻声轻语地哄了好一会儿。

时湛的目光隔着两个人落到宛亦身上，刚上游艇时，宛亦避开了他的位子，他便没有强求着与她坐一起。

可这时，时湛按捺不住了——

宛亦全身湿透，已变至半透明的白T贴在玲珑的身段上，胸口还略微起伏轻颤着，带着水珠的皮肤，白到刺眼。

喻北看了她一眼，默默地移开了眼睛。

美人不自知，有时候也是一件让人很头疼的事情。

"你这个样子……"时湛走到她身旁，低沉着声音，一个一个地解开衬衣的纽扣，脱下为她套上。

宽大的衬衣穿在宛亦身上，遮住白 T 的同时也遮住了刚过臀的短裤，唯留一双细白的长腿明晃耀眼。

旁人看着，只觉视觉上的冲击有增无减，而站在她身旁裸露着上半身的时湛，肌线的弧度紧致而漂亮，在水光的反射里，人鱼线深刻惑人……

不只是喻北，这下所有人都移开了视线。这一对人，这身材，真是拉仇恨。

宛亦抬头看了他一眼，又垂下眼睛，一边与驾驶员交流着把游艇停靠岸边，一边脱下衬衣还给时湛："先顾好你自己。"

宛亦回酒店换了衣服后没有再去找大家，独自一人走到了海边。满眼纯净的蓝色里，这个世界宁静到有些不真实。

宛亦沿着海岸线慢慢地走着，想整理一下自己这些天被时湛扰得极其凌乱的思绪。

海浪轻抚着沙滩，她在沙沙的声响中失着神，没有注意到似乎猜透她会独自前来海边，已靠着岩石等候着她的时湛。

迎着阳光，时湛微微眯起眼睛，看着赤足缓缓走近的宛亦，她看着大海，眉目静澈如水，是他爱极的、半分未妆的清素画颜。

他从石头后面走出。海浪轻扫沙滩的声响消弭了他的脚步声。

"宛亦。"悄然走近，时湛伸出双手从背后环住她的腰，清冽的气息落在她脸颊，轻声喊着她的名字。

猝不及防的接触让宛亦的身体乍然僵硬。她倒吸了一口气，迅速侧过脸看向时湛，声音沉冷："放开。"

时湛未动，隔着薄薄的衣料，他掌心的灼热几乎将她烫伤，更惑人的声音在她耳边叹息着："你总是让我情不自禁地靠近。"

宛亦肩头轻颤，在他的气息里，她惊觉心中好似有种异样的情绪按捺不住了，这种异样，从昨天开始萌生，让她无法淡然地对待时湛的靠近，让她面对他时生出了逃避之心。

她不知道这是什么。

"时湛，"宛亦咬牙，"你别太过分。"

时湛看不见她眼底的那丝凌乱，缓声道："我很想过分。"

他声线中的那丝类似于撩拨的轻笑更深地搅动着宛亦的情绪。心中不确定的异样加上这一刻格外惑人的时湛，使宛亦忽然慌乱起来，她不自觉用力地试图掰开他环在她腰间的手臂，把这让她无法控制的情绪全都发泄在指尖的力度里。

时湛承受着她的力量，环着她的腰，丝毫未动。

直到目光触及他手臂浮起的那片青紫，宛亦倏然收手，才惊觉自己竟是用了这么大的力气。

时湛轻声叹息："如果有一天我娶了你，你这般家暴，我怎么受得了？"

宛亦闭上眼睛，放弃了去掰他的手臂，胸口起伏着，不再说话，唯有以沉默压制住不稳的心跳。

日光给两个人镀上了一层浮光。

"宛亦，"时湛眼尾扫过她闭上的双目，再次喊着她的名字，声中带笑，"你看，风在动。"

深呼吸后，宛亦睁开眼睛。

眼前本是微澜的水面被风掠出更深的波纹，一层，一层，粼光微闪，迷了人心。

她再次试图掰开他的手。

这次，却被他反握。

时湛把宛亦的手放在掌心，握紧，音色低沉惑人："在很多地方都能看到这么漂亮的大海，白天的波多黎各并不特殊，这个地方真正的美丽在夜晚。"

宛亦没有听清他在说什么，整颗心都沉浮在他的指腹在她掌心留下的酥麻电流里。是陌生的、她想甩开的、迷乱心智的、让她心生害怕的感觉。

风卷起宛亦的长发，在空中划出一道道优美的弧度，时湛放开她，把她翻飞的长发拢在掌心，挑出一缕，以发为绳，细致地为她束起。

绵软发梢和温柔的手指拂过她的脖颈，带出细碎的触感，宛亦肩膀轻颤，蓦然惊醒，条件反射般地远离他，还未扎好的头发如瀑般滑出时湛掌心，再次散入风中。

脚下沙砾明显，宛亦的转身有些跌撞，时湛的手还没来得及收回，依旧保持着为她束发的姿势。

距他几步之外，宛亦沉下一口气，抬眼，又撞进他沉迷地看着她的眼睛里。

他的眸中依旧是让她从始至终都觉得匪夷所思的、真切的情感。在强烈的日光下，聚焦着她，像是倒映着整个星海。

再一次重重地砸上她心口。

晚间。

一行人乘车去 Bio Day。

热情缤纷的居民区隐藏在了夜幕之下，沿途的风景美丽却并不独特，报这个团的人大多都已游历过天南海北，对这缺少色彩同质化的海岛夜景均是兴致不高，好在大家早已相熟，一路聊得热火朝天，不知不觉间就到了目的地。

大家嬉笑着下车。却是在不期然的景色入目瞬间，不约而同地停下了话声——

大片幽蓝的光芒随着海浪铺洒在沙滩上，明明烁烁，如梦似幻，像是银河落入了人间，壮观浩渺。还有那似与大海融为一体的漫天星辰，映着海面摇曳的幽魅荧光，像把人带入了另一个世界。

荧光海滩？

宛亦有些不太敢相信自己的眼睛，不太敢相信世界上真有这种奇妙的景色，这种奇妙，无法用相机、无法用语言、无法用文字来渲染。只有身临其境，才能真切地感受到这无与伦比的惊艳。

她这才隐约想起，下午在她失神的时候，时湛在她耳边说的是：白天的波多黎各并不特殊，这个地方真正的美丽在夜晚。

"天哪，我是看到了什么科幻大片吗？"愣了半天的闪箐惊奇道，甩开鞋子冲进海里，兴奋的声音传回岸边，"感觉自己来到了一个奇幻星球……"

在闪箐冲入海水的瞬间，海中发出生物荧光的微小藻类因受到外力的刺激而荧光更甚。波浪漾开，她的周身蔓延开一圈一圈蓝光。

置身其中，竟真像是飞到了光年以外。

众人受到了闪箐的感染，很快两两散开，向海边跑去。

众人散去的海滩变得十分安静，只有轻浪触及沙滩的声响，宛亦朝着那一片蓝色的荧光走去，满眼都是闪烁的星子。

时湛跟在她旁不紧不慢地走着，缓缓开口："荧光海滩又叫火星潮，全世界出现过的地方只有寥寥数个，即便是在出现频率最高的波多黎各，也并非每天都有，今天能在晴朗的星空下看见这么大片的荧光，算是运气好。"

宛亦没有回声，径直走入海里，弯下身来伸手去触碰大海，指间像是染上了什么魔法，轻碰水面，刹那便点燃一片蓝色的荧光，像是独有的星芒为她绽放。

时湛的脸色在明暗的光影里有些不定，他不确定宛亦有没有在听他说话，自下午海滩分别后，她便没再跟他说一句话，没看过他一眼，却是自若地跟别人交谈了一路。

这样的宛亦，跟平时无异，却不是他期冀的，为他产生情绪波动的宛亦。

时湛的目光从她指尖的荧光往上移，她的侧脸旁，垂下了几丝长发，半遮着尽显笑意的清眸。

时湛有些惊奇。

她竟然在笑，在望着这蓝色的涟漪笑！

他的心中霎时升起一抹朦胧的喜悦，他极少见宛亦有这般纯粹的笑容，只觉她这么笑一笑，自己沉寂了半生的心，就在绮丽缤纷的春日里，盛放了。

指尖的荧光渐渐消退，宛亦抬起头，准备起身，却看见时湛凝视着她，恍若整个心思都在她身上。

宛亦的肩膀轻轻颤动了一下，在这奇异的幽蓝光景里，她忽觉这十年她为自己打造出的那个坚硬的壳仿佛裂开了一丝细缝，有什么柔软的情愫倾泻而出。

这是让她极为不适应的变化。

"你……"宛亦顿下指尖，找着话题，试图用清淡的语气掩饰自己的异样，"对荧光海滩很了解？"

"刻意地去了解过，"时湛的眼睛里有幽暗和温柔在交织，"看过这么多景色，有时候会想如果能回到古时候生活也挺好，融于自然，生而无畏。"

"嗯。"宛亦条件反射地回应，"男耕女织的简单生活是挺好，如今生活在繁杂的都市，几乎没了深入接触自然的机会。"

时湛笑："相比于男耕女织的农业时期，我更倾向于回到狩猎时期。"

"是吗？"宛亦不予苟同，抬眼看他，"危机四伏、与狼共舞？"

时湛的笑容更深了一层："农业革命并没有给人类带来比狩猎时期更为轻松的生活，这是历史上的一个大骗局。"

宛亦抬起眼睛，看着他，感兴趣地等待下文。

"骨骼化石显示，远古时期的人较少会有营养不良的问题，身高甚至超过农业时代的人且更为健康，只要活过危机四伏的幼儿时期，当时的人很大一部分能活至六十岁，会用火会合作的他们很容易猎取到食物——"

时湛稍微停顿了一下，笑了笑，接着说，"反倒是农业社会，依赖天气、大量劳作、饮食改变，还有因掠夺土地资源而发起的战争让他们生活在水深火热之中，焦虑、健康问题远比狩猎时期的人类多，平均寿命和幸福指数也大幅下降。"

宛亦思考了一会儿，微拢着眉尖，问："生物都是趋利避害的，按你这种说法，为什么当时的人类不选择继续做猎人，而选择去做农民？"

"因为基因是自私的，它让人类有种天然的欲望，想要使我们的基因得到最大限度的扩张，而不需四处迁移的耕种生活能让人类的数量爆发性地增长，本能使然。"

时湛说着，也走入了海中，随着他的步步靠近，海面上荡漾出一片片波动的荧光，让他连声音都似带上了几分幽秘的色彩："就像我喜欢你，会撕裂我原有的舒适区，会颠覆我的生活，而我却依然不想戒掉你，只因我对你是本能的向往。"而本能有着超乎想象的强大力量。

"你旁征博引绕了这么大的一个圈子，"宛亦嘴角挂起一丝薄笑，长睫自然垂落，重新弯下身子拨弄海水，"竟然是为了说这些不着调的？"

时湛的眼中划过一丝流光，幽长地看着她，只觉她的笑容让他的五脏六腑都被一种极为熨帖的情绪灌满。

应该怎么形容这种熨帖？色授魂与，心愉一侧。

怕是不能更加恰当了。

是她的动摇，还是他的错觉？他不愿深究。

"宛亦。"时湛微低下头，靠近她，眼眸蛊惑人心，"如果这场旅行让你看到了不一样的世界和自己，便尝试着跟我在一起可好？"

宛亦拨弄着海水的手指微微顿了顿："这个问题你问过。"

"你没有回答我。"

"难道你不明白那是无声的拒绝？"

"确定要拒绝吗？"时湛俯下身，手穿过微凉的海水，沾染上莹莹的星光，在海面下精准地握住她的手。

宛亦下意识地想挣脱，微抬起头斜睨他一眼，却在这一眼中泄露了些许情绪，让时湛清晰地捕捉到她眼中那一闪而逝的失控。

时湛便握得更紧，迅即掌握了主动权，顺势将猝不及防的宛亦拉起，另一只手揽上她腰身，将她按在胸前。

在这明暗不定的蓝光里，时湛眼神热烈地炙烤着她。他的手一寸一寸地划过她的眉眼、脸颊、耳垂，随着他的动作，有点点荧光散落于她的面容之上，如梦如幻。

宛亦想退，却被他紧箍着腰身，退无可退。

"别乱动，"时湛微低下头，温热的呼吸落在她莹润剔透的耳垂旁，"别不承认，你不想拒绝。"

宛亦只觉得脑袋轰然炸开，在他过于诱人的气息里，她浑身的血液都似因他这一句话而沸腾。

时湛不再停顿，手指穿过她的长发，紧扣着她，俯身吻上她。

他本想温柔地缠绵在她唇齿间，可她眼底的那一丝波澜起伏，那一丝慌乱，都让他为之疯狂。他看出来了，她动摇了。

时湛不由加深力度，深深地吮吻着她的唇瓣，渐渐地，这样也无法满足他。他这太过于浓烈的情感，太快燃起的火花，瞬间贯穿全身的电流，让他的渴望无法压制、无处隐藏。

下一秒，他便霸道地撬开她的唇瓣，舌尖清甜的味道更如燎原之火，几乎将他焚烧成灰。

他这失控的感情啊！

这个吻，最终热烈到有些过分，两人分开时，胸口都在剧烈地起伏着。时湛盯着她被吻过的唇，绯色潋滟，深邃双目中染上一丝前所未见的愉悦。

宛亦双手紧抵着他前胸，在他的怀中撑出一段距离，强制让自己回归清醒，低迷的声线："如果你第三次问出这个问题，我一定会让你听到拒绝的答案。"

她应该在此刻直接拒绝的。

可是，在这还没有平复的心境中，在这还没有消退的热度里，在这迷幻的景色边，真的很难说出拒绝的话。

时湛轻抚过她绷紧的蝴蝶骨，笑意尽显，重新压在她唇上，边吻边说："别闹。"

好不容易得来的旖旎时刻，可不要扰乱风景。

最后一站。

爱尔兰。

这里黑色锯齿状的莫赫悬崖缥缈奇险，四万多根玄武石绵延成的巨人之路磅礴又壮观，18世纪的巨树互相交织成古老神秘的黑暗树篱。到处都是自然天成的奇景，让人啧啧惊叹。

第十日，返程的那天，宛亦起得很早，她独自走到酒店后面的大片旷野里，晨间静透的阳光给她神色清淡的脸添了一丝鲜活和生动。

她一个人坐了很久，想了很久。

时湛找到她时，这片北爱尔兰的天空突然出现了一片纤细的云彩，高远、轻薄，却有着如虹般绚丽的色彩，像是贝壳内发着光的彩色炫影。

慢慢地，这缤纷的云影，如同会流动一般，一片接着一片地从她头顶蔓延到了天边，几乎占满了整片天空。

宛亦抬头惊讶地看着，这是比极光更难以见到的色彩。就像是置身于印象派的画中，似真实的幻境。

时湛也很意外，抬头看着天空。他也不能预料，竟在爱尔兰碰上了这种他也只是听说过的，上万种云的美丽之最。

"在近两万米的高空，冷极的环境里，冰晶折射着太阳的光，才有可能出现这种云。"站在宛亦身侧，时湛的声音如一缕柔光，温和而清亮，"极为罕见的贝母云。"

只可遇，不可求。

宛亦望着天空，很久没有出声。

终于，她的眼神望了过来，却似与他隔着千山万水。

时湛看见这个眼神，唇角的笑容就冻结了下来，果然，宛亦缓缓地开口："如果你是第三遍来问那个问题，那么我的答案依旧是，我没办法跟你在一起。"

宛亦沉淡的话如同一记锤子落在湛心口，让他的情绪在这一刹那千回百转。

"宛亦。"他同样沉默了许久，才开口，声音像是低了八度的琴音，压抑的深沉，"你敢说，你没有动心。"

"是，你让我动摇了。最初，我认为你对我是见色起意，现在，我承认你不是我开始以为的那般轻浮。"

在这十天的相处中，他待人有礼有节，分寸得当，会设身处地地顾及他人感受，推己及人地为他人考量，一言一行都体现着绝佳的素养。

就是这么样的一个人，却唯独对她深沉、细腻甚至狂妄。她在这样的他身上，真实地看到了他对她纯粹的、热切的感情。

这场旅行也确实为她打开了人生的另一扇大门，让她学会收纳世界，探索世界。甚至，还让她感受到了一丝心动的美好。

但，她依然不愿对这个世界敞开心扉。

近十年的踽踽独行，冗长的黑暗中，她看不见光。她再不愿付出情感，她再也受不起那毁天灭地般的失去。

时湛盯着她，声音喑哑而低沉，像是深夜里的海浪："那你的不愿尝试，是在犹豫什么、怀疑什么？"

"我没有怀疑你此刻的真诚，我只不相信幽暗复杂的人性，"宛亦的声音掺着一丝晦暗，"人会变。即便你现在再喜欢我，也不能保证，会一直如今天这般喜欢我。"

时湛的嘴唇紧抿，安静了几秒钟，才开口："没有人是一座孤岛，也没有人会一成不变，你总要找到一个人去试着了解你，与你契合，与你共鸣。"

宛亦淡声："你不了解我。"她的声音不大，在这空旷的原野间却显得格外缥缈。

时湛的面色静极，如镌双目紧盯着她，慢慢地说："普撒旅游之前的销售只在传统门店做。这几年的数字化转型交给了轻悦，其中有一条销售渠道是通过大数据出具的分析报告，制定出多条旅行线路进行定向推送。"

他的声音沉哑，稍微顿下，加重了语调，接着说："你参与的这个行程，里面的每一个场景、每一个项目，都是我亲自筛选与规划的。你能出现在这里，在收到推送之时被吸引，本身就说明我对你的了解，已见成效。"

宛亦心中惊讶。

她以为他们在这里遇见只是因为时湛查了她的行程，不承想这一条路线都是他的精心策划。

宛亦闭了闭眼，用着极快的速度斩断心中那丝又想泛起的涟漪，说："时湛，这场旅行，谢谢你。可是一辈子很短，转瞬即逝，我不想为了别人而活。我不会给你机会，也不会给自己机会。"

一切像是褪去了色彩。时湛攥紧了手指，低下头，再抬头，目光便像是经历了淬火，是极热后的冰冷，盯着她，近乎逼问："哪有人喜欢孤独终老？你不过是害怕失望，是逃避，是不敢面对。"

宛亦侧开脸，不再看他因为情绪而变得深幽的双目，缓缓地说："我操盘的时候，一旦持有的证券跌到止损点，即便我判断它会在下一秒反弹，也会毫不犹豫地平仓。对我来说，做好风控及时止损，在投资中永远是第一位，生活、爱情亦如此。不做无谓的付出，不经营复杂的人际关系，必要时斩草除根，把风险降到最低。"

旷野的风从身侧呼啸而过，世间万物都似在这一刻被冻结，唯有宛亦的声音还在缓缓流淌："我对你的情感走势已超出了我所能承受和控制的范围，必须止损。"

贝母云铺撒的天空像是流动的光谱，所有的颜色在不停地接连转变。有几片细卷的云幻化成深邃的星空蓝，好似谁的眼睛，在遥遥地望着人间。

绮幻的光线里，宛亦重新把目光滑向时湛，两人对望着，眼神交叠，宛亦未起任何波澜，时湛却深深地闭了闭眼，只觉自己几乎被她沉静的目色撕扯到支离破碎。

喜欢是不受控制的，是无法掩饰的，所以他抛开一切也要赴一场与她的不期而遇。

而宛亦，冷静、分明，能迅速把动摇的情绪收敛得这么好。

如果感情对他们来说只是一场博弈，那从一开始，他就输了。

他只是她生活中的轻描淡写，而她却是他生活中的浓墨重彩。

情不可至深，恐大梦一场。

返程的飞机上，大家都格外兴奋。

这场旅行的收获，早已超出了所有人的预期。

奇异的景观，认知的改变，这里的每一天都是人生中不可多得的经历。

尤其是在上午偶遇的贝母云，太过美丽，太过难得，一提及，大家溢于言表的欢喜便加深了一层。

　　一行人在机舱内热烈地讨论着，说贝母云是一切都无法超越的美丽，说这是吉祥的征兆，说这是一辈子都无法忘记的惊艳记忆。

　　兴奋的声音中，突然一句低如夜风的声音不合时宜地插进来："贝母云的出现并不是什么吉兆，或许是气候变迁的异常现象。有什么值得纪念的？"

　　时湛闭眼靠着椅背，只觉贝母云迤逦的光影交织着掠过他脑海，明明灭灭，犹如刀片，飞旋过心头，无法发泄的痛意让他眉心紧拢，头疼似炸裂，全然未觉周遭的人都因他的一句话而安静了下来。

　　大家面面相觑，不明白为什么一路对人尊重礼貌、心情愉悦的时湛突然间如此沉郁。

　　时湛也同样没想到，提及贝母云自己的反应竟然这么大，在那片天空下，他被宛亦轻易放弃的那种失望随之袭来，像火山爆发般，烧燎过他的五脏六腑。

　　时湛伸出手指，按着眉心，试图按住他那无法收敛的情绪。良久，才发出低沉的一声："对不起。"

　　宛亦的目光滑过他，又移开，看向机窗外的云海，空茫茫的，仿佛是心中触不到底的迷雾。

　　飞机在暮色时分抵达北临，大家互相告别后便各自离开机场。

　　"宛亦。"快走到出口时，时湛突然喊住她。

　　宛亦的神思在这一瞬有些漂移，步伐不自觉地慢下几分，却是未停。

时湛的目光凝定在她无意转身的背影上，接着说："你在飞机上把耳坠落下了。"

宛亦这才回身，看向他，一只耳环静置在他指尖，数颗碎钻闪若繁星，正是她右耳遗失的那只。宛亦眼角动了动，稍稍停顿了一下，才伸手去拿："谢谢。"

时湛却没有松手，略微垂目，看着两人因各执一截耳坠而碰在一起的指尖，突然问："你知道光在什么时候最明亮吗？"

宛亦微拢眉心，不解。

时湛加重手指的力道，把耳坠从她手中抽出，抬手晃于她眼前，宛亦的双眼被这一刹的熠熠闪耀刺得微痛。

时湛接着说："几经穿阻，几经折射，才能愈发璀璨，愈发明亮。你看见的闪耀不是钻石，而是一道千回百转的光。"

一个返程的时间，时湛已沉静了下来。此刻他看向她的眼神幽静且专注，透明而望不到底，就好像把她当作生命中重新起势的唯一目标。

他时湛，从不会知难而退，他终会是她世界中的那道千回百转的光芒。

如果她没有安全感，如果她害怕受到伤害，如果她一直躲在黑暗的壳中不肯出来，那他去照亮好了。

第
五
章

踏 碎 光 阴 ， 没 有 归 路

Chapter 5

言子辰在机场出口处接到了宛亦。夕阳从前视玻璃铺洒而入，照得言子辰眼瞳微眯，他看了眼副驾驶座上的宛亦："你瘦了。"

少年落了音，周围便陷入一片安静。

宛亦自上车起就在出神。

言子辰侧过脸定定地看了她几秒，终是没有等到回音，他收回目光，启动车子，无声地驶入一片车流之中。

好一会儿，宛亦似笼尘烟的面容才恢复清明，忽而想起了什么，她问言子辰："你上周的比赛怎么样？"

"刚好入决赛。"

"刚好？"宛亦皱眉，质疑。私下练习十有八九都是破纪录的成绩，参加比赛仅仅只是刚入决赛？

少年看着前方的路，嘴唇抿成一条薄薄的线，没有答话。红灯，他刹住车子，忽而侧脸，似笑非笑地看着她："你关心这些？"

"言子辰。"宛亦淡声喊出他的名字，"收起你这副表情，我没心思跟你吵架。"

少年沉默地看着她，握着方向盘的手指却在暗自用力，手背瓷色皮肤下凸显出细长的青脉。直到绿灯亮起，他才薄薄地吐出："难为你还记得我的名字。"

　　而后，少年在身后此起彼伏鸣笛的催促里松开刹车，紧踩油门，猛然蹿出的车子使宛亦惯性地往后仰去，头磕上了椅背，她不由低斥一声，眼色沉下："你闹什么情绪？"

　　少年一路未语，直到下车帮她拎行李时候才抬眼看她，是不愿多搭理她的语气："一条清清淡淡的短信，然后消失十来天，电话打不通，微信也是好几天才回复。"

　　回来不痛不痒地想起，就质疑他为什么比赛失误。他心思不宁，还比什么赛？

　　宛亦伸手按下电梯，笑了笑，缓缓开口："去的地方大多信号不稳定，所以电话有时打不通，到了有信号的地方，接收到微信消息，都是第一时间回复你。"

　　言子辰盯着跳动的楼层，不理她。

　　下了电梯，宛亦打开家门，瞥了眼神色依旧清冷的他："解释清楚了，消消气？"

　　言子辰径直回了自己的房间。

　　宛亦看着他挺直清瘦的背影，眼中不自觉地染上几分笑意。

　　等她洗完澡，整理好东西从卧室出来时，少年已是坐在了客厅的沙发上，桌子上放着一杯温水。

　　宛亦把一个掌心大小的冰川玉魔方挂件扔给他："送你的。"这个魔方没有绚丽的六色，每面却都有不同的纹脉，是她在爱尔兰找到的一个匠人手工雕刻出来的。

　　言子辰接过，拿着魔方的手略微抬起，映上从灯边打过来的那束光，青白底色上的纹路似流水潺潺而过。他看了很久，才开口："下个月决赛，去吗？"

宛亦笑了笑："尽量吧。"

少年收回目光，比上次好点，至少不是直接的一句"没空"。

过了一会儿，他又说："你之前的那张照片，我又黑入林副总的电脑把它彻底删除了。"

宛亦愣了一愣，笑，她几乎都忘记了这事。

"也好，那张春色蔓延的照片，也不是能随便让人看的。"

少年脸色稍微有些不自然："那张照片，我也看过的。"顿了顿，又说，"两次。"在他侵入修改和删除图片的时候，一目了然。

宛亦回首望向他，眼神禁止："你还小，我当你是童言无忌。"

"童言？"言子辰重复着，下巴抬起，"小你七岁算是稚童吗？"

"逼我对你动手？"

言子辰便不再说话，起身关上灯，开了门，浅色月光映在他身上，染出他低头时一闪而过的笑意："走吧。"

宛亦放下水杯："去哪儿？"

"吃饭。"

清静的小区里，言子辰看着手机，落下了几步。

已在薄薄夜色里走出一段的宛亦，回首时眉眼都浸在路灯里，她抬手束起散落肩头的长发，唤着他："快点！"

言子辰看着不远处的宛亦，突然晃神。她扬起的长发，似带着流动的光彩。在这一瞬，如桃花纷飞，如初雪飘落，如星河漫天，如世间所有的美好风景，闪亮而明媚。

而她，好似他生活中，最亮的那一束光。

去年六月二十五，是宛亦救下言子辰的日子。

那日，是盛夏，烈阳如火。

正在上课的言子辰忽然接到医院的电话。

半个月前，持续的暴雨导致中国西南地区突发凶猛且范围巨大的泥石流，他赶去西南做医疗支援的双亲不幸在灾区感染肺炎，环境的恶劣加上治疗的不及时，送回北临时感染已发散至全身，呼吸系统几近衰竭，直接被送进重症监护室，几乎无救。

这个消息来得太突然，刚满十八岁含着金汤匙长大没有经历过任何风浪的少年吓坏了，冲进医院，却被医生拦在重症监护室外。

ICU 并不是一个可以随意进入的地方，只有每天下午的三点才会给病人家属半个小时的探视时间。医生把他带到旁边办公室，让他签了一沓抢救操作同意书、病危通知书、重要事项告知书，全是恐怖的字眼。

言子辰吓得全身发抖，见不到父母，也无法在这个如同人间炼狱的地方等到下午，他又逃一般地跑出医院。少年跑得太急，太慌，太失神，想把满脑子的病危通知单甩掉，他看不清路，也听不见声响，脑袋里只有一片没有边界的黑暗，以至于失足落入护城河中，失重的浮力也没能让他回归清明，混乱挣扎却看不到岸边。

是路过的宛亦跳入河中把他捞起。

全身湿透的言子辰无措地站在岸上晕天眩地，河边猛烈的风快要将他的耳膜穿透，宛亦却一巴掌将他扇得更加晕眩，质问的声音带着刺破人心的冰寒："不想活了就去找个没人的地方，在这人来人往的路边跳河，等着人救呢？"

言子辰站在那里，没有声响。

宛亦蹙起眉看向他，眼睛却突然被微微刺痛。

烈日当空的夏日午后，她惊觉这个少年长了一张好看到过分的脸，而他那漆黑的双瞳却空洞到让人心惊。

宛亦盯着他的眼睛沉默了一会儿，她想到了曾经的自己。

"回去吧。"稍放缓声音，她对少年说，"好好活着，没有什么过不去。"

灼热的阳光里，言子辰转过身看着宛亦离开的背影，她未干的长发间，似有金色挥洒。不知方向也不知身处何地的言子辰，突然像刚出生的动物，近乎本能地跟了上去。

宛亦没有再理会他，径自前行，直至到家门口，发现少年依旧尾随着，她才寒声问："跟着我做什么？"

少年没有回声，宛亦沉下眼眸，关上门。

一个小时后，宛亦打开家门。

少年没有离去。

他坐在地上，靠着冰冷的墙面，一只手搭在单腿曲起的膝盖上，目色涣散，容色苍白。像个透明的、了无生气的提线木偶。

"你……"宛亦皱起眉，可她还未来得及问出些什么，言子辰已是惊乍着从冰冷的地板上跳起，看了眼手腕上的表，惶然按下电梯。宛亦看着急遽离去的少年，想起他午间落水的画面，忽觉事出怪异，便也下了楼，驱车紧跟其后。

言子辰紧抿着双唇，拼了命地奔向医院。

当他冲至 ICU 时，恰好三点，正是可以进入重症监护室探望病人的时间。少年慌乱地换上无菌服，跑过沉寂的长廊，穿过一排排浑身插满管子的重症病人。

言子辰很快找到了双亲的床位。

言父已是瘦若柴骨，全身管线，毫无知觉地躺在那里，只有仪器上不断跳动的数字证明他还活着。言母似有感知，努力地睁开眼睛，看到言子辰的那一瞬，神情剧烈地波动起来，仪器上瞬间响起各种指标报警的尖锐声响，护士冲过来给她加大镇静剂量。

之后，言母连动都无法动了，只能紧紧地看着儿子，那眼睛里浮起的泪光，是不舍，是愧疚，是悲怆，千言万语，一句都无法说出来。

毫无血色的少年跪在双亲的床位间，把脸深埋在母亲的手臂里，哭得全身颤抖。一瞬间，宛亦被刺痛了，深埋在记忆里同样的画面铺天盖地地向她侵袭而来。

曾经，她也是这般的孤独无助，这般的束手无策。

拿着医院频频下达的病危单，在 ICU 中，日复一日地看守着，恐惧着，祈祷着。可最后，依然什么都留不住。

她看着身旁苍白单薄的少年，这么多年以来第一次对一个陌生人产生了亲近感。那是一种同落天涯的相惜之情。

三天后，言子辰的双亲相继离世，连一句告别的话都来不及，也无法说出口。

生命一向是那么脆弱。

哪怕富可敌国，哪怕权倾朝野，在死亡面前，终不过是虚无。

处理完一切后事，言子辰从医院回到家，忽然觉得生命中的一切都结束了，这个半个月前还明亮温暖的地方，此时，只剩下了会把人吞噬的空寂。

他坐在地上，一动不动地望着窗外的天空。厚重的乌云几乎低垂至屋檐，那是让人窒息的压抑。

他从早上坐到晚上，屋子里的地板从亮得发光到黑漆漆的一片。他摸了摸手机，黑暗中打开，却再也没有父母发来督促吃饭的信息。他望了望窗外，沉寂无声，仿佛全世界已把他遗忘。

宛亦找到他时，阴霾了一天的天空终于把大雨倾泻下来了，雷鸣电闪一次次把天空撕裂。

她打开灯，看见了言子辰的面容，空洞、孤独、了无生气。

那是沉落了希望的神色。

宛亦心中一刺，走近他，蹲在他身旁，拍了拍他的后背，轻声说："很多事情并不会随着我们的意志发展，尽人事听天命，要坚强起来，不要自乱阵脚，也不要泯灭希望。"

少年侧首看着她，良久，想起身，却因坐了太久而身形不稳，宛亦扶着他，给他一些支撑的力量。

玻璃窗下的暗色里，少年近乎自救地说："你把我带走吧。"

他没有别的亲人了，而这个陌生的、他只知道名字的人，是唯一在 ICU 陪伴过他的人，几乎成了他在这世间唯一的依赖。

巨大的落地窗外，暴雨如瀑，已看不见地面，如果他再这样一个人待下去，在这看不见未来方向的黑暗中，在这无处发泄的压抑里，他不确定自己会不会一念之间纵身跃下。

这个世界在这么短的时间里把他的生活全盘颠覆，他接受不了。

宛亦让言子辰搬进了她的房子。

她太明白那种失去一切的绝望，那种在分分秒秒中被时间凌迟的孤独。

他们住在一起后，宛亦便在阳光房里种了一株蔷薇，藤蔓植物的生长速度总是快得惊人，不出一季，明亮的绿色已是爬满了整片玻璃，暖室里的花朵花期很长，每有风过，便摇曳出一地的细碎光影。

宛亦工作太忙经常出差，言子辰需要回校上课，他们不常相见，却莫名地在彼此心中种下了一份牵挂。

旅行回来后，宛亦开始接触一些初创团队。

接到苏琼电话时，下午刚收盘，她正翻看着资料，一边拿笔画着重点一边问她："怎么了？"

"宛亦。"苏琼电话声中有杂音，"今天交易员在下单卖出股票的时候少按了个0。"

宛亦笑她："优秀，乌龙指这种低级的错误都能犯。"

电话那边的呼吸声变得很轻，半天没回应。

宛亦预感到这不是一次简单的乌龙指，她放下手中的工作："然后呢？"

"然后这只股票跌停了，在发现的时候，剩余部分已经卖不出去了。”

苏琼额头沁出薄薄的汗："这是我成立君恒投资发行后，第一只公开募集资金的私募，因为前期操作屡次失误，这只私募的净值已经跌至预警线，这场乌龙指又直接把它打至清盘的边缘。"

他们这款私募，发行时净值是 1，清盘线为 0.8，也就是说亏损幅度达到百分之二十的时候会被强制清盘。

强制清盘意味着什么？意味着基金被解散，不存在了，客户的浮亏变成真实亏损了，会为公司抹上再也擦不掉的负面痕迹。

苏琼以为自己能做出个漂亮的成绩，借这只产品打开中国市场，可当她真正介入国内市场时，才发现这里的投资者构成、交易规则，甚至财报所披露内容的真实性都与她以往接触的不一样。

盘面和判断一次又一次地背道而驰，自信和热情一次又一次地被打击，整个团队精疲力竭。

直到现在，她才真正地理解了宛亦的那句"夹着尾巴从零开始"是什么意思。

这是一个新的战场，归零，才是起点，她太急功近利了。

但，雪上加霜的此刻，命悬一线，留给他们逆转净值的机会太少了。

从盘面来看，他们没卖掉的这只股票明天大概率会跳空低开，让私募净值直接触及清盘线。

前期净值的不断下滑已经让投资者们怨声载道，时至今日，真被清盘，以后再想在国内发行产品便会非常困难。

她怕是连归零的机会都要失去了。

"宛亦，除了你，我不知道能找谁，不知道有多少对手在等着看我的笑话……"

宛亦蹙起眉头，静了一会儿："我记得你这款私募投资方向包含期货？"

"对。"

"资金占比和仓位？"

"百分之十，空仓。"

"好。"宛亦低头看了眼时间，"还有机会，夜盘拼一把期货。"

只要今晚能把期货账户里的资金做翻倍，他们这款私募就能暂时安全。

"我先睡会儿，八点到你公司。"

苏琼一愣，以为自己听错了，睡会儿？她都千钧一发了，这女人还能睡得着？

"喂！宛亦——"

那边已经把电话挂了。

八点，宛亦准时到君恒投资，苏琼投研团队的六个人都在交易室，空气沉沉，没人说话，只剩电脑上莹莹灭灭跳动的数字。

宛亦把灯打开，搂了搂苏琼的肩膀，给她点温度，问她："需不需要先讨论一下一会儿的交易策略？"

苏琼疲惫地按了按眉心："不用，你直接上，按你的思路走。"

他们的投研团队并不是没有期货超短频交易能力，只是在这生死一线，谁也无法在这种压力下平稳镇定地做出决策。

高杠杆的市场，血腥而残酷，一个心态不稳就带上了赌一把的成分。

可他们赌不起。

期货夜盘九点开盘，T+0双向交易，多数品种杠杆在十倍以上，真正的一念天堂一念地狱。

宛亦选了近期活跃度偏高的黄金期货。

时间紧迫，在千变万化的走势中，她不能错过任何一个买多卖空的机会。

她在电脑前坐定，十指翻飞，神色冷静，一边实盘分析着各种指标和消息面，一边迅速地构建交易策略。

苏琼静静地站在宛亦身后，盯着盘面，期货的超短频交易非常难，必须干脆利落，知行合一。她知道，这个时候，所有压力让宛亦一个人替她扛，有些自私，但以她此刻崩坏的心态上阵，会全盘皆输。

但宛亦比她想象的还要冷静果断，每一次交易，对进出点位的精细化把握都体现了超强的水准，可以看出经历过千锤百炼的实战。

时间一分一秒地过去，窗外灯色从璀璨变得消弭。

屋内，大家屏着呼吸看着宛亦的每一次操作，苏琼越来越惊叹，上学的时候她就知道宛亦的短频交易非常厉害，今天才真正见识了她扭转乾坤的本事和交易中高强度的自律。

深夜两点半，上海期货交易所的黄金期货收盘。

伴随着分时图的停止，交易室里紧张到令人窒息的氛围也渐渐散去了。

在没有什么大行情的情况下，宛亦只是凭借着抓取小波段，平稳地在短短的五个半小时内，将账户里的资金做到翻倍。

扎扎实实，不投机取巧，完完全全靠着自己的技术，这水准，秒杀一众基金经理。

"怎么这么厉害！"一个研究员发出一声感叹。

宛亦起身，揉揉肩膀，淡笑了一下："没什么厉害的，今晚能做翻倍，一定程度上取决于我对市场的熟悉度和运气，但你们不能轻易模仿，会放大风险。"又看向苏琼，"记住我告诫过你的，国内市场跟国外不一样，你那一套方法不经过国内市场的磨合就贸然使用，会水土不服。"

苏琼走过去抱住她，身体疲惫地靠在宛亦身上："谢谢。"

宛亦拍拍她："加油翻盘。"

虽然期货账户资金占比不多，但今晚的收益折算到私募净值里面，却能给足他们时间和空间去拯救这只濒临清盘的私募基金。

经过这一晚的高度紧张，即便是下午补过觉，此刻的宛亦也非常疲惫了。为了方便平时加班，苏琼在公司有一间休息室，她便干脆和苏琼一起睡在了公司。

可真正躺在床上时，却翻来覆去睡不着了。

苏琼在迷茫未来。

宛亦看出她所想，宽慰着："别气馁。真正厉害的基金经理都是在打击中成长起来的，你之前就是欠点市场的收拾，现在也被收拾过了，以后的路就顺了。"

苏琼被逗笑："你才欠收拾。"

"最好赶快出现个男人把你给收拾了。"过了会儿，又想想，苏琼反驳了自己的话，"不对，你厉害得都要雌雄同体了，还需要什么男人？"

宛亦也笑了，却条件反射地想起时湛，这吓了她一跳。

她为什么要想起这个人？

好在苏琼很快转了话题，没留给她时间多想，"下午你电话怎么挂这么快？"

"我怕自己后悔，不来帮你了。"

其实在这么短的时间内把期货账户里的资金做到稳定的翻倍，她不是没有压力，因为交易过程中碰上一个极端行情和略大一点的失误，轻则功亏一篑，重则本金重损。

但坐在电脑前的那一刹那，她想起那天在雪山下完成挑战后，念锦说的话："永远不要让你的思维禁锢你的行为，克服禁锢，才能引爆超乎你想象的潜力。"

在冰天雪地里只穿单衣行走二十分钟的挑战她都能完成，那在她这么熟悉的领域力挽狂澜，又有什么做不到的。

心态稳了，便成功了大半。

"关于这只私募，"宛亦建议着苏琼，"可以考虑先停收管理费，剩余资金投向高评级的信用债等稳健低风险的品种，用小幅度的稳定增长来稳住投资者心态，在此期间吸取以前的教训，结合经济周期规律，以企业的高价值与低估值提供安全边际，做好风险对冲，适当利用杠杆强化超额收益。"

苏琼在被子里摸到宛亦的手，攥住，再次感谢："有你真好。"

时湛从爱尔兰回来之后，君齐好几天找不到他人影，在他都想去发寻人启事帖子的时候，时湛终于出现在了轻悦传播。

"时总，好久不见啊。"

看着终于回来上班的时湛，君齐就着座椅转半圈，面朝着他，调笑："你这追人的手段也是登峰造极，连公司都甩一边，一上来就策划个绝美路线陪人游览到世界尽头？真是服气。"

末了，又八卦地添上一句："效果怎么样？"

时湛走到窗畔茶台，玻璃外朝霞还未落去，映得他神色不甚分明。

"不怎么样。"给自己倒了杯水，他说，"没经验，方法用得不对。"他应该稳着自己，一上来就对宛亦毫无克制地亲近，给她造成了轻浮之感，以至于他后来做的很多努力，都仅能让她对他有所改观。

"没有，方法很好。"君齐回味了一会儿他的话，上挑的凤眼中难得显露出一抹执念，"万一以后爱而不得，还能有回忆不是？"

时湛不予苟同，爱而不得徒留回忆，不是雪上加霜吗？可他眼底依旧是惘然，顺着君齐的话，问："你说，为什么会有爱而不得这种事？"

君齐长长地叹了口气，说："报应吧，估计上辈子做过什么坏事吧。"

时湛好笑："你怅然什么，你哪次不得了？"

"我觉得，"君齐神色幽幽，"我上辈子一定是个万恶不赦的坏人。"

沉默了一会儿，君齐接着说，每个字竟都带上了无尽的失落："还是不要遇到那么喜欢的人比较好，不然余生都无法安宁地度过。"

听出君齐话中的异常，时湛皱着眉回头看他。恰好，有人敲响了办公室的门，门未关紧，一敲，便开了一条缝。

是一个女孩子，探进来小半个身，梨涡浅浅地漾在唇角，整个面容像是被星光点亮，露着个小脑袋看着君齐，狗腿地笑："太感谢了君总，回头我用满汉全席报答您。"

君齐吊着眼角飞扬起笑意，一脸的受用，嘴上却说着："打住，出去，好好工作。"

时湛忍不住轻笑一声。女孩这才发现时湛也在，呆愣愣地看了他一会儿，小脸通红，反应过来后忙收敛了神色，规规整整地问了声时总好，掉头跑回了自己工位。

透过玻璃，时湛的目光在她身上停驻了几秒，问君齐："谁？"

"楚芸歌，策划部前段时间刚招的新人，我帮她找了几张某明星粉丝见面会的门票。"

时湛点点头。

这个姑娘长着一副国民初恋灵动的小模样，虽然气质完全不同，可……时湛说："为什么感觉她跟宛亦长得有点像？"

"想什么呢？"君齐吓了一跳，藏宝似的隔绝了他的目光，"可别乱打主意。"

时湛从他的反应中瞧出了些端倪，笑："那些该忘的没忘掉的都赶快给忘了，对人好点，别再朝秦暮楚的了。"

君齐愣了一下，也笑了，眼睛里似有千言万语滑过，最终却只是扯出一丝意味不明的怅然："我倒是想。"

顿了一会儿，君齐岔开话题，扔给时湛一本资料，说："我姐的自创服装品牌 WZ，她再度约你详聊营销方案，要求你必须亲自赴约。"

时湛拿起资料翻了翻，前段时间君齐的姐姐君婉泽让他为她的 WZ 提一些营销建议，他一直没时间与她详聊，这次便笑笑，"我后天去找她。"

周三，午饭时分，时湛如约而至。

"你可真难请，"君婉泽看着在她对面坐下的时湛，唇角勾出一丝笑，"约了你多少次才见到你人？"

时湛配合地弯了下眼角，叫来服务生，点了餐，问她："论专业度，君齐不比我差，为什么舍近求远来找我？"

"呵，那小子，信不过。"君婉泽端起柠檬汁，"我想把我的 WZ 打造成全国最高端的服装品牌。说说吧，你的建议。"

"昨天我大概看了一下，"时湛嗓音平静，没什么含义地笑着，"你的 WZ，品牌平庸，广告毫无风格，以目前的状态冲击高端市场，是自不量力。"

君婉泽抬头看了时湛一眼，觉得自己有点被水噎着了，端着杯子猛咳一下。

时湛收了笑，认真道："产品即品牌，多做精准广告的投放，WZ 品牌与客户的接触点需要重新梳理，有必要推翻重新策划……"

眼角不经意地扫过前方，时湛突然顿了一下。

右前侧被绿植花束稍微遮拦的那个餐桌，宛亦正在关电脑，她点的餐已经上齐，隔着几片叶子，不经意地抬头，眼神恰好与他交汇到了一起，宛亦愣了愣，很快又波澜不惊地移开。

时湛收回望向宛亦的目光，嘴上对君婉泽说着："我建议……"眼睛不自觉地朝着宛亦的方向看了一眼。这还是他从爱尔兰回来第一次见她。他略低下头笑了笑，接着说："我建议 WZ 的设计部多与市场部和消费者沟通，不要闭门造车……"

他忍不住又朝宛亦看了过去。

他的频频移目终于引起了君婉泽的不满："时湛，跟我说话的时候用点心！"

君婉泽的声音有点儿大，周围的人全都望了过来。

宛亦略皱了下眉，放下餐具，简单收拾了一下，走出餐厅。时湛的目光跟随着她，起身，对君婉泽说了声抱歉，迅速地追出来。

在餐厅门口拦住宛亦，时湛开口便是："我跟她没有什么，一个合作伙伴而已。"

宛亦挑了挑眼角："你应该去跟她说，你跟我没什么。"

时湛看着她，目光深深，有点儿审视："你清楚明白地再跟我说一遍，我们之间没什么？"

"如果一定要说有什么，也不过是你的一厢情愿。"

时湛不禁笑了，他发现，对于她的这些冷言冷语，他竟免疫了。

"我是豺狼虎豹吗，躲得这么快？"扫了一眼宛亦刚坐的位置，那叠鳗鱼寿司和蔬菜沙拉几乎都没动，"饭都没吃两口，宛亦，犯不着为我这样不思寝食的。"

宛亦沉默了，对于时湛这尤为厚颜的言行，她依旧无语应接。

餐厅内的君婉泽已是目瞪口呆，拿出手机，打给君齐："时湛怎么回事，把一姑娘堵到餐厅门口絮叨个没完了？"

君齐在电话那边笑得懒散："他啊，走火入魔了，姐，你就安生地坐那儿看热闹。"

君婉泽不禁有些凌乱，这人……说好的荤素不入、百毒不侵呢？

时湛这里，依旧在热闹的餐厅门口旁若无人地跟宛亦聊着："什么时候准备去工作？轻悦可还等着找你上市。"

他一直关注着宛亦的职业动态，却发现这姑娘自旅行回来后愈发逍遥，拒了多家券商的邀请，丝毫没有再就业的倾向。

宛亦瞥着他，向前一步，想离开，又被他堵了回来。

"我还在你电话的黑名单里吧？"时湛若无其事地接着说，"微信呢，想通过真是比登天还难。加了你三五百次，次次被拒，逼得我想去盗你的号把申请给通过了。"

手指斜撑着太阳穴，宛亦头疼地挑起眼角，睨着他："让条路好吗？人来人往被围观，当自己在动物园？"

"先告诉我，你以后什么打算？"

"坐吃等死，不行吗？"

看着她脸上的愠色，时湛笑："可以，"让开道路，他接着说，"等吃空了，我养你。"

宛亦轻哂一声，拎着电脑走了，换了家餐厅，还没来得及吃午饭，就已到下午一点的开盘时间。

股市的这波行情来得出人意料的凶猛，她还未来得及布局更多的仓位，银行股和券商股便接连涨停，上证指数开始节节攀高。

她以为还需要再等待一段时间的牛市似乎提早到来了。

宛亦看着大盘，思忖很久，打开准备过段时间再使用的两融账户，从自选股中挑出了几只跟踪已久的股票，自有资金加上两融资金，全仓买入。

对她来说，在股票投资上，择时的重要性不低于价值分析。

她又在期权账户里做了个风险对冲，便很快到了三点的收盘时间。关上电脑，宛亦正准备离开，一道身影却扑了过来，"咚"一声跪下。

宛亦抬眼，是何惜晴。

"主管，是我错了！"扯着她的衣角，何惜晴眼泪掉下，"求你帮我说句话，公司把我开除了，林副总也坐视不管……"

宛亦清清淡淡地在那坐着，没有什么多余的表情，就连何惜晴声泪俱下的哭诉和下跪也没能让她有什么变化。

她已经听说了，在她离开南恒后，投行部联名举报林副总与何惜晴以权谋私，使他们的处境雪上加霜，林副总被降了三级，何惜晴被直接开除，券商圈子不算大，因着前科，她很难再找到合适的工作。

略略沉默了一会儿，宛亦开口："你自己不起来，我也不会去扶你，你有脸跪，我就有本事受着。"

何惜晴手指僵住，眼雾蒙胧地抬头看着宛亦，这些天四处碰壁的她无时无刻地不在后悔：为什么要一时冲动去招惹宛亦，为什么自恃貌美就自不量力？

宛亦慢慢地把电脑收进包中，同时缓缓开口："这个社会有两种法则，自然法则和社会法则，春天播种秋天收获，依凭努力与实力，这是自然法则；牺牲色相搞定项目，用作弊通过考试，这是社会法则。"

宛亦目光淡淡地落在何惜晴身上，接着说："短期上看，社会法则或许能率先达到目的，长期看却一定是自然法则后来居上。而牺牲自己获得短暂便利这一招，永远是得不偿失的。"

说完，她起身，不再看何惜晴一眼，轻拍下裙角的一丝尘灰，向门外走去。

"投行这条路山高水远，你好自为之。"

何惜晴心中震动，蓦然回首，看着她的背影，屋外的阳光太盛，逆着的白光里，她有些看不清楚，只觉脑海中那混沌不清的方向，突然有了些许明晰。

宛亦顺着树荫一路走回小区门口，抬头才发觉已是深秋了，纵使天高云远，阳光依旧刺目，繁茂的梧桐叶也依旧逃不过泛黄的命运。

她的手机恰在这一刻响起，是一串并未被她署名却烂熟于心的号码。宛亦看着闪动的数字，忽然顿足，平静的表情瞬间出现了一丝裂缝。

手指悬在屏幕上，良久，她才摁下。

"喂？"宛亦努力地让自己平静。

电话那边的回应却不是她记忆中的那道低婉柔音，而是嘈杂背景中拔高的一道紧迫女声："宛忆初吗？你的姐姐宛卉胎位不正无法顺产，联系不到孩子父亲，直系亲属快来医院签字。"

一股寒气瞬间包裹住了宛亦："哪家医院？"

一路很堵，宛亦赶到医院时，孩子已经出生，看见她，主刀医生像是见到了救星，头疼道："快去把你姐稳住，孩子父亲刚才赶过来签了字，宝宝一出生就被他不吭不响地抱走了，产妇连孩子的面都没见到，正闹着呢。"

宛亦瞥了一眼乱成团的病房。

从麻醉中醒来的宛卉见不着孩子，不顾伤口撕裂的风险声嘶力竭地哭闹着，几个护士手忙脚乱地边按着她边安抚。

宛亦脸色暗沉，脑海深处叫嚣着涌出的黑暗记忆让她忍不住全身打战。她走了进去，盯着宛卉："孩子是谁的？"

乍然听见宛亦的声音，宛卉霍然抬首，撞见宛亦深寒的目光，肩膀不自觉地向后缩起，哭喊声也稍小了一些。

宛亦见她不敢回答，眼睛里显而易见的惊怒迅速生长起来，提起声音再次逼问："谁的？"

宛亦的这一声，连呼吸都带上了颤抖。

似是没有想到妹妹亦如多年前那般的抗拒与激烈，宛卉吓得彻底噤声。

宛亦的心霎时凉透。

"魏承兴是吗？"沉默了一会儿，宛亦慢慢地吐出这几个字，冷笑道，"八年不见，我的好姐姐一见面就给我带来了这么大的惊喜。让我想一想，我是应该祝贺你们喜得贵子，还是白头偕老？"

宛亦说得讽刺，宛卉的脸一阵青白。嗫嚅了一会儿，宛卉的眼泪开始扑簌簌地往下掉，她说："忆初，我这些年不止一次地后悔过，只是不敢去找你，怀孕期间魏承兴他一次都没有来看过我，孩子一出生他就据为己有，一面都不让我见……"说到伤心处，宛卉情绪激动地扑过来抓宛亦的手，"忆初，你去帮我要回来，你去把孩子帮我要回来啊！"

"你别喊我忆初，"呵，当初有什么好回忆的！"我改名了，叫宛亦，亦无不可的亦。"

宛亦甩开宛卉的手，眼神似带有熊熊怒火，随着沉冷的声音一同压向她："这会儿，你认我这个妹妹了？"

"忆忆，我只能求你了……"

宛亦摁紧快要爆裂的太阳穴，闭上眼睛，再睁开，眼底已满是控制不住的烈焰。

呵，魏氏集团，魏承兴！

一夜之间，写着魏承兴抛弃女友抢夺其子，并附以详细经过和照片佐证的海报贴满了北临的每个小区、超市、公交站等人口流动密集的位置。

标题鲜明，内容精练，信息直接。

醒目的位置更是让早起路过的行人一眼就能获得"魏氏集团魏承兴人面兽心"的核心要素。不赶时间的多半会停下来看热闹般地详读消遣。

消息很快传到魏氏，但他们管得住媒体压得住新闻撕得了海报，却管不住大家茶余饭后的口口相传。只半天的发酵，这个众人喜闻乐见的八卦已在北临市传播甚广。

宛亦用最原始的信息传播方式，简单粗暴，打了他个措手不及。

魏氏总裁办气压低沉。

魏承兴从上至下审视着坐在对面的宛亦，手指一搭一搭地敲着红木桌面，是带着刀刃般的居高临下。他冷笑："深夜行动，下三烂的方法，以为这就对付得了魏氏？"

宛亦迎着他的目光，眼神像是极寒之地的冰潭，同是冷笑："找营销号、买热搜、联系媒体机构，多的是更好的方法来砸你的人品、毁魏氏的商誉。我只不过，不想把事情闹大。"

背脊放松地靠上椅背，借着光，宛亦盯住魏承兴的眼神愈发不屑，接着说："此前过往我也懒得再跟你计较，孩子还给宛卉，别再出现在我们的生活里，大家两清。"

魏承兴"呵"的一声嘲讽："小姑娘长大了，学会威胁了？"

"谁说不是呢？"宛亦笑得无谓，"跟你们这些高高在上的有钱人不一样，三教九流的人我可是认识不少，也没什么在意留恋的，保不齐哪天我会跟你来个玉石俱焚，您说是不，魏总？"

魏承兴挑着眉梢正欲说些什么，手机铃声却急促响起，他接起，那边不知道说了什么，让他脸色陡然直下。

与此同时，办公室的门被慌乱地推开："哥——"

魏承兴的弟弟魏涵看见宛亦，顿然止步，一下子攥紧了门把手，惊异道："你——"

"你什么你！"魏承兴摔下电话，不再搭理宛亦，猛然起身快步走向门外，一把将挡在门边的魏涵拽开，"把那个不吉利的东西给宛卉送回去，以后别让我再看见了！"

他又回头阴沉地看了宛亦一眼，说："一沾上你们姓宛的就没好事！"

宛亦端起桌子上的玻璃杯，眼底翻涌着波澜，不遗余力地向魏承兴砸去。

魏承兴被砸得往后一个趔趄，却没再纠缠，只狠狠地剜她一眼，匆然离去。看着他仓促的背影，宛亦隐隐觉得哪里不对，却无意多管魏氏的家事，因惦记着孩子，很快离开。

宛亦回到医院时，孩子已经被送了回来，被护士和她昨天请来照顾宛卉的月嫂一起带去做新生儿检查了。

病房里只有宛卉一个人。

她正咬着唇看着身边不知从哪得来的海报，见宛亦进来，上来便是质问："承兴是孩子的父亲，你怎么能这样污蔑他，败坏他的名声？"

"污蔑？海报上哪个字是假的？"宛亦抬眼，目光不轻不重地砸在她脸上，缓缓地走近，又弯起一丝冷笑，她更近距离地盯着宛卉，"你以为魏承兴还会来跟你和好，你以为他会离婚娶你吗？别痴心妄想了！我没把事情闹到不可收拾已经是给他留足了余地，还不明白吗，在他心中你永远都只是一个上不了台面的玩物！"

宛卉脸色煞白，恼羞成怒，拿起桌上的杯子直接砸过来，宛亦没躲，胳膊受到撞击，瘀青立现。

"真是没有见过比你更会过河拆桥的人了。"站直身体，宛亦扫了一眼手臂上的伤痕，把目光移向了窗外，乌云正一点点把阳光淹没，"他都这样对你了，你还在这般维护他。"

果然，跟十年前一样，亲情对宛卉来说，浅薄如纸，只是必要时拿出来利用的工具。

这就是与她血脉相连的姐姐。

拿出一张银行卡，放在病床边的桌子上，宛亦的目色极为淡薄。

"密码是孩子生日，里面的钱足够你把孩子养大。今后，独自抚养还是再去倒贴被人玩弄，随你便。"

似是觉得自己的言行过了分，宛卉降低了声调："忆忆，我……"

宛亦抬眼，眉目生冷地打断她："我不会再认你这个姐姐，别再联系我。"

她已仁至义尽，剩下的路要怎么走，她自己选。

走到门口，月嫂正好带着宝宝检查完回来。孩子很乖，躺在月嫂怀里，睁着懵懂的大眼睛，不哭不闹。

宛亦停下脚步看着他。孩子眉眼仿似姐姐，同样也与她很相似。

纯净，友善，充满希望。

猝不及防地让她想起十几年前那些美好的、早已坍塌了的记忆——

"忆忆，给你。"

换牙期的宛亦被严禁吃甜食，上学路上姐姐突然偷偷地塞给她两支棒棒糖，在明媚和暖的春光里笑得眉眼弯弯："别告诉妈妈哦。"

宛亦忽然觉得心痛如焚。

深秋的夜，薄凉弥漫的街头。宛亦看着远处，城市灯火辉煌，仿佛只有她是孤身一人。

只有她没有血脉温情，只有她形单影只，只有她无所归依。

往事在脑海中聚集纷呈，眼前继而闪过那一张张让她当年恨不得杀之而后快的面容——

十二年前，魏氏集团预测到未来人工智能市场有巨大的前景，有意涉足机器人行业。

当时，国内自主研发机器人的人才并不多，而就职于川佳科技的宛慕青所带的团队，是国内有关机器人自主研发最强的一股力量。魏氏看上了这个科研团队，重金挖人却未果。

当时的魏氏还不具备收购川佳科技的能力。一筹莫展之时，魏承兴恰巧发现自己新交的女友宛卉是宛慕青的大女儿，便连哄带骗地让宛卉去母亲的实验室盗取科研成果，重要成果加密级别很高，宛卉解不了密，只拿到一些边缘内容。

但这些对于魏承兴来说已经足够了，他利用这些变相挑拨，使宛慕青所在公司误以为她出卖商业机密谋取暴利，名誉尽失的宛母被开除，整个团队分崩离析，剩余组员全被魏氏挖走。

对于一个工程师而言，出卖机密几乎和行业禁入画上了等号，事业重创生活压力骤增的宛母痛苦不堪，夜夜失眠。

不了解事情始末的宛亦带着母亲的履历去求魏承兴，她天真地以为，既然魏承兴能留下团队其他的员工，看了母亲的履历，就一定会重用母亲。

魏承兴看着找到自己的小姑娘，半抬着眼睛听完她那番可笑的言论，慢条斯理地起身，把办公室的门关上，嗤笑一声："行啊，我这儿还缺几个清洁工，让你母亲来？"魏承兴看向她的眼神逐渐阴邪，一步步地靠近她，"没想到宛卉还有这么个天真到傻的妹妹。"

宛亦这才觉得不对劲，转身向门外跑去。魏承兴一个跨步追上来拎住她，抵着门反手将她抱住，手掌探入她上衣，用力地揉捏着她的身体。

"自己送上门来的，来，让我试试，你和你姐姐有什么区别。"

宛亦惊恐，用力地挣扎、尖叫，用身体撞着客厅的门，紧攥着手机的手拨通母亲的快捷键，失控地呼救。

宛母恰好在附近，听着电话中杂乱的声响和女儿的声音，很快赶来。

或许是因为宛亦不配合的样子太过于狼狈，又或许是因为宛母在门外失控的乞求声太过刺耳，魏承兴忽然就对她失去了兴趣。

闲散地坐回沙发，魏承兴对屋外的宛母冷笑："人啊，就不能自不量力，不管是你，还是你女儿。如果当初我重金挖你的时候，你肯带着你的团队乖乖来魏氏，哪会有现在这么多事。"

门外一直哀求他放过女儿的宛母忽然就没了声音，得知真相的宛亦在紧锁的门内害怕地失声痛哭。

失望，痛彻，惊恐。

当时，她还只是个十四岁的孩子。

那日，宛母深受刺激，在门外突发脑梗，送入医院时已错过了最佳抢救时间。

宛母被送进了重症监护室，ICU 的费用很贵，积蓄很快就花完了。走投无路的宛亦去找魏承兴，她不再追究过往，只求他们能在母亲的病上给予援助。

一天天的，她从威胁到吵闹到哀求。

始作俑者终于出现。

可看到魏承兴居高临下的神情和薄薄的信封里装着的几张破旧纸钞，她便知道，这不是补偿，不是援助，而是进一步的羞辱。

魏承兴在随心所欲地夺走她安宁温暖的生活，肆意地欣赏了她痛入骨髓的无助后，又毫无顾忌地践踏着她的尊严："不够？你去多卖几次不就够了？"

最终，除了那薄薄信封里的几张破旧纸币，她再没要到一分钱。而母亲被移出 ICU，因得不到良好的后续治疗，很快离世。

世界塌了，那种绝望那种痛，毁天灭地。

那个曾经笑起来如蒲公英般温软轻柔的宛忆初，也在那一刻同时死去。

第
六
章

既 已 殊 途 ， 何 不 归 清

Chapter 6

宛亦在道路上麻木地走着，身形飘摇，如空中的游丝。

夜太黑了，星火般的路灯近乎无用。她看不清前方的路。

有些东西，她以为自己遗忘了，却发现，其实早已深入骨髓，一经提醒，便汹涌而来。

她太高估自己了。

黑夜暗沉，流光溢彩的酒吧里，宛亦已不知喝下了多少杯，企图用烈酒带来的烧灼感麻木自己疼痛而冰冷的心。

借酒来麻痹自己的并不止她一个，更隐蔽的座位里，君齐亦在一杯一杯地灌。一旁的时湛不解，问道："明明每次提分手的人都是你，为什么死去活来的还是你？"

"你不明白，"君齐手撑着额头，斜靠在沙发上，觉得自己有些晕了，"细水长流的情感比短暂的狂欢更让人欢喜。"

时湛点点头："有道理。"

只是这话，怎么看都不会像是在感情上一向喜欢浅尝辄止的君齐说出来的。

"你不会懂，"君齐放低了声音，重复着，"冷暖自知，没挨过千刀万剐，永远不会知道噬骨灼心的痛。"

时湛听不下去了："够酸的。"

嘴上虽是这么说，心底却被扯出一丝怅然。困顿于情，谁又不是如此？给自己倒了一杯酒，时湛手指搭在杯边，还未端起，目光就被一道身影吸引了过去。

"君齐，"时湛放下杯子，起了身，"我知道你千杯不醉，一会儿自己打车回家。"

君齐呆住，而后，他顺着时湛的目光看见了宛亦。

反应过来的君齐赶紧伸手，却没抓住步履匆忙的时湛，只得拿起靠垫砸向他背影，咬牙切齿："见色忘义！"

时湛回头："我给世奕发了定位，一会儿他来陪你。"

"姓顾的那家伙？"君齐挑起眼角，顿了顿，又一声低嘲，"跟你一路的货色。"

按了按太阳穴，把自己重新摔进沙发里，君齐独自低低地笑了起来，用连他自己都听不清的声音，叹然低唤了一声："芸歌。"

他真没有想到，有一天，他们还会重逢。

如果一直不见面也还好，他能寻找到众多与她相似的影子，能在深夜把自己灌醉，把自己麻痹得很好。

可是重逢了，他该如何自处？

浮光掠影里，是满室的热烈，却也是满室的空洞。

这空间，好像没有人不寂寞，没有人不茫然。

宛亦拿着一只玻璃酒杯，目光没有焦距，失神地想，安葬完母亲之后发生了什么呢？

那天，大雨滂沱。

道路上匆忙的行人影影绰绰，疾驰的车辆溅出一片水花，只有她僵立不动，不知道能去哪里，不知道能做什么。

而宛卉，竟然能像什么都没发生过一般，重新跟魏承兴在一起。

得知这个消息，又想到母亲在太平间时的模样，宛亦如发疯的亡命之徒一般，拿着利器找到两人，拼了命地要与魏承兴同归于尽。

宛卉同样歇斯底里，骂她因勾引她男友导致母亲病发去世，冷眼看着她被魏承兴推倒在雨里，姐妹两人因此产生了很深的隔阂。

四年后，魏承兴另娶他人，宛卉依旧不知廉耻地以不可明说的身份与魏承兴厮混在一起。宛亦劝阻不能，又被不分是非的宛卉重骂，姐妹两人彻底决裂，再无联系。

从此以后，宛亦在黑暗中独行，搏命般地奋进，为着有一天，能掌控自己的生活。

终于，她不会再为钱而困窘，不会再受人随意的欺凌，不会再被噩梦般的过往折磨。

可今天，这黑暗的一切仿佛又卷土重来了。

回忆勾起的无边无际的疼痛几乎要把她吞噬。

她想不染是非，她想平静生活，可这世界，哪有什么静好！这纷扰，何曾放过她半分！一瞬间她不知这人间还有什么值得她去留恋，还有什么值得她的付出。

她麻木地把酒灌入口中。

如果时光倒流，宛亦空洞地想着，她绝不会惊慌失措地向母亲呼救，她宁愿被糟蹋，宁愿被羞辱，都好过这个让她一生也无法释怀的结局。

时湛走到宛亦面前，单手撑于桌面，倾身用另一只手拿开她的酒杯。

"宛亦。"看着神色不甚清明的她，时湛蹙眉，"发生什么事了？"

宛亦侧过脸去看他。

头顶的转灯摇曳着光影，她有些分辨不清眼前的人是谁，只觉得有种类似于冬日晴空的气息环绕而来。

时湛看着目光不太清晰的宛亦，眼角微不可察地动了动，问她："你家在哪儿？我把你送回去。"

宛亦不作声，依旧看着他，不知在想什么，眸光略显涣散，如同他是透明的，能用眼神穿透过去。时湛迎着她一瞬不瞬的目光，有些疑惑，眼前的人一语不发，不吵不闹，这是醉了还是没醉？

他低下头，更近地看着她的眼睛，判断着。

而宛亦，忽然就分辨清楚了。

她记得这个人，不算陌生的这个人，在映着雪光月色的山脚下，在幽幽蓝光的海滩边，抱她，吻她，温柔地喊她。

所有的心理防线在这一刻突然就崩塌了。

此刻，近在眼前的他，就像被雾气包裹着的光，是朦胧的，大片的亮。叫人看不清有什么，却想靠近。

夜色和酒精，向来很危险。

她心旌摇曳，情不自禁地伸出手，双臂缠上他的脖子。宛亦仰着头看着近在咫尺的他，眼睛里仿佛有笑，又仿佛什么都没有。

时湛顿了一下，顺势将她拦腰抱起。把她微乱的长发捋至耳后，略低下头，更贴近她一些，时湛低声笑着："这是喝了多少，能让你对我主动。"

宛亦的肩膀颤了颤，头靠在他胸前，内心中巨大的沟壑仿佛被这片光抚平了。

是熨帖，安稳。

没问出地址，时湛在附近的酒店开了个房间，直接将宛亦抱了上去。把她放在床上，他转身去拉窗帘。

宛亦的目光自始至终跟随着时湛，聚不了焦，却突然说出骇然听闻的话："我要你。"

时湛豁然回首。

幻听吗？他反问自己。

宛亦开始解自己的衣扣，用行动回答了他。

一颗，露出两道笔直精细的锁骨。

两颗，雪白的肌肤下是无限的遐想空间。

"不知死活的女人，"时湛眼神暗下，快步走过去抓住她的手，禁止着她的动作，"知不知道自己在做什么？！"

感受到时湛靠近的气息，宛亦挑起睫下双眼，抬起头，唇瓣出其不意地摩擦过他的脖颈，柔软的触感瞬间在他身上燃起一把火。

时湛顷刻远离，努力地控制着自己。

她不知道她这个行为对他来说是多大的诱惑。

深深地沉下一口气，时湛一把掀起被子裹在她身上。他离开床边，想去把屋里的灯关掉，企图让黑暗将自己冷却。宛亦却立刻拨开被子，半抬着身子搂住他的腰，不让他远离自己。时湛身体僵住，回头，目光从雪白的床单移到她雪白的身上。

他眼神危险，连声调都变了："真当我温良无害了？"

宛亦大半个身子都贴在他的后背上，那柔软的触觉几乎让他狂乱。闭了闭眼，时湛猛然抓起床头桌上的玻璃杯摔在地上，想让自己脑子清醒一些，而碎裂的声音似乎吓着了宛亦，她环着他腰的手臂陡然一紧，无意识地喊了一声："时湛……"

这是时湛从未见识过的娇柔声线，像撒娇，瞬间把他的每一个神经末梢都点燃了。

时湛的头脑几欲炸裂，他迅速转身将她按在床上，双手撑在她身体两侧，气息压上她唇畔，语气是极度的暗哑烦躁："告诉我，你不愿意。"

宛亦目色迷离，摸索着，去抿他的嘴唇。她的手又探入他的衣服，在他的腰间细碎地滑动着。竭尽全力的忍耐让时湛几乎咬碎了牙齿，他捉住宛亦的手，按过头顶，早已坚硬火热的身体压下，在她耳边低喘："宛亦，这是你自找的。"

他可没那么强大的自制力，怎么可能坐怀不乱？他只会陷入她的迷情旋涡。

第二天，宛亦醒来的时候天色还早，她头痛欲裂，却清楚地记得昨天发生的一切细节。

她记得自己在伤口被撕裂时对温暖的渴望，记得自己在意乱情迷时的主动，记得这个男人施加在自己身体上的一切。

宛亦按着眉心，下床时回头看了时湛一眼。

一道染着凉意的光线从窗帘的缝隙打进来，从他眉目间一划而过。时湛还未醒，宛亦却突然觉得自己无法再直视他，慌乱地穿上衣服，她逃一般地离开了房间。

室外的阳光出奇的好，照得她眼前一片虚白，宛亦脚步虚浮地走着，这才意识到自己做了错事，错得离谱。

昨天被时湛抱在怀里时，她是怎么想的？

一开始，她只是想汲取一些温暖，告诉自己，这个世界还有着让她动过心的人，还有着让她看得见的美好。她在时湛怀中闭上眼睛，只想抱着他。

而脑海中却出其不意地浮现了另一双眼睛。那双眼睛像是梦境里的暖玉，温润、剔透，没有一丝黑暗的杂质。

是婴儿的眼睛。

她突然就渴望了，能有一双那样的眼睛陪伴她，不会有背叛，不会有伤害，与她同行，让她的未来可期。

然后接下来的一切，便是无底线的荒唐。

宛亦在药店里买了紧急避孕药，连水都没用，便生吞了下去，引得她一阵剧烈地干咳。扶着天桥的栏杆缓了好一会儿，她的心绪和身体才稍微平复。

整理了一下情绪，宛亦重新回到酒店，那些荒唐，需要面对。

回到房间时，时湛刚洗完澡，他把擦拭过黑发的浴巾扔进篮子里，看着离开又折返的宛亦，目色深沉，没提他们之间发生的事情，只是问："不跟我说说吗？昨天发生了什么，让你独自去酗酒。"

宛亦躲开他的目光，声音恢复了清冷："昨晚的事情，我不需要你负责。"

时湛淡淡地看了她几秒，没有说话，拿起助理刚送来的衬衣，慢条斯理地穿着，一颗一颗无声地扣着扣子。

房间里忽然就陷入一片可怕的寂静。

直到把衣服完全整理好，时湛才抬起眼，盯着她，没有温度地笑着，极低的音色里是无法忽略的冷冽："我需要你负责。"

"是我一时冲动，"宛亦稳着自己，让声音尽量听起来轻描淡写，"对不起。"

"想赖账是吗？"掠过床单上的那抹深色，时湛的眼神转而变得炽烈，扬起眼角，"你以为你赖得掉吗？"

宛亦随着他的目光看去，脸色一瞬苍白了下来。

时湛凉笑："承担不起后果就不要来招惹我，玩得过火了还想全身而退？别以为一句'对不起'就能划清楚河汉界。"

在刺眼的日光中眯了眯眼，他接着说："我告诉你宛亦，咱俩彻底扯不清了。"

宛亦没来由地心底一阵战栗，情绪烦躁，看向他的目光煞冷，话中带刺："你有什么玩不起的？你情我愿之后就散了，非得扯上关系藕断丝连，方便下次吗？"

"呵！"时湛冷讽出声，眼底暗芒浮动，"一个人在醉酒时表现出的自己才是最真实的，我不明白，到了这一步，你还在对我逃避什么，犹豫什么？！"

时湛一步一步地向宛亦逼近，他逼着她审视自己的内心："如果你还是觉得信不过我，需要什么东西来证明，是领证结婚还是别的什么，只要你提出，我都随你。"

宛亦忽然慌乱了起来，看着不断靠近的时湛，脚步虚浮地往后退。这一刻她突然觉得，时湛对她的感情，她有些承受不起了。

时湛看着她惊惶的神色，停下脚步没有再往前，沉默了一会儿，他转身朝门口走去，给宛亦足够的空间："你先冷静一下，好好想想。"

打开门时，他又忽然回头，一向深邃的目光在强光里透出琥珀色。

时湛深深地凝视着宛亦，唇角隐约透出今晨的第一丝笑意，他慢慢地说："昨夜的你，很可爱。"

宛亦紧攥着手，几乎将指甲都掐进肉里。

随着时湛关门的动作，打入房间内的阳光仿佛也晃了几晃，她凌乱的心绪便再也无处可藏。

从酒店离开后，时湛独自开车来到公司，盯着桌子上的一堆文件，情绪还没有抽离出来。

宛亦半昏沉着回到家时，看见一张邀请函被静静地放置在桌上。

她打开，是世界魔方锦标赛决赛的入场券，今年的决赛城市恰好在北临，比赛时间是今天下午两点，子辰之前跟她说过，可这两天生死历劫般的混乱，让她完全忘记了。

宛亦抬头看了一眼挂钟，时间还早，她换了件衣服，靠在沙发上休息一会儿，准备晚点再赶过去。

言子辰在寝室里，靠着椅背，进行赛前最后的魔方练习。

卿墨从他身旁走过，又返回来，层先法的公式他早就记熟了，复原时间也从三分钟提升到一分钟，他盯着言子辰的手指，琢磨着："你说我速度慢就慢吧，怎么完全转不出你那种轻巧绚丽的感觉？你看你这手，举重若轻，行云流水，魔方在你手中像悬浮着被魔法操控一样。"卿墨拿起自己的魔方转了几下，"而我为什么张牙舞爪像在拧螺丝？"

言子辰看了眼卿墨转魔方时的动作："你指法不对，不能用整只手抓住一层来转，要用手指去拨动。"

言子辰拿过卿墨的魔方，用手指轻拨顶层，"咔"的一下，魔方顶层转了四十五度后卡住了。

言子辰顿了一下："这魔方哪儿买的？！"

"学校门口地摊五块五。"

言子辰无言以对，把魔方还给了卿墨，不想理他："自己一边张牙舞爪去。"

卿墨掂了两下："怎么的，你看不起我五块五的魔方啊？"

言子辰瞥了他一眼，指了指他书架上的那一排三阶魔方："挑一个送你，这些都是速拧比赛专用的，容错性、稳定性、顺滑度都是最好的，绝对不会出现卡顿。"

卿墨来了兴趣，凑上前去开始挨个研究。

"这个是磁力精准定位的？"他拿起一个，边看说明书边转了两下，"高速顺滑，手感真好。"

又拎起一个："这个火力橙限量版颜色好漂亮，像彩虹。还有那个果冻色半透明的魔方，颜色太迷幻了，看得我都有少女心了！"

卿墨沉迷在了一堆三阶魔方中无法自拔，原来一个小小的三阶都能做出这么多款式，他的选择恐惧症犯了："言子辰你说我选哪一个？"

言子辰低下头接着练他的魔方："随你喜好。"

卿墨最终选了果冻色的那个，原因很简单，女孩子一定会更喜欢这个颜色，他找女朋友的千秋大业时时刻刻都不能荒废。

卿墨转了两下这个果冻色的魔方，问："你这一个能买我那个多少个？"

言子辰安静道："一百多个吧。"

卿墨向大佬低头，表示您看不起我那五块五是对的。

"其实玩魔方不仅是一项大脑运动，也是对手部极限运动的挑战，你看我转魔方转得轻松，不是什么天赋，都是练出来的。"

言子辰放下魔方，黑色瞳仁看着卿墨："为了使手指更灵活，协调和反应能力更强，我也会经常练习除魔方以外的手部极限运动，比如手指滑板、花式切牌、转笔等。"

"转笔？"卿墨匪夷所思，"转笔谁不会？怎么就成手部极限运动了？"

"转笔有上百种不同的招式，比你想象的复杂得多。"言子辰拿起笔，边说着名称边给卿墨表演，"FingerPass、Charge、Tap、Spin、Around……"

眼花缭乱，行云流水，速度与美感并存，观赏性一点都不比魔方差，卿墨惊叹了，他有点崇拜言子辰了："这些你都练了多久？"

言子辰淡淡地道："十二年。"

他一直都不是一个很合群的人，从小便不太喜欢说话。小学时，他照着买魔方送的说明书用初级公式第一次复原了魔方，那种喜悦与成就感带他进入了一个全新的世界，之后，他不断地翻阅资料、练习指法、研究高级公式，在无数次的秒数定格间体验竞速的快感。

成长过程中，陪伴他最多的也是魔方，他随身携带，随时随地拿出来玩，随时能缓解他站在人群中的孤独感。

那是属于他的瑰丽而奇妙的世界，连带着他的灵魂，都属于那永不止息的竞速。

"言子辰，我再也不说你是天才了。"卿墨感叹着，"数十年如一日的练习不是每个人都能够做到的，你是怎么坚持下来的？"

"喜欢，喜欢是做好一切事情的基底，就像你研究的 VR 一样。"言子辰目色平静地笑了笑，"你多玩一玩魔方，能提高逻辑思维能力，还能增强空间概念，对你制作 VR 视频有好处。"

"我就算了吧。"卿墨赶紧摇头，"初级玩法就够了，我就是为了多个找女朋友的技能，顺便弥补一下童年时费尽心思都无法复原魔方的遗憾。"

言子辰勾了一下唇角，没再说话。

卿墨忽然想起来了："你今天下午是不是有比赛？"

"对。世界魔方锦标赛决赛。"

"加油啊！"卿墨撞了下言子辰的肩膀，"数十年磨砺，一战成名的机会到了！"

言子辰沉默了一会儿，情绪稍稍有些低落："我很想让她来看我比赛。很希望她能够看见，我也有闪光的时刻。"

他喜欢一个人，却无法融入她的圈子，他很想帮她排忧解难，想为她做很多却什么也做不了。

他真的太讨厌他们之间的年龄差了。

"你的小姐姐？"卿墨很快反应过来言子辰口中的"她"是谁，"小姐姐知不知道你喜欢她？"

言子辰摇摇头。

"为什么不说？"

"不敢。"言子辰脸上笼上了一层淡色寂寥，"她只是把我当弟弟看，我怕我一说，连这层关系都没有了。"

卿墨叹了口气，扒着言子辰的肩膀开始谆谆劝导："你不敢明说就暗着来啊，起码你得有改变有表示吧？你看小姐姐这么漂亮会没人追？反正我是不信的。小姐姐今年二十六，分分钟能去谈个恋爱结个婚，你这把喜欢藏着掖着的，到时候你来找我哭我可是不会搭理你的。"

言子辰头更疼了："卿墨你够了。"

很快，到了下午比赛时间，言子辰提前入场。

这一届世锦赛的上座率很高，三阶魔方速拧是所有比赛项目中受关注度最高的，在去年的世锦赛里，中国鬼才顾宇在这个项目上创下单次 3.57 秒的绝佳成绩，强势击破澳大利亚神级选手

Canein4.22 秒的世界纪录。

Canein 不仅是三阶速拧这一单项的前世界纪录保持者，更是魔方综合世界排名第一的选手，拥粉无数。这一届的世界魔方锦标赛，他与顾宇会同时出现在三阶速拧的对决中，世界纪录与前世界纪录的双王争霸，让全世界魔友的热情空前高涨。

赛场的灯光如星海般闪起，粉丝们呼声阵阵，选手们陆续进场，言子辰坐到自己的赛位上，惯性地拨弄着魔方，抬眼看向观众席他留给宛亦的那个座位，空空的，人没来。在现场一片兴奋中，他突然觉得有些索然无味。

Canein 在一堆粉丝的簇拥中入场，与粉丝击掌拥抱，站到自己赛位上时，仿佛是为了给自己提神打气，灯光中央的他忽然举拳大喊一声："我是天生的王者！"

一旁的上届冠军顾宇锋芒毕露，这一年来迅速飙升的世界排名让他底气十足，抬起眼睛，顾宇笑着向 Canein 宣战："比赛见分晓，你可不要只做嘴巴上的孤胆英雄。"说完，却发现 Canein 的目光并未看向他，顾宇皱眉顺着他的视线看了过去。

那是一个穿着白色卫衣的少年，安静沉默地坐在赛场一角，微低着头，所有表情都隐匿在帽檐的阴影下，看不清脸，只能看见挺直的鼻梁和精致的下巴。

Canein 紧紧地盯着言子辰，这个名不见经传的新人，在刚才的赛前准备中，轻而易举地拧出了 3.3 秒的成绩，如果不是亲眼所见，他完全不能相信，竟有这般从未在任何争霸赛中崭露头角、隐藏于世的高手。

看着看着，Canein 的眼神中便燃起了火焰，棋逢高手，人生快哉！

这便是魔方竞技的意义，热血，激情，用头脑与身体的配合，永无止境地寻求着极限速度，不怕挑战，不会退缩。

国际评审与裁判陆续到场。

在主持人的宣布下，比赛正式开始。

首先比的便是三阶魔方速拧。

魔方打乱员使用计算机随机生成的打乱算法将魔方进行打乱，选手拿起观察，十五秒的观察时间，言子辰只观察了三四秒便把魔方放回了垫子，双手手心朝下，平放在 Stackmat 计时器的感应区，闭了一下眼睛，在脑袋中迅速整理了一下复原公式，又睁开，再次扫向观众席。

那个位置上，依旧没人。言子辰心头微凉，正欲收回目光，却见后排闪过一道熟悉的身影，他蓦然提神寻去，却找不到了。

少年失望地撤回目光，拿起面前魔方，在指尖触碰到魔方时瞬间进入了比赛状态，凌乱绚丽的六面体在他手中千变万化，几乎是眨眼间就归于平静。

言子辰迅速把复原好的三阶魔方放回计时板，双手同时平放回板上的传感器。

结束比赛后，他看向自己的成绩，皱起眉头——

5.1 秒？

言子辰盯着这个不可思议的数字，在他自己练习的时候，也没出现过这么差的成绩。主裁判王其正走过来遗憾地告诉他，因他在观察后15秒内没有开始还原魔方，所以受到成绩加2秒的惩罚。

"这是决赛场啊。"王其正象征性地训了言子辰两句，"你观察完魔方整理好公式还不赶快拿起来复原，在观众席里望啥望？能望出金子吗，能望出朵花吗？你把你世界纪录望没了知不知道？"

言子辰没有吭声，刚才他以为自己看见了宛亦，走神了。等王其正絮絮叨叨地训完，他抿了抿唇，拎起魔方准备退场。

"等会儿！"主裁判王其正却拉住少年不让他走，声音里多多少少透露出了些激动，言子辰这个他之前从没听说过的选手，即便是被加罚了2秒，5.1秒的成绩也已是前三之列，如果减去那两秒，3.1秒的成绩又能刷新世界纪录，震惊魔圈！

王其正要求言子辰再复原一次，看看他的平均水平。他急迫地想要见证这个名不见经传的少年打破顾宇创下的世界纪录了。

言子辰却有些不耐烦，把自己的魔方装进口袋里，一声不吭地回了后台。

主裁判王其正站在原地愣了半晌，职业生涯中他可还没受过这种淡漠，回过神后却不由得笑了起来，这是个什么特立独行的选手？

王其正又忙去翻看了参赛表，很遗憾，这个看起来极具潜力的选手只参与了三阶速拧一个项目，接下来的比赛没他什么事了。

比完三阶速拧言子辰就消失了，宛亦看完了接下来的三阶盲拧、四阶速盲拧、金字塔、SQ-1、魔表等好几场比赛才回去，回到家时，言子辰已经坐在了客厅的沙发上，他抬头看着宛亦，眼瞳漆黑，没什么光。

"你就只报了一个项目吗？"宛亦坐进沙发，看着身侧少年，"我看了一下午，就在三阶速拧的项目中看见了你。比完赛跑哪儿了？打你电话也没打通。"

一股电流划过心脏，同时点亮了少年的眼睛："你去看我比赛了？"

"去晚了，人太多，就没去前排邀请函上的位置，站在后排看的。"说着宛亦揉揉眉心，"你成绩可以了，三阶速拧季军，颁奖的时候工作人员到处都找不到你。"揉着揉着宛亦笑了，"对自己要求这么高？非得夺冠才肯上台领奖？"

言子辰垂下眼睫，看着身旁的人一脸疲惫还在变相安慰他，略略蹙眉，问："又忙得一天没有吃饭？"

宛亦点头，接着说："失误一次没关系，以后有的是机会。"

"没事。"言子辰竟是笑了，看起来丝毫不在意比赛结果。

"宛亦。"他又喊她的名字。

"嗯？"

"你以后，能不能……"少年眼中含着光，掺着迟疑，"不把我当成弟弟看，试着把我当成——朋友？"

宛亦笑了，看着少年漂亮的眼睛："好啊。"她应着声，"这一年多，你真的变了不少。"从最初的阴郁寡言，到现在的清凉爱笑，少年长大了，也懂得了怎么与这个世界相处。

言子辰抿唇笑了笑，没再多说，起身打开冰箱，拿出鸡蛋、香葱、番茄、龙须面。很快，就从厨房端出一碗清香四溢的鸡蛋面。

宛亦惊奇了："你什么时候还有这个手艺了？"

言子辰有些不好意思："前段时间学的。"

一碗简单的鸡蛋面包含了少年所有的爱与温柔，言子辰不会让她知道，为了学这个，他被烫了多少次，花了多少时间。他没有做饭的天赋，也没什么能为她做的，只想让她在疲惫回家时，不再将就地吃外卖。

柔软的面，咸淡适宜的汤，暖得宛亦胃里一片熨帖，她忍不住夸了子辰几句，疲惫至极的身体也放松了下来，吃完又躺进柔软的沙发里。

"是遇到什么事情了吗？"少年看着宛亦，她今天的疲惫好像不同以往，带着一丝挥之不去的怅然。

"我的那个姐姐，宛卉……"宛亦说了一半，又停下来，思绪却游移到另一件事情上，最终没有说下去，"回头再跟你说吧，我先休息会儿。"

言子辰便没再接着问，疲惫至极的宛亦很快躺在沙发上睡着了。他看了她一会儿，又起身从卧室里拿出一席薄被盖在她身上。

窗帘被风吹得轻轻浮动，映着夕阳，少年微低下头，唇角的笑意明显。

那些在学校里把言子辰的名字写进日记里刻在心头上的少女一定想象不到，这个清冷到近乎漠然的少年，竟也能笑得这般温柔和煦。

像极了雨后的阳光。

宛亦醒来的时候天已经完全黑了，言子辰明天还有课，先回学校去了，她拿过手机，看见有两个时湛的未接来电，还没想明白她什么时候把时湛的电话从黑名单里拉了出来，又收到了他发来的微信：你这样逃避，可不是解决问题的好方法。

什么时候微信也加上了他的号？

宛亦头疼地想了一下，应该是昨晚时湛拿她的指纹，解了她手机的锁。

盯着他们的对话框，宛亦的胸口像是堵上了一道墙，连呼吸都有些艰难。手指颤了颤，想点击删除，却在那一瞬收到了好几个时湛对她之前所发朋友圈的点赞，那一个个赞落在宛亦眼里，像是不动声色地提醒着他们的关系。

宛亦头疼欲裂，鬼使神差地点进了时湛的朋友圈。

时湛的朋友圈只发过一条消息，是一张图片，配文：有光的清晨。

消息下面的评论，她看得见的有两条，一条是君齐的戏笑：情窦初开了吧？还有一条来自曾经与她有过合作的顾世奕：步入凡尘了？

时湛回复顾世奕一句：步你后尘了。

宛亦看着那张图片，是一张逆着光的剪影，背景干净漂亮，是爱尔兰有朝霞的清晨。完美的构图让这个背影的轮廓鲜明而清晰，旁人看不出是谁，她却能一眼看出是她自己。

再返回对话框时，发现就在刚才，时湛把头像也换成了这张图片，像是在向全世界宣告他与图中女子的关系。

心脏像是被什么利器重重撞击了，宛亦的头脑一片混乱，她不敢想象时湛那旋涡一般的眼睛，不敢想象他手指抚过她眼睛时温柔的力度，不敢想象他们赤裸相对时他炽热的身体……

时湛的电话再次打来，失神的宛亦如被烫着一般瞬间将手机扔开，仿佛这般激烈的反应也惊着了她自己，宛亦停顿了好久，才深深地吸入一口气，用手指拢住眉心，蹲下身体捡起手机，看着屏幕上时湛跳动着的名字，闭眼狠了狠心，关了机。

关掉手机后，宛亦又想喝酒，却不敢一个人去了，用座机给苏琼打电话："你在哪儿？"

"我在月离，一个酒吧。"

"我现在去找你。"

宛亦说完，还未等苏琼的那句"我正在和一个资方谈合作"说出口，就把电话挂了。

这人……苏琼无奈揿着太阳穴，什么时候养成了挂人电话的毛病？

宛亦到时，苏琼已经帮她点好了鸡尾酒，宛亦端起来就喝，这时候才发现卡座对面的阴影处还坐着一个男人。

那男人抬起头，微微坐直了身体，灯落在他脸上，映出淡笑。

苏琼向时湛介绍着宛亦："我一个朋友，宛亦，超级低调厉害的操盘手。"

"嗯。"时湛目光落在宛亦身上，"慕名而来。"

宛亦无话可说地看着时湛，心中波澜又起，刚刚放下酒杯的手又想端起。

时湛倾身揿住了她的酒杯："你酒量不行，这个酒的酒精含量太高。"又叫来服务生，给她换了杯 monito，"这个度数低，你不会醉。"

苏琼愣住了，目光可疑地在两人之间徘徊。

按理说，宛亦不是一个会对寻常男人沉默寡言的人，而时湛这种咖位，也不会见着个漂亮姑娘就上去献殷勤。

苏琼猜他们两人之间有故事。

苏琼突然想明白了，为什么今天时湛突然联系她，要求做一款私人订制产品。

虽然她最近净值做得还不错，但远没有到脱颖而出的程度，前段时间还差点被清盘，她还诧异着资方大佬是用什么别具一格的眼光看上了她这家初出茅庐的投资公司。

原来是醉翁之意不在酒啊。

"苏经理。"时湛看向苏琼，"我很乐意与你合作成立一款产品，收益率、投资方向你随意发挥，唯一的要求就是，帮我向你的这位朋友美言几句。"

苏琼秒懂了，又一个费尽心思追宛亦的。

苏琼沉默了一会儿，开口："中国有一句俗话……"

宛亦以为她要说的是"富贵不能淫，贫贱不能移"，或"不为五斗米折腰"，没想到苏琼说的却是：

"'有钱能使鬼推磨'，我想这是真的。"

然后她转向宛亦，开始像推荐自己产品似的向她介绍着时湛："年轻有为，虚怀若谷，资本力量雄厚，定向发行只为你一人折腰，风险有限而收益无限，简直是上天为你量身定制的男人，机会难得，擦亮眼睛，不能错过。"

真是……交友不慎。

苏琼这边说完，又反过来劝自己的"金主爸爸"："你也别急，习惯养成还需要二十一天呢，宛亦哪是那么好追的？"

大学时多少人赴汤蹈火，献尽殷勤，都博不来美人一笑呢。

"谁说养成习惯需要二十一天？"时湛轻敲着酒杯，笑着，"你把手放在开水里，看你需要多久能养成不摸开水的习惯？"

苏琼扑哧笑出声，腹诽，敢说这话，简直就是欠打。

不过苏琼也是有眼色的，"金主爸爸"这会儿心思明显全在身边宛姑娘身上，她拍了拍宛亦："我先走，你们聊。"

宛亦瞬间扭过头来瞪苏琼，但没用，在她眼神的强压下，苏琼依旧溜得飞快。

苏琼离开后，时湛轻轻一声叹息："怎么开始躲我了？！你怎么就不愿意相信我一次？"他无奈，"你总要找一个人陪你走接下来的路，如果你一时接受不了我们关系的转变，我给你时间，让你慢慢接受，但你不能对我避而不见。"

宛亦的思维很乱，她不愿意承认自己的心动，她想给自己一个拒绝时湛的有力理由，但她找不到。

如果醉酒时本能地向他靠近不足以说明什么，那她在事后清醒时接到时湛的电话却不知所措甩开，就已让她彻底明白，这个男人太危险了。

让她失控，让她牵绊，让她慌乱，让自诩不会爱上任何人的她深陷难以抉择的困境。

宛亦始终不发一言，谈话陷入僵局。

时湛无奈地将她送回家，倒也没再做什么越轨的举动。只是到她家楼下时，握了握她的手，再次告诉她："我不会负你。"

那天晚上，宛亦做了很多杂乱的梦，梦见波多黎各漂亮的荧光海滩，梦见她年少时的噩梦，又梦见时湛笑着对她说："我不会负你。"

她早已习惯了独行，如果有人来陪她，那通往未来的路，还能不能走好？

宛亦不知道。

可醒来后，她依旧会不自觉地想起时湛，为了转移自己的注意力，不让自己再乱想，宛亦约了个 VR 内容开发的创业人到一家她常去的日料店，聊一聊 VR 发展前景，宛亦到的时候对方还没来，她便找了个位置先坐下。

过会儿，却见日料店的老板从工作室出来，亲自去店门口迎接客人，宛亦在心中轻哂，什么人，好大的阵势。

一抬头，却看见了时湛走进店门，而他身边的人是魏承兴。

宛亦一刹全身发冷，一瞬不瞬地盯着他们。

此刻的魏承兴完全不是面对她时那副阴冷不轨的样子，正与时湛谈笑着，与老板平易寒暄，一副衣冠楚楚商业大咖的好模样。

宛亦坐的位置很偏，时湛没有看见她，和魏承兴一起进了对面包间。

宛亦的心揪了起来，为什么他们会在一起？时湛和魏承兴，是什么关系？

这个问题还没有解开，就见一个年轻女人打开了包间的门，在时湛身边坐下，巧笑倩兮，时湛倾身为她倒水，那神情动作，竟与昨晚在月离按住她的酒杯时如出一辙。

宛亦胸口像是被人狠狠地打了一拳，将近窒息。

她忽然就想起时湛父亲时华晖的那些花边新闻，还有时湛的合伙人君齐，也没见对女朋友有多忠心。

这些商业精英总能把逢场作戏做到极致。

这段时间，时湛对她步步紧逼，用心至极，可这能说明什么？她想到被魏承兴如草芥般对待的宛卉，当年在被追求的时候，不也被视若珍宝？

还有，那晚醉酒，虽是她主动，可时湛他不也顺水推舟了吗？她不知道这和当年落井下石的魏承兴有多大的区别。

更可笑的是，她竟然动摇了，竟然对这个本质或许与魏承兴没多大区别的男人动摇了。

而动摇只是这条不归路的开始。

如果她在时湛给她设下的迷障中步步沦陷，那她的后半生，会不会像宛卉那样可怜又可悲？

宛亦攥紧了手指，指甲掐进肉里，她在心中狠狠地嘲笑自己，你以为你宛亦是特别的吗？不，你只是他们征战场上的一个猎物而已。

宛亦取消了与 VR 内容开发创业人的见面，强撑着冰冷的身体站起来，走出餐厅的门。

街道上，成片的落叶掩盖着青白的路面。

她一步步向前走着，日光渐沉，黑夜笼罩下的落叶，像极了燃尽的灰尘。

时湛两天没有联系上宛亦。

以她的性格，不会逃避这么久，时湛有种不太好的预感，总感觉她在筹划着什么。

他再次拿出手机，拨出那个号码。

可是——

"您所拨打的电话已关机。"

出乎意料地，君齐打来电话告诉他："我在飞美国的航班上看见了宛亦。"

时湛当下便飞去了美国，按着君齐发来的定位找到了宛亦去的地方。

竟然是家医院。

他找到宛亦的时候，宛亦正在向一位中年女医生咨询单身女性做试管婴儿的流程。时湛惊诧不已，他无法置信，这女人在和他度过一夜之后，便对他避之不理，还跑到美国来咨询怎么生孩子？那他算什么？

在飞机上碰见君齐的时候，宛亦便预料时湛会找过来，她站在那里，表情无波无澜，看着时湛一步步地向她走来。

"宛亦，"极慢地吐出她的名字，时湛脸上无一丝笑意，"你想要个孩子，何必用这么迂回的方法？难道我还比不上那些你连见都没见过的陌生人？"

时湛的每一个字都极其晦暗，每说出一句就多了一份薄凉。

宛亦心尖颤了颤，可还是抬起眼睛，迎着他的目光，没有温度地说："我不想与你存在这种形式的羁绊。"

她不能给自己留下一丝后患。

沉了沉声音，宛亦接着说："或许你以为那一夜能证明什么，抑或能让我们之间有什么牵连，可那终究是'你以为'。对我而言，我只是一时冲动想用那样的方式怀上一个孩子，第二天清醒了，仔细想了一下，人工授精这种方式无须跟任何人有牵连，风险更小更稳妥。"

时湛连手指都攥成了青白色，一字一字地咬牙吐出："宛亦。"

"一时冲动而已，别想那么多。"宛亦打断他，雪上加霜，"如果那天碰到的不是你，是别人，也一样。

"就如同，"她没有温度地笑了笑，"你们在商场上惯用的，虚与委蛇，利用与被利用。

"你愿意喜欢我，那你继续好了。有人对我掏心挖肺，我也未必不乐见其热闹，但别妄想我会喜欢上你这种人。"

时湛清晰地听见自己的心脏被撕扯到七零八碎的声音。他盯着她，再说不出一个字。

全世界都安静了下来，死一般的沉寂。

从美国回来后，君齐便看出时湛心里有事，问他也不说，隐忍得深，却玩命似的工作，近乎自虐。君齐看不下去，便攒了一个饭局，喊了几个平日里关系好的朋友，热闹地聚一场，散散时湛身上的阴霾劲。

过了零点，一群人散了大半，除了时湛，只剩君齐和顾世奕两人。

君齐看着顾世奕，笑得眼角斜飞："稀奇了，这个点你还不回去？不黏你家竺暖了？"

顾世奕也笑："她回西川了，回家我也没人可陪。"说着他看了眼时湛，刚来的时候他就注意到了，今天的时湛，身上没有一点人烟气，这会儿热闹散去，那沉暗便更明显。

君齐"嘶"了一声，接着调侃顾世奕："春风得意啊，前段时间是谁跟我说，他这一生得天独厚万事顺遂，唯有竺暖，让他在追求的过程中屡屡受挫越陷越深肝胆俱裂？"

顾世奕眼底全是枯木逢春的笑意，没有接君齐的话，又看向时湛。

时湛的神思早已不知游离到了哪里，薄唇紧抿，目光空冷，像是压境而来的寒流。他沉默着，又像是忽然想到了什么，霍然起身夺门而出。

"时湛！"一直看着他的顾世奕蹙眉，同时起身，抄起车钥匙紧跟了出去。

深夜的街道空无一人，时湛深踩着油门把车速飙到极限，他车窗没关，疾风几乎将他的耳膜贯穿，身后是顾世奕紧急的鸣笛声和君齐大喊着他的声音，时湛紧攥着方向盘，充耳不闻。

顾世奕追赶不上，便看准方向抄了一个近道去堵时湛的车。

急刹车声撕裂夜空，两辆车差点撞在一起，顾世奕生生地将时湛给逼停，君齐从顾世奕的车上跳下，把时湛的车给按熄火，向他吼着："时湛你不要命了？"

"命？"时湛重复着，胸口似有剧痛，他扯了扯唇角，抬头看着前方，不远处，是他与宛亦在国内碰见的那家疏墨餐厅。

他清晰地记起——

那日，她的笑是人间四月天，他迷失在她布下的芳菲中，之后随她走过了万水千山，终逃不过她的眉眼。

一时间，时湛的眉目随着回忆千变万化，可最终，还是沉郁了下来。像是与前尘过往做着了断，深色的眼睛里透不出一丝光，他缓慢地说："我放弃她，换回我一条命。"

每个字都是痛彻心扉的寒，没有半分鲜活的人气。

君齐听着心惊，愣在那里，却一时无话应接。

"回去吧。"沉默了一会儿，时湛又启动了车子，打着方向盘，后退。君齐不敢让他开了，收了时湛的车钥匙，把他塞进顾世奕的车里，回了酒吧。

深夜的酒吧让人晕眩，包间里却落针可闻。

顾世奕坐在一边，看着时湛将酒一杯一杯地灌下，并未阻止，有些痛必须麻痹，没人能感同身受。能渡他的，只有他自己。

时湛看着杯中琥珀色的涟漪，在灯下迷离醉人，像极了一双眼睛。

那一晚，他的七魂六魄彻底被这一双眼睛夺走。每每忆起那晚的细节，她那异于平日的温柔都能让他的五脏六腑仿佛有层层电流走过。

那种震撼，让他无以言喻，那一刻他才明了，原来他对她的渴望早已超过了自己的认知。有那么一瞬间，他几乎认为这是他人生唯一的圆满，而想起她的目的，却又恨不得要掐死她。

她只是一时冲动！勾走了他的三魂六魄却只说一时冲动！

她一念至，便可与他亲密无间，一念灭，又可离他万水千山。

凭什么？

凭她宛亦不曾对他付出半分感情？

他时湛就是个彻头彻尾的傻子！

第
七
章

山 河 阻 拦 ， 未 曾 惧 怕

Chapter 7

那天之后，时湛倒也没有别的不正常的举动，工作、生活很快回归常态，君齐便也放下心来。

十一月的一天，阳光好得出奇，北临的初冬很少有这么清透的天气，君齐把椅子转了半圈，半合着眼晒起太阳，突然听时湛问他："我们创建轻悦有多少年了？"

君齐扭过头来看时湛，狭长微挑的眼睛里透出些笑意："缅怀你的奋斗史呢？"

轻悦传播自创建起已有近十年了吧，君齐回想着。那时他们两人都还在上大学，公司最初的理念、定位、文化几乎都是时湛一人摸索出来的，因跟家人关系不好，时湛在轻悦创办之初遇到资金困难时候直接找的他，没用家里一分钱。他出资帮轻悦渡过难关，时湛极其大方地分给他一半的股份，他在读完硕士之后才真正地参与轻悦的经营，那时轻悦已经小有名气，是时湛一个人扛过了最艰难的时期。

"君齐。"时湛郑重地喊他的名字，声音中掺着一丝低沉，"我需要回时越，轻悦以后……就交给你了。"

"为什么？"君齐霍然把椅子转回来，声音里透着惊诧，不再是平日带着玩笑的口吻。

时湛的家族企业——时越集团，那座宫殿，股东关系错综复杂，利害千丝万缕，时湛他十几年都没在集团出现过，乍然回归，需要面对的压力、质疑、排挤，无法估量。

时湛沉默了很久，才说："前段时间，家里发生了一些事，有点复杂，等我自己先接受了，再慢慢给你说。"

君齐看着时湛，阳光打在他的侧脸上，映出另一侧的阴影，让他的轮廓看起来有点虚无。

"走吧，楼下你喜欢的店，我陪你喝点儿。"君齐想安慰，却不知该说什么，思绪转了一圈，能说的似乎只有这一句。

两人一起走出轻悦，走至门口，时湛突然停下脚步："我再上去看看轻悦。"

正是下班时分，君齐转身看着时湛，男人暗沉的背影，在逆流的人潮里，每一步都是无尽的遗憾与不舍。

他却笑着，如常般地与轻悦的员工打着招呼，像是在为他这近十年的青春，做着最刻骨的收尾。

君齐忽然地就红了眼眶。

时越集团跟新起之秀轻悦传播不一样，几十年来，时越集团一直在数控系统的研发与销售上占据着行业寡头的位置，但近些年，时湛的父亲时华晖对企业的管理并不完善，制度上沉疴太多，人员结构上更是有一堆凭借关系进入集团却不干实事的老员工。

如果不是家大业大，集团早就被这群不思进取的人坐吃山空了。

时湛突然空降集团，接替其父时华晖的位置，集团内部一时无法接受，明里暗里有不少人对他这个新晋领导人不满，但轻悦早已把时湛历练得成熟，从权衡人际到运筹帷幄，他都能做得漂亮。

他低调接手，没有一上来就清肃规整，对各项制度温和地慢慢渗透，不动声色地从小规矩改起，谦逊有度，下放了不少权力，但对于核心的部分，却是不留余地地慢慢收拢着。

渐渐地，质疑反对声便小了。

时湛很勤奋，渗透管理的同时，对于长期合作的客户和意向客户，他都重新捋了个遍，那些高质量的大客户，时湛更是一家家地亲自拜访。

魏氏是国内机床行业的领航者，高端机床的系统几乎都是从时越购入，两家企业合作多年，每年魏氏的采购金额在时越的总销售额中都占着不小的比重。

时湛在正式接管集团之前已经与魏承兴见过面，便把对魏氏的拜访放在了最后，又把魏氏集团所有业务的规模和历史报表都研究了个透彻，才让助理去约魏承兴的时间。

时间约在周三的下午。

周三，言子辰没去上课，去了趟医院，抱了一堆东西回来，到家后，他看着宛亦，突然说："我父母生前在北临市第一人民医院工作，那里是全国最好的肾内科医院。"

宛亦正坐在客厅看电脑，抬眼看了看他："嗯，我知道。"

言子辰又说："他们留在医院的遗物，我一直没有勇气去拿，时隔一年多，今天上午，我才去。"

"跨出这一步，挺好。"宛亦又看了一眼言子辰，这完全不是他说话的风格，磨磨蹭蹭，是还有什么别的话要说？

果然——

言子辰静默了半晌，抬头道："我看见你姐姐了。她在肾内科大哭大闹要孩子，我向医院打听……"言子辰斟酌着，不知道要不要说出来。

宛亦温淡的脸色以可见的速度沉下来，看着言子辰，目光示意他说下去。

"这个孩子有个十岁的哥哥，患有尿毒症，曾经做过一次换肾手术，效果不佳，排异明显，如果病程接着恶化，可能需要再次换肾。上个月他一出生就被抱过来与哥哥做配型，而那天却没有做成，哥哥病情恶化进了 ICU，次日心脏骤停，本以为无救，却起死回生，今天，孩子又被抱去给哥哥做配型。"

言子辰没有再说下去了，不用他再解释，宛亦很快就捋清了前因后果。

魏承兴的正宫太子魏铭需要换肾，宛卉生下的这个孩子对他来说只是一颗活体肾源，以备未来的不时之需。上次她去魏氏要孩子，恰逢他家太子心脏骤停，魏承兴无暇与她纠缠，或又因孩子没了用处，便如草芥般地把孩子还给了宛卉，如今，若配型成功，他还是要拿走孩子的一颗肾！

魏承兴比她想象中的还要恶毒。

宛亦闭了闭眼，拿出手机打给宛卉，拨号的手止不住地颤抖，宛卉很快接通了电话，哭得撕心裂肺："忆忆，孩子又被抱走了………"

"在医院等着，别乱跑。"宛亦勉强控制着自己的声音，又看向言子辰，"帮我把宛卉接回去，她在医院闹也没用。"

"那你呢？"

宛亦起身，背脊绷得紧而直，脚步却有些不稳，平静地看了他一眼，没有说话。言子辰蹙眉，也站了起来。

宛亦阻止着他："别跟着。"

言子辰下意识地向她走去，宛亦的脸色还算正常，可那三个字，他分明听出了一触即发的恨意。

她接着说："你去把宛卉接过来，在家等着我，有什么事我打你电话。"

宛亦取了车子，飙上高架，直奔魏氏。

这一路她车开得又急又躁，魏承兴的冷漠与鄙夷在她眼前反复交替，连下高架后碰着的那个红灯都似焰火，引燃了她眼中的火苗。

"滴——"她焦灼地砸了下喇叭，碰着方向盘，车身不稳，险些擦到旁边车道上那辆银灰色的车子。

时湛坐在那辆车的后座上翻着资料，皱眉抬头，看见隔壁车窗内的宛亦时怔了一怔，宛亦似有感知，下意识地回头，撞上时湛深沉而直接的目光。

见她望过来，时湛便收了神色，侧回脸，淡漠地低头接着看资料。

那由浓转淡的目光分明是告诉她，两人的前尘往事，已画上了句号。

有风从车窗外灌进来，寒而利，驾驶座上的助理秦景将车窗升起，彻底隔绝掉宛亦的目光。

一瞬宛亦情绪翻涌，眼中更添上了一丝难平的恨意。绿灯亮起，银灰色车辆与她擦身而过，她这才回神，咬着下唇，眼中重新燃出焰火，同时关上了车窗。

车内暖气开得很足，不一会儿温度就升了上来，时湛拿起中控台上那盒烟，抵着烟盒倾倒出一支，想到这是封闭的空间，又把那支烟推了回去，他的手指很凉，带着淡淡的烟草味。

他一向不怎么抽烟的，只是这段时间有些莫名上瘾。精神麻痹吧？他有些自嘲地想。

秦景从后视镜看了眼老板的神色，斟酌了一下，岔开话题："您能亲自去上门拜访，魏氏那边很高兴。"说着，秦景又转了个弯，换了条路走，他开车稳而快，是时湛从轻悦直接带到时越的特助。

到底是被扰乱了思绪，时湛停顿了好一会儿才抬头，看着前方隐隐可见的魏氏大楼，才回他的话："魏氏这两年也在自主研发系统，在机器人领域也有所突破，部分业务与我们重叠。魏氏的发展目标，绝对不会只是与我们合作。"

秦景微诧："您这也太居安思危了点。"

时湛笑了笑，没再说话。

他们到达魏氏后，魏家二公子魏涵在魏氏楼下迎着，直接将时湛和秦景带进了魏承兴的办公室。

"时总大驾光临，真是让魏某不胜荣幸啊。"魏承兴见时湛进门，才起身，虚虚地上前迎了几步。

"魏总谦虚了。"两个男人的手相握，时湛的面色沉淡稳重，虽没有魏承兴那般被岁月打磨出的明厉眼神，气势倒也没落下。

两人在沙发上面对面坐下，魏涵在一旁陪着，时湛不喜客套，言谈不离公事，魏承兴在心中不动声色地评估着这个现在的合作伙伴未来的对手，和上次一样，没探出虚实。

气氛正融洽着，忽然传来了一道剧烈的摔门声，引得三人同时朝门口看去。

总裁办的秘书急急拦着闯入的人："您不能随便进去！"

宛亦容色森森，满是焰火的眼中只有魏承兴，步步向他逼近："孩子在哪儿？我告诉你魏承兴，别妄想打他半点主意！"

未承想会在这里看见宛亦，时湛下意识地蹙起眉头，魏承兴脸上笑容淡下，侧头看向时湛："不好意思，时总，我需要处理一些私人问题。"

一旁的魏涵赶忙请时湛回避："时总，我带您先参观一下魏氏。"

"好。"时湛收回目光，神色回归淡然，自若起身，随魏涵向门口走去。

他于她是个局外人，已是决心再不过问宛亦的任何事情。

魏承兴略微颔首目送时湛离开，时湛的目光与宛亦短暂地相碰，未起波澜，他沉静地走出办公室，魏涵赶忙把门关上。

见时湛走了出去，魏承兴重新在沙发上坐下，双腿闲适交叠，眯起眼睛看着向他走来的宛亦。他冷讽着开口："上次我把孩子送回去，只不过是看他没有利用价值了而已，你的那些小把戏，魏氏公关部分分钟就能不动声色地给化解了。真以为我怕了你？"

拿起桌上的钧瓷茶杯把玩着，魏承兴瞥了宛亦一眼，带着凌人之上的鄙夷："一个私生子而已，如果不是可以摘他一颗肾，你以为我会让你姐怀上我的孩子？"

站在门外的时湛隐约听见屋里传来的对话，离开的脚步稍顿，旁边的魏涵迟疑地喊了声："时总？"

时湛笑了笑，强迫着自己不再关注门内的对话，欲跟魏涵离开。

宛亦的心似要被烈火烧得炸开，眼中明火亦是陡升，声音同样拔高："上次，我不把事情闹大不代表我没这个本事！再说……"

盯紧魏承兴的视线半分不移，宛亦吐出的句子愈发冷冽："A股市场的资本玩家多的是，他们在股市中掀起的风浪，可不一定是你们这些玩实业的商人能比的，想做空你们的股价，可不是只有毁你商誉这一种方法！"

"呵，现在的小姑娘都这么不知天高地厚了。"魏承兴"砰"的一声将杯子放回桌面，水珠洒落，他懒得再跟她纠缠，重新靠上椅背，眼神转而轻佻，毫无顾忌地落在宛亦的胸上、腰上、腿上，用目光把她抚摸了个遍，言语更是露骨，"你现在这身段，发育得可真不错，如果当年你是这个样子，我怎么可能把你脱了个七八后又放过了你？"

似有一颗惊雷在耳边炸开，时湛霍然停了脚步，听到这句话的一瞬，他的整个思绪空白而惊异，静了半晌，霍地转身往回走欲去推门，眼中依旧是不可思议。魏承兴曾对宛亦做过什么？

魏涵赶忙跟上去阻止时湛推门："时总，我已经安排好了，带您去参观魏氏新组建的机器人研发团队。"他不理解，为什么与这件事毫无关系的时湛突然迸发出这么强烈的压迫感。

宛亦的眼睛像夜色里极浓的墨，盯着魏承兴冷笑："用'禽兽不如'来形容你还真是客气了。"

魏承兴的眼中是不加掩饰的嘲弄："你倒是忘了十年前与我作对的下场，你母亲是怎么死的，你那天又是怎么跪着求我的？"

听见屋里传来的这一句，时湛的胸口像是被什么狠狠地撞击了，惊异的神色一点一点地变得沉冷，按着门把手的指节已然泛出青白色，再不顾魏涵的阻拦，推门而入。

宛亦把一触即发的恨意咬入骨血。呵，那天！他还敢提十年前颠覆了她所有生活的那一天！宛亦缓缓地抬起头，手指用力得几乎将手机屏幕给捏碎，她清冷地笑着："当年我报案，你家大势大给压了下来，我姐的人生也毁在了你手中。今天这个孩子，只要我在，你们别妄想动他分毫！"

她的目光紧盯着魏承兴，像带着一茬一茬的刺，冷且锋利。

"除非！"

宛亦一步一步走向他，眼睛浸着寒光，满是讽刺。

"你现在杀了我。"

宛亦的声音在竭力释放之后有种奇异的低哑，她的身体靠近魏承兴，拿起他的手卡于她脖颈，不容他拒绝。

"用力。"

她咬牙字字逼近，握紧他手腕的骨指立现青白。

这是宛亦人生中不曾有过的一面，失控、爆裂，像是集聚已久的火山岩，一瞬间喷发，释放着所有的能量。

魏承兴莫名有些心惊，下意识地后退，想把卡在宛亦脖颈上的手抽开，却被她按压得紧，竟动弹不得。

"来啊，你不是能一手遮天——"

眼睛掀起，扑向魏承兴的目光带着惊涛骇浪般的汹涌。

"杀个人而已，你怕什么？"

这一刻的宛亦，带着毁灭般的妖冶恨意，像是猛然碎裂的钻石，千万流光乍然迸出，如扑杀而来的天罗地网，如用光剑抵入他的深喉。

魏承兴莫名晕眩，他这时才觉得，此刻的宛亦确实不是当年的小姑娘了。

"魏承兴。"宛亦刻骨般地吐出他的名字，盯着他的眼睛，几乎咬碎牙齿，"你等着。"

时湛无法形容自己此刻的心情，他终于明白了，是什么样的经历才能造就了她这一身刀枪不入的盔甲。

他曾以为，她是超脱红尘，站在别人触不到的高度，睥睨凡世。而今才明白，她曾低入尘埃，在各种坎坷里受尽了人情的淡薄。

原来是他不够了解她，是他还不够坚定。

时湛红着眼睛，走过去，覆盖上宛亦的手，一指一指地掰开她用力到几乎变形的手指，无声地安抚着她失控的情绪，最后，把她抱在怀里，拥着往外走。

"时总？"魏承兴一阵惊惧，时湛什么时候进来的？

他和宛亦又是什么关系？

时湛什么都没有说，只是回头看了魏承兴一眼，目光如降了冷霜的夜，黑暗、冰寒，似要把一切淹没。

出了魏氏总裁办的门，宛亦没有去坐电梯，只沿着楼梯一阶一阶地往上走，时湛步步紧跟她，随她来到大厦顶端。

直入云霄的写字楼顶层，有狂风在肆虐，宛亦站在石栏边，低垂的云幕几欲将她卷入苍茫天际。

整个城市，枯枝萧索，十二月的北临已有了冬天该有的模样。

一件外套披上她的肩膀，时湛握住她冻得青白的手，音色低沉清透："这儿太冷，我们换个地方。"

宛亦没什么反应，任他拥着走，走到楼梯间时她停下，把大衣脱下还给了时湛。

顶层楼梯间的门被风吹得晃荡，时湛反手按住，看着宛亦在楼梯上坐下，摸出支烟颤抖地点着。他在她身边坐下，把烟从她指间抽走，突然问她："知道我为什么离开自己一手创办的轻悦回到时越吗？"

宛亦抬头，看向玻璃外，呼啸的风静下了几分，更显窗外的世界冷冽而清晰。

时湛淡淡地讲起，清凌凌的声音仿佛没什么情绪，却只有他自己知道，那些事情曾给年少的他带去多少伤害。

从爱尔兰回来的第二天——

时湛在开车去轻悦的路上，突然接到母亲的电话："湛儿，你父亲在时越的位置，需要你回集团来接替。"

"妈，"像听到了与自己无关的冷笑话，时湛情绪寡淡地笑了笑，盯着右前方的路，按着方向盘打了个圈，"你知道，我是不愿意的。"

母亲在那头沉默了很久，久到他甚至以为她挂了电话，迟疑地询问了两声，母亲才再度开口："湛儿，你先回家。"

时湛把车掉了个头，开往母亲的住处，这十几年，他们一家三口人，却分住在三处。时湛讽刺地笑了笑，思绪回到他年少时。

从他记事起，父母的关系便不是太好，母亲性子冷，谁都不大搭理，父亲花天酒地常常宿夜不归，回来就对母亲动手，最过分的那次，是醉酒的父亲直接把母亲从二楼推下，指着母亲破口大骂："别以为你有时湛就有恃无恐，我在外面多少孩子生不出来，你的儿子别想染指集团半分！"

之后，甚至不由分说地把时湛拎到医院做了亲子鉴定。

未等结果出来，时湛便与父亲彻底决裂，在外祖父的安排下去了英国，十年不归，后来因为轻悦，他才回国。

"妈。"时湛敲响母亲住处的门，很快有用人来给他开门。

母亲沈夕颜坐在客厅拢着披肩，一袭雾蓝色旗袍更衬得她容色清冷，见到时湛，她面容柔下几分："湛儿，来坐。"

时湛在她身边坐下："发生什么事了？"

沈夕颜略低下头，沉默了一会儿，才说："当年的错不在你父亲，在于我。当初我与人私奔，后来还有了个女儿。"

时湛一时没反应过来："什么？"

沈夕颜幽幽地叹了口气，细说着："我嫁给你父亲，是你外祖父一手安排的，生下你之后，我遇见一个让我知道爱情是什么的人，便跟他走了，最后，被你外祖父和父亲逼了回来。

"当时太年轻，以为一生很短，为了顾全大局，想着这样凑合着过也罢。最后却后悔了半生，恨自己当初为什么没有勇气与你父亲离婚，随他而去。"

时湛紧蹙着眉头看着母亲，费了很大的劲才明白这段话的意思，心中翻涌起千回百转的情绪，想质问，想发怒，最终，却只是闭了闭眼，沉下心绪，问出一句："我的妹妹，是谁？在哪儿？"

沈夕颜收回自己放在桌边的冰凉手指："找机会我会安排你和她见面，先去医院看看你父亲吧，他病重了，想见你。"

时湛起身，一言不发地往外走。

走到门口时，沈夕颜突然拉住时湛的手，抬起头，眼睛在一瞬间涌出泪水，看着他说："湛儿，我希望你一生有情有爱，不要像我一样……委曲求全。"

时华晖因长期酗酒，身体底子早被掏空大半，这次突发心梗几乎要了他的命，在重症监护室待了好几天才转到加护病房，时湛和母亲赶到医院时，时华晖正打着点滴。

到底是血脉相连，时湛看着一脸病色的父亲，沉积在心中的隔阂瞬间就消去了一半。

可那一声"爸"还是在嘴边盘桓了许久都无法喊出。

时湛在时华晖追随的目光中坐到了他身边，沉默着，看着父亲。时隔多年，那些他可以选择愤怒、选择委屈、选择傲视的情绪，终是沉淀在了时光的洪流里。

"我去轻悦楼下看过你，"时华晖先开口，他说话很费劲，一瞬不瞬地看着时湛，"我坐在车里等了好久，你才下班出来，当时你正跟身边的人说笑着。

"当时，我看见你这么优秀，没有被我耽误，便放心了。"时华晖眼圈微红，眼睛里有光影细微的明灭，他停顿了好久，还有很多话想说，最终却只说了一句，"湛儿，这些年，委屈你了。"

时湛看着父亲的脸色，攥紧手指，嗓音平添了几分恍惚与低沉："你怎么把自己搞成了这副样子，不是说好要在外面给我生一堆弟弟妹妹？"

时华晖看着自己唯一的孩子，沧桑的笑容中略带一丝释怀，时湛愿意重提过往，便是代表着原谅。

他有些艰难地抬了抬手，指向桌子："集团的股权转让书，我已经签好字了。"重重地握住时湛的手，"拜托。"

又沉默了一会儿，时华晖抬头望向窗边，眼神空蒙而清寂。

"夕颜。"他喊着妻子，声音低哑疲惫，那些过往在这一瞬碎如浮尘，"终是我对不起你。"

爱之深，恨之切，爱而不成，化恨成疯。这是他与她所有的前尘过往。

沈夕颜站在窗边，泪流不止，却依旧没有回头看他。

时湛被父亲握着的手不自觉地动了动，他看着父亲眼睛里那经历了大半生、已被消磨成灰的执念。在这一瞬间，忽然就彻底原谅了父亲。

那种剧痛，他感同身受。

宛亦静静地听时湛讲完，那双被烈火烧灼过的眼睛终于有了正常的温度。她看了他很久，仿佛是第一次认识时湛。

宛亦问他："所以，在你小的时候，他们谁都没有把你放在心上过？"

时湛笑了笑："两个没有获得过爱的人，这么对他们的孩子，倒也不奇怪。"

"可——"宛亦皱着眉头，"你这么轻易地就放下了，这么轻易地就原谅了？"

"如是之前的我，或许不会选择原谅，那时的我差不多跟现在的你是一类人。"时湛依旧笑着，"你可以不信，但多半是因为你改变了我，曾经让我看到过这个世界的柔软。"

宛亦看着时湛，有些不能消化这段话，瞳色变了几变。

时湛接着说："现在回忆起第一次看见你的那天，在场所有人的面容都是模糊的，只有你，明亮清晰。"在这狭小空间里，时湛的脸上落着一层清和的光，"之后在国内又见着你，我就明白了，没有哪颗坚硬的心不会被爱感化，虽然，我们最后不欢而散。"

宛亦被他带入情绪里，眼神不太聚焦，像是在思考着他的话。

"我们不一样，"她下意识地喃喃着，眉头却越皱越紧，突然又抬眼看向时湛，重复道，"时湛，我们不一样的，你可以放下怨恨，我不行，我再怎么努力再怎么被感化都不行。

"当年事发时我恨过，可母亲自小便教我要活得安宁，要平和地追求喜乐。这十几年，我承载着母亲的希望逆流而上，以为获得了自己预想的那种安宁生活。可这种安宁经不起一点挑拨，是封闭的，是被我自己强压出来的，一碰见魏承兴，这深埋多年的恨意就凌空崩裂，彻底被燃爆。

"我这才明白原来我一刻也没有忘记过。不毁了魏承兴，我便始终做不到喜乐，生活永远都无法拨云见日。"

楼梯间的门被突如其来的风雨掀开，冷冽的湿气迎面扑来，时湛握住了宛亦的手，干燥沉暖，是他掌心的温度，他望着她笑："宛亦，你能有这种反应，是好的，说明你已经打破了自己的壳。"

他接着说："人的情绪不会单一地出现，你会恨的时候，同样也拥有了爱的能力，这样的你，比之前的冷漠不仁有生气得多。"

宛亦看着时湛的眼神带上了些不真实，虚虚浮浮的，像明暗交替的暮色。

时湛的唇角勾出一线笑意，深幽双目中只有她。

"你把它沉在心底，以为这样就能过去，实际上，如果不去面对，就永远也过不去，曾经的你太迁就这个世界了，以后，想做什么就去做吧。"

高窗透过来的光深远而幽静，宛亦望着时湛，忽然就觉得心脏无法再像平日那般平稳地跳动了。

"时越准备收购魏氏，"时湛平稳的嗓音忽然添了一丝沉锐，"以后我们有了共同的目标。"

宛亦倏然回神，皱起眉头："我与魏承兴这事，你别参与，跟你无关。"

时湛听出来了，这不是拒绝，她掺杂了一丝焦急的语气，是怕他因冲动而做出错误的决策。

他笑道："时越要收购魏氏这事，跟你也没什么关系，两个企业已有部分业务重叠，正面交锋是迟早的事情。"

宛亦急急辩解："可——"

时湛笑着打断她："如果你愿意来帮我，那就更好了。"

时湛接管集团后，两个多月没回过轻悦一次，君齐找到时湛家里，本是去讨伐他回了家族企业就忘了老本行，但听他说他要收购魏氏，瞬间就惊得忘记了自己来的目的，眉头一跳："一回时越集团就变得这么不理智了？激进了啊时湛。"

时湛平静地叙述："这是前段时间就做出的决定，只是准备提前付诸行动了。"

"急什么，之前不是暗度陈仓得挺好？等你在集团站稳了再说，魏氏和你们时越实力不相上下，现在贸然去收购，你这是在拿时越做赌注！"

时湛淡笑，眼神里却带着破釜沉舟的决然："是有点难度，但谈不上赌注。"

"先不说魏氏那边的反应，光是你们集团那帮自视甚高的老股东都够你受的。"君齐拍了下他肩膀，笑着，眼角勾出向上的弧度，语调又由警示转为轻松，"你自己掂量，时越被你玩垮了也不错，到时候回轻悦，我也省事了。"

时湛眼神飘向窗外，整个人陷入沉默里，过了一会儿才对君齐说："宛亦与魏承兴有很深的过节，如果我不先于她出手，她怕是会用一些非法的手段做空魏氏的股票，我不能让她以身犯险。"

她曾被逼入绝境，又绝处逢生，一直压抑着自己的真实情绪，如今终于爆发，心中那么强烈的恨意被唤醒，想明白了自己到底想做什么，会不择手段地达成目的。

时湛眼眸低垂，想到魏承兴，想到他曾对宛亦做过的事，眼神有一瞬的转深转暗，这个人，就算是有九条命也不够死，他也同样地，想把他从云端摔入地狱。

君齐侧过脸，盯了他好一会儿："这些，宛亦都不知道吧？"

"没细说。"

"怒发冲冠为红颜啊，"君齐喟叹，从桌子上拎了一瓶 KIRIN 黑啤，单手开了罐，"疯子。"

笑完他，君齐靠上沙发顾自敛了话，喝着啤酒半天没吭声，不知道在想什么。

时湛看了他几眼，眉梢微挑："你最近的情绪，有点大起大落？怎么了？"

"别问。"君齐唇角虚浮着一丝点到为止的笑意。又说了一句什么，声音在吹进来的风声中朦朦胧胧的，时湛没听太真切，好像是："谁没有些无法说出的秘密，没个忘不掉的人？"

股东大会上，时湛宣布收购魏氏的决策后，果然如君齐所说，一石激起千层浪。

他们大多为公司老股东，多年拿着不错的分红颐养天年，见不得自身利益受到威胁。讨伐声、拍桌声、责骂声，霎时烽烟四起。

时湛的年龄相对于他坐的这个位置，略显年轻，却是有着被多年磨砺赋予的不容小觑的气度。他神色静谧看着眼前的争吵，不露喜愠，秦景看了看时湛，无法猜测他心中所想，只得噤声敛气立于一旁，等他出言。

责闹声小一些的时候，时湛才开口："世界 500 强作为企业界的指示标，1920 年的时候，这些企业的平均寿命是六十七岁，而现在，他们的平均寿命不过十几岁。这说明什么？"

不紧不慢地说着，时湛眼色淡然，环视全场。

"说明那些曾经的老牌大公司逐渐被新兴公司取代，其间的根本原因在于传统的线性思维被指数型思维打得一败涂地。在这个不进则退的时代墨守成规，最终的结局，一定会是灭亡。

"时越自创建以来只做系统，只做机器的大脑，市场份额在不断地被侵占，利润率在不断下降，你们还以为这个市场依旧被时越垄断着吗？如若哪天时越的核心技术被攻破，这个集团可能会在瞬间坍塌！"

时湛并不是危言耸听，这个独占鳌头多年的企业最缺的就是居安思危。

企业的老功臣王总怒不可遏："我不管你这些乱七八糟的，魏氏与我们合作多年，是我们的大客户，你一上来就妄想收购掉，你父亲如果还在董事会，绝对不会让你做出这么个不知天高地厚的决定！简直是自取灭亡！"

"我父亲。"时湛平静地重复着这三个字，声音中情绪匮乏，却是笑了，那个未入眼底的笑掀出一片暗潮。

"有件事您最好搞清楚了，"时湛接着说，声音平和，却带着不容反驳的压迫感，"现在这个集团，我说了算。"

"你！"王总声音抑在喉咙里，却无法反驳。

在场的所有人都清楚，这个入驻董事会的年轻 CEO，名下本身的股份，加上最近在二级市场收购的散股，已让他拥有对公司绝对的决策权。

坐在王总身旁的白总安抚地拍了拍他，不赞成地看向时湛："一个好的决策者可不能一言定江山，而是集思广益，精准地提取有效的言论做出最正确的决策。"

"我同意您的观点。"时湛稍许抬眼，动作细微得几近不察。正是这种欲动不动的神色，让他更显气场。

"可我任职以来收到的方案都是什么样的？老套、温和、保守，没有一点进取心！对于时越来说，最可怕的不是我专权独断，而是一味地故步自封。"

"那你就能拿着我们股东的钱随心所欲了吗？！"王总把桌子敲得咚咚作响，"这个市场是什么样子，魏氏是什么样子，你了解清楚了吗？就能耐得想翻天！"

时湛目光落了过去，神色平稳，循序渐进："魏氏前几年就开始自主研发智能化数控系统，且在十年前成立一支科研团队，致力于研发工业机器人，目前是国内唯一一家既提供工业机器人又生产机床的公司。即便是魏氏还有一部分机床必须依赖于时越的系统，但需求量也在年年缩减，如果我们再不行动，或许以后被收购的就是我们时越。通过收购魏氏，时越能降低成本，高效管理，形成有效的规模效应，更好地渗入制造业，提高企业整体竞争力以及行业战略地位。"

"我看你是心比天高，人心不足蛇吞象！"怒火中烧的王总半句都没听进去，拒绝沟通，直接拂袖而去。

话已至此，时湛亦没有任何耐心与大家周旋，他沉静地坐在那里，淡色双眸染上了一抹冷冽。

半晌，他明确地抛出了自己的态度：具有绝对话语权的他必定会去收购魏氏，选择相信，几年后的分红一定不会像现在这般平庸，对于理念与他背道而驰的人，随你离场。

直接撕裂也好，果断杀伐也罢，对付魏氏并不是一件轻松的事，他必须保证集团内部思想统一，无后患之忧，才能心无旁骛。

这场股东会的结果在时湛的预料之内，大多数人持观望态度，少部分如王总那般担不起一丝风险的人，离场态度坚决。

时湛的观点是在理的，可他选的目标太大，直接对标魏氏这个机床行业的龙头，又在他新上任不久的风口浪尖上宣布这个决策，太刚太烈，短时间内，多数人无法想得透彻。

时湛大刀阔斧，白总同样雷厉风行，上午开完董事会，下午他便开始在二级市场抛售自己手中的股票，A 股市场这几天的行情很好，时越集团的股价却逆势跌停，引得市场一片哑舌。

可没跌多久，盘面上就有一笔不小的资金流入，一点点地消化着跌停板上的大量封单，三点收盘的时候，时越的股价竟微微扬起，收在了跌停板之上。

君齐在收盘时给时湛打来电话："前几天我以轻悦的名义开了个机构证券账户，今天把轻悦账面上所有的流动资金和我的个人资金都买上了你们家股票，做了你的接盘侠，时湛你可得给我挺住了。"

"放心，"时湛眸底染出些笑意，"谢了。"

"何至言谢。"君齐声音明朗，能听出也是在笑着，"哪里需要帮忙的，打我电话，你忙，挂了。"

在正式与魏氏宣战之前，必须要保证内部战线的统一。君齐入资接盘，在一定程度上给了那些正观望着的股东一些信心和思考的时间。

集团公关部把内部不和的消息也压制得很好，媒体上没有出现什么负面报道，但资本市场对消息却有着高度的敏感性，证券分析师们同样能从股价的剧烈波动中发现蛛丝马迹，做出对时越集团股价不利的分析决策。

时湛提起精神，连夜制定着应对方案，未来几天，或许还有不小的抛售压力，还有好几场硬仗要打。

可第二天事态的发展完全出乎时湛的意料，早上七点，在财经频道的直播中，久未在公共平台出现的私募大佬徐晖竟在节目中花了不少时间从基本面和技术面上分析时越集团的股票，徐晖以擅长把握上市公司内在价值而著名，节目中他虽未对时越的股票做出明确推荐，但他愿意如此费心地研究并讲解，就已是对其价值的肯定。

此时正值牛市，散户买股热情很高，霎时闻风而动，一开盘，时越的股价便节节攀升，甚至带动科技板块其他股票的跟涨。

股价消息面上的重大利好让很多态度迟疑的大股东不再急于抛售，驻足观望。

时湛便趁着这股东风，在集团会议上宣导自己创新的理念和发展方向，并在私下挨个拜访公司大股东，以理服人，同时发布记者会，以绝佳的精神风貌亲自演讲，发出公司做出重大改革的公告，更稳定了股民的持股决心。

君齐乐不可支地看着证券账户里的盈利，空闲时打给时湛："可以啊，连徐晖都搞得定，他上次在公共平台讲解个股还是三年前吧？我记得那时他讲解的股票是贵州茅台，当时茅台股价才二百，现在都一千二了！这次他公然讲解分析时越集团，简直是比你们收购成功还重大的利好啊！"

时湛淡淡地笑："不是我，我没去找过徐晖。"

"不是你？"君齐声音里透着惊讶，"那是谁？会这么帮你？"

电话那头依旧笑着，君齐恍然大悟道："恭喜你啊，守得云开见月明。"

时湛的笑容放大了几度："还没有。"

宛亦到家时天色已经暗了下来，电梯门开，廊灯应声而亮，霎时勾勒出时湛颀长的身影，他的西服外套搭在手臂上，不知已等了多久。

不想在这看见时湛，宛亦略诧异："你这么闲？"

"特意来谢谢你。"时湛看着宛亦，眉间虽略有疲惫，眼中却是光彩灼人。

他说："如果不是你去说服徐晖为时越宣传，我可能要花不少的精力来稳定股价。我知道你并不喜欢找别人帮忙拖欠人情，难为你了。"

宛亦开了门，拿出一双一次性拖鞋给他："没有，时越集团这只股我跟踪很久了，价值低洼，值得投资，徐晖他本身也在关注。"

"你买了吗？"

宛亦"嗯"了一声，没细说。她是在时湛接管集团后买入的，之前因这个公司在管理上存在弊端而一直犹豫着没入手。

她相信时湛有能力为这个老牌企业注入新的活力。

时湛瞥见旁边还有一双男生拖鞋，顿了下："你不是一个人住？"

"嗯。"

"跟谁？"

"一个异性。"

时湛的脸色霎时便不太好看。

宛亦抬眼看了看他，又说："一个小孩。"

或是觉得自己刚才有些草木皆兵，时湛换了话题："我还没吃饭。"

宛亦看着他，极淡地笑："所以，你特意空着双手，饿着肚子，来感谢我，是吗？"而后她撤回目光，抱着电脑坐在沙发上，"家里什么都没有，你出去吃。"

时湛走过去径直拉开冰箱，上上下下看了一圈，除了水，还真是什么都没有。

他拿出手机走到露台，给秦景打了一个很长的电话，细致地交代了很久。宛亦打开电脑忙自己的，没管他。

很快，秦景就拎着两大袋东西站在了宛亦家的客厅。宛亦瞥了一眼，直接拒绝："我不会做饭。"

时湛挽起白衬衣的袖口，搭上手指轻敲着身侧的桌面，他也不怎么会做，遂把目光递向秦特助，冲着他不言而喻地淡笑。

西装整齐一身精英范儿的秦特助与身旁的一堆青红紫绿极为不搭，看见老板的眼神，心中霎时吹过一场龙卷风，半晌，才内伤地憋出一句："家里……刀是有的吧？"

这语气，确定是要做饭不是砍人？

或是觉得这样奴役员工不太合适，时湛自觉地过去帮忙，终于，连醋和生抽都分不清的时湛被秦景请出了厨房："真的，老板，我想早点下班回家。"

没了时湛的帮忙，秦景很快把饭做好，手艺还相当不错。

秦景走后，时湛摆着盘，喊着宛亦："别修仙了，电脑关上，来吃饭。"

宛亦坐到他对面："怎么你助理不留下来吃饭？"

时湛抬头扫了她一眼，两人能独处比登天还难，留个外人，他傻？自毁前程？

宛亦又说："你这样对人是不是不太善良？"

"姑娘，拜托你把良知多用点在我身上。"隔着桌子，时湛目光灼灼，"你在美国对我说的那些话，还句句清晰，扎着心呢。"

宛亦手顿了顿，一时心情不错多说了两句，还自掘坟墓了？

时湛步步追问："为什么要说那些话？"

宛亦沉默了一会儿："我在日料店看见你跟魏承兴在一起，还对一个女人献殷勤。"

时湛陷入沉思，他什么时候对别的女人献殷勤了？

"哦，那次——"他想起来了，"我还没正式接管集团代职的时候，约见了公司的大客户，是跟魏承兴吃过一次饭。至于那个女人，虽然跟我差不多大，却是我父亲最小的妹妹，我长辈，集团董事，跟我一起去见魏承兴。

"我照顾长辈，落在你眼里怎么就变成献殷勤了？"时湛无奈，"你那些话，真差点让我死心。"

宛亦心中起了波澜，年少的那些经历，终究是让她落了一身不为人知的敏感和脆弱。

"可是现在……"

时湛看着宛亦，唇角浮出一丝淡淡的笑意，身边轻薄的窗帘被风卷起一角，落地窗外是流淌的夜色。

他接着说："这颗心死而复燃了怎么办？"

多年后，每当时湛回忆起这一幕，就会觉得他们的爱情真正是始于这一刻的。

宛亦平静地坐在那里笑，长发柔顺，手边低度数的起泡酒透着清亮。灯的柔光打在她侧颜上，在她听见这句话抬眼看他的时候，映出睫毛晃动着的纤长碎影。

她那个带着笑意的眼神，直直地落在他身上，恍若触手可及，带着把他治愈的神奇力量，让他觉得自己不再是演绎着独角戏，不再是她世界中的可有可无。

让他所有的疲惫，所有的艰难，所有的糟心，在这一刻，烟消云散。

时湛离开的时候，宛亦下楼把他送出小区，夜雾降临，身旁的路灯一片朦胧，风和光影都似融入了这薄薄水汽里，带着清凉的湿意绕在身边。

两人走着，忽觉湿气更重了一些，宛亦抬头，就看见有细碎的雨滴落下来，时湛忽然侧过身来看她，目光如炬。

周围静得只有雨水落在植物上的沙沙声，时湛一半的侧脸隐匿在光里，宛亦撞上他的目光，心跳变急，下意识地想屏住呼吸。

静了几秒，时湛伸手，轻轻把她带进怀里，用灼人的暖意将她围拢。

他在她耳边说："等一切尘埃落定，跟我试一试，可好？"

宛亦按捺着心悸，闭了闭眼睛，良久，应声："好。"

这低低的一个字，在这夜里带出了能温暖一冬的缱绻温柔。

第二天清晨，宛亦如常打开冰箱，准备拿出一瓶水，却被这装得满满当当的冰箱吓了一跳。

保鲜室的第一层，搭配好的等份盒装水果和牛奶码得整整齐齐，第二层是燕麦和无糖面包，最上面是蔬菜和培根，深蓝色的马克笔清晰地标注着过期时间。

冰箱的内壁上有一张便利贴，同样深蓝的字迹：好好吃早饭。

满满当当，细致入微。

宛亦愣了一会儿，缓缓地关上冰箱的门，停了一会儿，又打开，盯了很久。

晨光温柔地洒在她这装饰简洁的客厅里，她半生辗转，忽然就在这一瞬感到了安宁。

第
八
章

风 雨 兼 程 只 为 你

Chapter 8

周五，言子辰从学校回来，刚进屋门就把手中的邀请函折成了一个三角形，抬手扔出，邀请函便像纸飞机般地飞向了宛亦。

宛亦接过，打开。

竟然是一场魔方邀请赛的邀请函，邀请赛一般是由魔方界最权威的人士发起，邀请他们觉得最具潜力和顶尖的选手来参赛。被邀请的魔方高手在赛场中不仅可以任意挑选对手，还能随意制定比赛形式。这是魔方界最激烈的比拼，观赏性、刺激性远远超过常规赛。

宛亦惊讶："你只参加过一次世锦赛，就报了一个项目，成绩也没什么亮点，全球综合排名百名开外，怎么还会收到邀请赛的邀请？"

言子辰淡然："可能是靠脸吧。"

宛亦忍俊不禁："可别被人打脸了。"顿了顿，她看了眼比赛时间，又说，"比赛那天我有空，送你去。"

少年不掩饰情绪，愉悦开心全写在眼睛里："能赢，不会给你丢脸。

"对了。"言子辰又说，"你姐姐的孩子与魏铭肾移植所做的HLA（人体白细胞抗原）配型，本是六点全配，我黑入医院系统把它改为了两点相配，这样就没有达到临床移植的条件，魏承兴便没必要留着孩子等他长大给魏铭做肾移植了。我跟宛卉联系了，她说，孩子已经被送回去了。"

宛亦怔了怔神："又去黑别人系统？"不过这次，宛亦的眼睛里很快氤出了些笑意，"以暴制暴，可算用到正经事上一次了。"

言子辰的这个方法虽然不是一劳永逸，甚至可能很快被魏承兴察觉，但也确实给她争取了对付魏氏的缓冲时间。

"哪一次不正经了？"子辰不满，"虽然我技术过硬，但我也有分寸，不会做什么出格的事情。"

宛亦笑他："别上次我去学校替你挨骂，下次变成去公安局给你保释就行。"

"能盼我点好吗……"

宛亦接着笑："那就祝你比赛顺利。"

很快到了比赛那天，宛亦开车带言子辰到了赛场，她拿着入场券去了观众席，言子辰来到后台，坐到一角，戴上耳机拿起魔方练习做赛前准备，刚复原好手中的 SQ-1 魔方，就感觉有人撞了一下他的肩膀。

"卿墨？"看着眼前人，言子辰诧异，摘了耳机，"你怎么进来的？"

"来给你们拍纪录片啊。"卿墨拍拍手边的全方位摄影机和工作证，"为了记录下你言子辰的高光时刻我也是操碎了心。"

言子辰见他的摄影机跟别人的不太一样，三百六十度环绕着很多个镜头，不由多看了几眼："这是拍 VR 视频用的？"

"对。回头制作好了，你可以在 VR 视频中摸一摸自己帅破天际的脸。"

言子辰不想理他，搡他走："一边儿拍去。"

卿墨哈哈地笑着，转到一边，去找合适的取景方位。

不一会儿，王其正也来到了后台。

王其正是中国首位 WCA 的代表，年轻时参加比赛打破过很多次世界纪录，现在年纪大了，不再参赛，主要做一些国际赛事的裁判和魔方的推广，对中国魔方的发展做出了很大的贡献。

很多选手都认识王其正，见他来后台，都站起来跟他打招呼，王其正一边回应着一边走到言子辰身旁，围着他转了一圈，看了会儿他练习时的指法和状态，慢悠悠地开口："来了啊。"

言子辰闻声抬头，停止了指尖高速的动作，起身："王老师。"

王其正背着手，笑眯眯地看着他："一会儿比赛的时候，别走神，看清楚规则，不要被那些世界排名靠前选手的粉丝唬住了。你基本功是可以的，主要就看比赛时候的状态了。"

言子辰点头："谢谢您。"

碍于别的选手在场，王其正也没多说，交代两句就回赛场了。

卿墨拍了一圈后站旁边听着，王其正一走他就攀上言子辰的肩膀，笑得花枝乱颤："没有一个粉丝的你，可千万别没见识地被别家粉丝唬住了，哈哈哈。上台前你先给自己打个气，要告诉自己得不怕天也不怕地。"

言子辰越来越不想搭理这人了，推开他："能消停会儿吗？"

"最后一句。"卿墨拉住言子辰，眼神清亮，笑容像暖阳，"加油！"

比赛正式开始。

王其正坐在主裁判的位置上，他是这次邀请赛的发起人之一，言子辰便是他极力推荐的。看过言子辰上次比赛的他惊讶地发现，在这场邀请赛里，少年有着与世锦赛完全不同的神情。

如果说世锦赛的他像是冷冽冬日，清寒、冰凉，那这一场，便是冬日里的晴空，纯粹、干净，染着一丝温暖。

少年的变化让他备感兴趣，也更期待他接下来的比赛。

邀请赛中最受关注的选手非澳大利亚的 Canein 莫属，在上次的世锦赛中，他毫无悬念地把多数热门项目的冠军收入囊中，一上来，主持人就花了大量的篇幅介绍他，夸起他来更是不遗余力："世界排名综合第一的 Canein，在每一场比赛中都能荣登顶峰，创下多项无人可破的世界纪录，为我们创造了无数热血与感动的瞬间！"

台下 Canein 的粉丝无数，欢呼声震天响。

主持人接着说："这场邀请赛中，作为排名第一的 Canein，可以率先挑选对手进行强强对决，随意制定比赛规则，带给我们一场视觉盛宴！

"所以，Canein 选择的对手是——"主持人拉长尾音，看着站在他身边的 Canein，一片期待。

灯光聚焦在 Canein 身上，他一袭火红战袍，火焰一般，像是要把对手的所有气焰都燃为灰烬，Canein 一边跟台下粉丝打招呼，一边把目光移向选手区：

"七号，言子辰。"

台下观众愣了，竟挑了个从没听说过的人。

光影流动变换，照入舞台侧面的选手区，言子辰并未坐在中央，却是最耀眼的那个，被宣战的他没看 Canein，目光一直落在观众席里，灯光照进他带笑的眼睛，有细细碎碎的光蔓延开。

全场安静了一瞬。

少女们觉得自己的心都要融化了，什么听没听说过的不重要了，直播上的弹幕瞬间爆了屏，各国的语言让人眼花缭乱。

"我没看花眼吧，世界上竟有这么好看的小哥哥！"

"Fairy boy（精灵男孩）！"

"这颜值太过分了，我都没办法安心看比赛了!"

"彼は、もう勝ちました（他已经赢了）！"

……

比赛规则是 Canein 现场制定的：迎战者与他均需要一鼓作气地完成二阶速拧、二阶盲拧、三阶速拧、三阶盲拧四只魔方的复原。正确率优先的前提下，用时短者获胜。

世锦赛的每个项目比拼的都是单个魔方的单项复原，而今天这标新立异的挑战方式，无疑是让难度翻了倍，Canein 目光灼灼："七号言子辰，敢接受挑战吗？"

言子辰起身，走到 Canein 身边，迎着他挑衅的眼神，声音清淡无波："这次我一定会赢。"

Canein 不屑："我代表这个舞台的最高水平，我在，就是胜利。"

"你好好看着。"言子辰打开挂式耳麦，清冽声音穿透全场，"我全程盲拧，跟你比两盲两速。"

全场瞬间安静。

在这个比赛里，全程盲拧对抗两速两盲，什么概念？对于二阶魔方来说，完成速拧和盲拧所需要的时间或许差距不大，但对于三阶魔方，盲拧至少要比速拧慢上十来秒。这少年是哪来的莫名自信，敢在这个赛制下用全程盲拧去挑战世界第一的两速两盲？

Canein 怔了一瞬，气势很快回归："我让你三秒，跟你比全程盲拧。"

"那不如来比盲拧克隆魔方。"言子辰轻笑，"四只魔方，我让你五秒。"

盲拧克隆是什么？是把复原的魔方完全打乱，参赛者观察记忆每个色块的位置，用盲拧的方法，将复原的魔方拧成与被打乱的魔方完全一样。

这个难度可不仅仅是翻倍了，至少得加个平方。

连续记忆四个被打乱的魔方再去盲拧克隆，这比的不仅仅是记忆力和手速了，还要有极高的推理能力和天赋。脑部需要快速的运转，推理出逆向还原的步骤并牢牢记住，乱了一个步骤，就可能全盘皆输。

赛场在这一瞬变成了没有硝烟的战场，Canein 盯紧言子辰："你说大话不用打草稿的吗？"

"二阶的没意思，全换三阶。"似没听见 Canein 的话，言子辰接着加筹码，"一次性记忆四只打乱的三阶魔方，盲拧克隆。"

这个难度……是幂次了！

赛场瞬间爆发出热烈的掌声，几乎要掀翻头顶的星幕。

少年背脊挺拔，孤傲而恣意，看着对手，用了最极端的方式，点燃全场。

Canein 突然有些后悔向这个不要命的少年宣战。

世界魔方协会的裁判为挑战的全程做着公证，坐在裁判席中的王其正比现场观众还要激动，热血澎湃得几乎要站起来为言子辰摇旗呐喊，身边的一个女裁判屡次皱眉看他，眼神示意让他注意身份。

主持人宣布比赛开始。

言子辰拿起打乱的三阶魔方迅速进入状态，他的推理记忆非常快，Canein 还在记忆第三只被打乱的三阶魔方时，他已经戴上眼罩拿起复原的魔方开始盲拧克隆。

在身边一片倒吸气的声音里，裁判席上的王其正神采奕奕地坐正了身体，金字塔顶端的两个人针锋相对，这比赛，太精彩了啊！

言子辰的盲克过程同样是一气呵成、无懈可击，眼罩之下他的神情不甚分明，只能从他紧抿的薄唇和微蹙的眉心感受到他大脑的快速运转。

当他放下最后一个克隆好的魔方按停计时器时，全场的观众已惊讶到目瞪口呆、无法呼吸。

世界第一的 Canein 刚克隆好第二只魔方。

直播上的弹幕再次疯狂：

"以为是个青铜，实际上是个最强王者！"

"お兄さんは芸能界に入る考えがありますか？（你有进入演

艺界的想法吗？）"

"实力碾压 Canein！这是什么神仙选手，为什么我从来没有听说过！"

在摘下眼罩的那一瞬，言子辰不小心碰掉了桌面上写着他名字的名牌，他附身拾起时，微抬着头向台下看了一眼，心神不属的，又惊艳了一众人士。

王其正再也不顾自己什么国际裁判的身份了，从座位上蹦起来，兴奋着，激动着，高声欢呼，果然，他没有看走眼！

一战成名，毫无疑问，这场魔方史上最精彩的挑战赛让言子辰登顶万众瞩目之巅。

而他的胜利，不是偶然，更不是运气，而是对他多年坚持与热爱的最好回馈。

"你比我想象中的厉害点。"回去的路上，宛亦夸着他。

少年墨色的瞳孔生出一丝明丽，抿着唇笑，没有说话。

他那想说没有说出的话是——谢谢你给我勇气，让我重新站在阳光下。

最近的时越集团，氛围很安静，在那场激烈对峙的股东会之前，时湛的锋芒是收敛的，那时的他，待人谦逊有礼，风波不起。而如今，他卸下了温和，取而代之的是厉行于色的果断。他雷厉风行地解决着沉疴痼疾，在果决有效的治理下，整个集团风貌焕然一新的同时也人心惶惶。

没人知道是什么改变了他。

再次开董事会的时候，见识过时湛不凡眼界和危机处理能力的股东们对他的决策再无一丝异议。至此，时越集团对魏氏的收购正式拉开序幕。

下班后，时湛来宛亦家找她时，宛亦正看着时越集团刚发的公告，见是时湛，便对他说："时越集团对外的公告，只是说有意涉足机床的生产制造，一般人想不到你会直接对标魏氏。"

时湛把他带过来的花束和水培透明花瓶放在桌子上，环视着整个客厅，一边寻思着把花瓶放哪儿合适，一边应着宛亦的话："对，他们大概率会以为我要去组建研发团队或收购中小型高度专业化的公司。"

宛亦的目光落在花束上，又扫了眼上次他来时在她家种下的珊瑚铃和枫叶天竺葵，忍不住问："你把这儿当自己家了？"

时湛找到了适合放花瓶的地方，把鲜花插了进去，一边整理着花形一边抬眼看她笑："是你太不把这儿当家了，半点烟火气都没有。生活需要感受细节和过程，不是只有目标和结果。"

这句话带给宛亦的感觉很奇妙，让她不由得看向时湛，时湛也正看着她，他的眼神很烫，烫得她周身都回了暖。

宛亦微红了脸，不太自然地瞥了他一眼就侧过头去，时湛的目光一直追着她，笑着，没再过分，说起了正经事：

"魏氏的主营业务一共分为三块：餐饮、机床、机器人。餐饮这方面是魏承兴的弟弟魏涵在管理，我们先从餐饮入手。"

宛亦挑了挑眉，轻讽："专注于高科技高冷百年的时越集团，在换了领导人之后第一个大动作是进军快餐？自毁专业形象？"

时湛笑："你忘了，还有轻悦。"他整理好花束，坐到宛亦身旁，远远地看一眼，绣球桔梗还有浅色玫瑰的搭配，素净温暖，他挺满意，接着说，"大数据营销出身的轻悦传播，在品牌创造和营销策划上有着天然的优势，借助自身平台对标餐饮，与魏氏旗下的餐饮品牌正面竞争，胜算很大。"

宛亦仔细想了想，这样就在理了。

她点着头，想着一些细节，时湛却望着她出了神，在心中描绘起未来两个人生活在一起的样子。

"宛亦，你不会做饭是吗？"他倾身向前，气息掠过宛亦按着太阳穴的手指，"不会的话，我来学。告诉我你最爱吃什么？"

宛亦被他乱了思路，皱了皱眉，随口说："哪里有时间做饭，不想出去吃，你去请营养师来搭配饮食不就好了。"

时湛的笑意，一路从唇角漾到眉梢："也行。"

眼角的余光掠见那刚插好的花束，时湛扭过脸正眼瞧了瞧，突然又觉得自己对那花不太满意了，和身边的姑娘差得太远。

目光又滑回宛亦，时湛揽上她肩头："那我明天去找合适的营养师来，一天三顿搭配着。来你这儿还是去我那儿？我都方便。"

男人喑哑的声线在宛亦耳畔低绕着，像是带着回音，撩着人。

一天三顿？宛亦肩膀一缩，这才反应过来，他的意思是两人住在一起。

时湛被宛亦赶出去的时候嘴角还扬着笑。

"记得给花浇水。"关门声中他不忘交代着，"我过两天再来看你。"

"别来！"宛亦气得想笑。

把时湛撵走后，她盘腿坐在沙发上，不自觉地回想着，他都对她做过些什么事？

初识就亲了上来，后来拿她指纹解锁手机，把自己微信加上，话说不了两句就能把她给绕进去。

挺厉害的啊这人。

没等两天，第二天时湛就又来找她了。

"开门。"时湛敲了半天的门，宛亦没理他。

"我不乱来。"他慢慢哄着，也没用。

"昨天有个挺重要的文件落你这儿了，明天要用。"

宛亦看了眼客厅桌子上的文件，这厮一定是故意的。

"放心，我拿了就走。集团要密，不拿走不安全。"

门终于打开了。

时湛笑得肩膀轻颤，门一开便搂起她的腰把她悬空转了两圈："挺好骗的。"

宛亦把文件摔到他身上，挣扎着："手松开！"

时湛搂紧怀中的姑娘，叹息着："得我如此痴缠的，独你一人啊宛亦。"

宛亦脸上浮起一层薄霜："不稀罕，出去！"

"我最近特别开心，"时湛置若罔闻，捉着她的唇亲了一下，"你让我的追寻和等待，从遥遥无期，变成了未来可期。"

宛亦慌乱躲着，心跳加速："时湛，别想我以后给你开这道门！"

"指纹密码添上我的，我自己开也行。"

她怎么摊上这么个得寸进尺不正经的！

时湛在怀中姑娘的脸色彻底沉下来之前放开了她，把带来的一堆东西拎进屋里。

宛亦不想搭理他，脸还红着，拿了电脑去阳光房，对时湛下最后通牒："拿了文件赶紧走。"

时湛不紧不慢地应了声，把东西拎到冰箱旁，仔细地摆放起来。

言子辰回来的时候，看见客厅里的时湛，摘帽子的手顿时停住，眼色暗下几分。

听见开门声响，时湛转身，与少年四目相对，微怔两秒，而后笑："放学了？"

言子辰撤开目光，把手中的书放在屏风边。

时湛又说："你姐经常一天不吃一顿饭，你在家的时候帮忙多看着她点。"

少年抿着唇，没有应声，径直走向自己的房间。

走至门口，他忽然回头，漆黑的瞳仁中暗潮涌动，紧看着时湛，声音清冽压抑："她不是我姐。"

气氛变得微妙起来，时湛的目光重新落回言子辰身上，他身形挺拔，不笑的时候，自然地就带上了些压迫感。

最终他什么也没说，只淡淡地笑了笑。

时湛走后，言子辰推开阳光房的门，问宛亦："他是谁？"

宛亦从电脑前抬起头来，靠进沙发里，一瞬神思游移。

她该怎么定义时湛对于她的存在？他们似乎已经互相认定，又因发展得太快，她不想让关系确认于这兵荒马乱的节点。他们有共同的目标，她用尽自己的人脉给他提供支持的同时也是在成全自己。她抗拒着不愿他靠得太近，却清楚地知道，自己已快速沦陷。

时湛对于她真是无比特殊的存在，人生中不曾出现过的特殊。

无法精准的定义，关系也还没有确认，宛亦便轻描淡写地回了言子辰一句："不好说。"

少年皱着眉头，显然对这个答案很不满意。他手指按住宛亦的电脑，还想再问点什么，却被宛亦打断："好好学你的习比你的赛，管这么多干什么？"

少年的手指慢慢蜷握住："你别这么早嫁人。"

宛亦笑了："想什么呢？"

"放心吧。"她似是在安抚子辰，"嫁人也不会不管你的。"

可少年的薄唇抿得更紧了，这个回答，让他心存慌乱。

时湛的动作很快，在制订好对付魏氏的方案后，轻悦传播自主创立的简餐品牌"轻食"便迅速成立，在几个试点店铺取得不错的成绩后迅速扩张，轻食门店的选址很有目的性，北临市的上百家店铺都开在魏氏的"魏饮"旁边。

两家餐饮产品结构类似，面对的消费群体都是一批人，轻食以"健康"为定位，突出对比，首先就置对手于"不健康"的联想对立面。

同时，轻食采取了线上线下、堂食、自提和外送相结合的新零售模式，部分方便携带的产品通过小程序或公众号线上下单、无人零售扫码自取等方式售卖，实现对各消费场所的全方位覆盖。

产品的多元化、购买流程的简单化、定位的讨喜化，加之轻悦传播鬼斧神工的营销宣传手段，轻食很快被大众接受并喜爱，占据了简餐行业不小的市场份额。

同时，魏饮的销售额迅速下滑。

魏氏那边，魏涵看着报表向魏饮的职业经理人大发雷霆："怎么搞的！我们多年稳定的老餐饮品牌还能被一个刚冒出来的小杂牌给吓瘫了？"

时湛这里同时看着轻食和魏饮的两份数据。

他一只手松了松衬衣的扣子，另一只手摁着文件快速翻动："之前，魏饮用大量的线下门店占领高人流量的好地段，多年没有竞争对手让他们早已失去进取心，轻食的爆发式增长，会让他们重新重视起口碑和线上流量，可在轻食深入人心之后再想抢回线上的巨大流量，就必须下血本了。

"接下来，我们利用对方的纰漏层层布局、节节攀打就好。"

时湛在跟宛亦讨论接下来的方案时淡笑着说："刚开场，轻松点，逗逗他们也未尝不可。"

轻食的主要定位是健康，回馈社会也是一种健康品质的体现，实现盈利后，轻食宣布，每日早晨五点至八点，会在门店门口免费向路人提供粥。

魏饮在轻食创立后就在健康程度上经常被消费者拿来与其比较，得到轻食免费供应粥的消息后，魏涵大手一挥，做下决策："我们也免费供应！我们不仅供应粥，还要有鸡蛋！健康是餐饮之本，在健康的层面上，我们一定要想办法超过轻食。"

在魏涵做完决策后，魏饮买了十万粉，常年处于"躺尸状态"的官微终于"诈尸"了一回，发布了魏涵砸重金制作的一个高质量视频《我们看不到的世界》，这个三分钟的视频用蒙太奇的拍摄手法讲述了食物进入人体后各种成分对人身体的作用，突出对比不健康饮食对人体日积月累的负面影响，强调健康饮食的重要性。

视频一经发布，就被魏涵买上了热搜，在这个普遍饮食习惯不好的时代，视频中直击心灵的内容、有趣的画面很快在微博上引发了网友们的深思与讨论。魏涵趁热度找了批营销号分析、转发这个视频，告诫大家要健康饮食，顺便夸赞魏饮自始至终把食品健康放在第一位，引流至朋友圈，软文又在朋友圈里刷了一波屏。这一波操作，完美地让魏饮注重健康的品牌形象深入了人心。

之后，魏涵迅速发起了短视频的洗脑攻势，以简单、直接、魔性重复的广告语"魏饮老品牌，健康新味觉"配以品牌历史、精致餐点、工作人员热情服务的场景照片，唤醒老客户对这个品牌的记忆和消费冲动。

微博的内容视频和快节奏的抖音短视频相辅相成，从视觉、听觉、内涵方面捕获了一大批客户的心智。视频下方均附有魏饮会员的注册链接，短时间内，魏饮的会员注册量迅速飙升。

获客的下一步便是用实力与诚心建立消费者和品牌之间的持续关联和认可，实现口碑引流，稳住客户。魏涵新请的职业经理人深谙这个道理，很快趁着热度推出提升品牌影响力和主打健康饮食的活动：魏饮将长期在路口设早餐赠点，如果您来不及到店里吃早餐，请接受我们微薄的好意，健康饮食，从按时吃早餐做起。

这个活动很快获得了一大批人的好感，一时间，魏饮的热度远远超过轻食，抢了一大批轻食的客户。

魏涵得意扬扬：你们轻食不是赠餐吗？你们只是在门店门口赠，我们魏饮每个路口都去设赠餐点。你们只有粥，我们清粥、鸡蛋、小菜一应俱全。比健康？我们魏饮可是下得了血本的。比营销？新姜老姜看谁辣！

时湛一直关注着魏饮的动态，在心里默默地给魏饮的这波营销点了个赞，又去安排了与轻悦合作的媒体，推波助澜着，一定要全方位、多维度、无死角地把魏饮给夸上天。

轻悦传播一边暗中夸着对手，一边去冠名了一档叫作《孵化梦想》的选秀节目。

在魏涵铺天盖地为其公益举措做宣传广告的时候，时湛命人找到北临市最大的鸡蛋生产商 DC 农场集团。DC 实力很强，几乎垄断了北临市以及北临周边城市的蛋类销售。

轻悦与其达成合作协议：在《孵化梦想》这档选秀节目的播放期间，DC 销售的所有鸡蛋都喷上选秀节目的广告语"孵化梦想，健康轻食"为轻悦旗下的餐饮品牌轻食做宣传，同时轻悦会要求选秀节目在播出时加上鸡蛋品牌的 logo 为 DC 做宣传。

这个不对等的资源交换能换来最大的互利互惠：

对于节目来说，"金主爸爸"轻悦传播的这点小要求无关痛痒，给的赞助费够高，送个人情方便下次合作。对于 DC 来说，在这档全国性的节目上宣传自己能省下大笔的广告费。对于轻悦传播来说，节目播放期间，会有几亿个鸡蛋流入千家万户，同样能为轻食带来极为有效的品牌宣传，最重要的是——

在大批量的鸡蛋采购回来后，魏涵傻眼了。

这每只鸡蛋上都印着轻食的名号是怎么回事？

微博视频、朋友圈软文和抖音上的美赞已经把魏饮架到了一个万众瞩目的高度，热度之下要大肆开展的公益赠餐活动已经临期。

可现在怎么办？这鸡蛋，拿去免费供应吧，相当于在给对方打广告；不供应了吧，相当于违背承诺，会让品牌陷入信用危机。

魏涵紧急与 DC 联系，因签有合同，DC 无法提供不印轻食广告语的鸡蛋给魏氏，被迫之下，魏饮只得重新找采购商，因为时间急迫需求量巨大，魏饮找了好几个小牌子的零售商才勉强凑齐第二天的鸡蛋用量。

魏饮的赠餐活动如期进行，在每个路口火热开展，前期联系好的媒体跟踪报告大肆宣传。

时湛看着铺天盖的新闻和好评，慢悠悠地笑了："太急功近利，产品跟不上宣传，很快要暴雷。"

果然，热度还没有持续二十四小时，营销号们的吹嘘稿子油墨还没有干，网上就曝出好几起吃了魏饮免费赠送的早餐后肠胃不适的消息，在第二日的赠饮活动中，甚至有人以直播的方式将魏饮正在派发的鸡蛋送至有关机构检测，直接证明不少样本已变质。

魏饮从零售商那所购的鸡蛋质量参差不齐，为了迎合方案，魏饮将大部分精力放在了广告宣传上，当时未来得及分辨出那些在大夏天中已变质的鸡蛋便紧急加工上线。

这本不是什么大事，找媒体把消息压一压，内部再整改一下，这事也就过去了，可魏饮还未来得及动作，市场监管局就来了，责令其收摊整改。

因前期宣传得太大，这个责令整改的负面新闻一出，就被市场放大了，一涉及健康问题，消费者们都愤怒了。

"为了节约成本，竟然临时换鸡蛋供应商采购劣质鸡蛋以次充好！"

"太形式主义了，花血本去做广告宣传却不舍得买好的食材。"

"食品安全都不能保证，做什么餐饮？为了一己私利，全然不顾消费者的健康！"

很快，魏饮华而不实的虚假宣传形象就传遍了全网。

这段时间似销声匿迹的轻食在此刻发了一条声明：轻食保证，经营过程中将永远把食品安全放在第一位。我们将用产品打造品牌，而不是用品牌带动销售。

恰到好处的声明再次把魏饮推入"假大空"的舆论旋涡。

消息传到魏承兴那时，他气得差点儿没心梗，怒斥着魏涵："现在做企业的哪个不是小心翼翼怕出错，你没个万全的准备出去高调地丢什么人，生怕竞争对手找不到你的错是不是？"

魏承兴按住自己突突跳动的太阳穴，他一向看不上这个纨绔弟弟，可又不能看着他荒废一生，去年刚把饮食这块对于魏氏无足轻重的产业交到魏涵手里，让他学着经营，有个正经事做，这才没多久就给他整出这么个么蛾子。

可气归气，魏承兴还是得给魏涵收拾这个烂摊子。魏氏的公关团队迅速去压制不利新闻，却发现有另一股势力快准狠地直击消费者痛点，煽动其情绪，让魏饮无法保证食品安全的负面新闻持续发酵。

魏承兴在自家公关团队明显压不住舆论的势头时迅速去找外界的公关公司，可专业的公关公司在发现对手是轻悦传播后，便没哪家敢接魏氏的单子了。

论媒体资源与策划宣传，轻悦的实力让人望而生畏，与之做对手，几乎相当于砸自己的口碑。

与此同时，时越集团发出公告，就魏饮不顾消费者健康的问题影射魏氏集团管理欠缺公德心，宣称即便是违约亏损，也要与魏氏机床终止合同，再不合作。

这条公告瞬间激起千层浪，在行业内以及社会上都引起巨震。

这次，被推到风口浪尖的不再是小小的魏饮，而是整个魏氏集团。

魏氏机床是集团的主营业务，机床系统大部分还未实现自主研发，高端系统均是从时越采购，系统研发的龙头企业时越集团发出公告后，别的系统供应商一时间骑虎难下，不知该不该与魏氏合作。

一时间，主流媒体对魏氏的负面报道铺天盖地：

《没有了时越集团为其提供的"大脑"，魏氏机床再难保证品质》

《公德心缺失的背后，魏氏集团的路还能走多远？》

《踩高踏低不尊重客户，带你走入魏氏不为人知的一面》

在这个时代，信息联通是一把双刃剑，有光必有影，能把企业推上巅峰亦能将黑暗无限放大。舆论的风向很快主导了市场方向，在媒体的压力下，无论是系统供应商，还是机床采购商，都开始对魏氏敬而远之。

魏承兴终于意识到，轻食和魏饮对简餐市场份额的争夺战，并不是如表面上看起来那么简单。

他立刻去查轻悦传播，这家掌握着大量媒体资源的公司现在虽是由君齐管着，但与时湛的关系轻而易举地就能查到，在他得知时湛是轻悦的创始人时，瞬间惊出一身冷汗。

他忽然想起前段时间时越集团有意涉足机床生产制造的公告。

那时，他只是一笑而过，以为这个年轻人只是雷声大雨点小地去收购个小机床厂家来做做样子。在上次，时湛拜访魏氏不欢而散之后，他又约见了时湛一次，时湛丝毫没有提及那天宛亦的事，甚至还聊起了以后两家企业的合作方向，让他掉以轻心。

不想，时湛的目标竟从一开始就是魏氏集团。

时湛从他不甚在意的魏饮下手，让他掉以轻心，借此暗度陈仓，利用轻悦的媒体资源一层层地引爆，最终引发整个魏氏的商誉危机。

魏承兴站在桌前，冷笑一声。

两个集团针锋相对是迟早的事情，这场生死厮杀，提前到来也好。

时湛他玩明的，那他便来暗的。

看着这满城的舆论风雨，魏承兴手指扣在杯子上，一下一下轻敲着，一切才刚开始，鹿死谁手，可不一定。

在这场由魏饮引发的全民指责中，除了一个诚恳的道歉公告，魏氏没再做出任何别的回应。

沉默地等着舆论自行消退并不是一个好方法，尤其是对于魏氏这样的企业，商誉受损产品滞销，会像多米诺骨牌一样引发一连串问题，使公司深受重创。并且一旦过了最佳公关时刻，品牌影响力的恢复也会难上加难。

时湛看着魏氏近期的一些数据，产品滞销，利润率快速下滑，难道魏承兴就此放任不管？

"魏氏默不吭声，却不能代表私下没有动作。"时湛眉头微蹙，只是他有些猜不透，魏承兴到底要做什么。

宛亦凝神沉默了很久，思考的却是另外一件事："我这两天发现，时越集团的股权结构有个致命的弊端。"

她从电脑前抬起头，看着时湛："时越的前十大股东中，除了你拥有绝对的控制权，剩余的持股太分散，竟没有一个超过百分之五。万一魏承兴瞄准这个弱点，通过二级市场购买散股成为时越的前十大股东，我们就会很被动。而魏氏股权结构很完善，你没办法以相同的方法对付他。"

商战不仅仅是去声势浩大地搞舆论战，场内资本战更是有着一针见血的效果。

时湛略微思忖，点头："你有什么好的建议？"

宛亦问:"你能找到一些可靠的战略合作人吗?"

时湛明白了她的意思:"向特定合伙人做定向增发?"

"对,我来帮你拟订方案,向新的合伙人发行股票,尽快优化股权结构。但是定增会稀释原有股东的股权,需要你跟董事会沟通征得他们的同意。"

他们的观点不谋而合,时越集团的股权结构太极端。引入战略投资者,优化股权结构,扩充资本,他之前恰好考虑过。

"好。"时湛说,"你先做方案,剩下的交给我。"

"还有,"宛亦又问,"除了魏氏,你还有没有想收购的公司?抓紧去谈。"

时湛诧异:"这个时候去收购别家公司,你是觉得我太闲了?"

宛亦神色微凝:"或许是多此一举,但防患于未然。"

关于定增,时湛跟董事会谈得很顺畅,引入战略合作伙伴不仅能优化股权,还能促进时越未来的多元化发展,虽然原有股东股权会被稀释,但也能为将来带来更多的分红,对公司和股民来说都是好事。

宛亦之前在南恒时做过不少定增案例,她各方面积极跟进,疏通着关系,进程推进得很快。

就在宛亦加紧步伐给时湛谈好的战略合伙人做着定向增发的时候,魏氏发公告了,提及的却还是魏饮,大致意思是:很抱歉魏氏在对魏饮的经营过程中出现严重纰漏,对社会造成不小的负面影响,前段时间已将子公司魏饮的经营权和资产出售,所得款项全部捐于慈善机构。至此,魏氏将专注于机床以及机器人的研发,以期在未来全球的科技之争中，为国家奉献一份微薄之力。

魏氏没选择在风口浪尖把魏饮卖掉，而是在大家快要将其遗忘的时候再次道歉，用词诚恳，彰显其改过自新的诚心。这一波操作倒还算拉好感，几乎不用媒体带节奏，很多网友就自发地刷了一波赞。

而同时，网上悄悄地流传开了一个视频，是时华晖各种花天酒地的片段穿插着沈夕颜憔悴的容颜，甚至还有时华晖当年对沈夕颜当街打骂的画面，内容震撼，剪辑精致，再配上带节奏的音乐和字幕，好一出豪门负心汉折损大家闺秀的恩怨情仇。

群众太喜欢看这类的戏码了，哪怕是时湛在发现这些视频的第一时间就让轻悦出手将其从各路网站上撤销，也抵挡不住大家微信的私聊相传。

并且视频中的内容太实锤了，是时华晖和沈夕颜生活的真实写照，半点污蔑都没有，无从反驳。

大家惊讶于时华晖的荒唐，开始质疑时越集团的专业性。

这个时候，魏承兴站出来了。

他表明，魏氏跟时越是多年的合作伙伴，并且魏氏现已成为时越集团的十大股东之一，将陪着时越共进退、同发展，一起再创辉煌，让大家不要被网上那些陈年旧事误导。

网友们很快抓住了两个重点：

一、"陈年旧事"，这是变相地肯定时华晖私生活混乱和家庭暴力呀。

二、魏氏成了时越的十大股东之一。

前段时间魏饮出事时，时越立场坚定地与魏氏撇净关系，而此时，魏氏却不计前嫌地站出来支持时越，还花重金成了股东，网友们竟然读出了"魏氏危难之际时越落井下石，时越深陷谜团魏氏不离不弃"的感人味道。

时湛看着最新的股权结构。

果然，宛亦猜得没错，魏承兴在用极为隐蔽的手段在二级市场吸收时越的股份。并且魏承兴的动作非常快，时越的股权优化虽是加快了步伐在做，可终究是慢了一步，还是没赶在魏承兴成为十大股东之前。

宛亦看了一眼日期，离季度末披露公司最新十大股东的日期还有两周。

因为股权分散，成为十大股东的魏承兴对公司的经营决策也不会有太大影响。

但，魏承兴的名字一旦出现在公司公告的十大股东名单上，再装模作样地来参加时越集团的股东大会，那媒体和股民可做的文章就更多了。

时湛问宛亦："定增能赶在季末前做完吗？"

其实宛亦有信心能在季度末的信息披露前做完，但她一向不喜欢尘埃落定之前给予别人肯定的答复。

所以她回时湛："我尽量。"

时湛以为她为难："做不完也没关系，我去想别的办法。"

宛亦看向时湛，他也正微笑着看她，带着一种沉静，无畏风雨让人心安的沉静。

宛亦心间生莫名出一股暖意，她也笑了："那我换个说法，"她说，"放心，能。"

宛亦本来就瘦，最近更是肉眼可见的清减，时湛有些心疼，握了握她微凉的手："这段时间辛苦你了。"

之后，时湛一边协助宛亦加快定增的步伐，一边马不停蹄地去谈对恒佳科技的收购，并没有去理会关于魏承兴成为时越集团前十大股东的言论。

看着对外保持沉默的时湛，魏承兴便明了，他这条路走对了。

他自知风向把控力拼不过轻悦传播，如果赶在上次由魏饮引发的舆论风暴中做公关，也落不到什么好处。于是等轻悦收手，时间淡化了大家对魏氏的不满后，他再利用二次道歉吸一波粉丝和路人的关注，而后放出抹黑时越集团的视频，再以时越集团大股东的身份站出来支持时越。

这样既树立了风雨同舟不计前嫌的形象，又能让时越集团陷入乘人之危的舆论对立面。

就算轻悦有着很强的公关能力，但他发的视频内容和他成为时越集团前十大股东这两件事，哪个是假的？网友们也不是傻子，也不能由着他们把黑说成白。

于是时湛的沉默落在魏承兴眼里，便成了哑口无言。

一时间，舆论风向有所转变，关于时越集团的利空消息层出不穷，魏氏的经营状况开始回暖。

很快到了季末。

时越集团向几位战略合伙人定向增发的公告和季度末十大股东

信息披露同时发布。

等着实锤的魏承兴和围观群众同时发现，季报的十大股东名单里并没有魏承兴的名字。

魏承兴看着定增的公告，愣住了。

说好的共进退同发展的大股东呢？

紧接着，沈夕颜发了一张图片，是她和时华晖的手紧紧相握的图片，男人的手瘦骨嶙峋，被医院的病号服遮了小半，却在用力地攥着妻子的手。

沈夕颜配文：

　　一叶能知秋，亦能障目，风雨一生，冷暖同行，没有什么不能被化解，也没有什么能抹灭你倾注在我身上的爱。而今大限将至，望善良，莫用商场上的不择手段扰了我丈夫最后的清净。

这分明是暗指那个抹黑时越集团的视频是处心积虑的魏氏发出来的啊！

魏承兴发了视频又装模作样地站出来谎称自己是十大股东，还力挺时越？

群众觉得自己的感情被魏承兴欺骗了。

虽然大家对豪门恩怨都喜闻乐见，但也不能跟一个将死之人过不去啊，不能在人重病的时候雪上加霜呀！还自称合伙人呢，这是一个风雨同舟的合伙人该有的行为吗？

哦，也是，什么合伙人，这十大股东是他自个儿虚构出来的好吗？人家时越集团连反驳声明都懒得发，真是打心底不想跟魏氏扯上一丁点关系。

再反过来看魏承兴的这一波操作，特别像是狗急跳墙后的自导自演，还没演好，又一百八十度翻了船。

网友们又翻出时越集团最初的坚决不与魏氏合作的公告，这会儿看着，真是高冷，特刚，有原则。黑粉都想过来点赞了。

魏承兴翻看着关于时越定增的公告，觉得自己要心梗了。

他哪想，时湛能够再一次暗度陈仓、未雨绸缪，如此迅速地完成定增，稀释他所持有的股份，赶在季末信息披露前将他从十大股东除名。更没想到的是，时华晖竟然病入膏肓，他资本战没打赢，还撞上了舆论的风口。

当下，对于魏氏，最可怕的不是机床产品的滞销，而是他根本找不到公关团队和理由来为自己辩解洗白，魏承兴隐隐预感，这会是一场关乎集团生死存亡的山呼海啸。

他没想到时湛这个年轻人竟这般凶狠，步步紧逼，不给他留任何回旋的余地。

宛亦冷眼观战，看着魏氏深陷旋涡，只觉胸中那多年沉积的闷郁舒缓大半。

而时湛也终于松了口气，看着身边脸又小了一圈的姑娘："谢谢你。"

这场反击战，宛亦的付出并不比他少。

宛亦微抬起脸，笑着看他："是我该谢谢你。"

时湛在这个节点收购魏氏，并不完全是为了扩充时越集团的商业版图，这场商战打得太急太烈，不留余地，甚至藏有后患，完全不是时湛平日里步步为营、稳扎稳打的做事风格。

　　她不用多问，便知时湛在此时做出收购魏氏的决策，大半是为了她。

繁星
如你。下

言七——
著

四川文艺出版社

目
录

--------- $\mathcal{C}ontents$ ---------

第
九
章

唯 有 心 疾 不 可 医

Chapter 9

取得阶段性胜利后，宛亦休整了两天，元气稍稍恢复后，就去找时湛。到时越集团时，她没上去，先在集团大厅转了一圈，大厅明净无尘，右侧有一面弧形的宣传墙，她不急不缓地看完了时越集团的发展史。

这个集团由时湛爷爷初创，经历重重困难后，一路高歌猛进，一举跃为国内数控行业的龙头，在时湛父亲时华晖接管集团之后，松散的管理虽导致时越的竞争力稍有下降，但不可否认的是，这几十年来，时越在技术方面潜心研发追求卓越、力达全球顶端的精神，真是少有企业能比拟。

如今，宛亦几乎能断定，时越集团在时湛的带领下，一定能走上新的巅峰。短线上时越集团的股价冲得有点儿高，等回调一些，她倒是再可以买一些，和伟大的企业共同成长，是她价值投资选股的核心。宛亦想着，打开手机给时湛发了条微信，告诉他一会儿她去他办公室。

发完之后，宛亦盯着对话框看了会儿，上一条微信，是时湛昨晚发给她的，提醒她今天降温，让她多穿点，别着凉。她又把目光移到时湛的头像上，他的微信头像依旧是她的剪影，带着爱尔兰清晨的光晕，这会儿看，竟觉得透着一丝温暖。

正出着神，时湛的电话就打了过来，宛亦没接，收了手机，直接按电梯上去了。出了电梯恰好碰见秦景，秦特助便把她直接带到了总裁办。

时湛的办公室明亮、简单，视野极佳。

宛亦的目光落在时湛身上，白色衬衣熨帖精良，银灰色袖扣沉稳安静，眼底透着隐约的锐色，坐在那里沉静地看着文件，独有一种生人勿近的气场。

宛亦出神地想，为什么这么一个人，在最初会被她认定为居心不良？

听见声响，时湛微抬眼，看着宛亦走进来，深色眼瞳在阳光里盛满了笑意："这么快就到了，我还准备一会儿下去接你。"

"就在楼下。"宛亦应着，坐进环形玻璃前的沙发里。

时湛低笑一声，把笔压在文件上，起身准备向她走去。

恰好他电话在这时响起，时湛便站在原处接听，他身后天光大好，讲电话全程他都看着宛亦，光从他清隽挺拔的身侧打过来，给他整个人镀上了一层柔和的光晕。

电话是下属打来的，简单汇报一些事项，时湛依旧如往常般一针见血地指出问题所在。

挂了电话，时湛走向宛亦，在她身边坐下："特地来找我，什么事？"

宛亦感觉身旁的沙发往下沉了沉，侧头看他，眼睫微动："没什么事。"

时湛好笑，握了握她的手，微凉细腻的触觉让他心头晃了晃："昨天不是让你多穿点，怎么还穿这么薄？"

宛亦没接这茬，问他："魏承兴这几天找过你吗？"

"明里暗里找过几次，我没见他。"

在这场交锋中，时越集团明确的企业态度为其塑造了极为正面的形象，让他收到了更多的合作申请，产品销量不减反增，企业形象节节攀高，人才的吸纳力也空前的强大。

而魏氏被这般釜底抽薪，时湛摆明了是要把魏承兴往死路上逼，逼他出来求和表态。

不过不可否认的是，这场时越对魏氏的征伐，轻悦传播起到了至关重要的作用。宛亦想着轻悦极高的传播手段和风向控制力，对时湛说着："你当年创建轻悦的时候，挺会抓企业痛点，商业进化互联网趋势下，传统企业一个转型不好就是覆灭，你们轻悦专门为企业做数字化转型，率先进军这一市场，很有前瞻性啊！"

"轻悦之前，我也创立过一个公司。"时湛围拢了她的双手，给她暖着，"刚上大学时喜欢打游戏，打着打着不小心就创建了海外最大的游戏对战平台，挣下第一桶金。然后去读沃顿商学院的MBA，读了半年觉得没意思，便把这个平台卖了，回国做轻悦，一直到现在。"

宛亦瞅着他，看不下去他这种语气中满是"像我这种商业奇才，沃顿商学院都入不了我眼"的矜傲，想把手抽回来却没成功，被他握得更紧。时湛在她的目光里笑得眼中满是流光，接着说："我这么厉害，你不夸夸我吗？"

宛亦一时无语，看着他，好一会儿才说："孔雀先生，开屏招摇够了，咱去吃饭？"

时湛见她来了个变相黑，笑，又说："或者夸夸你自己也行，眼光这么好看上了我。"

时湛带宛亦来到曾经邀请她来却未遂的那家淮扬菜馆，这家餐馆环境清幽，以茶文化为装点，颇有茶马古道的意境。

宛亦坐在时湛对面，餐点精致而养生，她吃得很慢，很安静，也很好看，手指白皙，指甲淡粉透亮，长发散在耳后，偶尔落下几缕，遮住修长白皙的脖颈。

时湛问："你吃饭这么安静？"

宛亦笑笑："我一般都是自己吃饭，没养成自言自语的习惯。"

时湛隔着桌子看着她，对面的姑娘整个人都浸在柔光里，轮廓极尽美好。

宛亦在他的注视中放下餐具，抬起头，两人的目光碰在一起。

她突然说："时湛，你智商爆表实力逆天，硬核人生绝不跟风，高冷的外表下还藏着一颗玲珑心。"

时湛下意识地挺直了腰身，眉一挑，不解地望着她。

"你不是让我夸夸你吗？"宛亦弯着一双温笑眸子，眉静若水，"够吗，用不用再多夸几句？"

"别这么分裂，"他低声笑，"这让我有点害怕。"

"怕什么？"

"你这夸人夸得太突兀了，怕你再说点什么石破天惊的话吓着我。"

宛亦也笑，说回了正题："魏氏之前一直把主营业务的盈利投入机器人的研发之中，以期在人工智能时代占据大部分的市场份额，所以他们现金流并不充裕，不出意外的话，魏氏很快就会出现财务危机。"

时湛点点头："好。"

"还有，"时湛又说，"接下来的事情交给我，你好好休息。"

吃完饭，时湛将宛亦送回家，言子辰也在，看见时湛，头也不抬地戴上耳机坐在客厅沙发上冷气十足地充当中央空调，时湛不跟小孩子一般见识，随意地跟宛亦聊了几句，便走了。

上次的挑战赛之后，言子辰又参加了不少比赛，在一场又一场WCA认证的比赛中，言子辰的世界排名持续飙升着。

魔方本是小众，关注其赛事的人并不多，但横空出世的天才选手以惊人的速度颠覆了大家对魔方速度和玩法的认知——言子辰走入大家视线的那场挑战赛被评为魔方挑战赛历史上最精彩的对峙，用最出其不意的方式，在超高难度的赛制里实现了大逆转，太过热血和励志。

在那之后，言子辰的每一场比赛都有媒体对其跟踪报道，他的频频夺冠逐渐让魔方圈以外的人也关注到他，甚至掀起了一股全民魔方热，超市里的魔方卖到脱销，而他的颜值又在这股热潮中起到了催化剂的作用，一时间，言子辰拥粉无数。

宛亦坐在沙发上刷微博视频，偶然间，却刷到了言子辰。

视频中夺冠后的言子辰站在台上聚光灯里，万众瞩目下的他神色淡淡，看不出一点胜利的喜悦。兴奋的主持人把奖杯颁给他，他接过后便垂手拎着，台下人声鼎沸，少年略感烦躁，转身便准备退场。

主持人忙拦着他，问："这次比赛你不仅大获全胜，还打破了Canein 保持多年的四阶盲拧纪录，有什么想对粉丝说的？"

少年声线清冷，极是不耐："不是打破世界纪录了吗，还有什么好说的？"

这短短十几秒视频下面的留言已是有十几万条，宛亦再一翻热搜，榜上前十条中他竟然占了三条：

实力刚少年强言子辰

言子辰世界纪录

言子辰冰山颜值

往下拉，十名开外还有一条：# 言子辰赛后拒绝与粉丝合照 #

宛亦惊诧，言子辰热度怎么这么高？她搜了一下 WCA 赛事的官方排名，发现在各式魔方复原速度的世界排名榜上，速拧的、盲拧的、单次的、平均的，纪录保持者几乎都变成了中国的 Zichen Yan。

言子辰拒绝与粉丝合照是今天比完赛发生的事，这条新闻在实时发酵着，评论以可见的速度快速增长，不一会儿，# 言子辰赛后拒绝与粉丝合照 # 这一话题就冲上了热搜榜第一，后面还加了一个"沸"。

宛亦翻看着评论：

"实力太强，看在你拿下多个 WR 的分上我原谅了你的坏脾气。"

"小哥哥可能自己都不知道他拒绝人的样子有多让人心动。"

"神仙薄荷颜，清凉太撩人。手可摘星辰，我可言子辰！"

"小哥哥不仅拒绝粉丝合照，还拒绝了所有采访、商业代言和节目邀请，只专心比赛，简直 A 爆了！"

宛亦从手机中抬起头来，掀了言子辰的耳机，指着手机上的视频："你现在是公众人物了，这态度在比赛场上合适吗？以后合群点，别人不知道的还以为你夺了冠后就自视甚高尾巴翘上天。"

少年抬眼望了望她，他不喜社交没想那么多，比完赛态度不好只是源于心情不好。

为什么心情不好？看着她与别人走得越来越近，他心情能好得了吗？

"说得好像……"言子辰撇撇嘴，想了想，忽然起身绕过沙发，走到宛亦身后，伸手拍了一张两人的合照，接着说，"你很合群一样。"

言子辰打开微博，进入＃言子辰赛后拒绝与粉丝合照＃的话题并＠宛忆初，把这张照片发了上去，配文：粉丝合照，我粉她。

言子辰发的微博瞬间引爆了这一话题。吃瓜的、凑热闹的全来了，连宛亦的微博也被围观到沦陷，她当年注册微博时用的是她之前的名字，唯一发过的那一条微博下面瞬间有了成千上万条评论。

"辰辰是我们大家的，小姐姐你不能独自占有！"

"围观辰辰重点关注。"

"小姐姐你对我们辰辰好一点！"

……

宛亦看着微博不断的提示音，眼前飘过无限个省略号。

她瞥了言子辰一眼："删了。"

言子辰很听话，转手就把刚发的微博给删了，但是没用，言粉们早已截图，营销号们早已把两人关系编得天花乱坠。

为了表现赤裸裸的嫉妒，言粉们竟活生生地把＃下辈子投胎投成宛忆初＃这一话题送上了热搜榜。

宛亦撑着眉骨，在一片私信的提示音中，卸载了微博。

晚点的时候，时湛发来一条微信，语气中捻着不轻不重的酸：在微博上这么火？

宛亦发过去一串省略号。

时湛秒回：小朋友喜欢你。

宛亦：你是不是看谁都喜欢我？

时湛拎着手机，笑了，竟然觉得宛亦说得很有道理。

或许是觉得跟一个小孩计较有点儿过，时湛换了个话题，抬手拍了张窗外的夜景发给宛亦。

北临城被南北走向的临河贯穿，临河行至市中心时分了个叉，绕出一片环形的岛，而后又汇合前行。

晚上九点，正是夜景最为璀璨的时候。岛中心北临市的地标千玺大厦在众星捧月中变幻着灯色，映着粼粼的江面，再往东，多层立体的高架上流动着的车灯宛如璀璨星火。

时湛住江北，宛亦住江南，她从照片中抬起头，透过落地窗，发现入目的江景与照片中竟是同一片。

时湛的语音跟了过来，略显低哑的声音如雨滴般敲动着她的心脏："看得见吗？"

宛亦从沙发里起身，走到窗前眺望远方，原来他们的直线距离这么近，只有一江之隔，目光掠过光影波动的江面，她仿佛看到对岸的时湛也是站在窗前，透过夜色遥望着她。

宛亦的心底突然一片熨帖。

言子辰从两人的合照中抬起头，看着她站在窗前的背影，琉璃般的眼瞳里散着微光，他想：打破了世界纪录的我，有没有更配得上你一些？

时湛近期的工作安排得很满，时母打来电话时，他刚开完会，思绪还沉浸在会议内容里，微皱着眉一手松着领带一手按下接听键："妈。"

沈夕颜听着时湛过于沉静的声音，有些欲言又止："湛儿，周末有时间吗？"

"怎么了？"

"芸歌毕业回北临有一段时间了，如果方便的话——"她稍顿一下，是怕被拒绝的顾虑，"我想让你们见个面。"

"芸歌？"

"上次跟你提到的……你的妹妹。"

时湛目光微垂，落在桌面空白处，稍顿了一下，淡应一声："好。"

挂了电话，时湛怔忡半晌，他独生独长惯了，其实对于亲情没有太深刻的体会。

一个哥哥，应该是什么样子的？

他想了想，又拨出宛亦的电话，约她晚上一起到临江边的餐厅吃饭。

时湛订了靠窗的位置，视野极佳，透过明净玻璃能把江景一览无余，落日的余晖与对岸初上的华灯同时倒映在水中，极尽璀璨。

时湛的眉目被这一片光华映得朦胧，他问宛亦："如果你从天而降一个妹妹，会用什么态度来对待？"

"从天而降？"宛亦扬唇笑了一下，合上点好的菜单，递给一旁的服务生，抬起头来眼瞳清澈，"我当然求之不得，这个世界上，只有血脉亲情才是最坚固的存在。"

时湛思考着宛亦的话，觉得不太对，想接着问，却被一声突如其来的惊喜声音打断："亦亦？"

时湛宛亦同时望去。

"真的是你？"声音的源头是个年轻男人，他疾步走过来，直接忽略时湛，坐到宛亦对面，喜不自胜，"亦亦，我可算找到你了，昨天还在向南恒证券打听你的去向，今天就心诚则灵见到真人了。"

宛亦淡淡地望着他，是某上市科技公司的韩总，之前与她有过业务往来。

时湛扫了一眼这位不速之客，声音淡淡："宛亦她欠你钱吗？"这么穷追不舍的，还心诚则灵？

韩总这才把目光移到身侧男人的身上，眼睛一眨，哎哟，这不是轻悦的时湛吗？熟人哪，他还找轻悦做过策划呢。可这熟人对他的吸引也没超过两秒，韩总冲他一笑、一眼掠过算是打了招呼，目光又落回宛亦身上。

又漂亮了，眉眼精致，冷色调的白，气质高阶。

韩总望着宛亦，双眼放着光，分明今晚没喝酒，他却觉得自己醉了。

"亦亦，你现在的手机号是多少？加个微信，常联系呀。"

韩总这语调曼妙温柔得让时湛打了个冷战。

宛亦眉目愈发清冷："手机没电，加不了。"话音刚落，她放在桌面上的手机就收到了一条推送，屏幕不紧不慢地亮起。

韩总看着她电量充足的手机愣了一瞬，可江湖人称"暖场小王子"的韩少爷尴尬不会超过半秒，抬眼间他便转移了话题，看向时湛给自己解着围：

"兄弟，我可跟你说，你们轻悦想上市找她可是对了，我太了解了，亦亦工作尽心尽责，高效细心。"

时湛的无形气场迫人，语气疏离："不谈业务，单独吃个饭。"

韩总却没有听懂时湛的逐客令，瞬间拔高了一个声调问向宛亦，竟还带上了一丝委屈："不能厚此薄彼啊亦亦，我们认识这么久了，你可都还没跟我一起吃过饭，改天我们单独约？"

时湛的目光移到宛亦脸上，似笑非笑。

"韩总。"宛亦弯唇，微扬起下巴，指着对面的时湛，"我单独跟你吃饭，他会不高兴。"

韩总愣了一下，瞬间明白，伤感唏嘘同样没超过一秒，熟稔地攀上时湛的肩。

"可以啊时总，竟然能够后来居上。"他又看向宛亦，笑得灿烂，"先说好了亦亦，可得把我排在你的第一候补位，我等你。"

时湛侧眸看着韩总，神色彻底沉冷下去。不明白这没点情商的人是怎么当上公司老总的，当下就想去查查他公司看能不能给收购了，放他在外面作妖迟早是后患。

韩总走后，时湛神色稍缓，挑眉看向对面的人："让人上赶着当备胎，你本事挺大。"

宛亦垂目，拿起白瓷小碗放到时湛面前："这个海鲜汤醋放得有点多，更好喝了，你要不要尝尝？"

时湛把水杯放在桌子上，不轻不重。

可宛亦分明听见了掩盖在杯子敲击桌面声音下的，那极轻的一声冷哂。

餐后，两人沿着江边向停车场走去，江面水波粼粼，晃着灯影。宛亦裸色的缎面细高跟鞋在这种明灭中略闪光泽，衬出脚踝的精致与纤细。

接着饭前被韩总打断的话题，时湛问："你为什么说，只有亲情是最坚不可摧的？"

"血脉是无法分割的。"宛亦的面容笼罩在灯色里，略微仰起脸看着时湛。

"就像宛卉，愚昧无知，做事不分青红皂白，次次跟我过不去，还不听劝，沦落到现在这么个境地，如果是别人，我可能会拍手称快。但宛卉，她是我的姐姐，哪怕我们曾闹到天翻地覆，发誓老死不相往来，她需要的时候，我还是会帮她，她一句道歉，我还是会原谅她，对我来说，亲情是永远无法放弃的存在。"

时湛幽长地看了她一眼："对我来说，爱情才是永远不会放弃的存在。"

宛亦反驳："爱情可以选择，亲情却不能选。"

"爱情能选？"时湛呵的一声冷笑，"能选的话我会选你？选你这么个百练成精心如磐石还有一堆候补的来自讨苦吃？"

时湛发了狠，刚才那顿饭上的不速之客和这段话都让他极为不舒服，他掐着宛亦的手腕将她按上江边护栏，低头就着清凌凌的水光去寻她的唇，带着戾气的吻落在她唇边，又往里纠缠，吻得她舌根发麻。

时湛搂着她的腰，恨不得搂断了去。宛亦疼，气息还被封死，缺氧头晕，下意识地用脚去踢他，时湛箍得更紧，终于放开她的唇，抬起头来，眼睛里是未平的波澜："谁愿意选你？找个又乖又美又听话的姑娘，不比你好？"

宛亦双手撑着他前胸："那你怎么不去找？"

时湛声音喑哑："还不是因为没办法。"

江边的风撩起宛亦的长发，有几丝划过时湛的脸颊，温柔的触感让他不自觉地捉起一束，时湛把她的发丝绕在微凉的指尖，被晚风侵染过的声音低低沉沉：

"对于我而言，只有你宛亦，是我唯一无法放弃的存在。"

两人走到停车场，时湛取了车，将宛亦送回去，从江北到江南，直线距离虽然很近，开车却要绕一个环，回去的路上，车内气氛并没有好转。

"言子辰呢，跟宛卉一样，也是无法放弃的存在？"时湛的心头压着一簇火，无法自抑地执拗较真。

副驾驶座上的宛亦无可厚非地"嗯"了一声。

时湛觉得心里的那簇火燃得更烈了。

"我和言子辰同时需要你救，你救谁？"

宛亦侧眸掠他一眼："时先生，幼稚了。"

时湛唇线微抿，盯着路前方，突然换道，掉头，沿着一路的繁华开往偏僻处。

他把车子停在路边的一片花藤下。

宛亦往窗外看了看，紫藤垂落，枝叶繁茂，遮挡着云月。

时湛垂目解开自己的安全带，又去解她的，在她还没来得及反应就探身越过中控台掐着她的腰将人扯过来，放在自己腿上。

主驾位空间有限，宛亦这姿势坐着，背脊被压在方向盘上，硌得微痛。

"你——"宛亦蹙眉，侧过脸，先是看到时湛在黑暗中微动的喉结，略抬眼睛，是他清隽的下颌线，再往上，是男人极具侵略性的目光。

这个目光不太友好，宛亦下意识地闭了嘴。

刚才在江边，两人太惹眼，动情了也不能放肆，此刻，在这无旁人打扰的暗色中，在他岌岌可危的情绪里，时湛盯着她的眼睛，再不委屈自己。

他一手握着宛亦的腰，一手解着她白色的衬衣裙，衣带在她白得发光的肩背上交织，是禁止与惑人。

不可否认，不管眼前这姑娘性子再怎么冷，说话再怎么气人不讨喜，她都是个明眸皓齿的美人，搁哪儿都能熠熠夺目。

时湛的手覆上她腰身，滑向肋骨之上，一片绵软凝脂随着她的呼吸而起伏，时湛被这柔软融化，加重了手中力道。

宛亦没有反抗，手撑在时湛的腰腹间，手指纤柔的力度像是在纵容。

男人凛冽的气息倾覆过来，带着积淀了一晚上的戾气，折了她的手腕："你告诉我，我是你的什么？！"

黑暗包裹着四目相对的两人，微光却在他们的眼睛中无限放大，时湛眼中的亮，是具有目的性的厉色，而宛亦眼中，是一片水光潋滟，她无声地冲他笑，竟是难得的温柔。

"时湛。"她告诉他，"你是我生命中最特殊的人。"

唯一的，特殊。

周末，时湛与芸歌约好了见面，北临温度突降，江风凛冽，他沿着江边护栏走到订好的餐厅，一路竟没碰到一个人，推开餐厅的门，里面却人声鼎沸，热闹得与屋外好似两个世界。

沈夕颜和楚芸歌早早地就到了包间，见时湛进来，沈夕颜喊他入座，芸歌安静地坐那里，抬起眼睛，有些无所适从。

"哥。"她轻声喊着。

时湛一瞬诧异，这不是上次跑到轻悦总裁办感谢君齐被他撞见的那姑娘？

"你在轻悦工作？"时湛把外套递给旁边的服务生，侧目看她，"什么时候入的职？"

刚上的菜蒸腾着水汽，掩着芸歌蒙眬的眼神和一下子涨红的脸，她的声音降下了几度："我投简历的时候不知道……轻悦是你开的。"

"湛儿。"沈夕颜淡声唤出，眼底掺杂着一分担忧。

意识到自己的神色有点儿冷，时湛笑了笑，轻声下来："芸歌，我是你哥哥，不用拘谨。"顿了下，他又问，"在轻悦还适应吗？"

芸歌稍稍放松："挺适应的，轻悦很好，公司气氛、待遇和发展前景都很好。"

时湛点头："君齐是个很棒的领导人，轻悦有他，不用担心氛围和发展，我不在的时候，以后工作上遇到什么困难，直接找他。"

听到"君齐"这个名字，芸歌愣了愣，咬了下唇，没接话，略垂下眼睛去夹菜。

沈夕颜的眼神稍有闪烁，看向时湛："你最近好吗？"

时湛答得简单："好。"

包间内炽白的灯光清晰地映照出沈夕颜眼下的憔悴，她微微叹息："我是一个失败的母亲，这些年，陷入自己的悲春伤秋里，对你们从未尽过教养的责任，希望你们不要因为我的过失对这个世界有了怨恨。"

沈夕颜忆起今晨镜中的自己，眼角有渐生的皱纹，眉心是褪不去的愁思，那些都是时光在她生命里留下的斑驳印记，自她痛失所爱，生命便如同断裂，浑噩了大半生才蓦然发现她还是一个母亲。

可岁月已经让很多事情变得无能为力，她能感受到与儿子之间的隔阂以及和芸歌之间的距离，她想弥补，可她不知道该怎么做，她自己都不曾知道，什么是家的样子。

"妈你别这样说，你看我和哥现在多好。"芸歌适时打破僵住的气氛，抬起小脸笑得双眼晶亮，"你也有自己想要过的生活，不需要对别人的人生负责任，况且并不是每个人都能有幸福的归宿，感情这东西太深沉复杂，谁都不能自控，也无法提前知晓命运的不测。"

自她两岁，父母分开便不复相见，父亲独自将她带大，她见过很多生活的薄凉，却依旧对这个世界充满希望。

喘口气，芸歌接着说："人的一生大部分时间都是看不到阳光的，不要让内心的风雪掩埋了生活曾经给予你的惊喜，也不要让曾经的失意破坏了现在的安宁。妈，你现在要做的就是什么也不要想，好好地为自己过好每一天。"

时湛听出了些兴趣，侧首看着芸歌，他这个妹妹，很有文采很会体贴人。

"芸歌，"时湛无声地笑，"大学学的什么专业？"

"广告策划啊，怎么了？"

"我以为大学新设了鸡汤学。"

这顿饭因芸歌放飞自我的言论彻底扭转了气氛。

沈夕颜淡淡笑起，看着芸歌，眉目略展："他把你教养得很好。"

芸歌笑得眉眼弯起，沈夕颜又对时湛说："芸歌最近才回北临，对这儿不熟，你平日多关照一下妹妹。"

时湛颔首，淡握了下母亲的手："放心。"

餐后，时湛先送了母亲，芸歌住的地方离市区有点远，本不想麻烦哥哥把她送回去，但时湛坚持，她便也没再推辞。

车子在层层叠绕的高架上开往郊区，风灌进来打得空气有些凉，时湛升上玻璃，开了暖风，问她："什么时候知道我是你哥的？"

"进轻悦不久后吧，之前我一直在西川市，小时候就知道自己有个哥哥，但多年没和母亲见过面，前段时间妈妈找到我，跟我说，我才知道哥哥是你。"

时湛侧眸看她一眼："怎么不来找我？"

暖风吹得芸歌脸蛋儿微红："一直觉得你高高在上，怕你不搭理我。"

时湛笑了："不会。"过会儿又说，"我电话记好，有事找我，别拘谨。"

芸歌眉眼生动："好嘞！"

到芸歌住的小区门口，时湛把车停好，下来环顾着四周，眉头微皱："这地方偏，不安全，回头我在市区给你找套房子。"

"不用，哥，小区治安好着呢。"芸歌连连摆手，"你看这景儿，依山傍水，市区哪能有。交通也棒，上班地铁直达呢。"

时湛回头望了眼芸歌，她跟在他身后笑得眉眼弯弯，冬末春初便开了的杏花在风中飘落了几朵，打着旋儿落在她扎起的马尾上，时湛伸手帮她拿掉。

芸歌肩头颤了颤，抬起脸抿唇笑："哥，没想到你是个挺温柔的人。"

时湛也笑："你以为我是什么样的？"

"大概是冷酷无情、猖狂孤傲型的霸总吧，小说里都是这么写的。"

时湛轻拍了一下芸歌歪着的小脑袋："少看点不着调的小说。"

芸歌和时湛往小区里走着，不远处路边银色的车子里，君齐靠着椅背看着这一幕，他闭了闭眼，紧握着方向盘的手暴起青色的筋脉。

可即便是闭上眼睛，芸歌依然在他眼前挥之不去，他不明白为什么，这么明媚可爱的楚芸歌，带给他的却次次都是末路穷途般的绝望。

一拳砸在方向盘上，君齐开了车门，周身气压极低，逆着风向两人走去。

"要不要去我家坐会儿？"芸歌倾斜着身体，指着前方，问着哥哥，"进了小区第二栋楼就是我家。"

"行。"时湛温然应着。

君齐越走越近，眼底的情绪也愈发浓重，他从背后看着，这两人就像挨在一起缱绻低聊。

"楚芸歌，我可还没同意分手！"君齐清冷的声调突兀地穿插进来，让本就不高的温度陡然又降下几度。

时湛和芸歌齐齐回头。

君齐站在他们身后，双目微红，与芸歌目光触碰的那一瞬又转而盯向时湛。

"你可以啊时湛，喜欢的对象换得挺快啊？我拿你当兄弟，你这样对我？"不由分说，他跨步向前，无法控制地扯住时湛的衣服一拳打了上去，时湛没躲开，君齐凌厉的指骨霎时在他脸上擦出一道红印。

"你干什么？"芸歌慌忙去扶时湛，扭头对君齐，"你简直不可理喻！"

"芸歌。"君齐上前一步，带着一种压抑的沉痛，"如果真要分手，你至少要先跟我说清楚，才能去找别人。"他的眼色像化不开的雾，说话间，却忍不住去牵芸歌的手，带上一丝求和的意味。

芸歌甩开，转身拉住时湛往小区里走，微红着眼眶强忍着不回头，声音在风中破破碎碎："我明天就去办离职，我们好聚好散，不要再见了！"

不明状况就挨了一拳的时湛终于看出了点苗头，俩人这是在闹分手？君齐误会他是芸歌新欢？

他扭头看了眼君齐，这平日里没心没肺的男人此刻却是失魂又落魄。

"先回去冷静一下。"时湛蹙眉，对着君齐说，"晚点我去找你。"

芸歌沉默地开了房门，时湛随她而入，问她："你们什么时候在一起的，闹别扭了？"

"哥，"芸歌小肩膀耸了耸，"我不想聊他。"

"行。"时湛没再问，抬眼环视了一圈楚芸歌的房子，一百五六十平方米的大平层被小姑娘打理得明亮有序，回归自然的装修风格，轻松温馨，他推开客厅前的玻璃门，竟还有个花团锦簇的院子，阳光从樱桃树的枝叶间透进来，斑驳的光影落在早春初绽的花上，被映得五彩斑斓。

时湛有些被惊艳到，却不由自主地想到宛亦。同样是女孩子，为什么芸歌就能把家打理得这么温馨，而宛亦那楼高庭阔、阳光充沛的房子却被她住得一点儿人气都没有？

正想着，果茶的香气伴着芸歌的声音从身后传来："我自己煮的，哥，你尝尝。"

时湛接过，西柚红茶，温醇溢香，在这种清冷的初春暖得他身心熨帖。

"今年的春天，我最早是在你这儿看见的。"时湛夸赞道，他本还想问问芸歌之前的生活，可现在觉得没必要问了，能把自己的小生活打理得这般井然有序，她的成长历程不会是缺爱的。

时湛又跟芸歌聊了会儿，确定她情绪无恙后才离开。从芸歌那儿出来之后，他便直接去了君齐家。

君齐家没人，时湛坐在他家客厅里边拿手机看着邮件边等他回来，日光西斜，君齐终于带着一身清冷的酒气回了家。

他边开门边解着衬衣的扣子，抬眼看见沙发上的时湛，淡淡掠过，关了门，把外套扔在沙发边，径直走向了洗浴室。

时湛神色未动，无声等着。

花洒的水从头顶落下，君齐微仰着脸，任水流在脸上、身上肆意流淌，镀上了一层水光的皮肤在灯下显出几分透明感。

君齐脑子里一片混乱，是无法抉择的混乱，芸歌和时湛，一个是他喜欢了多年的人，一个是他命都能给的好友。

水雾迷蒙里的君齐强迫着自己舍弃内心的执念，他闷着一口气，按住花洒开关，良久，才穿上衣服扯了条浴巾擦着头发从浴室走出。

君齐没穿上衣，运动长裤松散地挂在腰间，漂亮的人鱼线上还挂着水珠，擦完头发，远远地把浴巾扔到时湛身上，泄私愤般地说："我家钥匙还我。"

时湛淡然拨开："芸歌是我妹妹，亲妹。"

君齐瞥了他一眼，在他身边坐下，带着一丝酒后的慵懒和颓色："我认识你这么久，可不知道你有个妹妹。"又冷笑，"没必要因为我去认个妹妹，喜欢她待她好就行了。"

反正这么多年，他也已经习惯了对芸歌的爱而不得。把她交给时湛，总好过那些不知根知底、心怀叵测的男人。

君齐一瞬心思千变万化，目色蒙眬地掠过时湛，却见他唇角勾起一丝弧度，斜侧着脸望着他在笑。

"你——"君齐脸色又沉下，夺人所爱还挺开心的？

"以后少动手。"时湛摸了下脸颊边那道还未消的红印，"多大了还年轻气盛地为爱发疯，打坏了谁替你说好话去。"眼瞳深处笑意渐浓，时湛接着说，"还记不记得，上次你问我，为什么突然回集团？那会儿我才知道，我有个同母异父的妹妹。"

君齐侧目，听他讲下去。

时湛讲得很快，用词极为简单，很多细节都是一语带过。饶是如此，君齐听完之后还是盯了他半晌。直到时湛拍拍他肩膀，他才回过神来。

"以后记得随芸歌喊我哥。"时湛笑。

君齐打掉他的手，依旧是半天没说话，最后，突然想起来什么，冷笑，转了话锋："论发疯谁能比得过你，被全董事会 diss 的感觉可还好？"

"挺好，升华了。"

"你怎么不升天？"

"我是你女朋友的哥哥，亲哥，对长辈尊重点。"

"我还是你们时越的股东呢，信不信惹着我明儿就去砸你股价。"

"君齐你少拿鸡毛当令牌。"

"呵，还不跟你学的？"

时湛笑着，将沙发靠背上的干净衣服拿过来递给君齐，抬手间袖口微缩，干净生光的表盘露出大半。

"打你不亏。"君齐扯过衣服套上，又说回来，"把从你妹妹身上受的气发泄到你身上，省得我气出内伤。"

时湛挑眉，对他的话表示怀疑，用眼神询问着一句：受气？

君齐静了静，唇角扯出一抹极浅的笑意："芸歌不怎么喜欢我，上大学时我跟她一个学校，大了她几届，告白了三次，可她——真是跟你一家人，没心没肺得你真传，压根儿不记得。

"好不容易现在在一起了，这才几个月，呵，分三次手了。"君齐声音喑哑得像是穿透夜色而来，带上了一丝自嘲，"可能我最终都不能让她喜欢上我。"

时湛顿了顿："我看未必，芸歌那丫头是大智若愚，看似没心没肺，其实活得比谁都明白，如果不喜欢，不会跟你开始。"

落日薄晖从窗户洒入，将两人发梢晕染成淡金色，平白便在气氛里添上了怅然。

君齐的眼神像化不开的雾："我对芸歌，从来没执着于一定要拥有，就好像只要她开心，就是让我与她隔着千山万水遥望不及，我也愿意。"

他又把沙发靠背往下调了一点儿，半躺着望向窗外，嘴角噙着一丝薄凉的笑："这么些年，不都是这样过来的吗？"

他也曾想过无数种方法去忘掉她，去交别的女朋友，可每一次，命运都会笑着告诉他，你逃不过。

第
十
章

云 开 雾 散 ， 月 光 清 明

Chapter 10

倒春寒的天气又湿又冷，宛亦不喜欢在这种天气出门，这几天便拿着电脑在家里盯盘，言子辰没课的时候也不在学校待了，更多时间守在家里。

他发现最近时湛没来家里，于是心情变得很好。

一天收盘后，宛亦突然问言子辰："你玩魔方这么多年，为什么之前没有去参加比赛？"

"之前有社交恐惧症。"言子辰这会儿没在练习魔方，拿了支笔，花式转着，锻炼手指的灵活性，"觉得在自己的世界里感受那份竞速的快感就足够了。参加比赛后才发现，与别人一起分享技巧才更有意义。"

"对。"宛亦点头，对少年的这种变化感到欣慰，"独自热爱，不是竞技的精神，喜欢的事物，要拿出来与大家分享、交流。"

言子辰收了手中的动作，看着宛亦，半晌，说："爱好可以这样，但是喜欢的人不行。"

宛亦不由得看向他："你有喜欢的人了？"也对，都这么大了，也该好好谈场恋爱了。

"嗯。"少年深色瞳仁微缩，心中涌起一股冲动，一瞬不瞬地看着宛亦，隐匿着紧张，"你认识。"

"我认识？"宛亦在脑海中搜寻了一会儿，言子辰身边的人她只认识卿墨一个，难道——

"言子辰你——"宛亦脸色变了几变，蹙起眉头。

少年的紧张瞬间到达了空前的高度，她猜到了？

"子辰。"宛亦调整了一下语气，可眉心依然蹙着，"虽然我对同性恋没任何的歧视，卿墨也很好，但我还是希望，你喜欢的是女孩子。"

少年愣住了，僵直的背脊瞬间垮了下来，心中隐约的期待霎时散去。

这都什么跟什么，关卿墨什么事？简直误会出海平面了！言子辰停顿了一会儿，又提起劲，鼓足一口气，直接说了："我不喜欢他，我喜欢你。"

宛亦微叹口气："我真是宁愿你喜欢我也别喜欢他。"

还对上顺口溜了？

"子辰，你没谈过恋爱，先去找个女孩子试一试，或许就喜欢上了呢？"

解释不清了……

言子辰心中生出一股郁闷，勇气消耗殆尽，喜欢她的话也不敢再说第二遍，那句"找你行不行"到了嘴边又被他憋了回去。

少年暮气沉沉地斜靠进沙发里，不说话了。

宛亦看向他的眼神带上了不小的担忧。

言子辰的电话恰好在这个时候响起，打破了这场史上最尴尬的告白。

是个陌生的号码，他接起："喂？"

电话里传来一道温和带笑的声音："子辰啊，我是王其正。"

"王老师？"

王其正在电话那边跟言子辰不紧不慢地说了好一会儿，少年静静听着，回应的不是"嗯"就是"好"。

挂了电话，宛亦问："王老师是谁？"

言子辰告白失败的郁闷还没缓过来，有气无力地道："他是 WCA 代表，说我现在有了一定的影响力，希望我能去接受一些采访，做一些直播，推广魔方，让这项小众的竞技被更多的国人知道和喜爱。"

宛亦笑了："什么时候去直播？我去给你打赏。"

言子辰蔫蔫地说："等我缓过来这口气。"

卿墨对言子辰要直播这事也很感兴趣，可左等右等等了好几天都没见他去直播，周末的时候便发了条微信催言子辰。

卿墨：作为一个新晋偶像，你连业都懒得营了，对得起翘首以盼的粉丝们吗？

言子辰还没忘宛亦对他和卿墨的误会，心里突然就憋屈了，回了他一句：卿墨你以后离我远一点。

言子辰发送完，就见他与卿墨的对话框上方的"对方正在输入中"豁然消失。顿了好久，才重新出现，卿墨的消息紧接着就接二连三地涌进来刷了言子辰的屏。

卿墨：！

卿墨：言子辰你成功激怒了我！

卿墨：言子辰你变了！

卿墨：言子辰你骄傲了，有偶像包袱了，再也不是那个清凉无油腻的少年了！

言子辰：别说了，我去直播。

言子辰发了条微博，预告下午五点直播教魔方，密切关注着他动态的小粉丝们立马喜极而泣、奔走相告，齐齐蹲守直播间等开张。

少年很守信，一分不差五点整准时上线，直播间的屏幕晃了晃，黑着的房间亮起，最初，捧着手机的小粉丝们只能看见言子辰晃动的白T，屏幕又晃了几下，看见了他白T下隐约露出的清瘦锁骨，最后屏幕被调整了好几遍，直播间里才终于出现言子辰静淡的脸。

少年清凉缓声，没有什么开场白，直接切入主题："今天教一个入门级的三阶魔方复原方法，叫作层先法，很简单，大家都能学会，如果有兴趣，以后我再教能更快复原魔方的高级玩法。"

他说着，又伸出左手调整了下镜头，半搁在桌面的右手拿起国际标准色的三阶魔方，在调整镜头的同时把魔方单手复了原，动作轻松恣意又绚烂，衬着他清冷的眉目，惊艳了一众。

少年把白色面转至下方，举到镜头前。

"复原后的三阶魔方是六种颜色的正六面体，因六个中心块和中心轴支架相连无法移动，所以——"

魔方在少年指尖微微倾斜移动，在镜头前展示着颜色："上黄下白，前蓝后绿，左橙右红，魔方每面颜色的相对位置永远不会变。

"除了六个中心块，魔方外部还有十二个棱块、八个角块，共二十六块。"

说到这儿，言子辰看了眼屏幕，顿了下，又强调："复原时要记清魔方的结构和颜色，角块只能和角块换位，棱块只能和棱块换位，中心块不能移动且颜色相对位置不会变，所以，只要把角块和棱块复位，魔方也就复原了。"

少年讲得认真，但镜头前没几个人在跟他学，小粉丝们捧着手机目不转睛地盯着他的脸。

灯光下，言子辰神色虽然淡，但瞳仁好似黑曜石般漂亮剔透。

还有声音，比赛时他话少，没怎么听过，但好听好听，真的好听啊。

醉了醉了醉了，人间芳菲四月天啊……

评论区里的评论飞快地滚动起来，言子辰看了几眼，发现那一条条地快吹爆了他的颜值，其间还不断地充斥着谁谁谁送了个火箭、游艇什么的刺耳声音，并没几个人在认真看他教课。

他拢起眉心倾身向前，伸手敲了敲屏幕，"认真听，别送东西，再乱扯我就把直播关了。"

镜头拉近，言子辰那张过分精致的脸被放大在屏幕上，正看着直播的姑娘们瞬间被美颜击中灵魂，幸福得快要晕眩。

谁还管他说的是什么。

小仙女们一边尖叫一边更快地把评论刷起来，一时间火箭与大炮齐飞，游艇在里面横冲直撞，场面失控，眼花缭乱。

言子辰被吵得脑壳疼，不耐烦地把魔方扔在桌子上，往后靠上沙发，冷冷地瞥着屏幕。

小粉丝们见言子辰真的不再教了，瞬间顿住了想评论，想送火箭、大炮的手。

场面的温度渐渐降了下来。

小粉丝们都知道，他们家言大的脾气一向不太好，从比赛期间阴晴不定的情绪就能看出来，经常夺了冠碾压了对手还一副别人欠他千八百万的神情。

慢慢地，没人敢评论、送礼物了。

刚进入直播间的小粉丝们有些不明就里，为什么直播间里这么清冷，连个评论的都没有？又看见直播镜头里言子辰靠在沙发上神色淡淡，以为他正因没人捧场而失落，立马心疼地刷出一连串火箭给他震震魂。

听见声响，言子辰抬了抬眼，灯光下，他的眼睛是偏茶的色调，比刚才更冷下了几度，伸手就要关了直播。

早先进入直播间的言粉们吓得快要灵魂出窍，瞬间有组织有纪律地在评论区刷出一波"禁止送礼物，禁止乱评论，安静看直播"的标语。

终于，场子彻底清静了下来，言子辰收回欲按掉直播的手，垂目拿起魔方："OK，继续。"

小仙女们松了口气，在心中紧紧地憋着不敢发泄出来的无处安放的呼喊：啊！这该死的戳心的言大惊艳人间的神韵啊！

言子辰花了十几分钟讲解层先法的步骤和公式，他如讲故事般把层先法的七个步骤仔细讲解，一层一层示范着将魔方复原。

层先法的特点是公式少，适合初学者，讲解完后，言子辰对着屏幕问："都懂了没？有什么不懂的，可以在评论区说一说，我再教一遍。"

忽然一道声音从屏幕之外传了过来："比我想象中的简单点。"

少年抬头，宛亦不知道什么时候站在了门边，拿着一只三阶魔方跟他学着，她掂着手中复原好的魔方，唇角含笑："教得挺好，我都听懂了。"

言子辰漆黑的瞳仁深处瞬间有绚烂流光闪过，他边抬手按掉直播边对宛亦说："这个方法复原太慢，我教你高级玩法。"

屏幕前的小粉丝们看着突然变黑的直播间一脸懵……直播被关掉了？

说好的再教一遍呢？

刚才发生了什么？

刚才她们好像隐约听见一个女孩子的夸赞，然后言大就迅速仰起头，没什么表情的脸下一秒便笑得暖意四起。

然后，屏幕就黑了。

直播前的小粉丝们对着黑掉的屏幕满头的省略号。

言大你是认真的吗？这双标得有点儿明显了吧？怎么别人能夸我们就夸不得呢？言大你对人怎么能有两副面孔呢？

小仙女们内心无限愤慨。

于是＃投胎投成宛忆初＃这一话题，又被推上了热搜。

结束直播的言子辰迅速打乱手中的魔方，对宛亦说："我教你

CFOP，是复原三阶魔方的高级玩法，一百多个公式记熟，分四步还原魔方，学会了二十秒内复原三阶没问题。这个层先法太过烦琐，用时太长。"

一百多个公式？

宛亦瞥了他一眼，拿着魔方的手僵了僵，然后放回桌子上。

告辞了，天才少年。

层先法的几个公式她还没记住呢。跟言子辰相比，她缺的是教程公式吗？她可能缺了个脑子。

言子辰见她要走，赶快拾起身边的一个三角锥形的魔方："那我教你这个，金字塔魔方，没几个公式，特别简单。"

少年快速讲解着："三角锥的四个顶点是角块，只有一面颜色的是中心块，两个中心块夹着的有两面颜色的是棱块。

"先将金字塔魔方的角块归位，再随意选定一个颜色将中心块拼齐，然后将底面复原，之后再选择另一个面复原，就会发现整个金字塔魔方都拼好了。"

宛亦靠在阳光房的蔷薇花枝旁，浮光在她身上晃动，但她的手一直在僵着："你教得这么快，是怕我学会吗？"

少年的手顿下，抬起头看向宛亦，阳光房的小小空间，在橘色晚霞丰沛的这一刻，像是只属于他们两个人的世界，言子辰唇角缓缓扬起的笑啊，几乎点亮了窗外的天空。

晚点的时候，言子辰回了学校，到寝室时，卿墨正在电脑前制作他的视频，看见言子辰，"呦，舍得回来了？"

言子辰没有搭理他。

卿墨又接着吐槽："新晋偶像的你真的不适合尬勤奋，一场直播都不能好好坚持，还是绷你的高冷人设吧。"

言子辰面无表情地看了他一眼，路过床铺时，突然一个趔趄，没有预兆地摔倒在地。

卿墨吓了一跳，在地面上看了一圈，也没什么不平的绊脚的东西啊？

他目光上移，又落在言子辰脸上："言子辰你最近是不是有点飘？用不用我教教你怎么走路？脚踏实地、步步为营才能走得更远，胜不骄败不馁、宠辱不惊方能成大事。"

言子辰扶着床沿站起来，咬牙道："卿墨你找不到女朋友一定是因为太啰唆，不为别的。"

宛亦平时除了盯着魏氏的动态和大盘，还会去看一些初创团队的企划书，去寻找一些好的投资项目。

开始她都是在家里看，去过几次时湛的办公室后，发现那儿是个好地方，清净、明亮、设备齐全，又觉得在那儿也更方便与时湛商量魏氏的事情，便把那儿也当成了自己的办公室。

经常，时湛坐在桌前审批着文件，宛亦窝在他办公室的沙发里，抱着电脑看盘做各种分析，他们身后是一片弧形的全景落地窗，映着日光的清明或夜色的绚丽。

时湛发现宛亦有个很不好的习惯，经常坐那儿半天不动。有天收盘后，他喊着宛亦："站起来走走。"

又告诫她："久坐不动对颈椎不好。"

宛亦盯着电脑，没反应，淡淡回他："我动脑子。"

真是无法反驳……

时湛走到她身旁摁下她屏幕："你听话。"

姑娘不太情愿地站起来，稍活动一下肩膀，走到了窗边，今天又是大雾弥漫的一天，外面什么都看不清。

时湛电话响起来，是秦特助，他接听完，看了一眼站在窗边的宛亦："魏承兴这会儿在电梯里。"

宛亦脸色微变，没有回声，仍一瞬不瞬地看着窗外。

时越与魏氏的对战似乎已由白热化进入收尾阶段。魏承兴在多次邀约时湛未果之后，终是按捺不住，亲自来到时越集团拜访时湛。

敲门声响起。

时湛神色一派温和，亲自给魏承兴开了门："魏总，请。"

邀他入座后，时湛甚至亲自给他沏了杯茶。

魏承兴瞳底微缩，伸手制止了他的动作，笑了笑，随意夸赞："时总不愧是年轻有为，刚一路上来，看见集团被管理得井然有序，时越集团交到你手中不到一年，不仅主营业务利润大幅提升，还成功投资了好几个项目为集团锦上添花，实力果然不容小觑。"

时湛沉敛地笑："您过奖。"

魏承兴又问："目前国际贸易形势紧张，魏氏的进出口业务也受到了一定的冲击，你们时越怎么样？"

时湛轻描淡写："会有影响，但时越的核心技术过硬，扛得住。"

魏承兴顿了顿，这才问出："时总，你有意进军机床行业？"

虚与委蛇这么久，终于说到了重点，时湛抬了抬眼角，眼神勾出一道刃，似笑非笑地看着魏承兴。

魏承兴被他看得有些不自在，咬了咬牙，似下了很大决心："如果你有兴趣，我们魏氏也有意让时越入股参与，强强联手，共同抵挡诡谲多变的国际形势，对我们双方企业的发展都好。

"毕竟，"魏承兴笑笑，"站得越高，风越凛冽，互相合作，也算有个抵御风险的地方。"

时湛心中冷笑，明明是不得已的让步妥协，却还带着一丝屈降尊贵的施舍腔调。

"魏总。"时湛眉头微挑，淡笑，"股权结构分配不好可是很容易导致公司四分五裂的，时越入股参与魏氏的经营，一山两虎，同床异梦？这不合理。"

魏承兴手中生出了些冷汗："那你的意思是？"

"时越全资控股魏氏，或就这样竞争下去，等市场将其中一方淘汰。"

逼人入绝境的方式有很多种，像时湛这样的釜底抽薪绝对是最彻底的一种。

魏承兴眼底闪过一丝阴骛，他紧绷着神色，极力控制着自己的情绪，想让自己保持冷静。

端起面前水杯连喝好几口，魏承兴才重新开口："做企业，要稳扎稳打，时湛你太年轻，喜欢一统山河的刺激感，但急功近利往往会放大企业的经营风险，风控的不到位、根基的不扎实都会为企业今后的发展埋下很大的隐患。魏氏和时越合作了这么多年，我也算你半个前辈，还是劝你别这么激进。"

时湛眼风淡淡扫过："我们私下里见面，我尊您一声'前辈'，但在商言商，强者生存，是亘古不变的道理。"时湛又笑笑，气定神闲，"不过你放心，如果魏氏被时越收购，我会合理安排魏氏的功臣退出，用股权激励制度重新引进人才，不会让魏氏的基业毁在我这儿。更何况——"

时湛语气轻松："魏总戎马半生，我给你创造了个去游历世界或归隐田园的机会，让你后半生不用再这么辛苦地征战沙场了，你不得感谢下我？"

魏承兴额头青筋暴起，再也忍不住："魏氏是我辛苦打下的江山，占据着机床市场巨大的份额，是上市公司！你想全资控股，未免也太不自量力了！"

时湛冷笑道："近半年来，魏氏面临着净利润急跌、项目停工、股东集体减持以及重大的商誉危机，股价暴跌。"他说着，淡淡起身，按下手边按键，沙发对面的硕大投屏在眼前闪现，赫然显现今日 A 股的分时图，时湛敲下魏氏股票代码，调出 K 线图，一泻千里的满屏绿色，极为刺眼。

"今天魏氏股票报收每股 0.98 元。"时湛盯着魏承兴，眼中的锐色直捅他心头，"根据深交所相关规定，上市公司如果连续二十个交易日股票收盘价均低于 1 元，深交所有权终止公司股票上市交易。"

魏承兴眼神陡而转冷："魏氏股票为什么会这样，你会不知道？"

"股价是由市场决定，投资者手中的股票，我也不能帮他们卖不是？"时湛勾出一抹笑，清贵又疏离，"魏氏的股价，确实明显被低估，但你得承认，就目前的状态，你们完全不能扭转市场的导向。"

时湛声调沉下，一语定音——魏氏退市在劫难逃。

一旦退市，一切就会简单很多。

魏承兴腾的一下站起来，手拍桌面，近乎嘶吼："时湛我自认为跟你没有什么过节，魏氏被我经营到现在这个局面有多不容易，你创过业不会不知道。我都已经来求和了，你还丝毫不松口，莫名其妙、大动干戈地把我往绝路上逼。螳螂捕蝉黄雀在后，以后商场上的对手多的是，你这么做，不怕以后遭报应吗？"

"现在到底是谁在遭报应？"

一道女声忽然传过来，声线清冷得似有薄冰渗出："你视之如命的东西，在别人看来或许就是一地碎玻璃碴，谁在意呢？"

魏承兴这才看见窗边有人，那一抹如雾的身影几乎与窗外的白茫融为一体，他看了好一会儿，才辨认出宛亦的侧脸，瞬间惊得失语又失神。

一切都清晰了起来，为什么时湛会死命打压他，为什么这一切都再无一丝扭转局面的机会。

魏承兴彻底明了。

宛亦眼神如烟似梦，静静地看着窗外，始终没有回头看魏承兴一眼。

时湛身形挺拔，站在一旁盯着他，唇角勾着一丝笑，即便是笑着，眼中的冷冽也让人如浴寒冰。

"我手中还握着时越集团的股票，"沉默一会儿，魏承兴开口，"虽然算不上什么值得一提的大股东，但在流通股里面占比也不算小，你不怕我大幅抛售，砸你们股价？"

"还能卖得掉吗？"如同听笑话般，时湛敲出时越集团的代码，"可能你没有关注时越今天的公告。

"时越集团收购恒佳科技，资产重组，股票停牌。"

既然这么乐意持有时越的股票，那让他再多拿一段时间好了。

这便是前段时间宛亦催着他去谈收购的目的，借此停牌。其一，可以避免魏氏恶意抛售造成时越集团股价在此风口浪尖上大幅波动；其二，前段时间魏氏私下购买时越股票时，将其账面上的流动资金用了大半，用股票停牌来锁定魏氏的这部分股票资产，能让其陷入更深的财务危机。

魏承兴眼神陡然转沉。

空气陷入一片寂静，事已至此，一切已没有再谈的价值。

"魏氏比你们以为的庞大很多。"魏承兴强撑着，阴沉暗厉一字字吐出，"你们等着。"

魏承兴眼中满是沉沉的暮霭，他们所看到的魏氏只是冰山一角，魏氏绝不会这么容易垮掉。

但他终是低估了这个年轻人，他有城府，有胆识，竟还是个重情义的。

重情义，呵，重情重义，这才是对他人生最大的讽刺。

魏承兴走后，时湛关了投屏。

"仙气十足。"时湛的眉眼柔下了几分，看着宛亦，评价着她刚才的腔调。

宛亦从窗前收回目光，转过身来。白得透亮的皮肤浸在灯光里，像镀上了一层光晕，她也笑了，用玩笑表述着心中所想："那不得让他感受一下，天道轮回，因果循环，苍天放过谁。"

说这话的一瞬，宛亦目光变了几变，她那曾被拆骨抽筋的痛，被全数报复回去的感觉，是恣意释怀的。

"怎么形容呢？"宛亦抬头望进空气里，回想着刚才魏承兴失控的嘶吼，声音飘飘浮浮的，"感觉满天的尘埃都散去了。"

时湛从未在她脸上见过如此纯粹的神色，他不由伸手揉揉她头顶，衬衣袖口朝上微缩，手腕上深灰色的表盘折射出低调深沉的光，宛亦觉得自己的眼睛被这光晃了两下，有点儿发红。

时湛温和的目光锁住她："你改变不了过去，但可以重新开始，情绪不能积压，积压到一定程度，一定会发泄到别的事物上。"

时湛轻握住宛亦的手臂，手指慢慢滑至她掌心，扣紧，接着说："失去的回不来了，该发泄的发泄出来，那些应受惩罚的人被惩罚了之后，你要放开心绪，好好生活。

"这个世界有太多的不可原谅，只有你放过自己，那些不可原谅才能彻底地如浮云般消散。"

宛亦闭了闭眼，迎上时湛目光："本来你不需要这么快对魏氏动手，冒着这么大的风险，是因为我。"

时湛强势地闯入她的世界里，看透她的内心，抓紧她的手，帮她自救。

窗外雾气弥漫如末日，他是大雾里的那盏灯。

"人在经历一些事情后，性格便会被悄然改变。"时湛没接宛亦的话，转换了话题，幽瞳深处笑意渐浓，"我能感觉到，曾经的你，还没遭遇变故前的你，不会是现在的这种性格，应该是……"

时湛思考着，眼前突然浮现了芸歌如沐阳光般的笑容，对，曾经的宛亦应该就像他妹妹那般简单温暖。

想到芸歌，时湛目光微闪，问宛亦："你看小说吗？霸道总裁爱上我的那种。"

宛亦愣住，回味了好几遍才确认自己没听错，跟看傻子似的看着时湛。

时湛笑着，想着芸歌："我觉得，爱看这种小说的姑娘也挺可爱的，你没事可以找几本来看看。"

"你会喜欢那种性格的我？"沉默了一会儿，宛亦抬起头看着时湛，突然问出。一瞬她笑颜如晨曦，眼中水光潋滟，在灯光的映衬下，似有斑斓色彩。

时湛看着她的笑容，觉得空气都沸了，将人拉进怀里，低着头看她优美的颈线。

"无所谓什么样的性格，只要是你就好。"

"时湛你不知道，"她在他怀中长舒一口气，"我很久都没有这种安心释怀的感觉了。"

"嗯，我不知道。"

时湛的手在她腰上收紧："我只知道我想亲你。"

宛亦侧过脸，目光刚触到时湛的深隽下颌，就见他俯下身来噙她的唇，边吻边将她抵上桌子，宛亦一瞬凌乱，闪躲："你……别，这办公室，有人进来怎么办？"

时湛的眼睛里，清晰地映着她的样子："除了你，谁敢随意进出？"

宛亦也不推了，抬眼看着他，罕见地笑得春光明媚："怎么，高冷霸总人设绷不住了？"

"我什么时候绷过那种人设？"

"刚才在魏承兴面前不还是气焰灼人、冷硬无温的吗？"

时湛整个人都化了，身体在极速变化着。

他觉得这个女孩子的笑真是世界上最了不起的东西，她一笑，能让他浑身的血液都沸腾起来。

时湛身体微弯，将她拦腰抱起，压在沙发里。

宛亦的手按在他胸膛上，像是烙出了片火印。

时湛拨开她按在他胸前的手，把她的蝴蝶骨压进松软的沙发："欠了我这么久的名分，让我提前征收点利息。"

"你别乱来。"宛亦心跳急促，连呼吸都似与他交缠在了一起，"你公司的人会乱想。"

时湛低声笑出："你是想忽略还是真的没有想到，你来过不少次，每次时间都这么久，还会有谁没乱想？我担着这个罪名，很久了。"

宛亦一刹小脸儿红透，整个人被时湛的气息牢牢包围住。

"时湛。"在意识还剩最后一丝清明时，宛亦忽然软着声音喊他，"谢谢你。"

时湛眼底散发着慑人的光芒，扣着她双手吻上她锁骨，声线低哑："你不能再拒绝我，尤其是让我靠近了之后，再拒绝，会杀人于无形的。"

宛亦的眼神很轻，飘摇着，不聚光，心底却是一片颤动。

环形玻璃外的大雾，像把他们隔离在这个世界之外。

晚上，把宛亦送回家之后，时湛独自开着车回去。

满城的灯色一路后退，高架笔直通明，他这才发现，原来北临的夜景是如此绚丽动人。

把车停入地下车库，他拿出电话拨给宛亦，那边接得很快。

"我到家了。"他说，其实严格意义上还没有到，只是在地下车库，但忍不住，想快点听到她的声音。

"嗯，"宛亦的声音很轻，在安静中却是清晰可闻，"早点休息。"

时湛把靠背往下调了几度，他外套内是一件深灰色的衬衣，原木色扣子上被细致勾勒出隐约的花纹，他伸手解开了颗扣子，松了松衣领。半躺着与她通话，嘴角噙着一丝笑。

他说："别挂。"

"嗯？"

"我想听听你的声音。"

宛亦淡淡地笑了一声，这声笑却像是在他眼前展开了一幅瑰丽的画卷，描尽世间绮丽风景。

"快睡了，晚安，好梦。"宛亦催促着。

一字一字，动听得如珠玉般尽数落入他心底。

"好梦。"他回应着，自己都没意识到声音有多温柔。

第二天，宛亦没什么事，恰好言子辰在北临有一场比赛，她便陪他一起。

对于赛场，言子辰已经很熟悉了，再不是那个会因对比赛规则不熟悉而失误的新人了。

这半年来，他在中国魔方俱乐部和 SpeedSolving 论坛上分享了很多玩魔方的心得，录制了一整套 CFOP 手法的视频，为魔友们提供了很多更优秀、更顺手的公式，帮助很多魔方爱好者提升了速度。

他也经常会在微博上教一些魔方的花式玩法，比如将三阶魔方拼成六盘棋色、六面回字、四面斜线、大小魔方等，漂亮的图形、千变万化的神奇效果也引起了很多小朋友的兴趣。

越来越多的人喜欢上了这个手脑结合的运动，甚至还有一些公园散步健身的老年人，也把经典转核桃项目改为了转魔方，大爷大妈们一般不去背公式将魔方复原，但随便拨弄感受感受速度与节奏、锻炼锻炼手指也是很有乐趣的。

春末的上午，阳光慵懒地铺洒而下，照得人周身暖意四起，到了赛场门口，宛亦无意间看见了一辆熟悉的车子，她稍微愣神，好像是时湛的。

还没等她确认，车窗就慢慢滑了下来，缓缓露出时湛深邃的眉眼、直挺的鼻梁，电影慢镜头般的，让她心跳如雷。

时湛笑着，朝着宛亦的方向打了个招呼。

下一秒，他便打开车门朝她走来，问："你怎么在这儿？"

宛亦指了指身旁少年："来看世界冠军的比赛。"

时湛点了点头，对她说："我陪你。"又看向自他出现起就一脸冷倦的言子辰，对他笑了笑，"你加油。"

言子辰的目光薄如蝉翼，清冷冷地说："没多余的票。"

时湛扫了一眼宛亦手中的邀请函，他跟主办方认识："进得去。"

言子辰转身就走，先他们一步进了场，他本来兴致不错地来参赛，这会儿见谁都是一副厌世脸。

时湛看着言子辰背影："你这小朋友性格挺有特点的。"

宛亦有些头疼，言子辰这阴晴不定的性格是得说一说了。

主持人在开场前就对言子辰飘忽不定的性格有所耳闻，但也没想到他是这么个状态，蔫蔫无神地碾压了全场选手，还冷眼淡漠地直往观众席瞟。主持人舌灿莲花拼命暖着场，也没能让这冠军散漫的眼神聚集起来，一场下来，他累得冷汗淋漓，遭遇职场滑铁卢，发誓再也不想碰见这小祖宗了。

比完赛，时湛在附近一家日料店订了座。

这家日料不设包间，他边点着餐边对言子辰说："你人气这么高，如果怕在这儿吃饭被人看见，就打包先回去。"

言子辰面如冷月，抬眼与他对视："我又不是什么明星。"

"哦，"时湛慢条斯理地应着，笑，"上了这么多次热搜，我看微博明星排行榜你挺靠前。"

言子辰神色变了变。时湛声音沉下，如低下了几度的弦音："如果以后不想关注度这么高，上了热搜，我帮你撤，别客气。"

言子辰看着时湛，他沉而淡的眼神中，是警告：别有事没事地带着宛亦上热搜，收起你的小心思。

少年沉默，忽然似笑非笑地勾勾唇角："没用，有些光环你是藏不住的。"

宛亦没察觉两个男人间的暗潮涌动，敲敲少年面前的杯子："你以后比赛能不能打起点精神？一副没睡醒的样子，谁欠你呢？当了世界冠军了不起了是吧？"

言子辰淡淡反驳："是挺了不起的。"

宛亦睨着他，没忍住，笑了："这么自信啊？"

她笑，少年也抿着唇跟着笑，眼中闪动着欲言又止的话：我的自信从来不是来自世界冠军，只因爱上了全世界最美好的你。

吃完饭，时湛眼风扫过对面少年："你去哪儿？我找人送你，未成年的别走丢了。"

言子辰一瞬似触电，眉头深皱："你说谁未成年？"他最讨厌的，便是他与宛亦之间的年龄差距。

宛亦认真地看了言子辰一眼："还好吧？没那么显小。"

"成年了啊。"时湛拿起桌边车钥匙，不动声色地笑，"成年了你自己回去吧。宛亦，你呢，去哪里？"

宛亦垂眸收着东西："我先回趟家拿些资料，晚点儿去找你。"

"好，"时湛自然地帮宛亦拿着包，"我送你回去拿。"

到家后，宛亦装着电脑和资料，时湛在客厅里来回地看，最后视线落在电视上："电视机装得有些低，对颈椎不好，明天我去找人给你挂高一点。"

宛亦没抬头："不用，我不看。"

言子辰安静清冷地站在卧室门口看着他，目色薄薄，随时湛而动，漆黑瞳仁一眼看不到底。

两人目光相碰，时湛淡淡笑起，笑容里是莫名的压迫。

"走吧。"宛亦拿好东西对时湛说着，却听见身后"嘭"的一声响，言子辰重重地甩上了门。

宛亦转身看看，莫名其妙道："怎么脾气越来越大了？"

第
十
一
章

未 来 可 期 ， 风 雨 有 岸

Chapter 11

回公司的路上，车窗外面下起了小雨，宛亦在车上时没太注意，下车后才发现，下的竟然是太阳雨。

细雨在阳光里倾泻人间，每一滴都闪着微光，清凉的湿意落在脸上，格外的温柔。

宛亦侧过脸看了时湛一眼，光影落在她眼睛里，像秋水涟漪，恍得时湛心跳都缓了几分，这样的春日光景，竟让他连伞都有点舍不得拿了。

宛亦又仰着脸往天空看，印象中这还是她第一次看见太阳雨，阳光刺得她眼睛微微眯起，雨丝很舒服地落在她脸上，时湛伸手遮在她额前："怎么能直接看太阳呢？"

时湛手指修长，脉络分明，挡着薄薄的阳光，好似被罩上了层光晕。

宛亦挑着眼睛看那只手，觉得格外的赏心悦目。那只手轻拍了下她的额头，最后拉起她往大厦里走："淋雨上瘾了？怎么还站着不动了？"

时湛和宛亦一起进入集团大厅，大厅里几个前台给老板打过招呼后，秉持着职业素养目不斜视，表面风波不动，却拼命用余光瞟着宛亦，抓心挠肺地好奇着，过了一会儿，秦景到了公司，几个前台瞬间将他围攻：

"老板是不是谈恋爱了？"

"对象是谁啊？"

"看起来好漂亮哦。"

秦景推了推眼镜："这么不明显吗？你们刚发现？"老板可是老早前就开始单方向恋爱了呢。

进了办公室，时湛将烟黑色的西装脱掉，露出皓白色衬衣，极具质感的表盘在举手投足间若隐若现。

他的黑发被雨沾湿，衬得轮廓鲜明而性感，宛亦看了他一眼，心似被触碰了几下，她忽然意识到，这个男人除了有深沉细腻的内心和精绝的大脑，同样还有着极佳的外形。

"看什么？"时湛精准地捕捉到她的目光。

"你真高。"宛亦微微仰起脸。

时湛垂着目光看宛亦，在女孩子中，宛亦不算高，但胜在背脊笔直，骨相纤细，平日里能靠高跟鞋撑出气场，但今天她只趿着一双薄薄的平底鞋，与他站一起，还未及他下巴。

时湛看得时间有点儿长，有点舍不得移开目光。宛亦推他："别浪费时间，快去工作。"

"怕什么浪费时间，可以有一生在你这儿浪费。"

"不用挣钱了吗？"

时湛微微贴近："有你就是富可敌国。"

这男人太会撩人，宛亦低头想藏住没忍住扬起的唇角，却被他用手指抬起干净白皙的小脸，笑容没来得及收敛就被放大在他眼睛里。

空气静了一瞬，时湛的视线在她笑意萦绕的脸庞上凝住，温度在他们之间缓缓升高，直到宛亦被他看得双颊染出红晕，他才喑哑着声音说："宛亦，你就是我的一面镜子，照出最真实的我。你是让我想慢下来好好生活的人。"

慢下来听风卷暖阳，看雨落檐上，体会时光在每个朝霞日落中缓缓流逝。

"之前我总怕荒废了这一生，不断逼着自己快速向前，也没有期盼过来世，觉得人生平淡，活一世就足够了。"时湛伸手，摸着她眉眼，"但是现在不一样了，我很期待，期待看到每个阶段的你的样子。

"之前想过你老了的样子，穿着烟青色旗袍，绾着白发，坐在那里气质冷然。"时湛的手顺着她长发滑下，顾自笑，"最后想想，不对，如果你跟我在一起几十年，我还没有把你变成一个温暖的老太太，我该有多失败。

"你一定会穿着小花裙，晃着满头白发拿着我买给你的气球笑成中二少女。"

这会儿天空的色调太美了，像白日烟花，缓缓盛开、缓缓飘落的那种烟花，全都绽放在了宛亦抬头看时湛的眼神里。

宛亦顺着时湛的话想着那画面，竟不自觉地有点期待，脸颊上浮着一丝桃色，像是浅酌了果酒，她笑着看他，一瞬不瞬，听他绵绵长长地说了半天，才问他："你慢下来了吗？"

时湛笑出声来，眼睛勾出一个好看的弧度。

"没有，被逼得更快了，疯狂输出，就为博你关注。"

宛亦也笑了，把他推向办公桌："我关注到了，赶快工作了。"

时湛笑着回头，目光在她身上缓缓飘着，时光的温润与绵长好似在这一刻被无限放大了。

时湛被宛亦赶回办公桌，她自己抱着一堆资料窝在沙发里翻看着。

没过几分钟，时湛就抬起头来，看看侧前方沙发上的宛亦，她今天穿了一件过膝的米色毛衣，柔软细腻的质感似乎是抹去了她身上一贯的清冷，双腿叠着，拿笔抵着额头，不时在放在膝盖上的笔记本上写写画画。

时湛略好奇，问："你在写什么？"还拿个本子，这么返璞归真的方式。

"算钱，"宛亦低着头边写边说，"我就这点资产，每笔投资不得算清楚啊。"

"算钱？"他感到好笑，起身走近想翻看她都做了些什么投资，宛亦的手机恰好在此刻响了，是一个陌生号码，她本不想接，可那个号码又拨来了一遍。

"喂？"她接起。

"宛亦，是我，喻北。"

站在旁边的时湛听到这个名字，眼角微跳，目光从本子上收回，看着她。

"嗯。"宛亦起身，趿起鞋子，走到窗边，"什么事？"

后面的，时湛就没听见了，聊完电话的宛亦面色无澜地走回来，见她没有半分要跟他交代的意思，时湛不满："聊什么不可告人的东西了吗，还躲着我？"

"嗯？"宛亦稍稍愣了一下，淡笑，"没有，习惯了，不当人面接电话。聊点合作。"

时湛目光凝了一瞬："你跟喻北有什么好合作的？"

"他创业我投资，怎么就不能合作了？"

时湛没法反驳，顾自想了会儿，又笑，说："其实无所谓，不怕喜欢你的人多，长久的关系，一定是建立在价值观和思维高度同等的基础上。"

潜台词：这人跟你不配。

宛亦摁了摁眉心："你是不是想得有点多？"从时湛手中抽回她的本子，她挑了下眉，"更何况，我可没法跟你这资本家站在同等高度。"

"资本家，"时湛挑出重点词汇，翻来覆去地琢磨，最后说，"资本家是指拥有生产要素，能承担风险，且不劳作都能有稳定现金流入的人，这么一说，你也是资本家。"

"你这扭曲定义的能力简直到了登峰造极的地步。"宛亦差点儿没去嘲笑他，当她没学过经济学？

"就算那些要素符合了，但我孑然一身，一个雇佣的人都没有，小作坊个体户都算不上，还资本家？"宛亦感叹，"为了夸我，时湛你也是不遗余力啊。"

时湛不急不缓地说："定义是会随着时代的变化而变化的，我觉得，就目前来说，做企业做投资时的社会责任感可比什么雇佣人数重要多了。"

"我有社会责任感？"宛亦抱着手臂睨他，看他还能编出什么花来。

时湛指着她的小本子："被低估的好企业，你买入股票能买成十大股东，你计划投资的初创项目都是无人问津，短期内看不到收益但有正向影响的。"

行吧，你赢了，宛亦听他分析得头疼："你赢了你有钱你了不起，你说得天花乱坠什么都对。"

"有钱人也是人，没有高人一等，更需要情感慰藉和精神交流。"时湛在宛亦身旁坐下来，接着说，"这个市场上稀缺的不是资金不是机会，而是独立的思维和精准的眼光。这些往往极少数人才拥有。

"眼光并不是与生俱来的，是要靠积累在脑海中的大量经历、经验和努力，甚至要逆着人的本性，才能做到精准独到。宛亦你就是这种眼光精准独到的人，你是靠着自己实现的财务自由，跟那些靠着运气、家族、垄断性资源积累起资产的人不一样，他们没有可持续发展获得资产稳定保值增值的能力，但你有。"

宛亦眯起眼睛，谨慎地看着时湛。这要把她捧上天的，反极必妖。

时湛顿下，静了一瞬，眼神认真地问她："时越的整个投资部交给你，愿意来吗？"

原来搁这儿等她呢，宛亦眼中氤出一丝冷淡的笑。

"别想。"她声音比眼神更冷，"这段时间我在这儿，是为了魏承兴的事跟你商量，我把魏氏各项产业的报表研究过了，他们公司的财务很快就会崩塌，这事一过，我就不来了。"

"别这么急着回复。"时湛不太喜欢她这个表情，他还是喜欢她认真笑起来眼睛弯出的好看弧度，伸手揉乱了她脸上的高冷，轻声在她耳边说，"时越迟早有一半是你的，你不管怎么行？"

"还有，"时湛捏捏宛亦没什么表情的脸，"周末我约了芸歌吃饭，一起吗？"

"周末？"宛亦眉头微微皱了下，"这周末我没空。"

"行吧。"时湛略略惋惜，"那我就争分夺秒地珍惜今天和你相处的时间。"

正说着，宛亦电话又响了。

是苏琼。

"宛亦你最近干吗呢？神出鬼没的，也找不到你人。"

"在忙。"

"忙出个东西南北了吗？"

宛亦惯性地准备拿着手机去窗边，却看见时湛正望着她，一副"你又去跟别的男人聊什么见不得人的话题"的表情。

她便把手机放在桌子上，开了外音，问苏琼："什么事？"

"也没什么事，就上次追你那人，时湛，你还记得吗？"

怎么会不记得……

"我给你说，开始我以为他只是轻悦的老总，没想到他还管着整个时越集团，吓得我都不敢跟他说话了。"

宛亦笑笑："会吃了你吗？"

"倒也不是，就是，你说这人是不是有病，眼瞎了去追你，他身边不得一堆姑娘乌泱乌泱地围着他转，还不够选的吗？"

宛亦打断她："时湛现在就在我旁边。"

苏琼愣了一下。

"我开着外音。"

宛亦接着说："你俩要不要交流一下，看他眼是怎么瞎的。"

苏琼飞快地挂了电话。

时湛依着桌子，似笑非笑地看着宛亦："你这朋友是不是觉得我买她产品买得有点多，帮我问问需不需要赎回一部分。"

"行了，别吓她了，托管市值简直是她命根。"宛亦笑着，"现在净值多少？"

"1.98。"

"不错啊，"宛亦惊喜，"苏琼她总算磨炼出来，找准市场方向了。"

周末，时湛定的餐厅在市中心，好不容易跟女友复合的君齐一边骂着时湛忘恩负义不喊他一边黏了过去，跟芸歌一起早早地就到了。

时湛准点到的时候，见君齐提前给芸歌点了份木瓜雪蛤，正好声好气地哄着："先吃点垫一垫，你哥不知道什么时候到呢。"

时湛被莫名戳到笑点，走过去问君齐："上次打我那气势呢，这会儿这么温柔？"

君齐挑着眼睛睨时湛，似笑非笑："呦，周幽王来了。"

时湛淡笑："过奖了，没那么大权力。"

"你别笑。"君齐指指包间外的玻璃，"我刚看宛亦在楼下跟一个男的在一起聊得挺开心，那男的背着我，没仔细看是谁。"

餐厅一楼露天的咖啡厅，宛亦坐在喻北对面，手边是喻北前几天给她的创业企划书。

宛亦说："企划书我提前看过了，关于你想创建的A.I.在线教育平台，我有几个问题想当面问你。"

喻北微微点头："你问。"

"A.I.教育平台需要与全球顶级高校结盟，从而获得各种渠道和教育资源，难度非常大，且很长一段时间都无法实现盈利，资本是逐利的，你融资会很困难，为什么坚持要做？"

喻北笑笑："尽管现在是个信息开放的时代，但每个人接触的资源并不均衡，我的目标很简单，就是给那些想学习的人提供更多机会和帮助。"

宛亦听得认真，喻北接着说："目前在校教育的现状，无论国内国外，均是所学有限，社会变化太快，让很多人在大学毕业后的工作中，迫于学识有限或专业不对口而需要重新学习。"

宛亦不置可否，问："信息技术出现后，也有人通过各种各样的方式改变获取知识的渠道，比如函授教育、广播课程、电视教育等，但都失败了。你凭什么认为，你所创建的在线教育平台就能成功？"

喻北反问她："你知道全中国受过本科教育的人有多少吗？"

宛亦看着他，等他说。

"百分之四。"喻北用着强调的语气，"即便是这些年大学不断扩招，也只有百分之四的人接受过本科教育。"

宛亦被这个数字惊了一下。百分之四意味着什么？意味着这么多年高等教育的扩招对于需求而言，只是杯水车薪，意味着教育有着广阔的市场和无限的前景。

"这不是主要原因，更主要的是现在这个时代，越来越不存在一劳永逸的职位了，教育跟以前不一样了，是要伴随着整个职业生涯的，传统大学给的一纸文凭只能代表过去，而代表过去的东西含金量也越来越低。

"在开放式在线课程平台上，能用 A.I. 制订个性化教育策略，让每个人精准地意识到自己的兴趣所在，并且教授的过程不仅能回放，还可以远程实验、在线交流，在发展过程中利用在线学习的数据不断分析每个学生的学习行为，不断更新完善教育方式，学习过程会被数字化记录，更能直接、真实而动态地反映学识和技能。"

宛亦点头："是一个非常棒的补充知识的渠道。"

"可是，"她最后告诫他，"你在试图创造一种全新的平台时，如果带不来颠覆，那毁灭的就是你自己。"

喻北认可："所以这使我找融资难上加难，大家都觉得我成功的难度太大且风险不可控。"

手指轻敲着咖啡杯，是自信与笃定，喻北又笑："但我觉得，我做的平台可以真正地弥补我们对教育巨大的需求。"

"看你了。"宛亦笑了笑，合上企划书，向他伸出手，"合作愉快。"

喻北稍微顿了一下，而后感叹："这应该是我谈得最顺利的一笔投资了。"

"只有我慧眼识珠吗？"

"真是自夸界的龙头。"喻北轻松地笑着，眼眸又深了深，"相比于我上次见你，你变了些，变得爱笑了。"

"我之前不喜欢笑吗？"

"之前？"喻北挑挑眉，"职业假笑，不走心。"

宛亦的手机铃声忽然响起，她看了一眼，接起来："时湛？"

"跟喻北聊得挺开心？"

"嗯？"宛亦抬起眼睛，扫了一下四周，"你在哪儿？"

"抬头。"

宛亦向二楼望去。

一眼就看见时湛正站在二楼的巨幅玻璃后给她打着电话，侧身被照入的阳光温和地勾勒着，像是自带光芒。宛亦冲他笑，与喻北告了别。

来到二楼，她问时湛："你怎么在这儿？"

"不是告诉过你，周末约了芸歌一起吃饭，"时湛指了指楼下，"这就是你没空跟我来的原因？"

宛亦垂眸低笑，把手中的文件夹递过去："喻北初创教育平台的企划书，如果是你，会投吗？"

"喻北现在能融到的资金，只能帮他起步。"

时湛接过，但没翻开，眼眸深深地看她一会儿，指着包间的门："先吃饭吧。"

宛亦走进包间跟君齐、芸歌两人打了个招呼，在他们对面坐下，芸歌看见她时愣了一下，然后眼中划过一排排闪光的感叹号，差点儿没搂上去。

"姐姐，我认识你！"芸歌激动的小脸儿泛红，声音颤抖。

"是吗？"宛亦诧异，笑着看她，等着她的下文。

芸歌眼中满是闪烁的小星星，掺着憧憬和期待："姐姐，你能帮我要一张你男朋友的签名照吗？"

时湛目光凝了一瞬，拿杯子的手顿了一下，宛亦看了眼时湛，不理解，问芸歌："谁的？"

芸歌声音软软糯糯，带着抹欲语还休的羞涩："就是你男友，我偶像，言子辰呀。"

宛亦恍悟，笑笑："他不是。"

"姐姐你放心，我绝对不会说出去的。"芸歌一副讳莫如深的表情，"有些秘密不能点破，我懂。"

宛亦觉得好笑："真不是。"

君齐看了眼目光深幽的时湛，扯了扯芸歌的袖子示意她闭嘴，芸歌甩开，接着说："我们论坛里可是每天都在舔你们 CP 的颜啊，微博上也是，婉言绝美 CP 万古流传。"

"是吗？"宛亦没想到网上都传到了这种地步，她微皱眉头，"回头我让子辰去澄清一下。"

"真不是啊？"芸歌小脸上惋惜的神情犹如滔滔江水，想了想，还不死心，"可微博上言大自己都点赞了呀。"

时湛手搭在喻北的企划案上，不紧不慢地敲着，淡淡地看着芸歌，目光不是很友善，芸歌无意间撞上哥哥的眼神，莫名地被他看得心口一窒。

时湛似笑非笑地扯了一下唇角，调整了一下坐姿，问她："芸歌，点的菜不够吃吗？再给你点几个？"够不够堵住你的嘴？

芸歌懵懂不解，应着："行啊。"但，她看起来像很能吃的样子吗？

时湛给芸歌点的菜很快被端上来，他问芸歌："是打包还是在这儿吃？"

芸歌挠挠脑袋，一脸迷茫："我想在这儿吃。"

时湛示意服务员把菜全都摆在芸歌面前："吃饱了就别拆台了。"

芸歌眨眨眼睛，她拆什么台了？哥哥今天怎么一副不想认她当妹妹的表情？

尴尬地笑了两下，芸歌又对宛亦笑得两眼放光："虽然你不是言大的女朋友，不过还是很高兴认识你啊。"

时湛淡淡接上："是有多高兴？"

哥，是你在拆我台吧？

芸歌被噎了一下，没管哥哥，笑眯眯地继续着自己的目的："那签名照，姐姐你们关系这么好，能帮我弄来一张吗？还有你真的不考虑下言大吗？你们真的是天作之合啊。"

宛亦不由淡淡扶额："行，签名我帮你要。"

时湛眼风扫过去，带着冷气，这顿饭真是怎么都吃不顺了。

君齐看了眼时湛更加深沉的脸色，偷着乐，寻思着是得抽个时间给他女朋友普及一下她哥、宛亦还有她偶像之间千丝万缕扯不清的复杂关系了。

饭后，君齐送芸歌回家，车上，芸歌挠挠脑袋，一脸的苦大仇深："我哥最近工作上是不是被人坑了？说话怪声怪气的，跟他多说一句都会觉得累。"

君齐扶着方向盘，笑着看芸歌一眼，解释道："你偶像的网传CP，曾用名宛忆初，现名宛亦，是个独立投资人，可能也是个会下蛊的女人。把你哥迷得跟个二百五周幽王似的，为博美人一笑不顾一切，追人追到海角天涯，公司都不想要了。"

君齐添油加醋地将时湛追宛亦的故事讲给芸歌听，说到最后，君齐还不忘夸她一句："你哥那人不常动声色，除了宛亦，能把他气到变脸色的人，你算是第二个，真了不起。"

芸歌按了按心口，自问受不起这个殊荣。她抬头望了望天，脑子一片凌乱。

嗯，这可算是把自个儿的亲哥给得罪了个彻底。

芸歌又问："那我哥哥追到了吗？"

"我感觉，差不多了吧。"

时湛送宛亦回家时，一路没说话，宛亦在想别的事，倒也没在意，到家后，她开了房门，把包放在玄关处，想开灯，手腕却被人攥住，时湛将她抵在墙上，掌心灼热的温度闪电般地落至她心口。

"宛亦，"时湛气息靠近，从她长睫一路落至她唇上，带着湿气的声音隐隐约约落入她耳中，"我们结婚，好不好？"

宛亦心尖儿一颤，抬起头看着他，暗色的光线里，他眼底眉梢全是沉甸甸的感情。

宛亦近距离地看着他的眼睛，那是极深的黑色，能吸走一切光线的黑色，而那光，正一点点侵蚀着她的意识，让她无意识地就想回答"好"。

时湛却没等她的回答，在下一瞬间就咬住了她的唇，用力地吮吻，褪去温和的时湛强势得像一头猎豹，他周身冷气弥漫，不要她的回答，一丝空气也不给她留，似要把她吸得滴血不剩，就像她是他用来果腹的猎物。

宛亦近乎窒息，一阵晕眩之后才意识到，时湛不高兴。

他揽着她的腰，嗓音沉哑，眸色幽暗无边。

"你跟言子辰天作之合？婉言绝美 CP 万古流传？"

宛亦微喘着气："网上那些小孩子乱讲的，我们当事人都没有在意，你在意这些做什么？"

时湛眼中是扎人的锐色："言子辰不是推波助澜地点了个赞吗？"他冷笑，"那些就是他期盼的结果，他当事人在意什么？在意热搜次数不够多？你们 CP 传得不够广？小孩子暗恋你不敢明说，一而再，再而三地给你暗示，你是真不知道还是装看不见？"

宛亦一阵头疼，她投降："我保证，等子辰周末回来，我跟他说清楚，你别再无中生有了。"

时湛依旧是气压沉沉："不是无中生有，我是旁观者清。"

"非得我夸你几句，才能罢休吗？"银淡的月光落在宛亦脸上，她笑着用食指摁着时湛的胸膛，"前几天谁自己说的，不怕喜欢我的人多？"

时湛的眼睛稍稍回了点暖："你也总不能让我一直自己做心理建设，这个时候宽慰我几句能耽误你股票涨停吗？"

"行，夸你。"宛亦笑着推推他，按开了背后的灯，恰好这时敲门声响起，时湛放开她，开了门，是他在送宛亦回来时让人往这儿送的鲜花。

淡黄色的皇冠牡丹，开得高贵到了极致，金缕浅瓣，木质芳香霎时浸满全屋。

这种花的花期很短，一年只来得及预定一次，时湛接过，走进客厅，将花富有层次地插满了整个花瓶。

插完花，时湛在一旁沙发上坐下，宛亦从他身后走过去，想近距离地看看这如满月般的牡丹，时湛忽然侧身，隔着沙发背捏住宛亦的手腕，纤细得只剩薄薄一层的腕骨。

"最近瘦了不少。"他皱眉。

她的腰同样也很细，时湛松开她的手腕后一臂搂过，身子很轻，他起身稍微用力便把她从沙发后抱坐在沙发上。时湛指着宛亦放在桌子上的电脑，未关的屏幕上还显示着魏氏的财务报表。

"魏氏接下来的事你别管了，交给我。"

看见报表，宛亦的神色微凝："我还没来得及跟你说，魏氏的财务有问题。"

魏氏并没有如她预期的那般出现财务危机，在公司主营业务、投资、融资，还有其他收入几乎为零的情况下，魏氏的机器人订单突然暴增，并且这些订单分散，远销海外，价格失衡，显然是有失公平的进出口贸易。

时湛点头："对，你猜得没错，魏氏在用公司还不完全成熟的机器人业务洗钱。"

"可这些钱是从哪儿来的？"

这么大笔的资金，她查不到任何来源。时湛略沉思了一会儿，说："等我查清楚了，告诉你。"

宛亦点头，又看见被时湛扔在一旁的企划案，她微皱着眉头拿过来，重新递给他："喻北的这个企划案你拿走，好好看一看。"

时湛目光淡淡地落在文件夹上，声音也是淡的："宛亦，我不喜欢这些对你有过好感的男人经常出现在你身边，等你什么时候感同身受了，你就明白了。"

宛亦对他的话不甚上心："小气，草木皆兵。"

一笑而过后，宛亦却没想到，这感同身受来得这么快。

第二天，她陪时湛去一个慈善晚宴，在采访、入座、看节目、拍卖这些环节中，一切都很正常，可到了 after party，那些作妖作福的就一个个地都浮出了水面。

来给时湛敬酒的、有意无意撒娇卖萌的、变相要微信的，络绎不绝，竟还有小明星装作看不见站在时湛身旁的宛亦，见缝插针疯狂地对时湛撩肩带。

宛亦站在一旁冷冷扫视，清晰地感到自己的心脏在一点点地缩紧。

"以后少出点门，招蜂引蝶。"宛亦丢下这句话，觉得自己看不下去了，想先走，时湛拉住她，把她拉到一个清净的露台，眼底笑容晕开:"是不是想徒手撕人?"

宛亦淡淡地瞥着他,没说话。

"恭喜你。"时湛意有所指,"思维终于和我保持同频一次。"

这个世界最简单的,不过是爱情,心动、思念、做什么都会想到对方,吃醋、酸涩、变得小心眼,这些无法自控的东西是骗不过自己的。

宛亦转过身,望着远处的城市灯火,面容被罩在淡淡灯色里,似笼沉烟,她安静着,让自己的情绪稳定下来。

过了一会儿,她问时湛:"喻北的企划书你看了吗?"

"看了。"时湛放松地靠着栏杆,对宛亦刚才的反应很满意,声调染着一丝慵懒,带出淡淡的性感,"概念是不错,可这场对教育方式颠覆性的创新困难重重,我凭什么相信他喻北能做好?你来说服我。"

宛亦回身,与时湛有着一步的距离,她看了他一会儿,淡淡开口:"把时间往前推,那时互联网的故事才刚刚开始。那年的盛大只是个六人的小公司,百度的雏形才刚被讨论出来,腾讯不知道在深圳的哪个小角落,而你时湛,也只是个与父母闹了别扭跑出国,再也不愿回来的小孩子。

"现在去回望那些我们熟悉的、改变了时代的人的轨迹,我们会觉得恢宏,觉得浩荡,可谁是从一开始就石破天惊的?在这个信息爆炸的时代,世界上的一切都不再遥不可及。哪怕是沉在世界底部的人,也有可能搅得这个世界地覆天翻,何况喻北已做了如此详尽的分析和策划。"

时湛一瞬不瞬地看着宛亦，他喜欢看她说话的样子。

她的声音有种沉静的质感，是干净利落的自信，带着隔岸观火的距离和刺入人心的说服力。

宛亦接着说："你会发现，最近这些年抓住机遇的人，大多学会了用数据来量化这个世界，包括时湛你。在诞生之初作为工程师之间笑谈的摩尔定律，已成为这个时代的核心规则，信息数据产业以指数化的发展速度高歌向前，早已渗透到了各行各业，更是会带来传统教育的巨大变革。

"有人带来大势，有人在大势之下改变未来，你时湛是后者，喻北也是后者，每一场变革背后靠的都不是一己之力，是在大时代之下早人一步看清趋势。说到底，喻北创立的 A.I. 在线教育平台，跟你当初创办轻悦传播有很多相似的地方，你应该比我更有共鸣。"

时湛笑了，伸手扣住她的腰将她带向自己："你很善于发现这个世界的不一样。"

"A 轮如果有机会的话，轻悦会跟投。"

宛亦诧异："为什么是轻悦不是时越？"

她的黑发被风撩起，清浅绕过脖颈，时湛一边帮宛亦捋顺长发一边漫不经心地笑答："时越有你了，A 轮融资再去参与，加一起会占有过大的股权比例，喻北不会同意吧？"宛亦抬眸看他，想起那天时湛让她去时越帮他分管集团投资的事情，眼色略淡："我同意去时越了吗？"

时湛唇角的笑染上了丝夜风的凉，声音低沉缓和："对别的男人鼎力相助，对我的事业却坐视不管，你真是对我挺好的。"

宛亦一时无语应接，淡淡掠了时湛一眼，几度想开口，又不知道怎么说。

"好了，你做什么我都会支持你。"时湛潭水般的眼睛持续看着她，笑容变得纯粹，"你不愿意的，我也不会逼你。

"我就是有点吃醋。"他笑了下，接着说，"人的精力是有限的，做你想做的，你想怎么过这一生我都支持，但别太累。"

宛亦的思绪突然就被他这一句话扰乱了，如那袅袅薄烟，再聚不拢。

从来没有人这样告诉过她，你要慢一点，你要开心一些，你要多看看这个世界的美丽。

这个时代，想获得一些东西变得很容易，但很多清晰的东西却变得缥缈了，想要陷入迷茫，更容易。

曾经，她在困顿难捱中捆住自己的思维，自以为走着正道，却不自觉地把自己逼上一条与世隔绝的不归路。何其有幸，遇见一个人，让她看清现在，拉她归入正途，带她珍惜当下，不再虚度时光。

是时湛，点亮了她孤暗的世界，让她觉得，未来可期，风雨有岸。

宛亦闭了闭眼睛，再睁开，已是水雾一片，她仰头看着时湛："你为什么对我这么好？我这样的人，有什么值得你喜欢的？"

时湛伸手擦干她眼角的湿润，将她揽在怀里，手垫在她脑后。

别人眼中的宛亦，清冷地站在属于自己的一方境地，像是雪山之巅清绝的孤莲，但他知道，他的姑娘是只漂泊无依的无根浮萍，需要他一点点地去安抚她惊惶的内心。

初见的惊鸿一瞥，铺垫了重逢的怦然心动。自他在千万世人中再次遇见她，其他所有人，便成了过眼云烟。

时湛说："我有多喜欢你，时间会给你答案。"

宛亦靠在他温热的胸口，微微抬起头，微光落在她眼睛里，映着水光，落成一片星空。

第
十
二
章

今 生 兴 衰 荣 辱 ， 有 你 就 好

—— *Chapter 12* ——

次日，宛亦出去见了一个投资人，言子辰回来时见家中没人，便坐在沙发上练起了魔方，练着练着，便停了下来，心里有点儿烦躁。

最近，手指好像有点儿不听使唤了，经常有种无力感。

他不知道是自己的错觉，还是最近练习过度，肌肉疲惫了。

言子辰把手中的三阶魔方放下，休息一会儿，拿出宛亦送他的那只冰川玉魔方，挂在指间，对着阳光，眯着眼睛看玉石上流水般的纹路。

那青白的底色是极为静谧的色调，让那些极速的、绚丽的、多变的，都在这一刻，归为一种让他心安的平静。

宛亦回来时，看见言子辰在家，问："今天没课？"

"嗯，没课。"言子辰把冰川玉挂件收在掌心，又拿起一只五阶魔方，单手转着。

"练习别太过度。"宛亦边放着手中资料边对少年说，"之前你还会去看看电影翻翻书，现在几乎把所有的业余时间都用来练习魔方了。"

少年沉默了一会儿，精致的眉宇间弥漫上一层郁色："我已经很久没有打破自己的纪录了，无论是在比赛中，还是练习里，任何一个项目都没有。"

"现在，WCA各个比赛项目的世界纪录几乎都是你。"宛亦拿走少年手上的五阶魔方，淡淡笑着，"没必要这么快去打破世界纪录，过犹不及，你需要劳逸结合，休息几天，放松一下再试试。"

少年低头看着自己空空的掌心，内心又平静了下来，抿唇笑了笑："好。"

"对了，子辰。"宛亦又想起了些什么，"关于微博上我们的CP，你去澄清一下，别让人误会了。"

言子辰内心的平静瞬间被这一句话打乱了："谁误会了？"他抬起头看着宛亦，呼吸变得有点儿沉，"时湛吗？"

"不止他。去澄清一下吧，别让人误会下去了。"

言子辰不说话了，感觉整个人都变木了，手心更是一片冰凉，他突然站起身，一声不吭地往外走。

宛亦奇怪地看他一眼："你去哪儿？"

言子辰声音沉凉："找卿墨。"

"他，"宛亦迟疑了一下，"没误会吧？"

言子辰顿在了门边，他的眼睛里全是压抑着的想要解释想要告白的冲动，可最终，他也只是半抬头看着门外的虚空，没有回答她，没有回头，背着身子，缓缓关上了门。

言子辰走后，宛亦又看了会儿资料，不想接到了楚芸歌打来的道歉电话。

"宛姐姐，上次对不起，口不择言误会你跟言子辰了。"

"没事，"宛亦笑了笑，"不用放在心上。"

"嗯……呃……"芸歌还支支吾吾着。

"嗯？"宛亦合上资料，"怎么了？"

"如果有可能的话，"芸歌声音越来越小，听得出是在做极为强烈的思想斗争，"我还是……想要一张言大的签名照。"

宛亦笑了出来："好，我问问他这会儿在哪儿，带你过去。"

带、带、带……我过去？

电话那边的芸歌惊呆了，不敢置信地捂住自己的嘴巴，生怕自己惊喜的尖叫声冲破屋顶。

言子辰正在大玩家的游戏机上打着游戏，极速飞车，速度倒是飙得挺快，就是那方向，不知言子辰是故意的还是真把控不好，赛道上的小飞车没隔几秒就得轰隆隆地撞上墙。

卿墨斜搭着他的肩，看着屏幕上的车仰马翻："你这，技术不太行？"

言子辰面色沉凉，又开一局。

"言子辰，你电话。"卿墨瞥见他口袋里不断明灭的手机屏幕，提醒着他。

言子辰没什么反应，依旧拿车撞着墙，卿墨把他手机抽出来："小姐姐的电话也不接？"

少年抬头，一把夺过，眼中隐约现出期待，按下接听："喂？"

电话那边宛亦笑着："有一个你的小粉丝想去找你签名，方便吗？"

"你都问我了，"少年声音中的期待散去，声音有点闷，"还能有什么不方便的？"

卿墨瞥了眼屏幕，呦，这局这么快就挂了啊，玩得还不如旁边的那个六岁小孩呢。

芸歌就在附近，宛亦开着车接她一起去商场找言子辰。

芸歌整个人处于极度亢奋的状态，小脸儿泛着桃花粉，紧张地攥着小手，向宛亦确认着："真的能见到言大吗？"

宛亦好笑："他又不是神仙，也是普通人。"

"不不不，"芸歌闪着星星眼反驳着，"神仙颜值，神仙速度，神仙性格，言大这人间难找啊！"

宛亦不理解了："你追星追成这样，男朋友乐意吗？"

"君齐？"芸歌轻哂，"他哪有资格说我啊，自己都背了一堆桃花债。"

"他对你不一样。"

"现在是挺不一样的，谁知道以后呢？"芸歌不想想得那么长远，"活在当下，以后再说吧。"

"好心态。"宛亦夸赞了句，又问，"最近工作怎么样？"

"挺好的。"芸歌说着，却突然想起什么，皱了小眉头，"就是，前几天我们部门接了一家服装企业的营销策划，他们的数据营销和品牌影响力已是行业最佳，我们给他们做了好几个方案都被打了回来，实在不知道该怎么去突破了。"

宛亦淡笑一下："像这种企业，想突破瓶颈，就要带给消费者全新的体验。"

"对啊，但怎么才能给客户带来全新的体验呢？"

宛亦开着车，有一会儿没说话。

过了一会儿，她问芸歌："尝试过 VR 浸入式体验吗？"

芸歌摇摇头，扭头看着宛亦，等待着下文。

宛亦接着说："在以往的广告策划里，大多都是用图片、文案、视频、创意等来让消费者记住或将其打动。这时候消费者和广告内容是抽离的，是被动接受。如果借助 VR，突破时间和空间的限制，把他们带到一个从来都没有经历过的环境，直接让客户沉浸其中，调动他们的多重感官，客户就会有强烈的参与感，对于品牌，就会更加印象深刻。

"比如，在他们的实体店里，利用 VR 技术让穿上这个品牌衣服的消费者瞬间时空转换，到达星空、雪山、月亮等任何一个身不能至却心之向往的地方，为他们创造出他们不曾见过的美好场景，能很好地提升品牌影响力和话题性。"

芸歌认真听完，眼睛一亮，却很快暗下来："VR 能达到身临其境的效果吗？我之前在商场玩过 VR 游戏，画面跟 20 世纪 90 年代动画片似的，别说身临其境了，那 VR 眼罩戴一会儿头都会疼。"

"那是几年前了吧。"宛亦笑她，"这两年，VR 无论从内容上还是设备上都有了很大的提高。况且，5G 时代马上就要全面到来了，VR 虚拟现实和 AR 增强现实更是实现质的飞跃。如果你们想借助 VR 做突破性的营销方案，一定要趁早，因为过不了几年，VR 就会渗透到各行各业，不再具有吸引大量消费者目光的能力。"

芸歌听完，若有所思。

她们很快就到达了商场。

言子辰和卿墨在大玩家旁边的果茶店等着她们，言子辰不擅社交，看见芸歌，露出了一个没有什么笑意的笑容，在芸歌提前准备好的照片上签上自己的名字后，就没什么交流了。

即便这样，芸歌也是非常满意了，毕竟群里那么多喜欢言子辰的小姐妹，独她一人拿到了签名照，还是面签呢。

芸歌紧捂着照片，眼神脉脉，娇容含羞，笑呵呵地如傻子一般紧盯着言子辰看。言子辰坐在旁边，被盯得无所适从，沉默地与她对视着。

这场面简直尬出天际了，坐在旁边的卿墨都快看不下去了。

宛亦也看不下去了，岔开话题："卿墨。"

"啊？"突然被点名的卿墨一愣。

"我记得你们有个工作室，是做 VR 内容开发的。"

"对。"

"有没有什么优质的 VR 视频？"宛亦拉了一下神思八千里之外的楚芸歌，"让她感受一下。"

"有啊！"

话题一转到 VR，卿墨就来了兴趣，打开话匣子与楚芸歌畅聊，跟她讲 VR 的发展史、现在的发展状况以及未来可作用的方向。

从楚芸歌那高能量眼神中解放出来的言子辰稍稍松了下来，他看向宛亦，想跟她说几句话，却见她目光落在手机上，与人聊起了微信，还不自觉地笑着。过了一会儿，宛亦抬起头来，目光在他们三个身上一掠而过，说："你们聊，我先走了。"

芸歌和卿墨正聊得热烈，没在意，应了声便接着聊。

言子辰抬起头看着站起身的宛亦，又扭过头去看她的背影，看她越走越远，忽然觉得有什么彻底抓不住了，他攥紧了手指，猛然起身，追了上去。

卿墨和芸歌被他这动静打断了，面面相觑。

言子辰快步追着，越走越快，最后干脆跑了起来，追到商场门口时，却霍然停下了。

那个近期和宛亦频频来往叫作"时湛"的男人，正给宛亦开着副驾驶座的车门，体贴地虚扶着将她送上车，又俯身笑着在她耳边说了些什么，才关上副驾驶座的门走向驾驶位。

他们的亲密动作像一把利剑刺入少年心口，言子辰唇色苍白了几分，怔怔地看着车子从眼前驶过，站在原地沉默半晌，才折回商场里。

芸歌有些担忧地看着言子辰，少年和她目光对上，沉默了一会儿，问："宛亦她，找男朋友了吗？"

"据说……我哥一直在穷追不舍。"芸歌其实也不太确定他们有没有在一起，但她实在不忍看见言子辰沉落的神色，又加了一句，"应该还没完全追到。"

少年微垂下眼睛，遮住眼底的暗潮涌动，半晌，抬头，淡声说："回去吧。"

楚芸歌要去卿墨的工作室看 VR 视频，便和他们一起去了学校。

卿墨带他们来到了工作室，给楚芸歌戴上了 VR 设备，随便点开一个视频，恰好是上次言子辰比赛时他拍摄的那个，那天拍完赛场后，他挑出言子辰的部分，加上一些平日里拍摄的画面，制作成了一个从未示人的言子辰 VR 视频专辑。

芸歌走进视频，开场便看见魔方弟弟在阳光中朝她走来，出色的画质，三百六十度全景浸入，让芸歌瞬间觉得自己成了这虚拟世界的一部分。

她上下左右看了一圈，只有她和言子辰两个人，内心一阵窃喜，刚才当着好几个人的面，不敢太撒欢，这下她可以肆无忌惮地去围观偶像了。

楚芸歌欢腾地向视频中的言子辰跑去，摸一摸阳光中少年的脸，又揉一揉，捏一捏，摸完之后还轻轻扇了自己一巴掌确定这不是在做梦。

言子辰在视频外看着，头上飘过无限个省略号。

卿墨手搭在言子辰肩上，忍着笑。

没有戴 VR 设备的言子辰和卿墨虽然不能沉浸在立体的虚拟世界里，但也能看见平面视频，根据芸歌的动作都能猜得到她在做什么。

过了一会儿，VR 视频中的言子辰走入赛场后台，拿出魔方，长指翻飞，开始练习。芸歌也跟着他跑进赛场后台，她走到少年身后，近距离地看了一会儿偶像转魔方，看得心潮澎湃。又小心翼翼地去戳言子辰的后背，后来，干脆上前一步，抱住少年，小脸还在他肩膀上蹭了一蹭。

卿墨已经笑得直不起腰了："她以为我们看不见她暗戳戳的小动作呢。"

言子辰满脸通红，一声不吭地走上前去，拔了电源。

"哎？"芸歌一愣，在虚空里抓了一把，"魔方弟弟呢？"

芸歌摘了眼罩，和拿着电源插销的言子辰四目相对，场面一度尬出了天际。

这个 VR 视频沉浸感真是太强了，她完全忘了真实的言子辰就在一边站着。

芸歌欲盖弥彰地咳嗽了两声，干巴巴地夸赞着卿墨："视频做得真好。"

尴尬的同时却是惊叹，VR 技术都已经达到这种程度了。那些只存在于她幻想里的情景，竟然真的能在 VR 视频中如此真实地出现在她面前，宛亦给的借助 VR 技术做营销方案的建议，确实可以提上日程好好策划了。

回寝室的路上，言子辰格外沉默，卿墨瞥了他一眼，突然喊他："言子辰。"

"嗯？"

"咱绝交吧。"

言子辰抬起头。

"走到哪儿都是粉你的，"卿墨愤慨，"处处断我桃花，你这种人活该优越到没朋友。"

两人在校园成荫的梧桐下走着，不知怎么的，今天的言子辰走得格外慢，卿墨回头想喊他快一点，却见言子辰又没有预兆地摔倒在地了。

卿墨忙伸手将他拉起来："你怎么了？这被粉丝抱了抱激动得

连路都不会走了？

"不应该啊？这众星捧月的待遇言子辰你不应该早都习惯了？"

言子辰就着卿墨手的力度站起来，拍掉身上的灰尘，瞥他一眼："会说话你就再多说点。"

卿墨还真孜孜不倦地说了起来：

"言子辰你说我跟你交朋友我图什么？

"图你长得帅你又不跟我谈恋爱。

"图你学习好又不能让我吃得更饱。

"图你会魔方世界又不能因此由圆变方。"

言子辰沉默着没理他。

一时找不到魏氏巨额资金的来源，时湛和宛亦便去了趟轻悦，准备找君齐商量一下把控下一步市场风向的方案，到轻悦时，却见君齐和君婉泽在总裁办里吵得不可开交。

时湛倚着门叩了两下。

吵着架的两个人见有人来，暂时熄了火，又同时背过身去，互不搭理。

时湛问："吵什么？"

君齐冷哼一声："我这好姐姐，在那个什么高端女装创业失败后，不知道从哪儿找来的贵金属现货投资，一百倍杠杆，走火入魔，深陷一夜暴富的美梦。"

时湛看了眼君婉泽："你还不够富吗？"

君齐没好气："离她最近看上的迪拜王子还差了点。"

时湛无法反驳，轻笑一声。

君婉泽怼君齐："你凭什么说我挣不到钱？一百倍的杠杆涨百分之一，我的投资款就翻了倍！你做过这些了吗？你三百六十行行行精通吗？别以为开了家公司对谁都能指点江山了！"

"你……"

君齐气得半天没说出来话，余光看见宛亦，又扭正脸："宛老师，我恳求，精通金融学的你，帮我拯救君婉泽于水深火热之中，教育她，这种高杠杆高风险的东西，暴亏的可能性远大于暴富。"

君婉泽眉一挑，看向宛亦："行内人是吗？你来评评理，君齐他是不是无理取闹，挡我财路。"

宛亦淡笑了一下："君齐他说得对。"

君婉泽不乐意了："你是那小子喊来的托儿吧？"

身处金融行业的宛亦对这些不正规的金融公司太熟悉了，暂且不说高杠杆的风险，光听这公司名字，都基本可以和金融欺诈挂上钩。

"这个贵金属现货公司，"宛亦瞥了一眼君婉泽电脑上的交易软件，"电子盘交易，看似与期货的交易规则类似，但杠杆更高，公司连用的软件都是境外投资软件的翻版，交易平台由公司自己搭建，也就是说，行情的涨跌能被他们随意操控。"

君婉泽不信："前段时间我炒股，认识了几个分析师，给我推荐的股票涨幅特别好，我通过他们的推荐，才进入了这个现货交易群，里面还有很多投资者每天把自己的盈利单晒出来呢，我也跟着分析师的指导买了几次现货黄金，每次都能盈利。"

"这就对了。"宛亦淡笑了一下，细说，"这类公司吸引客源往往是用这样的套路——

"请几个不错的股票分析师，以推荐股票为诱饵在网上吸引股民，盈利取得信任之后，便会引诱投资者做现货交易，拉入一个现货交易群，群里每天都会有不少投资者晒出盈利不菲的交割单。可你不知道，你们加的群或直播间，除了你们自己，剩余的全是托儿，激进者、保守者、分析师、市场小白，各类角色都是现货公司的人在扮演，那些火爆的盈利、欣欣向荣的市场，全是托儿们按剧本演出的假象，就为了引诱你上当。当投资者动摇，投入少量资金试水时，必然会赚钱，先给投资者一些甜头，促使他投入更多，这是钓鱼的基本操作。

"接下来便是偶有小赚经常大赔。

"当人开始赔钱，就会陷入一种可怕的怪圈，脑袋里会不自觉地充斥着'大师都是赔出来的''我们分析师身经百战，偶有失误，下次一定能带我们盈利'这一堆歪门斜理，会不断地想回本，诱引着身体里的赌性。于是投资者投入更多钱，抵押房子，贷款，越陷越深。

"当最后一滴血被榨干，群会解散，分析师会消失，可投资者开户时都签了自负盈亏的合同，说法都没法讨，更可怕的是，这时的投资者已经血本无归了。一夜暴富的大梦醒来，世界崩塌。

"听到这儿时，或许你会觉得这些骗子利用人性弱点循循善诱将人步步拉入深渊真可怕。"

宛亦的眼神一瞬锋利，看着君婉泽，加重语调："可我要告诉你的是，这只是最基础的骗局，稍微高级一点的是拆东墙补西墙的庞氏骗局，这类投资产品往往不需要投资者本人操盘，会允诺投资者年化百分之十到百分之三十的收益，这么疯狂的收益率，只有不断地拉新人来接盘，才能兑付得了老投资者的收益。

"所以这种庞氏骗局一般还夹杂着传销拉人头的属性。给予投资者高额奖励让他去游说与之有亲密关系的人，最终不是崩盘就是携款而逃。当然对于投资者来说，结局依旧是血本无归、悔不当初。但这种骗局涉及的范围更广，能诱引更多的投资者上当，尤其是风险承受不那么强的投资者。"

宛亦看着君婉泽："你做投资，要学会分辨，什么是正规金融机构，什么是金融欺诈公司。"

君婉泽听完有点被吓着，半晌没吭声，过了会儿，才问："怎么分辨？"

宛亦笑笑："其实分辨是不是正规金融公司，有个很简单的方法，看公司一线营销人员就行了。

"那些金融皮包公司的员工，大多西装笔挺、春风满面，满嘴亿万市场，朋友圈全是赚钱的广告、与各种名人的合影，产品还能保证收益，上个官网分分钟弹出来美女客服教你怎么钱生钱。"

君齐听她讲得有趣，面色缓和了一些，问："那正规金融公司呢？"

宛亦想到自己的老东家南恒证券，有些头疼地揉了揉太阳穴："眉头紧皱是常态，严苛的考核制度、繁杂的资管新规分钟逼得人想离职，员工都熟背监管政策八条底线，私募产品从来不敢往朋友圈里发，最重要的是会把风险提示到位，绝不承诺收益。"

时湛笑出声："不能承诺收益这个我知道，你还因此被证监会调查过。"

宛亦接着说："正规的金融公司，真是三天两头的自查，各种合规、反洗钱的教育，外人都觉得金融业处于行业链的顶端，不少人拼命地想挤进来，最后发现，这个圈子的内核和别的行业没有区别，都是七零八碎、一地鸡毛。"

君婉泽听完，登录了这个现货贵金属的官网，想看看有没有美女客服和承诺收益。

宛亦扫了一眼，看到法定代表人的名字时，神情却凝滞住了。

时湛看着她神色："怎么了？"

"这个法定代表人，汝珥，是魏承兴的生母。"

汝珥早年和魏承兴生父离婚，魏父早已另娶，她与魏氏来往很少，外界关于她的消息甚少，宛亦之所以记得，是因为当年母亲重病，她在求魏承兴的时候，也去求过他的亲人。

"这个名字重名的概率太小了，魏母几乎是个与世无争的人，不大可能打着法律的擦边球去搞金融欺诈。"

时湛盯着这个名字陷入了沉思。他想起那天在他办公室，魏承兴最后说的那句话：魏氏比你们以为的庞大很多。

之后，时湛顺藤摸瓜，发现法定代表人是魏母的这家公司还与多家财富公司、贵金属现货公司、小额借贷公司关系紧密，通过层层调查，最终确定这些公司的实际控制人是魏承兴。

时湛眼神如深井般幽暗，把查到的那些资料递给宛亦，寒意四起："我一直以为不管魏承兴人品如何，魏氏都是一家对客户、对社会负责的企业，没想到背后还干着金融欺诈的勾当。"

宛亦接过资料，一页一页地翻看着，唇角略微向上，掀出一个冷嘲的笑："明处扮演着科技公司，暗处却是吸血鬼的角色。"

宛亦的面容雪白森冷，手指按着资料上随便的一家公司："这家 P2P 财富公司，一看就是庞氏骗局盘，发布年化收益率虚高的理财产品，说是集资投资于实体，八成是为了诱骗投资者进行投资的虚假项目，即便是真的投资于这些项目——"宛亦指着理财后面标注的百分之十几的收益率，"投资于实体，也很难有这么高的回报率，风险和收益永远是成正比的，年化百分之六以上的理财产品，就要考虑本金亏损的风险。

"这些财富公司本应是中介性质，不得提供担保，更不能非法吸收公众资金搞资金池，我国法律规定，参与非法集资而受到的损失，由投资者自行承担，投资回报不受法律保护。也就是说，投资者就算在那些 P2P 网贷平台、网络理财产品里赔得倾家荡产也只能认栽。"

宛亦深深地吸一口气，眼底聚集着一触即发的寒意："魏承兴做这些，会被判刑。"

时湛眼神锐利且薄凉："洗钱金额巨大，非法吸收公共存款，扰乱金融市场均衡，随便哪一项都能让魏承兴在牢里蹲到地老天荒。"

他停了停，接着说："我会毁了魏氏，把魏氏所有资产用于赔付受害者，顺便敲山震虎。"

现在，他与魏氏的商战已经远远不再限于私人恩怨，更是涉及千千万万被非法理财毁了的家庭。

时湛轻启薄唇，杀意四起："这类公司，以后我见一家，毁一家。不计成本。"

很多人做企业，财富积累到一定程度的时候，就开始享受金钱带来的那种指点江山、受人敬仰的快感，将初衷信誉抛掷脑后，丧失公德心的同时，也会丧失消费者的信任和员工的信仰，即便是那些企业还占用着最豪华的写字楼，即便是还有着华丽的注册信息，也已经名存实亡。

而时越，给员工和消费者带来的远远不止安心，更有着从不曾磨灭的社会责任感，从不曾让人失望。

隔着桌子，两人的视线碰在一起，宛亦眼角弯出一个好看的弧度，评价了他一个字："棒。"

收起关于魏氏的那些资料，宛亦从桌边走到沙发上坐下，时湛斜靠着桌子，目光追着她，半明半暗的暮色，莫名地将两人的距离拉近了。

他笑着看她："金融真的是比实体要复杂很多，投资种类层出不穷，也给了很多不法分子可趁的空间，不过你倒是好，渗透了这一行，终于可以精准地投资证券市场，静看风云。"

宛亦头疼："哪有那么随意？这个市场太考验人性、心态、眼光和格局了，是需要敬畏的。能在证券市场上存活下来的投资者，谁不是在血雨腥风中厮杀出来，遍体鳞伤，才学会了敬畏市场。"

她回想起自己刚接触证券市场时的心态："最开始，我痴迷于股票期货的短线交易，每天竭力分析各种指标、各种市场情绪，想着哪怕一天只挣个 0.3%，按复利算，一年本金也翻倍了。"

时湛笑她当年的天真："按复利计算，你这样炒个几十年，全世界的钱都是你的了。"

"巴菲特的复合年化收益率也不过百分之二十多。我当时真是——"宛亦略低头，笑自己，"不知天高地厚。"

在回忆里停顿一会儿，宛亦接着说："后来发现，这种交易模式太累了太消磨心智了，并且，短线市场太难预测。我曾遭遇过'股灾'中断崖式的暴跌，手中股票连续跌停，等跌停板打开后，短短几日，市值缩水了百分之五十多，吓得夜夜失眠。

"后来，我意识到买股票就是买公司，便开始研究公司，做价值投资，但再好的公司也逃不过系统性风险，碰上大跌，看着账面上的浮亏依旧会不淡定，甚至追涨杀跌，最后慢慢明白，择时的重要性不比价值投资低。"

时湛看着她，问："现在呢？"

"被打击惯了，看尽股市炎凉，倒也淡定了，在做价值投资的同时也学会了做趋势，用衍生品做风险对冲，不再纠结于短期的浮动盈亏。"

时湛点头，诗意评价："受得住满目繁华，也担得起沉寂萧条。"

宛亦笑。资本市场，是贪婪者的火葬场，是急功近利的焚骨地，说到底，博弈的，是人性。

时湛又问她："既然你已经在证券市场上沉淀出这么好的投资

状态，为什么还想直接对接公司，参与初创公司的天使轮或 AB 融资？"

宛亦的目光有些缥缈："无论是做上市还是买股票，都是锦上添花而不是雪中送炭，那些初创企业，很多很好的概念因为缺少资金胎死腹中，挺可惜。"

顿了顿，她接着说："更重要的一点是，平面的世界总归没有立体世界鲜活，我觉得，对我而言，一个成功愉快的人生离不开健康的人际关系。"

时湛的眼角微不可察地动了动，这话从宛亦嘴里说出来让他觉得莫名诡异，盯着她看了好一会儿，才问："你可没跟几个人有良好的关系啊？虽然我也不认可你之前不怎么社交的生活状态，但你也没必要全盘否定自己之前的人生吧？"

"没有谁规定，人就必须热烈地融入世界，就算活得孤独，也未必代表失败。"

时湛边卷着衬衣袖口边走到她身旁，摸摸她的额头："发烧了么？前言后语自相矛盾的。"

宛亦笑着拍掉他的手："你也不能否认有很多创造出举世瞩目成就的人，都是挥刀斩情丝，在孤独中找到自我的。"

时湛不爱听了，他手臂圈出半个弧形，将她围困其中："还挥刀斩情丝，我挥刀斩了你。"

宛亦认真地解释："有人喜欢社交去追寻陪伴与爱，有人喜欢在独处中挖掘自己的兴趣实现目标，谁也不能为这两种人生态度分个高下。"宛亦的瞳色像一杯至纯透彻的清水，她柔下声调，"之前我选择的状态是后一种，但孤独如影随形的那些日子，我是回归了自我，专心做自己的工作，自省，窥探自己的内心世界，最后发现——"

宛亦低头笑了笑，又抬头看着时湛："我还是喜欢第一种人生，而不是把自己逼入一个不适合自己的状态。"她眼神清亮，"是你带着我走出困境，教会了我放过自己。"

往日里吝啬于爱的人，突然展示出温柔的一面，差点儿把时湛的心化掉。他瞳仁中跳跃着深色火焰，忍不住去吻她，去吻这个此刻身心都很柔软的姑娘。

宛亦圈着他的脖子，回应着他，细腻纤柔的手指隐隐约约地触碰着他的皮肤，那是一种无以名状的惑人又柔暖的温度。

时湛捉住她的手，抵着她的额头笑，这个世界啊，总不会辜负你的真心。

天色渐渐暗了下来，风忽然就铺天盖地地席卷而来，带来一场甘畅淋漓的大雨，似要把整个世界洗涤干净。

这场大雨来得过分猛烈，导致全城大堵，宛亦站在窗前，看着高架上的拥堵路况和丝毫没有停歇迹象的暴雨，微拧起眉头，她家在江对岸，按这个堵法，两个小时也到不了家。时湛从背后搂住他，吻着她长发，声线略显低哑："晚上去我那儿。"

宛亦没怎么思考，同意了。

时湛住得很近，去之前宛亦到楼下商场买了些备用的东西，时湛先去开车，在商场门口等着她。宛亦从商场出来时一眼就看见了时湛，他眉目清秀，身形挺拔，光是站在那儿等她，都成了无数路人眼中的风景。

直到时湛帮她拎过商场的购物袋、给她打着伞、半搂着将她带上车，宛亦的思维还在开小差：时湛这种长相算是不安全的吧？

宛亦突然问他："你之前有过女朋友吗？"

时湛正转着方向盘，求生欲使他谨慎地看了宛亦一眼，将车子驶入主道，才答："我这个年龄，说没有，你也不会信吧？"

宛亦淡笑："你这个性格，我倒是会相信，你对待每一场恋爱都会很认真。"又扭头看着他，"是吧？"

时湛眼角跳了跳，这个问题他没法回答，怎么答都会让自己陷入更深的坑。

"来聊聊。"宛亦侧过脸看着他，笑意极浅，"上过床吗？"

问题一个比一个尖锐。

时湛单手松了松领带，瞥了眼放在中控台上的手机，忽然无比迫切地希望它能在此刻响起来。

但没有，车厢内静得落针可闻，宛亦持续看着他，她肤白如雪，映着打在车玻璃上的激滟水光，美得沁人心脾，只是神色越来越清淡。

"如果我早十年遇见你，"时湛终于开口，额角有薄薄的一层冷汗，"就不会在感情上走弯路了。"

宛亦终于把头扭了过去，时湛稍稍松了口气，她这是放过他了。

到家后，时湛去书房开了个视频会议，宛亦去洗了个澡，换上材质柔软的睡裙。时湛结束视频会议从书房出来时，就看见宛亦坐在没开灯的客厅的沙发上，在电脑微光映衬下，整个人白得发亮，像自带高光。

他走近，闻见她身上浅淡的香气。

"在写什么？"扫了眼她的电脑屏幕，时湛声音不自觉地轻柔了下来。

"我做几个动画视频，把市场上几类常见的金融骗局列出来。"宛亦手指未停，在键盘上快速移动，"这些骗局做金融的人很难上当，但由于信息不对称，圈外人往往防不胜防。

"魏氏的那些公司只是冰山一角，还有更多一本万利的欺诈者们打着法律的擦边球牟取暴利，市场上的投资者教育宣传太少，做些视频，让大家尽可能地识别金融欺诈。"

时湛站在她身后看了一会儿，宛亦所做的视频流畅，画面优美，内容深入浅出，有记忆点。这水平，放轻悦传播策划部，能直接上岗。

"问你个问题。"他说。

宛亦的视线从电脑屏幕上移开："你问。"

"你就这么好学？"时湛缓缓将电脑从她手中抽离，就着暖意坐到她身边，"你如果开公司，连人都不用招，宣传、策划、财务、人事、营销，你一个人就够了，碰上联谊的，还能自个儿出台节目。"

他笑着，又问："你是真喜欢学习，还是强压着不让自己停下来，后者吧？"

宛亦稍稍停顿："嗯，后者。"

"累吧？"时湛看了她一眼，扫见她睡衣极细的肩带，眼神若有似无的烫，"你没活在一个危机四伏的社会，留点时间给自己。"

时湛把她搂在怀里，宛亦很瘦，却不是因为健身，所以她身上的每一处曲线都柔软得像云朵。时湛感受着压在他硬实腹肌上的软玉温香，有点儿分不清虚实。

这气氛太好了，温柔的触感和宛亦温柔的顺从让他无止境地沉溺，想说的话全都抛在脑后，他目光下移，是精巧的锁骨。

空气迅速升温。

他忍不住去揉捏着她的身体，顺着她的黑发吻至她的耳垂，到侧脸，又将她翻过来压到身下，继续纠缠深吻。

时湛第一次觉得自己家的沙发有些小，折腾不开，干脆将宛亦抱起，抵至落地窗上，极细的肩带更衬得她四肢纤细，肩带滑落，裙子堆落脚边。

平日偏冷调的男人动起情来格外让人着迷，此时此刻，他眼中只有她，眼底微红，是过分动容，他掐着她的腰，用力地在她白皙的脖颈吻出红痕。

落地窗外是极致的夜景，宛亦被压在玻璃上，那绚丽灯色在她眼前天旋地转地晃动，雷雨依旧在酝酿，高频的闪电不断地贯穿云层，用极致的白光描绘着云的形状。

男人低喘着的声音，混着她的颤抖，搅得一室凌乱。

不知过了多久，客厅终于安静了下来，净若透明的玻璃上，残留着双手撑过的、背脊抵上的清晰的汗水印。

两人躺在床上的时候，时湛把宛亦整个儿裹在怀里，他身上淡淡清冷的气息让宛亦有些沉迷，同时愈发清醒。

她最近经常会想一个问题：时湛对于她意味着什么？

他看透了她的脆弱，看清了她的念想，知道她真正想要的是什么，帮她散去心中阴霾获得安宁，一步一步地把她拉回正常的轨迹。

不知什么时候起，她看见他的名字，想到他的眼神，就会觉得安心。

这是一个不可思议的变化。

时湛胸膛传来的温度渐渐暖了她的身体，这种暖意是有层次感的，从身到心，让她突然确定了：他是她期盼的未来。

宛亦看着身侧男人搭在自己腰间的手，又想起媒体对他的报道，说他在物欲横流的商场中独善其身，荦素不入。

她不由得低笑一声，呵，不存在的。

时湛睁开眼睛："笑什么？"

"笑媒体对你的不实报道。"

"报道我什么了？"

"说你要一统 CNC 市场。"

"确实不实。"他手从她腰间上移，"我没有那么大的雄心壮志，只希望余生兴衰荣辱，有你就好。"

宛亦背着他笑，又在他怀中转了个身，映着光看他："我一直觉得，三十来岁的男人笑起来如果眼角有斜飞的纹路，会很性感。"

时湛笑了，以为她在夸他。

宛亦仔细地看了会儿，淡声道："你没有。"

时湛收了笑，没法聊了，关了灯："睡觉。"

这一夜宛亦睡得很安宁，早晨醒来，她摁下手边窗帘开关，质感厚重的深色帘子缓缓滑向两端，照进来了清澈天光。

时湛已经不在卧室了，宛亦靠着枕头想起昨夜的灯影重重，莫名的一阵心跳，用凉水洗了脸才去书房找。

时湛果然在那儿，戴着一副金属框架眼镜坐在沙发上。时湛的眼睛平日里多是深沉清冷，反着淡光的眼镜倒是弱化了他身上的凌厉，有种挺斯文的温柔，宛亦不由得多看了他几眼。

时湛捕捉到她的目光："醒了？"

"你怎么在这儿？"

时湛笑，声音带着一夜未眠的慵懒与喑哑："你的那些视频，我还得尽快安排好。"

宛亦看了他电脑上的工作安排，这男人太有效率了，她昨晚做的那些视频初稿，他连夜安排轻悦的人加班，制作为成品，一大早又安排轻悦的媒体资源全线发布。

宛亦有些惊讶，侧过脸去看他，两人目光相碰，时湛的眼睛里，浮着一层暖色。

天边有霞光，清淡温柔，书房里一刹盛满了晨间的清风。

他指一指身边的位置，对她说："过来坐。"

沙发靠背上堆了几个蓬松的靠垫，宛亦没在意，直接坐了下去，缎面的靠枕又软又滑，她一个重心不稳，撞到时湛身上。

时湛顺势将她抱在怀里，笑："那靠垫，我故意放的。"

宛亦揉了揉眉心："我最近跟你待在一起的时间有点多，耳濡目染的，也降智了。"

时湛低头看她，她的脸在晨光里还浮着一层润泽水光，唇色淡淡像粉樱花，皮肤细腻得像满月，这么近距离地看着，似比平日里更美。

他舍不得移开目光，看了好一会儿，问她："你会被别人盯着看吗？"

宛亦淡声："不会。"

时湛明显不相信。

宛亦抬眼，目光冷然："一个杀意四起的眼神递过去，谁还敢看？"

时湛被她这陡然降温的眼神看得心头一颤，宛亦用目光压着他，想逼他移开视线，时湛眼中涟漪散开，温柔乍现。

两人像较上了劲，在晨光里对视着，一个层层逼近，一个以柔克刚。

最终宛亦先笑出来，收了冷色："行吧，你是霸道总裁，你厉害。"

时湛换了个姿势抱她，眸心温柔更甚："在我面前不用给自己上一层保护色。我希望你以后能活得轻松放肆一些。"

时湛这边一片温情，轻悦那边熬夜加班做完视频的小民工们却哀号一片，楚芸歌嚷道："腰快断了啊，头晕目眩，眼都快瞎了，见过这么会奴役人的老板吗？大雨滂沱的，睡着了还能给喊起来加班！"

君齐在一旁笑得眼底一片旖旎："那可是你哥。"

楚芸歌揉揉脑袋提神，头发更乱了："是我哥怎么了？耽误我睡觉我可是六亲不认的！"

"行了。"君齐伸手帮她顺着头发，"那狗男人说给你们多放两天假，补回来。"

楚芸歌拍掉了他的手，劳累了一宿的疲惫与怨气全往君齐身上撒："你骂谁狗男人呢？当着我的面骂我哥，脑子里进的水是不是可以倒倒了？"

君齐被怼得哑口无言，说好的六亲不认呢？

晚点的时候，时湛去君齐家找他，开了门，就见君齐正捧着一个小蛋糕吃得有滋有味，蛋糕已经被他吃得七七八八，看不出原本的形状。

听见有人开门，君齐抬头，两人四目相对，他脸上的陶醉还没褪去，唇边还留着抹暧昧的小粉红。

君齐拿纸巾擦掉唇边的奶油："你来干什么？"

"打扰你吃蛋糕了？"时湛说着，打开冰箱想拿瓶水，却看见里面整整齐齐地摆了好几排五彩斑斓的小蛋糕。

时湛安静了一瞬："放这么多蛋糕干什么，补脑用？"

君齐抄着桌上的文件就向时湛扔了过去："你别动我蛋糕。"

"哥，"楚芸歌从厨房里出来，看见时湛，跑过来跟他打招呼，"你来啦。"又跑去给他泡茶，挑了最好的西湖龙井，茶汤清亮，满室生香。

时湛唇角弯了弯，眼睛里是恰到好处的暖，他朝里面看了眼，君齐家从来没用过的厨房被改造成了一个烘焙室，烘焙用品一应俱全。

这一排排的小蛋糕都是出自芸歌之手？

时湛问芸歌："昨天辛苦了一晚上，怎么不多休息会儿？"

"不累不累，上午补过觉了。"笑意在楚芸歌唇边蔓延开，她跑到冰箱旁，扭头看时湛，"哥，你喜欢吃蛋糕吗？"

空气静了一瞬，时湛看了眼君齐，君齐坐在那儿，一只手搭在桌子上，不轻不缓地叩着桌子，略略偏头看着芸歌，眼底是明增暗涨的不满。

芸歌没注意到，拿起包装盒开始打包，边装边介绍：

"这个水蜜桃慕斯，有大块鲜果粒夹心，用迷迭香草来装饰，吃起来清甜不腻。

"这个覆盆子蛋糕，法氏淡奶油很细腻，上面一层是用百利甜酒调配出的果冻。哥，你吃完先别开车。

"还有这个抹茶千层……"

很快，一冰箱的小蛋糕都被芸歌打包好，装进了小提兜，她双手递给时湛："顺便再帮我向宛亦姐姐道个歉，为我上次的口不择言再次道歉。"

"没事。"时湛接过，又放在桌子上，指了指君齐，"不用给他留点吗？"

君齐的眼睛狭长，眼尾上挑，是非常漂亮的眼型，平日里是单眼皮，偶尔情绪浓烈时，也会变成干净利落的双眼皮，就像此时，他抬着眼睛望着芸歌，又瞟向时湛，勾起唇角，似笑非笑道："留什么留？都给你哥，给他补补脑。"

如果此刻时湛再听不出君齐的不高兴，那也枉自两人认识了十几年，果然，君齐盯着芸歌，下一秒就提了声："小姑娘，我是你男朋友，也是亲的。"他指着时湛，"怎么碰上这狗男人你就厚此薄彼了呢？"

芸歌笑眯眯地扑到君齐身旁，抱着他手臂，撒娇："我再给你做个大的蛋糕好不好？"

时湛垂目笑了笑，拎起小提兜："我先走了，不打扰你们吵架了。"又抬眼，朝君齐扬了扬下巴，"我来就是为了跟你说个生日快乐。"

君齐拿沙发靠垫砸他："来祝我生日快乐拎走了我所有的蛋糕？真是太诚心了。我生日礼物呢？"

时湛勾了勾唇："我给你转账。"

"转你妹！你个不诚心的谁稀罕！"

楚芸歌幽幽地看了君齐一眼，表情十分精彩。

时湛关门前冲他淡笑，一副"你可别想过好了这个生日"的表情。

宛亦一天没出门，下午睡醒的时候时湛已经回来了，她端了杯水走过餐厅桌子，又倒回去，看着一桌子的盒子，问沙发上看资料的男人："你搞批发？"

时湛没抬头："搞饲养，补脑又贴膘。"

宛亦的脑袋里缓缓地打出了个问号。

补脑的？现在保健品都做得这么精致了？打开一个，是小蛋糕，她反应过来了："你饲养谁呢？"

时湛笑得轻松，冲宛亦招手，示意她过来："早上发布的那些视频，已经初见成效了。"

由轻悦传播发布的投资者宣传教育视频，在各路媒体大力的宣传和推广下，在社会上引起很大反响。

视频中明确地告诉投资者，目前国内非银行系统的外汇盘、商品现货投资盘、虚拟货币盘等等，全部都是不正规的。并告诉大家如何识别这些虚假交易、借旧还新、拉人头发展下线的欺诈平台。

视频中反复强调投资者一定要选择正规的平台，慎用杠杆，不要被一些高额收益迷惑了双眼，一旦上当，轻则血本无归，重则负债累累。

很多投资者在看过这些视频后开始自省，开始慎重地选择投资平台。

曾上过当的投资者们，一边在视频下曝光诈骗公司的名字，一边用自己的亲身经历警醒大家："那些幕后黑手会用跟单盈利图刺激你的感官，用有钱人的生活变相洗脑，对于金钱的欲望会让大家越陷越深，他们甚至深谙心理学，总有套路掏空你的资产！"

"他们欺诈着普通人的血汗钱，何曾谴责过一次自己的良心，体会过一丝血本无归的痛苦！望大家不要重蹈我的覆辙！"

"选择投资平台一定要慎重！风险和收益永远是成正比的！不要相信那些高收益还保本的产品！"

宣传一起作用，魏氏暗处的财富公司毫无意外地出现了挤兑现象，魏氏从这儿非法获得的资金，一部分用于借新还旧维持骗局，剩余部分借机器人业务洗白后用来挥霍和支持魏氏运转，根本无法支付大量投资者的取现。

加上时湛的推波助澜，实名举报魏氏还利用一些现货盘、小额借贷公司做骗局欺诈投资者，警方迅速涉入调查，魏氏很快被查封了资产。

至此，魏氏大势已去，只剩颓唐溃败的空壳子，再无翻身的可能。

第
十
三
章

天 命 昭 昭 ， 余 生 飘 摇

Chapter 13

这一波公益性质的科教宣传给轻悦传播和时越集团带来了极为正面的企业形象。前来寻求合作的企业数不胜数，君齐一边忙得焦头烂额一边吐槽时湛给他找事，时湛同样天南海北地飞了一周，忙得脚不沾地。

这天，在上海谈完一个项目，时湛终于有空喘口气，和秦特助一起在酒店后面的步行街走走，算是放松。

路过一家古玩店，玻璃台架对外展示着一把扇子，小巧精致，古韵十足，时湛盯着看了会儿，问秦景："你说买这个送女孩子她会喜欢吗？"

不太会吧。秦景绷着神色，却没敢明说。

哪有送人扇子的啊，老板，不怕人铁扇公主附身扇个劳燕分飞出来吗？

时湛又问："你有女朋友吗？"

秦景正色："有的。"

"她喜欢什么？"

秦景清了下嗓子，认真道："奶茶、蛋糕、麻辣烫，迪奥、古驰、阿玛尼。"

时湛"嗯"了一声，取了扇子一下下地敲在掌心，竟像是在认真地参考。

秦景犹豫着，要不要提醒一下老板，他女朋友喜欢的这些东西并不具参考性，人跟人是完全不一样的。"宛冰山"那种，你去为她打下一座城或者买个岛、整片海、弄个小行星什么的高阶玩意儿署上她的名字送给她，或许她才会看一眼。这些接地气的小情小爱只适合我们这些凡夫俗子，不适合你那种在天上飘着不下凡的女朋友啊。

打了好一会儿腹稿，秦景看老板还走着神没想明白，刚准备开口提点，却突然想起宛亦凉丝丝看着他的画面，瞬间觉得有冷冷的冰雨在脸上胡乱地飘，一串话全都哽在了喉咙间。

算了，秦景抬头看了看天，他并没有觉得命长活得腻，窥探君心妄加揣测，万一错了，可是有被打入冷宫的风险的。

他家小姑娘还等着他挣钱买迪奥、古驰、阿玛尼呢。

降魔伏妖这种大事，还是老板您自己扛吧。

目光又移到时湛身上，秦景在心中感叹了一句，这长腿窄腰挺拔完美的，搁哪儿都能站出众星捧月的味道，怎么就这么想不开呢？对一座小冰山穷追不舍的。

第二天，秦景开车带时湛从上海赶去杭州，高速两边绿林葱葱，中间的绿化带快速后退着，车内安静，时湛接着电话，声音也很安静，却无端地在这沉静的空气里掀出一片诗意的温柔。

电话是宛亦打来的，没什么事，就是问他在干什么。

她的声音清淡，没什么起伏，时湛眼前却不自觉地浮现出她温润而恬静的面容，这几天他出差，这是在他脑海里被他勾勒了无数次、回味了无数次的面容。

他忆起他出差的前一天，宛亦坐在他家沙发上，白色裙子如花瓣般柔软地堆叠在她小腿旁，她略略侧头看着他，眼神认真，时湛很喜欢她这个眼神，里面全是他，只有他，像住着他。

时湛瞳仁中跳跃着深色火焰，以灼灼眼神回应她，宛亦被他看得微红了脸，扭了头，问出让他啼笑皆非的问题："你之前的女朋友是不是不怎么好？没有什么好的对比，才会喜欢我。"

时湛笑得肩膀轻颤："在你眼中，我这么没见识？"

又深深凝视着她："看过很多风景，不及你。"

宛亦不再说话，时湛过去圈住她："你是不是还欠着我名分没给？"

名分？宛亦淡淡瞥着他，早被你吃干抹尽了，你还缺什么名分？

时湛垂眸，玩着她柔凉的手指，唇边一抹淡笑："省得再整出来什么婉言绝美 CP，什么心诚则灵，真是让人心梗。"

宛亦没想到这男人还记仇，忍不住笑，去帮他收拾行李："出差注意休息，我等你回来。"

——等你回来，我们好好的，有仪式感的开始。

秦景从后视镜里看了眼老板。

时湛放松地靠在椅背上，唇角勾着静谧的笑，右手拿着电话贴在耳边，车窗外不断变化的光影明明灭灭地从他脸上扫过，宛如时光流淌。

他耐心地听着电话，最后温声告诉电话那端的人："答应我的，别忘了。

"——等我回来。"

秦景不知道他们相约了什么，只觉得此刻老板的声音，温柔得就像春风一下溢满了湖面，吹散了浮冰落雪。

他忽然觉得，老板喜欢的这个他自始至终都觉得不接地气没什么良心的女人，其实也还不错。

自那天从大玩家回来后，言子辰就处于一种半与世隔绝的状态，不玩魔方了，也不回家了。每天除了上课就是看书、睡觉，还整天对谁都是一副"欠我的千八百万再不还我送你进征信黑名单"的表情。

卿墨很识趣地不去理他，他太了解言子辰了，沉默寡言的美少年心情不好炸起毛来切换成怼怼模式也是很可怕的。

可卿墨刷微博时刷到下周言子辰要参加的那场已被炒上天的比赛时，却忍不住蹦起来去怼他："言子辰，你下周要参加的比赛是个什么鬼？"

瞧瞧那制度：来自全球各地的魔方高手联合挑战言子辰，拿着自己的强项车轮战打破他们世界纪录的言子辰，每个项目比单次，一局定胜负。

言子辰清淡回应："两个月前答应的，当时没仔细看条款，我也不知道他们会把比赛规则制定成这个样子。"

"那你就别去了啊！这不明显地欺负人吗？"

这几个挑战者都曾是魔方不同项目的世界纪录保持者，实力也不俗，被言子辰打破纪录后，就组团过来欺负人了？况且这场比赛还未经 WCA 认证，明显是一场带有娱乐性质的比赛，主办方也是没节操，不仅利用言子辰的人气吸引关注，还一个赛制把言子辰推上风口浪尖。车轮战？一个人打一圈？不知道的还以为是言子辰嚣张至极呢。

王其正的电话也在这个时候打过来了。

"子辰啊，"王其正的声音依旧带着淡淡的笑意，"我在网上看见你下周要去参加的那个比赛了。那个比赛的赛制不太合理，你不要有偶像包袱，不要有个人英雄主义，你站得已经够高了，不需要用那些来证明。"

言子辰安静地听着电话那边王其正不急不缓的劝导，又低头看了看自己的手，沉默了一会儿，才说："王老师，那场比赛，我可能会输。最近状态不是很好，总觉得手指不听使唤。"

"竞速选手大多都会在到达一定程度后遇到自己的瓶颈。"王其正耐心劝解着，"状态不好就更不要去了，休战一段时间，调整调整，不要让自己一直处于紧张的备战状态。那场车轮战，你即便是赢了，也没有太大的意义。"

言子辰一点一点地蜷起自己的手，握紧。

"可我想试一试，在那种极端的情况下能不能突破自己。"

时湛从杭州还要再飞一趟纽约才能回来，周末宛亦见了几个初创团队便没什么事了，她也在网上看到了言子辰那场被炒得极为热烈的车轮战，没跟子辰说，想自己买票去观战，却没买到，找黄牛高价也只买到了一张后排的座位。

这场比赛，无论是赛制还是选手，都带着浓浓的火药味，赛前，各家选手的粉丝都在网上互撕了好几遍，这会儿，无论是现场还是直播，都有着超高的关注度。

比单次，一局定胜负，赛制明显是向挑战者倾斜的，因为论平均，以以往的成绩来看，他们想赢言子辰几乎不可能，比单次，运气好了或许还有赢的机会。

比赛开始前，主持人热烈地烘托着气氛逐一介绍选手，现场的观众高举着言子辰的牌子，言粉们在直播的弹幕中叫嚣着让他碾压挑战者，几个挑战者摩拳擦掌、跃跃欲试，战事一触即发。

言子辰安静地坐在被挑战的位置上，眼睛明显没有聚焦，白色T恤在台上的强光里像被晕染了一层雾气，不知道在想什么。

这份安静落在对面挑战者眼中，就被曲解成了极端的自负，被言子辰夺去最多世界纪录头衔的 Canein 尤甚，盯着言子辰的眼睛似要爆出火花。

主持人热烈地宣布比赛开始时，言子辰才回神。

第一场，是言子辰与德国选手 Jayaen 比二阶魔方的速拧。

在这个项目上，言子辰曾以 0.42 秒打破 Jayaen 秒创下的 0.56 世界纪录。复原二阶魔方的步骤比较少，也是最不容易拉开时间差距的一个项目，单次比拼混着运气，鹿死谁手还真不一定。

主持人一声令下，两人同时拿起计时器上的二阶魔方，几乎都是眨眼间将魔方复原，但在放大的屏幕上，全场所有人都看见了，在复原到最后时，言子辰的手指僵直着停顿了一下，才弯下去完成最后一步。

大屏幕中显示着计时器上的秒数。

Jayean：0.52s

言子辰：1.03s

德国选手 Jayean，胜。

全场哗然，甚至有人从座位上蹦起来，无法置信，言子辰输了这么多？

可——言子辰最后停顿的那一下，是任何一个成熟的魔方选手都不会出现的失误，因为手指肌肉早在日积月累的练习中形成了记忆，到那一步，几乎不用思考，就能条件反射地将其复原。

他不可能因为失误而停顿，除非——Canein 面色森冷，低骂一句，又提高了声音："言子辰他故意的！"自视甚高，不屑比赛，故意让你赢，赢了又怎样？世界纪录还是他的，被人记住的不还是只有他一个言子辰？

时间像停止的沙漏，全场的观众不由自主地屏住呼吸，怔然紧盯立于台中央的那少年，少年盯着大屏幕上的比分，脸色苍白，琉璃般的眼瞳深处，是沉默的，是任何光亮都无法穿透的黑色。

他不是故意的，他清楚地知道自己最近状态一点都不好，那种手指僵硬的情况不止一次地出现在了他的日常练习中，这场比赛他本就一直犹豫着要不要来参加，但这场比赛在赛前就已被炒到万众瞩目，他每天收到加油鼓劲的私信无数，没办法置大家的期许于不顾。

况且，他更希望自己能在强压的环境中打破这种奇怪僵局，借此突破自己。作为一个竞速选手，无法控制自己的肢体，那种痛苦，让他深陷迷茫。

紧接着就是言子辰与澳大利亚选手 Canein 比三阶魔方速拧。

言子辰收回看向大屏幕的目光，落到面前的三阶魔方上。

Canein 看着没有任何言语表示的言子辰，想到去年言子辰将他打下神坛的那场挑战赛，眼中火焰更甚。

主持人一声比赛开始，Canein 拿起魔方，以极度绚丽的速度将手中的三阶魔方复原。

然后，他看向言子辰，言子辰复原三阶魔方用的是 CFOP 的改进方法，一共分四步：CROSS 完成底部十字；F2L 同时对好前两层；OLL 顶层颜色统一；PLL 调整顶层顺序，复原。

Canein 复原好三阶魔方的时候，言子辰刚完成第一步。

镜头切近，所有人都盯着言子辰，放大的屏幕上，他的手指在轻颤，额角沁出薄薄的汗，他的大脑早已构建完复原的步骤，可手指不受控制般地僵直着，落不下去。

那些公式曾无数次释放在他指间，在平时，他肌肉条件反射的速度甚至比大脑更快，可此刻，他那鬼斧神工的指法像是被冰封了般，怎么都施展不出来。

宛亦从后排椅子上站了起来，子辰状态不对。

观众们目瞪口呆地看着言子辰缓慢地、一步一停顿地、像是分解步骤般地，将魔方复原。

最终——

Canein：4.2s

言子辰：28.1s

澳大利亚选手 Canein，胜。

全场静得落针可闻，连主持人都不知道该说些什么好了。

Canein 恼怒异常，觉得像是拳头打在了棉花上，他浴血备战而来，准备来一场酣畅淋漓的厮杀，可，28 秒？三阶速拧的世界冠军转出个 28 秒？

这连敷衍都不是，这是赤裸裸的羞辱。

Canein 狠狠地将魔方砸在地上，魔方碎裂，炫彩六色七零八落，他想起他被夺去的所有荣誉，声音带着暴雪般的愤怒："言子辰你耍我玩呢？世界冠军看不起人是不是！"

言子辰抿着唇，站起来，心口的血液一点一点地冻结成冰："对不起。"他唇色苍白，"我今天状态不太好。"

"状态不好你还来比，觉得状态不好都能来轻而易举地赢我们是不是？"Canein 声音暗哑，目带赤焰，把这一年来的失意全部化为言语发泄到言子辰身上，"你是不是觉得现在魔方圈里唯你独尊啊？是不是觉得以后再也没人能超越你，觉得我们都不配来跟你比赛了？"

言子辰如坠冰窖，他不善言辞，不知道怎么化解当前的困境，更不知道怎么去解释他从来都没有自视甚高。他手指颤抖着，看着对面的主持人，还有别的参赛选手，他们也都沉默地看着他。

那种沉默，是一种带着敌意的沉默。

因为他们谁都不相信，言子辰三阶速拧 28.1 秒的成绩仅仅是因为"状态不好"。

"他都说了'对不起'。"

突然，一道沉冷声线突然响彻全场。

深陷困局的言子辰身子震了一下，他微微侧首，似无法置信，眼风扫过声音的来源。

下一秒，便全然转身，他蓦地睁大眼睛看着宛亦，一瞬觉得自己的血都沸了。

宛亦沿着台阶一步步地走向舞台，背影飒飒生风，声线平稳而清冷："言子辰他再厉害也只是个凡人，不是机器能精准到万无一失。

"你们谁敢说自己在比赛过程中没有过失误？言子辰因自己状态不好向你道歉，已是给了对手尊重。"

宛亦在舞台上站定，眉眼清寒，盯着 Canein："你道歉。"

Canein 扬着脸想说些什么，可对上宛亦如冰封静湖的眼睛，想说的话就莫名哽在了喉间。

全场的目光聚焦在了宛亦身上。现场的大多数人是言子辰的粉丝，在微博照片中见过宛亦，这还是第一次见她真人。

竟是个气场爆棚的小姐姐？这么棒的人设是真实存在的吗？

言粉们心里沸腾了，失意心疼的情绪瞬间被刷去了大半。

见 Canein 不说话，宛亦勾起唇角，淡色双眸染上了一抹冷冽："听不懂中文是吗？"下一句便换成流畅的英式英语，话声掷地冰寒，"车轮战，一局定胜负，这赛制有多偏向你们挑战者，你们自己心里没数吗？赢了能拿去吹嘘，输了也正常。

"一开始言子辰就发现了自己状态不好，不愿辜负粉丝，不愿你们千里迢迢白跑一趟，勉力地配合你们。怎么，非得用你们的嫉妒把这个圈子搞得乌烟瘴气，非得让言子辰亲口承认不如你们，才能让你们满意？"

Canein 的气焰霎时消了大半，可还是僵着眼神，想辩解几句。

宛亦不屑给他说话的机会，撇开眼神，转头扫视全场观众。

"你们记着，"切换成中文，她眼底暗波浮动，声线未缓，"言子辰他不是流量明星，也不是娱乐嘉宾，只是个长得好看一点的魔方爱好者，不要把你们的偶像吹嘘到一个不会败的程度，高处不胜寒，他会困扰。

"他用热爱打下一个传奇，打破的世界纪录是为了给自己和别人一个更好的突破平台。而不是被娱乐，被嫉妒，被曲解，被误会！"

所有的喧哗与吵闹，都已消音。

聚光灯打在言子辰身上，把他的轮廓勾勒到不可思议的鲜明，他瞳仁深处跳动着极亮的星火。

他站在那里，紧紧地看着宛亦，眼睛黑白分明，仿若有流动的光。

这一刹，他所有的失意都褪去了，只剩心中那萌动多时的、越发澎湃的喜欢。

"还有你。"宛亦最后把目光投向了言子辰，"这种没有 WCA 认证的比赛，以后不要再来参加。"被人变着法欺负自己都不知道。

隔着灯光，言子辰与宛亦对视着，他觉得周身静得出奇，只余自己不平稳的、狂乱的心跳声。闪着光的眼睛锁着宛亦，他一步步地朝她走去，此刻对于他，什么比赛失误，什么被辱骂被误解，什么手指失控，一切都不重要了，重要的只有他胸中澎湃着的、压抑已久的、再也不愿藏在心底的感情。

宛亦还在说着："输了也没什么，一路走得太顺就没意义了。"

言子辰已走到她身旁，伸手，微凉的手指划过她脸颊，俯身，薄唇如山涧泉水一般，清凉地落在她的唇上。

宛亦霎时消音。

全场寂静，很久都没有人反应过来。

包括宛亦自己，她石化般地、距离极近地看着言子辰的眼睛，少年长睫微颤，黑瞳中有着水光一般的潋滟，炫目得直引人沉沦。

他拿到过无数奖牌，而只有在拥抱她的这一瞬，才觉得自己真正地站到了世界的巅峰。

那是他生命里最接近爱情的一次，在他孤独、惶然，以为只有他在孤军奋战的时候，她又出现的这一次。

这个重磅炸弹扔进观众席后很久，现场才爆出尖叫声，姑娘们捂着心脏，太美好了，太美好了，这一刻的言子辰太美好了，灯光映照在他漂亮的眼睛里，像是银河闪烁，是几乎没有人逃得过的心动。

什么道不道歉的，比不比赛的，一切都不重要了。

因为言大你输了比赛，却赢得了整个世界啊！

偶像的这种神仙爱情最是大家喜闻乐见的，言粉们一边盯着那绝美画面，一边在心中感叹着，宛忆初小姐姐果真是见过大世面的人啊，精才绝艳的言子辰在她眼中竟然只是——"好看点"。

比赛理所当然地进行不下去了，观众们跑到网上传视频刷热度，选手们也没了比赛的心情，一场闹剧就此结束。

而最满意的不过是主办方，这选手互怼和言子辰现场表白可比车轮战刷出的热度高多了。

比起网上的热度，后台却是沉霜一片，宛亦用力甩开少年的手，看着他，眼底满是斥责："你胡闹什么？"

言子辰站在原地，眉目纯粹，抿着唇，一动不动地看着她："我喜欢你。

"我做不到一直把你藏在心底，看着你跟别人一步步走近。"他没勇气单独告白，于是在那一刻冲动地选择，让全世界知道。

"我们的感情不是这样的。"宛亦眼底的清冷丝毫没有褪去，他们相处的过往，一幕幕在她眼前浮现，在她心里早已把他当成了亲人。

"言子辰，"宛亦眼神无温地看着他，"我只说一次，你记住，我把你当弟弟，不会有别的。你今晚收拾东西，回自己家去，想明白了再来找我。"宛亦说完转身就走，子辰脸色一刹苍白，伸手去拉她。

宛亦没回头，拂开那只冰凉的手："如果你一直想不明白，就不用来找我了。"

少年僵在原地，像是被突如其来的寒流冰封住身体，无法动弹。

他怔怔地看着宛亦的背影，脑袋一片空白。

宛亦的脑子也很乱，她没想到言子辰会来这么一出，又气又想逃避，取了车子，混混沌沌地开出停车场，却从后视镜中看见一个清瘦的少年在跟着她的车子跑，宛亦闭了闭眼，心头缩紧，下意识地踩了刹车。

言子辰追了上来，拉开车门，沉沉地坐在副驾驶座上，紧抿着唇，不说话，也不看她，垂在暗处的手却在止不住地颤抖。

他本陷入了无边无际的黑暗中，是她让他触碰到一丝丝的光亮。如果她那里不能称为家，如果连她都要与他划清界限，那——他的生活还有什么意义？

明明你刚才是在维护我的啊！

然后转身就走，像是告诉他，他们两清。可你不知道我有多喜欢你，你不知道我有多依赖你。

言子辰手握成拳，心坠深渊，瘦削身体融在半暗的光线里。

宛亦扭头看言子辰，少年侧脸绷紧的线条似被人用画笔勾勒出，精致细腻，如同动漫中走出的人，清寂异常。

她看着，怅然若失。

"子辰，"终是缓了声音，宛亦开口，"我们从素不相识到现在已经有一年多，你今年十九，也不算是小孩子了。"

"你别说了！"少年情绪激动起来，拒绝任何沟通——她的这个开场白，像极了告别。

宛亦没再说下去，打直了方向盘，暮色的道路上人烟混杂，灯光凌乱。

她开得慢，走了神，突然前方有车子掉头逆行，宛亦满脑混乱，被晃了双眼，一时竟忘了闪躲，眼看两辆车就要擦边撞上，言子辰猛地抬头，快速地按开安全带，蹿起身子去转她的方向盘。

"刹车啊！"少年朝她大吼。

宛亦如梦初醒，忙踩刹车，却依旧没有来得及，车子撞在路边树干上，言子辰整个人弹起，大半身子被弹出的安全气囊护着，但右胳膊却狠狠地撞在了副驾玻璃上。

宛亦被安全带紧紧束在座椅上，头脑晕眩，言子辰捂着胳膊，眉眼间全是痛色，不忘扭头看她："你有没有事？"

车祸并不严重，宛亦只是些皮外伤，言子辰右胳膊轻微骨折，医生为他正骨后，上了几块夹板来固定，之后又给两人安排了病房，住院观察。

因为时差，住了院的宛亦也没联系时湛，她头痛欲裂，在医院躺了一整天，中途去隔壁病房看了言子辰一眼。

言子辰戴着蓝牙耳机坐在床上，垂目安静地看着床栏，也不看她，像是与世隔绝。

宛亦喊了他一声，他不应。

昨天宛亦的那句"想不明白就别来找我了"还梗在他心头，跟她赌气，抑或胆怯，总归，他不愿跟她说话。

他并不认为他对她的喜欢是头脑发热、空穴来风，而是失控的。他早已想明白，他这一生是非她不可的一生，哪怕前方是没有灯火的荒原，哪怕在她看起来荒谬绝伦。

宛亦等了会儿，见子辰始终没反应，便转身走了，回了自己病房。

言子辰听着关门声，攥紧手指，强忍着不看她离开时的背影，嘴唇却抿成了一条线，毫无血色。

宛亦再去看言子辰时，已是次日清晨。

他早就醒了，背脊僵直地坐在床上，看着窗户，听见开门声蓦然扭过头来，脸上惊人的落寞还未来得及收敛，眼底一片青白。

宛亦被少年的神情刺得心头一痛，她顿了顿，转身倒了杯温水，拿起床头柜上的药片，递过去温声道："把药吃了。"

言子辰低头看了看白色药片，又抬头看她，僵着手没接。几束晨间的阳光透过未完全拉开的窗帘打在他苍白的脸颊上，落出淡淡阴影。

"不准备理我了？"宛亦把水杯往他面前递了递，"准备气到什么时候？上次你生我的气，可是半个小时就好了。"

少年心头扯出难言的怅惘，他眼眶酸涩，漆黑眼瞳紧望着她。有医生敲了敲门，"言子辰家属来一下。"

"好，马上。"宛亦应着医生，把水放在言子辰床头，伸手摘了他的耳机，"别装听不见，我回来前，把药吃了。"

医生办公室里，戴着眼镜的女医生面容沉淡，只是蹙着的眉间泄露了些情绪，她看了看宛亦："你是言子辰亲人？"

宛亦点头，看着医生的神情，心中生出不祥的预感："子辰他车祸除了骨折，还有别的损伤吗？"

"车祸倒没什么，只是轻微的脑震荡和骨折。"医生说着，眉头蹙得更紧，"但病人在检查过程中自诉，近期经常感到四肢无力、僵硬，我们通过给他做肌电图、神经传导速度检测、腰椎穿刺等一系列检查，最终确诊为——"医生将言子辰的全身检查报告递给宛亦，"肌萎缩侧索硬化，也就是俗称的渐冻症。"

宛亦接过报告的手僵住，眉头一点点地蹙起。

——言子辰是魔方选手，这个病光听名字，都似要终结了他的比赛生涯。

她缓缓沉下一口气，又低下头去翻看报告，强自镇静着问医生："这个病，能治好吗？"

医生扶了扶眼镜，沉默了一会儿，向她解释："渐冻症是一种不可逆的运动神经元疾病，随着病程的发展，患者肌肉逐渐无力直至无法动弹，说话、呼吸功能随之减退，但这个病不侵犯人体的感觉神经，所以并不影响患者的智力和感觉。"说到这儿，医生停顿了下来，看了眼宛亦，斟酌了一下语句，才接着说，"从出现症状开始，患者平均寿命在二到五年之间。"

宛亦像被闪电击中，怵然掀起眼睛看着医生，医生被她眼中无法置信的浮光吓了一跳，顿了几秒，给她留出缓冲消化的时间，才接着安慰："二到五年也不是绝对的数字，也有很多例外，比如著名物理学家霍金，二十一岁发病，当时医生宣布他只能活两年，但是他却坚持到了七十六岁。"

宛亦唇色发白，问她："怎么治？"

医生沉默了一会儿，又接着说："我们医院是全国最好的渐冻症研究中心，会给病人最先进的治疗和护理，但这个病极为罕见，预后不良，目前没有什么特别有效的治疗方法，只能用药物减缓病程的发展。"

——也就是说，接下来的每一天，言子辰的病情都会向着不好的方向发展，并且，有极大的概率在二到五年内失去生命。

宛亦攥着诊断书的手开始止不住地颤抖，她想说些什么，却又恍若失声，尝试了好几次，才哑着嗓音对医生说出："我知道了，谢谢。"

医生冷静，声音无波："我们会尽力，但你们家属也要做好准备。"

宛亦忽然就听不下去了，她扭头离开了医生办公室，她这状态没法回病房，走到言子辰病房门口又折了回去，虚浮着步子撞进没有人的楼梯间。

她头抵着冰冷刺白的墙，紧咬着唇，一颗心坠入无尽的深渊，又似乎被狠力地揪起，揉得七零八碎。

她的眼眶红得吓人，却强撑着告诉自己，不能哭，宛亦你不能哭。

"小姐姐？"来看望言子辰的卿墨恰好看见宛亦走进楼梯间，便跟了进来，看见了这一幕吓了一跳。

卿墨眉头皱了皱："发生了什么事吗？"

宛亦咬着唇，不说话，下意识地攥紧手中的诊断书。

卿墨的目光落在上面，看清那几个字后，身体瞬间僵直。

——肌萎缩侧索硬化。

他知道这个病，他曾拍摄过一个关于渐冻症的纪录片，全是病程后期的病人，那些患者被病痛折磨得形销骨立，艰难地生存着。

他们的生活完全不能自理，起床和移动都要借助电子设备套在脖子和身上来拖动，也没有什么特效药，他们只能眼睁睁地，意识清醒地看着自己慢慢变得无法动弹，无法进食，无法呼吸。

卿墨不敢再去回想那些画面，更不敢把言子辰代入其中。

言子辰那么一个追求速度的人，怎么可能得上这种病？

十万分之一的概率，为什么是他？

这么罕见的病，为什么会找上他！

卿墨无法接受，胸口不断地起伏着，甚至觉得自己连站都站不稳了，他坐在台阶上，捂住眼睛，眼泪从指缝中溢出。

他终于明白了为什么言子辰最近会经常毫无预兆地跌倒，会手指僵住转不动魔方。

他是第一次真正地见识到了命运的残忍，它将要把一个多年来追求极致速度的人的所有努力都摧毁，包括他的精神、他的世界，还有他的生命。

"言子辰他根本不可能接受，他会绝望的。"卿墨的声音带着浓重的鼻音，摁着额头，重复着，"他根本无法接受这些。"

宛亦更紧地攥着诊断书，眼泪再也忍不住，涌出眼睛。

慢慢地放下捂住脸的手，卿墨抬起头来看着宛亦，深深地呼吸了好几下，才发出声来："言子辰的世界很简单，就是玩魔方和想你，他的快乐也很简单，就是突破自己和你对他笑。"

说着说着，卿墨的眼睛又湿润了："你觉得言子辰变得爱笑了，其实他只是在你面前笑得多，他是真的喜欢你。和我讨论的除了魔方也只有你。很多人都以为他高冷，实际上他只是不知道怎么融入这个世界，他喜欢你，喜欢得小心翼翼，生怕一个不小心你就不再搭理他。

"昨天他还在给我发微信，说惹你生气了，他不知道该怎么办了。"

宛亦想起那天她问言子辰喜欢谁的时候，言子辰的那句"你认识"。她因此还误会了他和卿墨，原来，那是她没听懂的告白。

卿墨微仰着脸，抑制不住地往下掉着眼泪："如果他以后不能玩魔方了，那他就只剩下你了。"

卿墨站起身子，低下头，重新捂住眼睛，又哭得肩膀颤动。

"我先不去看他了，他得这个病，我也无法接受。我怕在他面前，会忍不住哭出来。"

宛亦调整好情绪回到病房的时候，言子辰早已喝完了药。她对他笑得明亮，轻描淡写着说："除了骨折，你在车祸中运动神经还稍受损伤，需要住一段时间的院。"

宛亦走过去把窗帘拉开，阳光从高而宽的玻璃上直直洒下，在她身边勾勒出一圈尘埃，可能是窗外天光太好，少年竟难得地在她眼中寻到一丝温柔。

这份温柔让言子辰诧异，目光追着她，不敢问。

宛亦对上他的目光，瞳色温暖，定然不眨："我答应你，如果你那天的告白还算数。"

少年蓦然明亮的双眸中一刹只剩她的身影。

他突然眼眶就热了，红了一圈。

"我知道——"少年慢慢开口，"我小你七岁，会让你没有安全感，但我会努力，我做好了未来的规划，我会让自己变得，能成为你的依靠。"

他也知道，如果那天，他把这份感情藏于心止于口，或许以后就再也没机会了。她身边那么多优秀的人，他像是最不起眼的存在。

他讨厌热闹，不喜欢与很多人来往，他站上高处最想要的就是让她看见他身上的闪光点。

"我还不太会照顾人，你给我时间，我一定学得会。"言子辰接着说，他知道他喜欢的人曾被经历磨灭了天真，善用成熟隐藏心事，但她笑起来的时候依旧是一个纯粹的、需要人照顾的小姑娘。

少年一句句不间断地说着，激动地表达着自己，没有逻辑，毫无章法，却是最赤诚的一片心意。

晨间的阳光穿过玻璃被滤得更柔和了，落在言子辰脸上，发着光。

他看着她，宛亦却偏过头去看窗外，散落的发丝落下了层层的阴影，遮住了她眼中没忍住的水光。

"别说了，我信你。"

宛亦走到床边，微弯下身，把少年抱在怀中，言子辰的头靠在她肩上，从她肩膀传来的温度让他一度分不清这是梦境还是现实。

下一秒却有凉凉的泪落在他脖颈，少年身子一颤，瞬间无措："我……"

"是感动。"宛亦闭上眼睛，微抬起头，忍着不让泪落下来，带着安抚，她重复了一遍，"我信你。"

　　如果世事注定这么残忍，那她希望少年接下来的时光，能多一点快乐。

第
十
四
章

这 场 他 生 命 中 永 不 停 歇 的 暴 风 雪

Chapter 14

纽约的晚九点，正是灯火燃得最盛的时候，陪时湛来 Four Seasons 谈事的秦景中途出来接了个电话，处理点公司的事情，收起手机时手误点开了微博，那满微博关于言子辰和宛亦的热搜标题把他吓了一跳，点开看了看视频详情，就有点想犯心梗了。

　　偷瞄了一眼坐在那儿神采奕奕、谈笑风生的老板，秦景有点神经衰弱，这满微博起的火看样子还没烧到老板心头。

　　开完轻悦早会的君齐翻看着手机，算着时间，估摸着这会儿时湛已谈好了事回了房间，一个电话漂洋过海而去："用不用我帮你撤几个热搜？"

　　时湛笑得轻松："撤什么热搜？"

　　君齐听着他精神的笑声，默了三秒，声音幽幽："挺高兴的啊你还，国外是不是没联网？"

　　你家宛亦和魔方弟弟绝美 CP 的微博话题都霸榜了两天热度并且还在持续飙升，您这还能真情实意地笑出来？

　　秦景早前在和时湛一起谈完公事后便回房收拾好了东西，换好衣服，坐在沙发上等着，不敢睡，果然，不一会儿，时湛的电话就打过来了，声音低沉："马上订机票，回北临。"

时湛坐了近十个小时的飞机，抵达北临的时候，夜已沉，他打开手机，没有宛亦发来的任何消息和解释。

时湛盯着屏幕，漆黑的眼底是令人心惊的暗芒，到现在了，她竟然连一句解释都没有。

他按下宛亦的号码，那边很快接通，像是在等他的电话，时湛带着质问："你在哪儿？"

"你回来了吗？"宛亦的声音听起来虚虚浮浮不真实，"我去你公司楼下的餐厅等你。"

时湛赶了一天的飞机，连着两天没怎么休息，他身体极其疲惫，心底却盘桓着一场暴风雪，带着沉沉的气压推开餐厅的门，但看到宛亦点好餐，在餐厅一隅安静等着他的样子，心还是不可避免地被暖了一下，连带着幽暗的眸色也缓和了下来。

他在宛亦面前坐下，端起一杯水，压着心头的沉霾，等宛亦先开口。

宛亦缓缓抬起眼睛看他，眼中是化不开的浓雾。"时湛，"她淡淡地道，如同什么都没有发生，"我答应了言子辰，我们不要开始了。"

时湛很慢地放下水杯，缓缓挑起深色眼睛，沉默地看着她，眸色一点一点地幽淡下去，安静地释放着如狂风过境般的压力。

"我们还没开始吗？"空气如凝结的胶，压得人半分气都透不过，时湛冷了很久，终于开口，"我们的哪种相处模式让你误以为我们还没有在一起？"

他心中的火苗炸裂，是冷到极致的语言："有些事，虽没有说明，但不早就尘埃落定了吗？"

宛亦咬了咬唇："今天约你出来，只是想跟你说一声，对不起。"

她略低下头："网上的那些东西你也看见了，我也没什么能解释的，就是对言子辰心动了，比起你，我更想和他在一起。"

时湛闭了闭眼，强压着几欲爆发的情绪。

她不知道，他看见言子辰捧着她的脸吻她的照片，想杀人的感觉都有，她也不知道，此刻他听见她说出这些话时，他感觉世界在坍塌。

此时两人对面坐着，却如隔山海。她四两拨千斤，给了他极不负责任的回答。

而她宛亦只是清淡地在那儿坐着，静看整个世界的癫狂。

"这不是我想听的解释。"时湛的目光是从未有过的冷极，"宛亦你不要开这种玩笑。"

"玩笑？"宛亦觉得，自己的心都要被他这一刻的目光冻碎了，可还是言不由衷地说着，"言子辰那场比赛是全球直播，谁会当着全世界开玩笑？"

时湛紧盯着她："你觉得，你跟他合适吗？"

"感情这事谁能说得清呢？"宛亦笑得无畏，长痛不如短痛，她急于逃离，口不择言，满脑子兵荒马乱，"至少现在非常喜欢，非他不可。"

很长的时间，时湛未发一言，他一瞬不瞬地盯着她，她那戳着心尖的话语，对他的震慑力丝毫不亚于砒霜鸩酒。

残存的最后一丝理智迫使他一字一字地逼问："你遇到什么事

情了？"

"能有什么事？"宛亦摇摇头，强自镇定，极力掩藏着内心翻涌的情绪，甚至淡笑了一下，"是我移情别恋了。"

时湛缓缓扫过她置于桌边紧握的手指，才抬起眼睛："你想好了再说。"

"你不信吗？"宛亦虚无一笑，言辞甚至带着一丝凉讽，是对命运的讽刺和无助，"世事千变万化，昨天树立起的信念或许今天就能被击垮，你不信除了你我会喜欢上别人？时湛，很多事情是你无能为力的。"宛亦侧开目光，睫毛轻颤，"时至今日，我最后能跟你说的，也只有一声对不起。"

"对不起？"时湛像是被突然撕裂了还未愈合的伤口，他"啪"的一声把手边的筷子摔在瓷盘上，声音乍然沉落，带着沉冷的风，尖锐地刮过来，"第一次在酒吧把我撩上床后一声对不起，今天不痛不痒否定我们的一切还是一声对不起。你的对不起是价值千金还是能点石成金，能解决所有的问题？"

宛亦的心口被拉出一阵剧痛，唇色像是被漂白的花瓣，一刹那苍白到透明。

她想再说些什么，几次开口，却又觉得说什么都是不对，最终闭了闭眼，都归于了无声。

时湛盯着她，久未等到回应，他起身，隔着桌子倾身压迫而来，碰洒桌子上的冰水，抓起她的手按上他胸口："宛亦，我这里面长着的是人心，不是铜墙铁壁，不是坚硬石头，会疼，会撕裂，会承受不起！"

四周有零零散散的人听见声响看过来，宛亦安静地坐在那里，无视纷扰，掐着自己，强忍着让自己不要红了眼。

时湛的眼神似墨般深暗，和愈发寒沉的声音一起，如疾风卷起沙砾般直接向她砸去："你这样的做法，会让我觉得，你从未付出过真感情，甚至给自己留足了后路能随时进退，我们之间不过是我一直在演着独角戏对你迁就，一次次地被你戏耍，一次次地被你玩弄！"

时湛加重语调："你这是背叛，彻彻底底清清楚楚的背叛！"

最残忍不过，她带他来到了天堂，又将他抛下地狱，那还不如一切都没有开始过。

宛亦被他扯得身形摇晃，血液涌上脑袋，撞得她眼前一片模糊。熟悉的气息让她在这一刹酸涩得几乎落泪，脸色愈发苍白，她却依旧绷紧着唇，一句话不说。

——时湛，你有更好的人生，放开我吧，我不值得。

"看来你今天是不准备再说些什么了。"时湛站直身体，他眼神沉如深海，居高临下地看着她，"你不怕我报复吗？还是你觉得，我会放过你，让你们好过？"

他风雨兼程地赶回来，发现自己不过是一场笑话。空气中的点点星火彻底燎了原，时湛气息无法平稳，眼底翻涌着骇人的情绪："宛亦，你可别有来求我的那一天。"

时湛转身离去。

餐厅太安静，他步步有回音。

宛亦开车回去，路上那交错起伏的深夜高架，像是大海翻滚出的滔天巨浪，她像是被命运拨弄的渺小木帆，奋力挣扎其中。

她一语切断两人之间的所有可能，可她同样也陷入了暴风之中，在怒吼的旋涡中沉浮，最终被打入沉沉海底，再无见光之日。

回医院的那一路，她的三魂七魄全数丢尽。

或许，她这样的人，就是不配拥有爱情。

时湛回到家，手机亮了一下，是别人的消息，他却无法自控地调出与宛亦的对话框，两人的对话停留在他给她发的那一句：等我回来。

——等我回来，我们好好的，有仪式感的开始。

那份承诺，像密密麻麻的剑锋隐藏在柔软棉朵下，他以为那是温柔的归宿，欣然靠近，却是万把冷剑直抵心口。

时湛闭着眼睛将手机扔开，心中的剧痛扯碎了整个魂魄。

这一刻，他只想把过去所有的记忆，都烧成灰。

言子辰住的这家医院在市郊，远离尘嚣，临湖而建，是北临市第一人民医院在郊区建的分院，硬件设施、医资力量均是超一流，同样也是全国重点的罕见疾病研究中心。

宛亦跟医生达成协议，为避免病人情绪波动过大，先向言子辰隐瞒病情，住院用着药尽量控制病程发展，瞒不住的时候，再说。

少年余生已所剩无几，能多一天的开心便让他多一天。

言子辰这间病房日光充沛，宛亦给自己办好出院后，来他病房帮他拉开窗帘、推开窗子，言子辰从背后凝视着她，感觉阳光都像是被她释放进来的。

画般美好，他看一辈子都不会腻。

"你需要住院一段时间，"宛亦扭头对他笑，"我回家去给你拿点东西来。"

少年声音清润，浸着阳光，意外的好状态："我跟你一起。"

"好。"宛亦不想自己开车，叫了代驾，应着他，"你小心点，慢点走，别碰着胳膊了。"

少年笑她草木皆兵："我只是骨折，又不是肌肉萎缩四肢不协调，还能走不好路？"

宛亦怔了怔，一瞬紧张："别乱想。"

代驾来后，宛亦把车子交给他，坐上副驾，后排言子辰的视线一直胶在她身上，她在后视镜里与少年对视，无奈地笑："别看了，后背都快被你看穿了。"

少年抿唇笑，脸上浮着一层光，转头看向窗外，目光落在后视镜上，依旧是她。

到小区楼下，两人从负一层上了电梯，电梯上行到一楼的时候，不知哪户人搬家，几个人拖了一堆高低不齐的家具进了电梯。言子辰和宛亦被挤在电梯一角，少年怕她被碰着，撑着左手把她护在最里边。言子辰微弯着身子，在这个姿势下他们离得很近，宛亦的呼吸很轻，落在少年脖子旁，温热柔软，羽毛般拨动着他的心弦。

还有宛亦身上淡淡的香气，落入少年鼻息，让他觉得自己像是被温暖的旋涡包围。斜放的高柜把电梯里的光线遮得只剩浅浅一缕，像是夕阳将落未落的那种昏淡朦胧，给他们隔出了独立的空间，带着一种别样的宁静，是全世界只属于他们两人的宁静。

言子辰撑着电梯的手开始发颤，他的心在这一刻跳得飞快。

终于，电梯到了，少年松了手，快速走出电梯，他觉得再多停一秒，心脏就要停跳了。

到了家，宛亦帮言子辰收拾了一些他常用的东西，少年把他的kindle、魔方还有电脑装进背包，宛亦看着那些明亮绚丽的魔方，想阻止他带，却最终没有狠下心。

他的速度只会越来越慢，再也无法超越自己。

可这终归，是他最后能转动魔方的时光。

回到医院后，宛亦觉得医院送的餐不够好，专门去医院外订了营养餐，一天三顿按时送。又觉得病房颜色太寡淡，让人送来了一些绿植。

从上午忙到夜幕降临，她终于有空喘口气，可一静下来，她就觉得那空茫的寂寥铺天盖地而来，还不如让她一直忙着。

"你回去吧，"言子辰打完针坐在床上单手转着一个七阶魔方，速度有点儿慢，但并不影响他的明亮心情，"回去好好休息，我这儿没事。"

宛亦摇摇头："不回了，陪你。"

她无法一个人待在寂静无措的世界。

宛亦让医护人员帮忙在病房里加床的时候，突然停了电，乍然闪现的黑色让她心头蓦然一跳，皱着眉头："我出去看看。"

"是提前通知过的电路维修，"护士站的工作人员开着备用小灯安抚着她，"放心，很快就会来电。"

宛亦安下心来，在微弱的光线中朝病房走去，可就在这短暂的安静中，空虚和茫然还是居心叵测地侵袭了她，她不可抑制地想起了时湛。

而手机突然间亮了起来，她脑海中想着的人和屏幕上闪现的那个名字重合，宛亦呆愣地看着屏幕，脚步滞住，僵着身体，不知所措。

她想按下接听，听听他的声音，可直至屏幕暗了下去，她也没动一下。

时湛的微信很快就跟了过来：我在你家门口，昨天我状态不好，说了重话，宛亦你开门，我们心平气和地聊一聊。

宛亦的眼泪一瞬间就涌了出来，她转身冲下楼梯，在黑暗中没人的地方，让眼泪放肆流淌。

她打开手机上家门口的实时监控视频，时湛微抬着头，正看着监控，就像看着屏幕外的她。

"我知道你会打开监控，"监控视频里的他说着，"我想见你，我们谈一谈，宛亦你开门。"

宛亦蹲下身子，崩溃地抱住自己，她按灭了手机，四周陷入一片墨染的黑，黑得连丝影子都看不见。

宛亦用薄薄的力度擦着眼泪。

时湛你不要这么好，你不要对我这么不舍——

"宛亦！"少年的声音从不远处传来，焦急地寻着她，宛亦慌忙起身，收敛好情绪，按亮了手机的屏幕，向言子辰晃了一下："这儿。"

少年在黑暗中摸索着找到她，黑暗中她身影模糊，长发却温柔地绕过他的指腹，言子辰的手顺着宛亦长发的弧度下滑，牵紧了她："我以为你怕黑，迷了路。"

晚上天气转阴，无星无月，风吹起，连漫天的尘埃都看不见。

宛亦勉强笑着，她是怕黑，可黑暗却从未从她身边离开过。

少年在她掌心传递着淡淡的温度，拉着她往前走。

医院外突然升腾起璀璨耀眼的烟花，好似有人在庆祝什么，整个夜空霎时亮如白昼。

少年回头看着她笑，那笑在烟花里带着流动的光彩，黑瞳中是桃花般的鲜明。

宛亦却丝毫笑不出来，她垂下眼睛，长睫在脸上映出一圈极淡的阴影，心底一片酸涩。

因为她在子辰眼中，看到了未来的颜色。

而她眼底，是一片黑暗。

他们回到病房的时候，护士早已把床支好，还贴心地加了道薄帘。这会儿还没有来电，除了一些必要的地方开启着备用电，别处均是漆黑，可这黑暗，在言子辰看来，依旧是静谧的，是有温暖在暗处流动的。

少年觉得，今天是他一生中美好的开始。

后来才知道，今日是美好的终结。

言子辰住院时的状态非常好，像度假，在他眼中，每天输液的塑料管，都像是在阳光里闪着流金。

晚上，宛亦有时候在医院陪他，有时候开车回家，但无论她在哪儿，少年每天七点睁眼的时候，她就已经来到了他身旁。

卿墨来看言子辰的时候，是与王其正一起的。

今天的卿墨异常的沉默，不再吐槽和聒噪的他让言子辰有点不太适应。

言子辰看了卿墨好几眼，卿墨躲着，不与他对视。

王其正依旧是笑眯眯的模样。

"子辰啊，"开场话从未变过，"那些乱七八糟的比赛还参加不？"

言子辰笑了笑，摇摇头。

"好好调整，好好休息。"王其正坐到言子辰身旁，语重心长，"子辰，你是我见过的最有天赋也最努力的魔方选手，放稳心态，不要计较短期的得失，以后的路还长。

"身体不舒服，就不要急着去练习，魔方竞技，最忌讳的就是让自己的身体处于疲惫状态，等你休整好，在身心放松的状态下，才能打破自己的瓶颈，重回巅峰。"

言子辰听着，认真地点着头，眼睛的余光却瞥见卿墨已经发红的眼眶。

言子辰奇怪："卿墨你怎么了？"

卿墨哽了一下，有些逃避，随便找了一个借口："你不在学校抢我光环，我终于找到了女朋友。"

"那你还难过？"

"然后又失恋了。"

宛亦拍了拍卿墨的肩膀，带着安抚："离言子辰回校还远。到时候你再加油。"

还回得去吗？卿墨不敢多想，却更想哭了。

不知不觉，天气很快暖和起来。

初夏了，在微博上沉寂已久的言子辰毫无预兆地发了个视频，视频的背景是清晨的病房。

有风飘进来，窗帘晃动着落在他身上的阳光，少年的脸时明时暗。

视频中，少年先是抬头看了眼屏幕，眼底蔓延着无止境的温柔。然后他拿起身边的一只复原好的七阶魔方，很漂亮的马卡龙色，六面颜色整齐而鲜亮。

对着镜头，他转出一个简单的步骤，上—左—下—右。

七阶魔方每面有二十五个中心块，他用这个公式调换了六面中同位置的一个中心块。

粉丝不知道他在干什么，屏着呼吸盯着屏幕。

初夏清晨的光很柔和，如清水般洗涤掉了尘埃，落在少年身上，他右胳膊上的固定夹板还没有摘掉，左手单手重复着这个简单公式，速度很慢，却一遍一遍地极尽耐心，像是在娓娓叙述着一个故事。终于——

他重复了十六遍，每个面都被他调换了十六个中心块。

当他完成最后一步，六颗不同颜色的心赫然出现在七阶魔方的每一个面上。

言子辰自始至终没说一句话，一直低着头看着魔方，在拼好的那一瞬，他扬起眼睛，唇角露出明显的笑意。

粉丝们突然就泪目了。

自言子辰成名以来，他被打上了太多的标签，说他骄傲，说他自我，说他狂妄，说他得天独厚，说他是一场神话。

可当柔光探入他灵魂的缝隙，你会发现，他是那么安静的一个人，安静地坚持着自己的热爱，安静地喜欢一个人，任你吹捧，任你惊叹，任你不解，任你酸骂，都与他的世界无关。

今天是 5 月 21 日。

这个干净纯粹不带任何光环的少年，小心翼翼地，鼓足勇气，利用自己的热爱来表达自己。

七阶魔方六面心的表白。

屏幕前的小粉丝们边感动得泪眼模糊，边在心中替言子辰呼喊着，这么高级的表白，宛忆初小姐姐你一定要看懂啊。

言子辰骨折痊愈拆板的那天天气特别好，少年褪去枷锁重获自由，漂亮的眼睛里满是焰火流光。

"终于解放了。"他活动着右胳膊，拿起一个三阶魔方，手指僵硬着给复原了。

宛亦有些紧张地看着他，可能是天色太好，少年眼中竟没有什么失落，安慰着自己："疏于练习，退化了太多。"

宛亦沉默了一会儿："我带你去个地方。"

来到停车场，少年开了车门跳上主驾，将车子打着了火，看了看副驾上的宛亦，停止了手中动作："安全带。"

宛亦稍迟钝了一下，少年便抿唇笑了笑，倾身越过中控台，拿起她身体右侧的扣锁。

宛亦被少年的阴影和清爽气息笼罩住，太近的距离让她下意识地向后靠了靠，按住言子辰的手："你还不能开车，换我来开。"

少年很乖地和她换了位置。

宛亦带他来到一个科教性质的人工智能展，展厅设在北临市的会展中心，公益性质的免费展示，人不算少，好在是双层展厅，很大，也不会显得拥挤。

宛亦和言子辰进去的时候，正好有一队高中生蜂拥而入，从他们身边飞快跑过，年轻而生动。宛亦看着身旁比他们大不了几岁却可能再也无法这样奔跑的言子辰，心底一片涩意。

这个展会从人工智能基础与发展史、当前应用、智能终端和未来预测等几个方面全面展示了整个行业的概况和 A.I. 在生活中的应用。

整个会场明亮而金属质感浓厚，置身其中，能直观深刻地感受着大势与未来。

宛亦走过智能穿戴展区，来到智慧医疗展区，对身边的言子辰说："你会发现，现代社会几乎所有的经验过两三年就不适用了，社会发展得非常快，过一段时间就会推翻一票理论，就会掀起一波改革。"

"对。"网络技术专业的言子辰感触更深，"必须持续学习，才能跟上世界的更新，就像魔方，公式要不断改进，才能更快。"

宛亦笑了笑，没有接话，笑意却不达眼底。

他们走到了智能控制展区，宛亦看着眼前的各种控制系统，接着说："未来的机器人是会有学习功能的，A.I. 的迭代进化给人类带来的是什么，目前谁也不得而知，但我们身处时代的洪流，要相信，以后的世界，一定会浩瀚而神奇。"

　　"是啊，"言子辰笑，声音清明，"基因工程的应用会越来越成熟，以后的人可能会上天入地、无所不能，甚至实现永生呢。"

　　宛亦抬起头，看着少年，却被他身后展会赞助商的展示牌吸引：时越集团和轻悦传播联合赞助。

　　触及这两个名字，宛亦的心脏蓦然缩紧，她已经好久没有触及有关时湛的任何事情了，不想这个展会竟是由他赞助，也是，除了他，没多少企业愿意耗巨资去做这种公益性质的展会了。

　　宛亦盯着那行字看了许久，直到那黑色的字如水墨般在她眼中晕开，迷梦般轻薄。

　　她移开眼睛，努力地将眼底水雾散去。

　　身旁少年眉目静澈，正低头看着眼前的人工神经网络控制系统，宛亦的目光重新落回少年身上："子辰你要记住，以后无论遇到了什么事，都一定会有解决的办法。"

　　科技在日夜不停地迭代进步，你要等，等下一秒的奇迹。

　　言子辰抬头与她对视，少年的笑容与天空同色，清透又干净。

　　宛亦唇角轻扬："我们的未来，充满希望。"

　　时湛静立在二楼，目光直直地落在宛亦身上，带着遥远冬日般的冷冽。

　　他太平静了，平静到带出一种肃杀之气。

宛亦站的那个位置，人很少，她对言子辰说的那句话，他清晰入耳。

你们的未来。

呵！你们的未来。

唇角勾出一丝讽刺的笑，时湛又把极浓的眸色移到言子辰身上，少年的手搭在宛亦的肩膀上，两人挨得很近，再近一些，呼吸便能交缠到一起。

时湛抬眼往上看了看，会场的顶部是全透明的玻璃，玻璃外天空蓝得像是那日的冰山秘境。

触及记忆中那些不愿意想起的东西，时湛眸色瞬间暗敛，把手伸入口袋，拿出打火机，低头点着指间的烟，打火一瞬，忽现的光在他垂着的眼睫上映出两片阴影，罩着他眼底的青黑色，是长时间未休息好的青黑色。

没有形状的烟气朦胧了他能扎伤人的锐利神色。

烟雾缭绕里，他身后工作人员面面相觑，欲言又止，展厅是不允许抽烟的，可这是老板——

正进退两难着，君齐走过来抽掉了时湛指间的烟，在一旁垃圾桶的烟石上按灭。他皱起眉头看着他："时湛，你之前不怎么抽烟的。"

时湛背脊僵直，强忍着："用来控制下情绪。"

"嗯？"君齐带出一丝笑，"你这会儿需要控制什么情绪，展会太成功人太多你看着烦？"

在还未散尽的薄烟中，时湛微微侧脸，下巴往楼下指了指。

君齐顺着他的示意往下看，意外地看见靠在一起的宛亦和言子辰，瞬间噤了声，收回目光，他惊诧地看向时湛："微博上的那些都是真的？"

时湛没有说话，周身散发着凛冽的气场。

君齐扫了眼被他按断的那支烟，略有不忍，他眼角微垂，又去拿时湛的烟盒，递给他。

起先被时湛收拢在掌心的打火机又被他置于指间，颠来倒去地转，最后一下下按着，摇曳的火光映着他眉心深皱的褶，他又燃了一支。

星火缓缓地吞噬着烟卷，时湛在缥缈的烟气中闭了闭眼，又猛然把它摁灭在烟石上。

微卷起衬衣的袖口，他转身就往楼下走。

君齐赶忙拉住他："时湛，你理智一点。大庭广众下，你这身份和他们发生冲突不合适。"

理智？时湛唇角笑容讽刺，眼睛像夜幕下的大海，汹涌地涨着潮。

他的姑娘在下面和别人一起，笑容如长剑利刃，诛着他的心。他还要什么理智！

君齐看他神色，微叹口气，松了手，行吧，场子是你的，想砸去砸吧。

"你在这等我一会儿，别乱走，我去趟洗手间。"看完这片展区后，宛亦交代了言子辰一句，朝着楼梯那边的洗手间走去。

从洗手间里出来后，她莫名觉得一种窒息感压迫而来。一抬头，看见时湛在楼梯边沉沉地望着她，空调凉风从他身后吹来，似在他周身萦绕出一层冷色。

宛亦瞬间心口一凉，在这陡然降低的温度里，下意识地往后退了两步。

时湛向前，抓着她的手腕将她扯回来，宛亦撞进他怀里，被他紧箍着，挣不脱。

旁边是一个休息室，时湛反手把门打开，将她拥了进去，锁上门。

"这就是你的移情别恋？"

时湛掐着她的下巴，盯进她的眼睛里，利刃般的目光几乎将她刺穿。

"很开心是吗？"

这些天，他一直告诉自己：冷静，他们的过去不可能被轻易磨灭，宛亦她或许只是一时没想明白，他给足了她机会让她回来，给够了她台阶让她下，可她，清清淡淡地自始至终没有任何回应，甚至连出来见他一面都不肯。

直到刚才他亲眼看见两人如此亲昵，亲耳听见她向别人承诺未来，才发现他的妥协让步等待，是有多傻。

时湛咬着牙，红着眼睛，没了理智："把别人的感情玩弄于股掌之间是不是很有成就感？也对，像你这么生性寡淡的人，血是凉的，心是冷的，掏心掏肺无论怎么对你都暖不热，看着别人为你疯，为你痛，很有趣，是不是？"

"时湛！"宛亦身体颤抖，脸色惨白，咬着唇，说不出话来。

他们身后是一块巨大的装饰镜，时湛毫无温情地把她摁在镜子上，明晃晃的光反射在她身上，照得她脸上的一切都无处遁形。

"你看，你多好看。"时湛贴在她身后，捏着她脸的手指冰寒如铁，逼迫她看着镜子中的自己，凉讽，"真是让人魂牵梦绕，我到现在还夜夜梦见你这张脸，到现在都还在幻想着你想明白了就能回来找我。"

时湛的声音如深夜海风，在黑暗中掀起一片无人可测的巨浪，是越来越无法隐忍的狂乱："还记不记得你耍弄了我多少次？是算准了我舍不得伤你？"

"怎么不说话了？"他按着她的肩膀将她身体翻过来，压在镜上，冰寒的手指插进她长发里，迫使她抬起头，低沉着声音质问她，"我所有的情感，任你索取，而你回报我的呢？是什么？！"

宛亦被他眼底的那道寒芒刺伤，她紧紧闭上眼睛，身体颤抖着，不忍再看时湛赤红的双目。

时湛带着恨意的眼眸越燃越烈，让他不由加重手指的力道，用两指掐住她的脸："说清楚，我算什么？"

宛亦低下头，眼泪砸落。

他算什么，她是他亲手埋葬的未来啊！

牺牲他，换取子辰最后五年的安慰和不孤单，值吗？

她不知道答案，她没法回答，但让她不顾言子辰的情感，不管言子辰的病情，她更加做不到。

时湛彻底被宛亦的沉默激怒，手指缠住她黑发，强迫她抬起头来，俯身吻上，带着失控地辗转。

怀中的这个人——

她柔软的唇瓣，柔软的身体，还有笑起来的温情，都是虚假的，都是骗人的，她见异思迁、朝秦暮楚！

她和别人十指相扣时，他一次次在午夜梦回惊醒。

她和别人期许未来时，他傻子一样等着她回来！

他不敢再往下想，不敢想象以后没有她的人生，不敢想象她在别人面前的温暖柔软。

那种无力感，伴着恨意与无望，让他能做的，唯有用力地去吻她，去把她肺里的空气掠夺干净。

宛亦周身被时湛的气息紧紧笼罩着，淡淡的冷桦，浓烈的烟草，熟悉得让她近乎窒息。

甚至沉溺。

她有一瞬也失控地想，就这样窒息而亡也好，便再也不用去想看不见太阳的明朝。

尖锐的手机铃声突然响了起来，打破了这无法控制的疯狂，时湛停下了动作，空气一刹静了下来。

时湛垂目，这个角度能清楚地看见宛亦手机屏幕上闪现的名字，他盯着"子辰"那两个字看了一会儿，又缓缓抬起头来看她。

"怎么不接？"时湛进去抽她的手机，宛亦脸色惊惶，紧紧攥住，两人手指纠缠在一起，时湛的声音愈发暗沉，"让他看见我跟你在一起，也看看他伤心失控的样子，难道不有趣吗？"他眼神炙烈地看着她，眼中浮光刺人，"我可不信你是真爱上他了。"

宛亦依旧沉默着，闭上眼睛，只无望地护着手机。

长时间无人接听的铃声断掉，不一会儿，又响起来了，时湛用力夺过，作势就要划开。

"不要！"宛亦攥着时湛手臂，眼睛里满是恳求。

时湛把她的痛苦尽收眼底，被她的眼神刺痛了，连带出心底一片苍凉。

"你这么在乎他。"时湛的手在她腰上慢慢收紧，唇色尽失，"为什么就不能多在乎我一些？"

他抵上她的额头，双眼痛苦地闭上，他恨她狠心，同样也恨他自己——

就在她已彻底背叛他，用力维护着别人的此刻，他依旧对她不舍放开。

她给的末路，让他深陷迷途。而他曾以为自己拥有的她，只是天堂的幻影。

大梦醒来，人生暗淡，还是爱她。

这场他生命中永不停歇的暴风雪。

第
十
五
章

辰 光 易 去 ， 瞬 息 浮 生

Chapter 15

从人工智能展回来后，言子辰的病开始快速恶化。

刚开始，他只是四肢僵硬和无力，偶尔摔倒，后来，是频繁地摔倒，渐渐地，他甚至连说话、呼吸都有些费力了。

这个速度完全超出宛亦的想象，她屡次找院方沟通，院方也数次找来全国顶尖的专家会诊，讨论可以减缓言子辰病情恶化速度的方法，但截至目前，全球治疗渐冻症的药物还是非常单一，攻克之路依旧任重而道远。

宛亦无数次地去问医生为什么，却没人能给她回答。

渐冻症的病因目前还不明确，可能与遗传以及基因缺陷有关，也可能与重金属中毒、自身免疫、环境等有关。

但可以确定的是，这个病目前依旧是全球的医学难题，无法根治，预后不良。虽然渐冻症患者从出现症状开始，平均寿命在二到五年之间，但言子辰似乎已经开始向着最不好的那个极端发展。

宛亦又去联系一个又一个的国内外顶尖专家，把言子辰的各项检查指标发给他们，但回应她的，却都是无能为力。

言子辰也越来越明显地感受到了身体的变化，他问宛亦，问医生，他们都只是告诉他，是因为他在车祸中运动神经受损，需要很长的一段恢复期。

少年突然就不信了，事实上，他早该不信了，只是这段时间过分的开心让他在很大程度上忽略了自己丝毫没有好转的病情。

宛亦这会儿不在病房，言子辰请护士帮他拿出电脑，帮他打开——他现在甚至连开电脑都有些困难了。

言子辰手指僵硬地在键盘上缓缓移动，之前很快能完成的搜索，现在却费了很大的劲，他冷汗涔涔地黑入了医院的病历系统，搜出自己的病历。

少年盯着那份终于铺展在他面前的真实病例，脑袋里像有一道白光炸开，手放在键盘上很久很久都没有动。

是无法置信，是不敢接受。

他完完全全地把病例看了三遍，眼睛像是沉入水底丝丝晕开的浓墨，涣散了，缥缈了，最后虚无了。

肌萎缩侧索硬化——渐冻症。

看起来真是个美丽又清冷的名字。

可言子辰知道它有多可怕，他看过卿墨拍的纪录片，知道他的一切行动能力都将被它侵占，知道他所有期盼的未来都会被它全部夺走，那梦想的、热爱的、坚持了很多年的魔方，他再也没有机会复原了。

最可怕的是，这病一点儿都不影响他的神志，他将清醒地看着自己的灵魂被困在躯壳中，慢慢地不受控制，慢慢地无法动弹，慢慢地不能说话，慢慢地呼吸衰竭，直至死亡，他都将无比清醒。

这是比癌症更可怕的绝症。

少年胸中突然爆发出无法平息的狂乱心跳。

他猛然从病床上站起来，他突然想出去走走——趁他还走得动。

言子辰走出病房，走到熙熙攘攘的就诊大厅，看着无数的人从他身旁疾走而过，把他的步伐对比得那么慢。他又走出医院大楼，又穿过停车场，倔强地、用力地、极慢却不停地往前走。

他从来没有觉得走路是这么一件艰难的事情，也从来不知道走路会让他这么绝望。

言子辰的力量已经无法支撑他走那么远了，即便是这么慢地走着，他还是会一次次地因肌无力而摔倒，像是跟自己较劲一般，他摔倒了，就拼了命地爬起来，走几步，再摔，再爬。

少年不回头，越走越远，人间烟火在身后远离，世界越来越安静，安静得——像是一切都要归为寂灭。

宛亦从医生办公室里出来，脑袋里回荡着医生刚下的结论："这样下去，预期中的两到五年都会成为奢侈，甚至连过完今年，都有了难度。"

宛亦去药房给子辰取了药，眼中结着雾色，失神地走在医院走廊里，她完全不知道接下来该怎么办，那种无力，像是把她拉回了母亲离世的那一天。

——任你做尽一切，命运依旧不给你任何机会。

她恍惚走着，看不清路，胸中的压抑感让她整个人都是虚的，连撞着人，手中的药篮打翻，药盒撒了一地，她都是神思游离的。

"慢点儿。"一只手伸过来帮她拾药盒，声音低沉清冷得如窗外雨丝。

这声音落在宛亦耳朵里，却像是从遥远天际劈来的闪电，使她全身一震，立刻回了神。她猛地抬头看向时湛，脸色一寸一寸地苍白下去，又低下头去拾药盒，强力控制着自己的手不颤抖。

那天从会展中心回来后，她想，或许她这辈子都不会再见到时湛了。

那天，她跟时湛说的最后一句话是："在你眼中，无论我是利用完你就走的狼心狗肺，还是遇新换旧的水性杨花，关于我们的一切，都已经结束了。我不会回头，你也不必再留恋。"

——她不能藕断丝连，不能耽误时湛，他是最好的时湛，值得拥有更好的姑娘，时湛你也不要回头，不要陷在我带给你的淤泥里，你向前看，前方是一片海阔天空。

时湛听完那句话，沉沉地看了她很久，那眼神仿佛刺透了她的身体，而后缓缓地将沉暗的失望注入其中。

最终，他什么也没再说，转身打开休息室的门，留给她一个沉默的背影。

那日后，他再也没有找过她。

时湛把拾起的药盒放进宛亦的药篮里，目光从药盒的名称缓缓移到她脸上，目光沉默却烫人，似乎要看透她。

宛亦强自镇定地拾完药，站起身，连与时湛对视都没有，转身走了。

她不敢与他对视。

一旁的君齐闲闲站着，攀着时湛的肩膀，也看着宛亦的背影，声调不大，是恰好宛亦听得见的："真的，时湛，我就服你，你这一天天的白酒加冰当水喝，黑啤、红酒做三餐，不喝出个胃出血送来医院急救感受不到人间还值得啊？"

宛亦背脊僵直，端着药的手快掐进塑料篮子里。

时湛没搭理君齐，只是站在那里看着宛亦的背影，整个人静得出奇。最后他笑了笑，收回目光，笑自己，看到宛亦那一瞬间的第一反应竟然是——看她头发微乱，他下意识地想去帮她抚平碎发。

时湛转身朝电梯走去，脑袋里却还都是她，他一帧一帧地回放着她的神色、动作，最后蹙了眉。

——宛亦在看到他时，眼中是来不及收敛的震惊和模糊，然后是慌乱、僵硬、逃离。

时湛一声沉沉叹息："宛亦眼神不对，我以为她至少会是开心的。"

君齐笑得眼角斜飞："大哥，你都吐血了，被我送医院救回一条命，这刚能下地走，还管那个始作俑者开不开心？"

时湛没理他，君齐顾自没个心肝肺地笑了两声，又开始对时湛灵魂拷问："你教训还不够深呢？你有九条命供人随便玩呢？你活腻了想早死早超生呢？"

时湛被吵得烦，瞥他一眼："你闭嘴。"

君齐同样回应他一个长长的白眼："你就是之前的路走得太顺了，再多摔几次，就会知道人生总有些东西，是你宿命中的不可得。"

时湛真心实意地笑出声来，自嘲："我太顺了？"

君齐眼神凉："知道我是怎么追你妹的吗？能给你写出几本书。"

走到电梯前，时湛按了下行的电梯，淡淡地道："写两本霸道总裁爱上我？"

君齐冷哼："还可以再加一本绝世皇妃。"

"你家有皇位继承？"

君齐眉毛挑起："还真有。"

电梯来了，时湛垂目，按下二楼。

君齐诧异："你按二楼干什么？车在负一层，你胃出血还连带着脑抽风啊？"

"二楼精神科，带你看医生。时湛无波无澜地淡笑，"我怀疑你有精神病并掌握了明确的证据。"

君齐一滞，低头笑了笑，目光扫过手腕上的那串檀木："我经历的，你不知道。"

时湛目光落在君齐身上，等着下文，可君齐并没打算开口，他的眼睛在这一刹蒙上了一片尘埃。

电梯在二楼开了又合，君齐沉默着按下"B1"。他的经历，他不敢说，不能说，更不会说。

每个人都有不同的轨迹，没有人能够感同身受。

"子辰？"宛亦拿完药回到空无一人的病房，环视四周，皱着眉头喊了一声，扫见言子辰未关的电脑屏幕，瞬间一阵寒凉从头顶穿身而过。

"子辰！"她扔了药盒，夺门而出。

远处静湖连着阴云浓厚的天，宛亦跑遍了整个医院，终于在湖边找到了言子辰。

少年安静地站在水边，瘦削的背影，刺痛了她的眼睛。

宛亦朝湖边走去，天空飘起了细雨，言子辰侧脸的轮廓如被勾勒出的水墨画，依旧好看得纤尘不染，可他的神情却如她初见他那日，他坐在她房门口那般的了无生气。

宛亦在言子辰身旁站定，雨水顺着他的黑发滴下，少年红着眼眶，饱满的泪在睫边悬而未落。抬眼看见她的那一瞬，才无声地滑落下来。

宛亦紧紧地攥着手指，眼眶同样也红得厉害。

"会有办法的。"她握住少年的手，她手凉，他的手比她的更凉，"子辰，我们一定会有办法的。"

言子辰看着她，抿着唇，许久未开口，世界很安静，听得见细雨落在湖里的声音。终于，他动了动手指，开口："我第一次见你的那天——"少年说得很慢，嗓音再不复清明，是沉涩的暗哑，"你救了我，也打了我，但那时我却觉得，你是我生命中唯一的光源，你让我绝处逢生。"

子辰气息不足，说了这么长的一句，停歇了一会儿，才能接着说："我一直知道我不够好，在此之前，我唯一能承诺的是把整颗心给你。"

那些从未褪色的回忆，一帧帧地划过他的脑海，少年的泪持续落下，他闭上眼睛："可没想到，这份心意，拖累了你。"

他对未来过于憧憬，他以为人生还那么长，他以为他们是有未来的。

原来一切都是他的虚薄妄念。

世界上有那么多鲜活的爱情，可属于他的那种，为什么却是药石无医的沉寂？

"我从来没有觉得是拖累，也绝对不会放弃你。"宛亦握着他的手，越握越紧，想刺激他麻木的神经，想唤醒他消沉的意志，"子辰，你记不记得那天我给你说的，科技在日夜不停地迭代进步，你要坚持住，一定会有办法的，你得坚持住。"

少年慢慢地转过头，安静地看着她，目光是无力，是千里悲戚的。

"如果……"他缓缓地开口，却说不下去了，这是永远也解不开的结。

他只求她，在他早她离开这个世界后，她不要忘了他。

自言子辰知道自己的病情之后，病房里就安静了很多。

短短几日就像变了个人，宛亦心里难过，几度想落泪，明明几天前，他还黏着她，还是鲜明又生动的。

宛亦记得那日，她需要出去一趟，不能和他一起吃晚饭。

子辰不乐意，却依旧垂目慢慢地走到她身旁说"没关系"。他声音清清凉凉的，手慢慢地环在她腰间："我一个人孤零零地吃饭也没关系。"

然后少年的下巴搁置在她微凉的脖颈间，迎着阳光半眯着眼看着他们被拉长的、重叠在一起的影子："你让我抱一会儿再走。"

彼端阳光下的少年，笑得清澈，眼睛里透着抹强撑的漫不经心，骄傲、可爱又干净。

而如今，少年坐在那儿，面容依旧纤尘不染，眉宇氤氲如画，墨色眼瞳却被冰封了所有的情绪。

宛亦收到时湛信息的时候正跟国际上的一个渐冻症专家交流着，专家说："每个病患都有差异性，从症状出现平均二到五年的存活时间无法代表个体。渐冻症发病原因尚不明确，病情发展起来迅速而无情，即便是我们最前沿的研究机构，到目前也没有找到什么特别有效的方法来治疗此病。

"对于您弟弟病程发展过快的情况，我很抱歉，给不了您更好的方法。"

这句话就像最后一根稻草，轻飘飘地落到了宛亦的背上。她还能怎么做？谁还可以帮她？

宛亦浑浑噩噩地打开手机，看到了时湛发来的消息：来时越找我，或许有办法能帮言子辰。

宛亦觉得自己在那一瞬间没了心跳。

宛亦有想过不去找时湛，此时此刻，她不知道能以什么样的身份和心态去面对时湛，但她知道，时湛不会欺骗她。挣扎、抗拒之后，她还是去了。

时湛的办公室里，依旧是她熟悉的冷桦清淡气味，她到的时候，窗外暴雨暂缓，他正边翻看着一个文件边和助理说话，凉意透过玻璃渗了进来，宛亦捏着手机，指尖泛了白。

听见开门声，时湛略停下声音，掀起眼睛看她半秒，又垂下眼眸，维持着刚才的姿势未变，拿笔指着文件上的标识接着吩咐助理。

宛亦被晾在了一旁。

看完文件，时湛又开启了视频会议。

宛亦站在那里，看着天色一点点淡去，整颗心恍若流沙，破碎、弥散得彻底。

终于，时湛忙完了手中的所有工作。

他抬头，看着站在窗边等了多时的宛亦，眼神像夜空独月，冷冽而遥远。

时湛看着她，想起大学的时候，他与一个非常漂亮的女孩分了手，朋友不解，问他为什么，那个姑娘是多少男人梦寐以求的尤物。

他的回答是：不够夺人心魄。

朋友笑他不诚实，热恋期过了腻了就直说，哪场恋爱不是从两人一接触就开始走下坡路？什么夺人心魄、魂牵梦绕，谈几个月后全是一地鸡毛，再漂亮的姑娘都不例外。

他一笑而过，不置可否。却也一直没有遇到能夺他心魄、让他想要与之一直走下去的姑娘。他甚至觉得，朋友说的那些话是对的了。

直到六年前在华盛顿遇到宛亦。

他能记住那两次见她的所有细节，夜深人静，每每回味，竟然还是怦然心动。

再次遇见她之后，他的那种心动便一发不可收拾。他从始至终都无法隐藏、无法收敛，更无法放弃对她的喜欢。

她的一个眼神就能让他燃烧；她选择了方向，他就义无反顾地奔赴；她的一个笑就能让他的世界日升晴空。

她可以对他讽刺，可以不屑，可以拒绝，但是他不行，不管她怎么样对他，他一见她，便柔情四溢，挥之不灭。

他确信，除了宛亦，再也不会有人带给他那种感觉。

他确信，这就是夺人心魄，更确信，他这一生，只会爱她一个人。

在白墙的映衬下，时湛眼中闪着金属色的冷光，他点了一支烟，又摁灭，手指扶上领带堪堪扯松，起身，朝宛亦走过去，薄唇微启："我以为你挺有骨气，不会来找我。"

漫长的沉默代表宛亦脑袋里的一片空白，时湛越走越近，他身上的冷桦味道缠上她的心脏，空气像是被他抽走了大半，只余沉沉气压。

"你说，"终于，她艰难开口，"言子辰，有办法……"

时湛清冷的目色一瞬切入风起云涌。"我有条件，"他打断宛亦，像极了在威逼利诱、落井下石，"你嫁给我。"

宛亦瞬间瞪大了眼睛，看着时湛，就像喝了不能解渴的海水。

"你说什么？"她无法抑制自己的惊愕。

时湛重复了一遍。

"如果，"宛亦说，"我不答应呢？"

时湛起身向前，挺修身影将她逼至角落，低头看她，目光浓烈得像是秘密织起的网，慢慢地，他眼中凛冽的暗色转了淡："那就不要条件了。"

宛亦更加不可思议地看着时湛。

时湛深瞳盯着她："我以为度量全在人心，以为我们的一路风雨，我对你的用心，能让我成为你的依靠。宛亦，你看似情感漠然，却一生都被感情拖着。你很善良，你对身边每个人其实都很好，你渴望亲情，亦希望有人爱，但你处理事情的方式会让人觉得你太薄情了，出口伤人，独自强撑——"

时湛眼中燃出一抹薄焰："人生不是一场单人游戏，宛亦，你没有强大到无所不能！"

时湛挨着窗子堵着她，不给她半分的退路，他去握她的手，像握着一块寒冰，用力之大让宛亦生疼："你的移情别恋，我差点就信了。"

他在查到言子辰的病情，猜到宛亦与他分开的原因的时候，比以为她感情背叛还要愤怒，他一直努力呵护她看似坚强实际脆弱的心，想把这个世界亏待她的给她补上，但她遇到事情，却还是拒绝沟通，独自逞强。

"这次我很生气。"时湛的气息离了她脸颊，转而用手抚着她额前碎发，眼睛是浓极的墨，深深地看着宛亦，"下不为例。"

宛亦整个脑袋嗡嗡作响，时湛的声音好像是从极远处传来，衬得她眼中的脆弱无处遁形。宛亦面色惨白，身体止不住颤抖，终于眼泪忍不住地聚集，砸落，碎裂，崩溃。

时湛心尖颤了颤，去帮她擦眼泪，宛亦仰着头看他，眼中浓厚的水雾却让她看不清他的面容，但这一刻，她无比感激时湛对她的不放弃。

　　无论她是冷硬无温，是无故刺伤，还是卑劣自私，他都从未放弃过她。他一次又一次地让她尽情地展露她从未展现于人前的脆弱，一次又一次地把她从崩溃的边缘拉回来。

　　时湛的脸一半沐着柔光，一半陷于暗影，轮廓深刻，声音沉而稳，带着安抚，夹着责备，轻拍着早已哭得不成形的宛亦："以后无论遇到什么事，都别忘了，还有我。"

　　"你说，"宛亦的声音断断续续，"怎么样才能活好这一生？为什么要有生离死别？"

　　时湛给她擦着眼泪："死亡并不一定代表着终结，离开的人，会以更鲜活的方式留在生者的记忆里。而生者，无论多么难过，也要相信离去的人希望你笑着走下去。"

　　时湛声音柔了下来，告诉她："关于言子辰的病情，你应该也问遍了各种医生，目前治愈的可能性几乎为零。"

　　宛亦攥紧手指，这是她无法解开的局：为什么科技这么发达的今天，面对渐冻症还是这么无能为力？

　　时湛握住她的手："我找了一个冷冻机构，如果言子辰愿意，在他呼吸停止时，做人体冷冻，保存在零下196℃的液氮里，在未来科技攻破这一现世无法解决的医疗难题时，或许能将他解冻治愈。"

　　宛亦抬起头来，双眼蒙眬地看着时湛，眼泪还止不住地往下掉着——这还是离别，还是留不住言子辰。

时湛微蹙起眉头："我也设想过别的方法，但只有这种希望最大。"

宛亦擦了擦眼泪："有先例吗？"

"人体冷冻的先例有不少，目前还没有解冻的先例，但是宛亦，当前科技发展得有多迅速你很清楚，不能小看这种可能性。"

言子辰的病情依旧在飞速地恶化着，很快就转入了加护病房，宛亦和卿墨经常整天整天地陪着他，但少年太沉默了，沉默到想把自己从这个世界隐去。

宛亦去加护病房跟他商量做冷冻的那会儿是一个清晨，窗外雾气一片。

言子辰在这朦胧的光线里坐着，皮肤白得异常，仿佛被抽失灵魂，只剩玉色空壳。

护士告诉宛亦，少年又沉沉地在床上坐了一夜，不肯睡。

从昨天傍晚起，言子辰就一直沉默地望着窗外。

看着薄月自东方升起又西落，在遥远天际划出看不见的弧度；看着夜空星河位置转又换，照亮无数人的暗路前程。

而他是北方孤星，遥不可动，亦融不进这世界。

这个阶段的言子辰，四肢已经完全无法动弹了，他知道宛亦来到了病房，可他连扭头看向她都做不到。

他的身边还放着一只凌乱的魔方，一只永远也无法再经他的手复原出整齐的六面颜色的魔方。宛亦屡次想将其拿走，他不允。

少年的苍白手指僵直着，还想摸一摸那只放在窗边，宛亦送给他的玉石魔方，单色的，纹路似水般流淌的，他再也拿不起来的。

宛亦心酸地走进他的目及之处。

言子辰在沉默里看着她，眼中是一片没有声音、没有光亮的死寂。

宛亦被刺痛了双眼，她静了静，坐到他身旁，攥住他的手，看着少年的眼睛，问出："如果，做人体冷冻，能让你有机会在未来被治愈，你愿意做吗？"

宛亦讲了很多，从原理到方法，从时机到案例。

言子辰沉默地听着，听她说完，唇色鲜艳异常，更衬得他面容如雪。

他没理由不同意，他明白，做冷冻，把一切交给未来，是他最后的希望，也是目前看来最好的办法。

"你能不能答应我，"少年努力地想平稳自己的声音，声线中却依然带着清晰的裂痕，"我不醒，你别走。"

一句话，用尽声气。

他不愿意去想，他们这一生，会如参商般地，此出彼没，再不复相见。

宛亦眼圈红了，眨眼间，泪落下，言子辰想为她拭去脸上的泪，却无法动弹。

——那是他用尽所有力气也无法去擦掉的眼泪。

就像他这一生，过尽千帆皆不是，他那场梦，也终不醒。

——梦里是，无法拥有的人。

宛亦自己擦掉了眼泪，她看着这个干净的少年，未染一丝尘埃的少年，少年眼中的执念依旧，隐隐交织着希望与绝望。世界瞬息万变，只有她，是他心亘古不变的信仰。

宛亦坐在少年身旁，紧握着拳头抵着额头，隐藏着哽咽，在少年的注视里抬起头，眼底是隐藏的光亮："我在前方等你。"

窗外似有风起。

风起，尘雾就散了，世界就干净了。

言子辰离开的时候也是个清晨。

晨阳初起，冲淡了些黑夜的沉暗，逆着光不真实的画面里，他的面容带着淡淡的透明感。

他的双眼无法聚焦，模模糊糊地看着光的方向，身边所有的声音都在远离，他慢慢闭上眼睛——

他知道，这一别，即便不是生死离别，往昔也便全数入了梦。

他这一生，还没来得及学会照顾人，还没来得及真正走入她的世界，如果有一日，他真的能醒来，他希望能看到她被别人照顾得很好。

如果有来生，他希望他能比宛亦大上几岁，能早点认识她，能事事都站在她前面，能让她笑。

最后的意识里，他还想回忆一下，这一生，他在指尖挥洒过的青春，他对爱情的信仰，他热爱的她的温度和面容……

一切都涣散了。

脉搏停止，血压回零，脑电波归于平静。

宛亦看着那静止不动的生命体征，一瞬间泪流满面，她做过无数次的心理预设，可真到了这一刻，依旧是无法自控的崩溃。

来自美国待命多时的医生在第一时间向言子辰的身体里注入防止血液凝固的药物，启动呼吸机与心肺复苏机以维持机体生理功能。

最终，言子辰被保存在零下196℃液氮环境的特殊容器中。

言子辰的这场冷冻如他当年那场被世界认识的挑战赛一样，震惊了很多人。

媒体惋惜着，这个横空出世惊艳了无数人的少年，这个曾如耀眼的光华般刺破静谧海面的少年，留给了大家太多热血沸腾的瞬间，创造出了太多令人惊叹的神话，可陨落，同样是那般猝不及防。

魔方圈的人纷纷祭奠着一个时代的结束，但所有关于言子辰的论坛和微博话题却都是静悄悄的。

他的粉丝们，不愿相信他的离去。

或许他并没有离去。

时光破碎，没人愿清醒。

冷冻结束的那天，狂风席卷了整个城市，宛亦发起高烧。

她锁住了言子辰的卧室，隐隐着发抖，像是被扔进了冰天雪地，被冰冷侵蚀了五脏六腑，时湛把她抱在怀里，怎么也焐不热她。

宛亦迟钝地看着时湛，看着周遭摆设，如同不记得这个世界。又在时湛的温度里，想起来了什么，眼神紧追着他，去抓他的手。

"你不能离开我，你不能再离开我了。"她紧紧地抱着时湛的手，泪水毫无预兆地涌出来，像是告诉他——我只剩你了，时湛。

时湛几乎被这个眼神剜了心，他把她裹入怀中，轻轻地拍着她，抚慰着她所有的情绪："我答应你。"

天气阴沉得连影子都看不清。宛亦满身冰冷，终于在时湛的怀中泪流满面地睡去。

言子辰的离开，终究还是给宛亦带来不小的冲击，即便是他被冷冻，还完整地存在于这个世界，但苏醒，依旧是一场缥缈无边的梦。

宛亦消沉了很长一段时间，很多天都无法独自入睡，时湛每晚抱着她，在他沉静的木质淡香里，她才能勉强睡着。

这一年的冬天，风卷着暴雪，终究是埋葬了时光。

第
十
六
章

愿 你 岁 月 无 澜

Chapter 16

直到春天来到的时候，宛亦的情绪才有所好转。

君齐那儿却发生了一件不小的事情：芸歌意外受伤，失血过多，在医院急救需要输血的时候，被查出是 Rh 阴性 AB 型血，这种极度稀有的血型整个北临市血库都没有储备，君齐快疯了，翻找着北临市同类血型的人员名单，意外地发现宛亦竟在其列。

时间紧迫，君齐直接给她打了电话。

宛亦赶到时，君齐早已办好了所有手续，直接把她按在抽血室前。

宛亦脱掉外套，露出瓷白手臂，看了眼背脊僵直、脸色煞白的君齐："你别慌，我还认识也是这个血型的人，给她打过电话了，她在赶来的路上，我这里如果不够，还有她。"

医生抽了宛亦 500 毫升血，好在够了，没有用上后来赶过来的宛卉。

输了血的芸歌情况稳定了下来，君齐松了口气，这才想起来给时湛打电话："那个，我抽了你女朋友 500 毫升血。"

电话那边似乎是惊着了，有水杯沉沉落在桌面上的声音，在时湛质问发飙前，君齐赶紧又补上一句："救你妹。"

时湛很快来到医院，面色沉郁，目光烫人，看着君齐："人呢？"

君齐眼风略略扫过这个疾跑而来的人："你问哪个？"没等时湛发怒，又自觉地指了指宛亦的病房，"那里。"

宛亦的抽血量几乎达到了普通人单次抽血的极限，抽完血她有些头晕乏力，君齐不放心她走，安排了一间病房让她休息。

时湛推开门，宛亦已经睡着了，她骨架纤细，薄薄地躺在被子里。

时湛在床边坐下，垂目看着沉睡中的宛亦，姑娘轻敛着眉目，苍白而柔弱，这般地让他不忍。

时湛给她紧了紧被角，拿出手机开始查补血食谱，默默地背了几个食谱后，又顺手百度了一下失血过多对人体的危害。

这一查可不要紧，看得时湛的心极速下沉，脸上阴霾集聚，攥着手机快速走出病房，等他走到君齐面前时，面色已如土，几乎将手机砸到了君齐脸上。

君齐扫了一眼手机，从那一堆"猝死""晕厥""休克"等词语中抬起头来，似笑非笑地抬头看了眼时湛："你是不是平时不上网，没听说过'三顾百度坟头长草'吗？"又笑他，"多大点事方寸大乱的，回头我一天三顿给宛亦送燕窝好了，保准把你白里透红、血气方刚的女朋友补回来。"

时湛沉静了一会儿，依旧是皱着眉头："燕窝不行，得阿胶。"想了想，又在手机上输入关键字"500毫升"，翻看了一会儿，脸色才稍缓，"'血气方刚'这词不合适。"

时湛又去看了看芸歌，芸歌在一级护理室观察，不让家属待太久，时湛跟医护人员简单地沟通了一下便准备出来，转身前看见芸歌的手露在了被子外面，时湛俯身拿起，想把她的手放回被子里，却注意到她掌心有块桃花花瓣大小的胎记。

时湛眉头微微地皱了皱，在同样的位置，宛亦也有一块形状类似的胎记。

他脑海里突然浮现出了第一次在轻悦见到芸歌时的感觉——这姑娘跟宛亦的气质完全不一样，却让他莫名觉得跟宛亦有点像。

同是稀有血型，同样的位置有着同样的胎记，时湛眼睛蓦然抬起——哪有这么巧合的事情？

时湛拿到宛亦和芸歌亲子鉴定报告的时候，芸歌已经好了大半，转至普通病房，君齐寸步不离地在病房里守着，恰好那天，宛亦也去医院看芸歌。

病房里，时湛问宛亦："记不记得我之前问过你一个问题——如果你从天而降一个妹妹，会用什么态度来对待？

"当时你的回答是——我当然求之不得，这个世界上，只有血脉亲情才是最坚固的存在。"

"对。"宛亦点头，"怎么了？"

时湛把手边的鉴定报告递给宛亦，这个报告是他瞒着宛亦和芸歌擅自去做的，没给宛亦说，是怕闹出乌龙，让她白欢喜。

"这是什么？"君齐正给芸歌削着苹果，凑热闹般地过来瞄了一眼，却差点一口气没提上来，"这剧本夸张了吧？"

苹果都削不下去了，直接掉到了垃圾桶里，君齐拍着心口："小白兔怎么可能是你这南疆妖女的妹妹呢？"

病房里忽然就沉寂了。三人同时望向君齐，什么破比喻。

君齐却想哭，他觉得自己女朋友的身世简直玄幻，普普通通地长大了毕业了，突然就冒出个身家惊人的亲哥，这会儿又从天而降个会下蛊的亲姐，同母异父的亲哥和同父异母的亲姐还竟然是一对？命运欺负他想象力贫乏没见识呢？

"行了，芸歌，等病好了回公司辞职吧。"君齐又拎出一只苹果，低头看着，晃着刀子削着皮，"你这双重金钟罩加身的，搁公司谁还敢说你一句不好，去雄霸天下得了。"

芸歌明显还没有反应过来，支着耳朵发着愣，宛亦把亲子鉴定书递给芸歌，芸歌快速看完，然后，缓而又缓地抬起头来。

芸歌和宛亦四目相对。

芸歌的眼睛瞪得像小铃铛，猛拍一下自己脑袋："哎哟，不是做梦呢！"

宛亦没忍住，笑了出来，在芸歌身边坐下，看向她的眼神带上了儿时旧梦。

淡金色的夕阳打进来，两人被拉长的影子重叠在一起。

宛亦轻轻问："他好吗？"

芸歌知道父亲在遇到妈妈前有过一段婚姻，很快捋清了他们之间的关系。

芸歌轻轻点头："父亲他很好。"

宛亦说："我小时候，母亲是工程师，独立、要强，父亲却性情散漫，向往自由。他们在我两岁时离了婚，从那以后我便没有见过父亲。"

两岁时还不怎么记事，她已经完全不记得父亲长什么样子了，只是记得，有年夏天，不知去了哪儿的父亲给她和姐姐寄来了一台望远镜，当时，她还是喜欢抬头看星星的年纪，那个年代，夏日星河还清晰可见，她天天拿着父亲寄来的望远镜眺望星空，于是父亲便成了一个绮丽的梦想。

宛亦问芸歌："他现在在哪儿？"

"我不知道。"芸歌笑了笑，"浪迹天涯去了，我上大学后，他就走了。"

父亲一直是自由的，在教会了她怎么面对人生、怎么排解烦恼、怎么寻求自己内心真正的所要之后，就去追寻自己的人生了。

现在的她能安享自己的小快乐，能清楚明白自己想要的生活，能平静感受世界的波澜起伏，都是源于父亲给她的温暖，给她的完美童年和教养。

那个才华横溢几近癫狂、不会为谁而停留的诗人父亲，却为她奉献了人生中如此宝贵的十八年，或许此生他们都不复再见，但她已会用父亲教给她的东西，去释怀，不遗憾。

她只愿，父亲在流浪的时候依然能有歌唱，在诗意大发的时候依然能有酒喝，这样的话，哪怕露宿街头，哪怕颠沛流离，他也能开心如常。

从天而降了个姐姐这件事可把爱热闹的楚芸歌给高兴坏了，出了院没事儿就往宛亦那儿跑。

她是言子辰的忠粉，对言子辰住过的地方更是好奇。

但来到这儿之后，她发现言子辰的卧室被紧紧锁上了，别的地方也找不到一点魔方少年生活过的痕迹。

芸歌有点儿心酸。

她不知道这没有痕迹是代表着少年被遗忘了，还是被记得太深，不能触景伤情。

"芸歌，你不去上班吗？"宛亦看了眼兀自出神的楚芸歌，又扫过自己电脑上跳动的大盘指数。是工作日啊？都九点多了，还在这儿？

芸歌回神，笑得略心虚："不去也行的，公司两个老板，一个是我哥，一个是我男朋友，底气足着呢。"

宛亦也望着她笑，没说话。

芸歌不好意思地挠了挠脑袋，不浮夸了："主要还是因为我是做策划的，给我个电脑，在哪儿都一样。"

宛亦笑笑："巧了，我也是，在哪儿都一样。"

芸歌凑过去看她电脑："你这是什么？"

"在画画？"芸歌看着屏幕上那一溜一点儿也不整齐的红绿柱子，还云里雾里地穿插着几条颜色各异的线条，眨眨眼睛，"抽象派的？姐姐你这配色不行啊，大红大绿、乱七八糟的，鉴赏力……"嗯，有待提升。

宛亦静了三秒："书房第一排第二本《日本蜡烛图技术》，股票入门级教材，没事看一看，轻悦迟早要上市，分你股权的时候别连K线图都看不懂。"

芸歌尴尬了，头晕，跑开："打扰了。"

不小心班门弄斧了……

这几天时湛出差，芸歌干脆住姐姐家不走了。经过这段时间的相处，芸歌发现宛亦真的跟哥哥说的一样：吃饭靠心情，喝水靠本能，打扫靠阿姨，能活到现在没饿死全靠运气。

真是个完全不会照顾自己的姑娘。芸歌叹气，小肩膀扛起了宛亦生活中所有的人烟气，早餐、午餐、水果、下午茶顿顿不少地端到她手边，催着闹着撒着娇让姐姐多吃点。

不出三天，却气坏了，指着姐姐鼻子尖："脖子上挂大饼都能被饿死说的就是你这种人！"

宛亦愣了愣："我不饿啊？"

芸歌挫败："还是我的厨艺不够好，打动不了你？！"

"很棒了。"宛亦端起身旁芸歌给送来的果茶，笑着喝，抬眼望向阳光房里的这株蔷薇，眼神慢慢地就蒙眬了。

芸歌发现了，宛亦坐在这间三面玻璃的阳光房时，总是会望着那株重瓣蔷薇出神，植物蜿蜒的藤蔓爬满了整整一面玻璃，虽还未到花期，那一串儿一串儿嫩绿的新叶也漂亮得无比温柔。

芸歌随着宛亦的目光望去，发现蔷薇的枝叶间隐现着一只玉质挂件，淡淡流水的纹路，天成的玉色融在渐暗的光线里，有种莫名的孤寂感。

芸歌仔细地看着那只挂件，发现竟是一只手工雕刻的纯色魔方，她身子一震，这是这些天来她在这看见的唯一一件或许与言子辰有关的物件。

子辰是她们之间禁忌的话题，她从不敢问。

对于言子辰的离去，芸歌同样也很难过。

在不认识言子辰之前，魔方对她来说只是个身边所有人都知道却没有人能复原的玩具。

是言子辰把这一个小众的、需要脑力与速度并驾齐驱的竞技带进了大家的视野。

那个独一无二的言子辰，不负众望地给这项竞技打上了传奇的标签。他掀起一波魔方热潮，每一个商场，各类魔方都被摆放在最显眼的销售位置，地铁、公交上随便一扫，就能看见有人拿着魔方在练指法，甚至办公室里，魔方都代替了手游成为大家痴迷的项目。

言子辰成了她微博的特别关注，他太好看了，他的微博一更新，她的心脏都能停跳几拍。

可是，这个传奇并没有向大家期待的方向发展，在他打破魔方各项世界纪录的时候，又带着震惊世界的遗憾，戛然而止。

在他们心中，言子辰是速度的，是燃烧的，是清冷的，是孤傲的，唯独不会是静止的。

那场冷冻，让魔方圈属于言子辰的那个时代静止了。

他最后发布的那个用七阶魔方拼出六面心的视频，现在回望，更像是诀别前的回眸淡笑，只剩无尽伤感。

芸歌透过玻璃仰望星空，看着夜空开启星河的盛衰枯荣。

人生如海，他们只是宇宙中的一颗小小尘埃。

时光以无法阻挡的速度前进着，他们都将在匆忙中度过这一生，而言子辰的生命却会被无限拉长。

芸歌想，那一定不是故事的结局，倘若有机会能在未来重逢，少年一定会重新惊艳世人。言子辰带给世界的，终将是消不散的记忆。

而那时候的星空，一定会更加澄净。

此刻芸歌的心中萌生出一种异样的感觉，她说不清是什么，但那种感觉一定不是悲伤。

芸歌收回目光，她看着宛亦瘦削的身影，想起哥哥给她说的话：你姐姐在工作中雷厉风行，在生活中却太容易受情感的牵绊，执拗着想不明白很多事情。

想不明白就不要想了，芸歌简单的人生哲理之一就是：当你的生活被美食、热闹、关怀充满，哪还有什么悲春伤秋，哪还有什么无法释怀，就算有，也被这温暖的氛围冲淡了。

"姐，你去我家住几天呗，给你回点血。"芸歌窝到宛亦身旁，抱住她胳膊，"你这儿设备太少了，连锅都找不出第二个，我的发挥太有局限性。"

——做出来的东西你连吃都不怎么吃。

"好啊。"宛亦放下杯子，抱歉地看着芸歌，"真不是你做得不行，怪我胃口不好。"

芸歌近距离地看着宛亦，心中感叹着，皮肤可真好啊，目光又在她的精致小脸上转了一圈，特别羡慕地说："爸爸把精髓都遗传给你了。"

姐姐真是太好看了，哪怕没什么表情，举手投足也皆是风情，即便她已看了她很多遍，有时候还是会被美到恍神，尤其是一见宛亦笑，她就想去做甜点，想唱歌，想念诗，想的全是跟美好有关的事情。

只是，美人的笑容太少了。

不过讲真的，这清冷精致的美人跟言子辰是真心有 CP 感，那张被言子辰发在网上的两人合照，曾被她设为手机屏保，一解锁，一双美人笑容闪现，整个手机都发着光。

算了，芸歌晃了晃脑袋，不能再想下去了，哥哥会捏死她。

接着刚才的话，芸歌说："我还是更……"那句"像妈妈"刚到嘴边，她就想起了她妈妈也是个绝色倾城的大美人，摸了摸自己圆润的小脸，芸歌叹了口气，把那三个字默默地咽了回去。

嗯，她还是更会做饭吧。

说到芸歌的厨艺，必须要浓墨重彩地来几句。

绝对是集父母 DNA 之精华，聚蔬果肉蛋之灵气。道道巧夺天工，手艺登峰造极，色味俱佳，出神入化，有幸一品者皆念念不忘。

当然，宛美人除外。

于是，芸歌发誓要用厨艺来把美人给重新征服了。

丢掉的面子，她楚芸歌可是一定要挣回来的。

时湛出差回来时，发现女朋友被妹妹拐走了。

他开车到芸歌那儿时，宛亦拿着本书正坐在芸歌家花园里樱桃树下的吊椅上翻看着。

芸歌又被这初春时节繁花丛中的美人儿恍了眼，拿出手机想拍照留念。

一解锁，嗯，宛亦和言子辰，手机发着光。

时湛垂目看着芸歌的手机屏保，目光又上移，落在她脸上，眼神沁凉，不像看妹妹，倒像在看对手，芸歌讪讪："嘿嘿，马上换，马上换。"

却悄悄地在心底比较着：宛亦和言子辰、宛亦和时湛，这两对CP，她毫无疑问地还是站在宛亦和言子辰这边。

没办法，芸歌简单粗暴的人生哲理之二即为颜值就是正义，也不是说哥哥不好看，但魔方弟弟前无古人后无来者的惊艳真的是铭刻她心啊。

芸歌拍了照，被时湛看着换了屏保，乖乖做饭去了。

时湛推了玻璃门，把樱桃树下的宛亦整个儿抱起，扔回客厅沙发上，面色不善："给你说过多少次，这么凉的天，不能穿得这么薄待在屋外，不要身体了？"

厨房里的芸歌偷偷地瞄了眼，腹诽：呦，还敢凶女朋友呢，没竞争对手硬气了啊？

晚饭的时候，君齐也来了，芸歌做了满满一桌，从餐前的开胃小菜到正餐的珍馐佳肴再到饭后的小甜点，融合了祖国大江南北的各式美味，相当诱人。

时湛颇为惊讶："都是你一个人做的？"

芸歌挺着小胸脯，骄傲地道："嗯！"

时湛把每道菜都尝了一遍，更惊讶了："味道挺棒，如果做成餐饮品牌，在全国范围内扩张连锁很容易。"

芸歌连忙摆手："别别别，太复杂了，我就想简简单单的，分享给身边的人就行了。"

君齐白了时湛一眼："想挣钱想疯了吧，资源都利用到你妹妹头上了，我劝你善良点。"

宛亦也护着妹妹："你怎么满脑子资本家的腐朽，除了商业模式你能想点别的吗？"

时湛端着汤的手顿了顿，郁闷了，他也就随口说一句，怎么就成众矢之的了？

芸歌低着头，吃着饭，唇角泅着笑，小脸放着光，当团宠的感觉可真好啊。

吃着吃着，她又猛地抬起头看向宛亦，问她："好吃吗？"

突然被问到的宛亦愣了一下，连忙拿起筷子："好吃好吃。"

宛亦在芸歌那儿不太想走了，温馨、舒适、热闹，还有个春意盎然的小花园。

她到了这里，才知道什么叫家。

宛亦不走，时湛也住下了，好在芸歌房子大，不缺卧室供他们选，君齐早先在芸歌家楼上买了套房子，早早地就搬过来住了。

于是四个人天天凑在这套房子里，芸歌变着法子给大家做各种美食，热闹得像过年。

这期间，宛卉也来找过宛亦一次，她们上次见面是芸歌受伤住院需要输血的时候，当时宛亦给宛卉打电话，态度清冷："无论你对我有多大意见，有多不想见我，现在都务必赶来市医院，救人要紧。"

宛卉赶到时，宛亦刚抽完血，状态不佳，两人匆匆一见也没什么交流。

这次，宛卉是专门抱着她一岁半的儿子衡宝儿约见了宛亦，有了孩子的宛卉，整个心思都扑在了孩子身上，和魏承兴荒谬的过往已如云烟般在她生活中淡化，她向宛亦道歉，同时感谢宛亦一直以来对她的经济资助，一次次地帮她夺回孩子，默默地给衡宝儿请来了很棒的育婴师。哪怕她曾口无遮拦地刺伤她，用她异想天开的爱情去隔断血脉亲情。

白胖的衡宝儿趴在宛亦的腿上喊她小姨，又爬上沙发跑到芸歌那儿喊她小小姨。

孩子眼睛清澈晶亮，笑起来纯净无瑕，宛亦觉得自己几乎被治愈了，觉得缺失的亲情都被命运以另一种方式重新馈赠了回来。

那段时间，她觉得自己像是生活在一片温暖的云层里。

雾散，天晴，她好似望见了蓝天。

第
十
七
章

鲁 珀 特 之 泪 ， 碎 若 尘 埃

Chapter 17

周末，宛亦和时湛一起逛商场，路过一家小众的钻石品牌店，宛亦停下了，说："上次，在这家店，就这个位置，我把你买给我的戒指从这儿扔下去了。"她又支着身子往楼下看了看，"不知道现在还能不能找到。"

　　时湛好笑地把宛亦的身子揽了回来："有那个工夫，还不如进店里再挑一款。"

　　宛亦朝店里扫了一眼，明显不感兴趣："一个女人不喜欢你的时候，你送她钻戒是浪漫，等她喜欢你的时候，你还送，就是浪费了。"

　　"什么乱七八糟的歪理。"时湛笑出声。

　　"还是你觉得扔戒指挺浪漫？"时湛回忆起那天，并不是什么美好的记忆，"当时气得我挺想把你也扔了。"

　　"扔得动吗？"宛亦转过身往前走，留给他个背影，时湛盯着她不堪一握的小细腰，缓步跟了上去，边笑边思考着，就这小身板，他能一手扔一个吧？又拧了眉，为什么还这么瘦？怎么吃了芸歌这么多顿，一点效果都没有？

　　从商场出来后，天气有些闷热，北临的六月已完全进入了盛夏模式。

时湛让宛亦在路边等着，他去给她买冰激凌。

宛亦就在那儿站着没动，抿着唇笑，看着他拿着冰激凌朝她走来。她的裙摆和长发都在风里轻晃，时湛心都快化了，他真是太喜欢宛亦这副安静听话的模样了。

事情就是在那一瞬间猝不及防地发生的。

宛亦突然被身后跑出来的人用湿毛巾狠狠地压住口鼻，刺鼻的气味充斥进脑门，她马上反应过来，拼命屏住气息。

可药味太浓，宛亦一瞬头晕目眩，挣扎不得，眼前光影混乱着消失。

是魏承兴，他将宛亦扔上一辆破旧的车子，目色阴寒地看了一眼迅速将手中冰激凌扔掉冲过来的时湛，启动车辆，疾驰而去。

时湛追不上，环顾了一下四周。

"借用。"他大力扯开路边的一个靠着摩托车打电话的小伙子，跃上他的车子，紧盯前方魏承兴那辆车，起步加大油门，眨眼间就飙出去很远。

自去年魏氏坍塌，魏承兴因洗钱金额巨大和扰乱金融市场被判了无期徒刑，但狡兔三窟，一直未被缉拿归案。

他今天铤而走险地出现，劫持宛亦。

时湛瞬间想到了无数种可能，是报复，是威胁，是要钱，还是最极端的那种——走投无路后的丧心病狂，誓与他们同归于尽？

狂风骤起，天色瞬变，灰色雨滴密密砸下，如幕帘般盖住天地，时湛紧盯着前方车子隐现的尾灯，加大速度，在摩托车的轰鸣中掀起一片水雾，他一边攥紧着车把，一边将自己的实时位置共享给君齐，让他迅速报警。

雨越下越大，闪电雷鸣不绝于耳，魏承兴疯了一般向前开，时湛不要命地朝前追。

周边的人越来越稀少，道路越来越难走，北临的郊外是一片荒山密林，魏承兴直把时湛往那儿引。

山林道路崎岖，魏承兴车速有所减缓，时湛越逼越近，眼看就要追上，车辆突然行至一片开阔的地面。

闪电劈下，世界亮了一刹，清晰地照出前方的巍峨断崖，几十米外便是万丈深渊。

时湛的心狠狠沉下，这亡命之徒，果然是铁了心要与他们同归于尽。

时湛咬了咬牙，顷刻把车速加到极限，飞速转动的车轮卷起泥泞，带着野性的轰鸣呼啸着冲向前方，时湛看准时机一个急转，反向抵着轿车的车头，不让魏承兴往悬崖边靠近。

天地暴雨间，两辆车加足了油门在激烈对峙，巨大的声响盖过雷鸣，魏承兴透过斑驳的车前玻璃阴险地看着暴雨中怒意贲张的时湛，咬着牙笑了，笑他的不自量力，笑他的无用挣扎。

这样刚好，他连时湛一起撞下山崖，把他魏承兴逼上绝路的人，一个都别想活！

魏承兴看了眼仪表盘，更用力地踩下油门，摩托车的力量渐渐无法与之匹敌。时湛手臂上青筋欲爆，被步步逼退，一点一点地靠近悬崖。

千钧一发的时刻——轿车突然不堪重负，"砰"的一声熄了火。

火力充沛的摩托车瞬间猛烈地撞开了轿车，惯性地向斜前方冲去。

时湛来不及刹车，连人带车撞上树干，老树断裂，失控的轰鸣还在继续，摩托车翻滚，整个压砸在时湛身上。

时湛的耳膜几乎被震破，胸口的剧痛闪电般蔓延至全身，搅乱了五脏六腑，痛得他大脑空白了一瞬，半天无法动弹。

车厢里宛亦的意识像被什么强压着，她能隐约听见车窗外的暴雨和轰鸣，想睁眼，却怎么努力都睁不开。

魏承兴低骂一声，撞开车门，又把后排的宛亦从车上拖下来。

天色快速变换，霎时暴雨停歇，魏承兴目光如焰火，浸透着疯狂与狠戾，掐着宛亦的脖子，极怒地朝时湛吼着："你们都该死！"

缓了很久，时湛终于从泥泞中推开摩托车，强撑着身子站起来。脸颊边的刮伤渗得满脸都是血迹，他对魏承兴说："别碰她，你冲我来。"

"怎么，碰不得？"魏承兴嘴角扬起一丝玩味的笑，却是脸色阴沉地靠近宛亦，几乎吻上她的脸，眼神也愈发晦暗，"十来年前我太过于仁慈，脱了她衣服又放过了她，而今天，当着你时湛的面，让你看着她当年是怎么被我亵玩的，是不是更刺激？"

时湛眸中汹涌起暴风雪般的怒意，他强压着身体的不适，盯紧魏承兴狰狞的脸色，一步步朝他走去，声线低沉："你今天敢动她一下，我保证让你死无全尸。"

"哈！"魏承兴大笑一声，嘲弄地看着他，"我早已一无所有，还怕什么？我早就不打算活了，留着这条命，让人笑话？"

见时湛离他越来越近，魏承兴又倏然从车中抽出一把长刀，架在宛亦胸口："你说我们三个，让她先死怎么样？然后咱俩再拼个不分胜负，双双坠崖，是不是很有意思？"

宛亦努力地抵抗着强烈的晕眩感，乙醚让她头脑昏沉，身体无力，一片模糊里，隐约看见光亮闪在眼前。

她艰难地辨别出，那是刀。

冷刺的刀锋抵在她胸口，宛亦努力地想让自己清醒。

时湛放缓了步子，紧盯着魏承兴，尽量让自己的声音平稳下来："你活着回去，因宛卉的关系，我们还算有一丝牵连，如果今天我们三个都死在这里，你的孩子，没人会帮。宛亦怕衡宝儿再次受到你的威胁，一直在全国范围内关注着魏铭的配型，前段时间，一位脑死亡的重伤患者在清醒时签下器官捐献书，与魏铭高度配型，等病人离世，就能送魏铭去手术。"

魏承兴愣住了，这大半年的逃亡，他与家人已完全失联，很久很久没有听到儿子的消息了。

时湛见他动摇，接着刺激："魏铭现在急需换肾，光靠透析已支撑不了太久，你想清楚，要不要给你儿子留条后路。"

魏承兴在恍神中猛然发现时湛已走至他身旁，他立刻收紧手中的刀："离我远……"

话还没说完，时湛就猛扑了上去，狂乱间按下魏承兴拿着刀的手。

宛亦被推到一旁，重重地摔在泥坑里，她的感官终于复苏，慢慢地睁开沉重的眼皮，暴雨已停，阳光刺眼。

她缓了好一会儿，终于看清了眼前这狂乱的一幕。

魏承兴满脸疯魔地被时湛按在身下。时湛将银色刀刃沉沉地横在魏承兴的脖颈上，眼底是一片让人不寒而栗的冰冷，烈日尘嚣里，他压出一道血印："你不该再来招惹我，我原本打算善待你的家人。"

魏承兴挣扎，时湛反手将刀刃划向他脸颊，鲜血从魏承兴脸上的深痕中涌出，流过眼睛，流出一片深红的世界。

见血的剧痛和恐惧让魏承兴动作放缓了一些，时湛重新将刀抵上他咽喉，压出一道血印。

触手可及的死亡终于让魏承兴消停了下来。

他身体开始微微颤抖。

"如果你真的想死，我就一刀下去了。"时湛加重了手中的力道，鲜血持续地从刀刃上流下，"再给你一次机会，回去自首，你的孩子就有救，或者在这儿死到我手里，这个地方，毁尸灭迹，比你想象中的更容易。"

魏承兴开始大口大口地喘着气，真正濒临死亡的恐惧让他颤抖起来，或许是为了孩子，或许是为了自己，他求生的欲望突然就占了上风。

"我自首，我自首。"他开始求饶。

时湛抬眼，看着一旁从泥泞里爬起来，身形不稳的宛亦："过来，来我身后。"

看着宛亦走到他身旁之后，时湛拿刀抵着魏承兴咽喉的手才一点点地抬起，放他起身。

死里逃生的魏承兴癫狂般地跑进密林中，直到他的身影消失不见，时湛才将手中的刀扔掉。

天地间很安静，暴雨后的烈日下连一丝风都没有。

凌乱的现场，废弃的车辆，陡峭的山崖，还有斑驳的血迹，让宛亦愣了好久才后知后觉地感到害怕，才明白发生了什么，她颤抖着抱紧了时湛的腰，眉心痛苦地拧了起来："我差点害了你。"

"没事了。"时湛缓缓地擦掉脸上的血迹，温柔轻缓地安慰着她，"跟你没关系。"

空旷的崖边似有叠音，时湛平静得令她心悸。

宛亦环顾四周，深山断崖，鲜有人迹，信号都寻不到一分，缓了好一会儿，问时湛："我们出得去吗？"

"嗯。"他对来时的路有大概的印象，只要走出山林，到有信号的地方，就会有人来接应。

两辆车均已报废，时湛带着宛亦走进山林。山林浓密道路凌乱，来时的车印已被大雨冲刷干净，时湛努力地回忆着、判断着方位。

走着走着，宛亦突然挣脱时湛的手，穿过几株老树，看不见了身影。

"别乱跑。"他皱眉。

"时湛！"

很快，宛亦的声音从西北方向的密林间传来，时湛慢慢走着，穿过林子找到她。

是一潭清水，宛亦站在边缘处，清澈水面没过雪白的脚踝，指着波光潋滟的水，宛亦对他说："进来洗干净。"

时湛幽深的眼眸寂静无声，直直地盯着她发间跳动的阳光，缓缓地笑了笑。然后半蹲在潭水旁，脱了上衣，慢慢地清理着自己。

时湛的动作很慢，慢得像是过了一整个夏天。

等他清洗完，衣服早已经被宛亦洗干净，挂在树枝上，烈日骄阳下，很快晒干了。

时湛穿上衣服，有些累，坐在树下休息会儿。宛亦坐在他身旁，侧目看着他，干净的时湛身上，是清淡的自然气息，很舒适，闭上幽深双目的脸庞带着清逸。

她突然说："谢谢你。"

时湛闭着眼睛笑："怎么谢？"

宛亦不知道怎么回答了。

"你以后，认真吃饭，好好生活，我就谢天谢地了。"时湛笑着睁开眼睛，"走吧。"

起身的时候却有些力不从心，他伸手，让宛亦把他拉起来。

天色很快暗了下来，树影割破月光，时湛在一片片光斑里找着路，很快又走入一片浓密树林，夜色在漆黑中处处弥漫着沁入骨髓的冷意。

密林森森。长风从天幕扑落，头顶浓密枝丫簌簌作响。

一会儿风又停，似有声响从四方涌来，零碎诡异，飘忽不定，让人背脊发凉。

宛亦突然问他："你还想回到狩猎时期吗？"

时湛笑得无声，想起他们曾在波多黎各荧光海滩边关于生活状态的讨论，当时他说，相比于农业社会和现代生活，他更倾向于回到狩猎时期，这会儿，真困于深山密林，身体却诚实地告诉他："不想了。"

时湛又问她："你怕不怕？"

怕吗？宛亦反问了一下自己，好像不怎么怕，夏天的森林，有种特殊的木香，身边的时湛身上是略带湿润的清新，让她很安心。

好像有他在身旁，她就没什么好怕的。

又往前走了不知多久，走至一片旷野，夜渐深了，有些冷了，宛亦细细的手指冻得发白，时湛把她的手握在掌心，想给她暖一暖，但他的手似乎更冷，便合着她的双手揉搓起来。

旷野生风，头顶一片繁星璀璨，几颗流星划过，美得出奇。

宛亦抬起头："我听说，对着流星许的愿望，都能实现。"

她在他的掌心里双手合十，闭上眼睛，月光落下，染出虔诚。

良久，时湛轻轻问她："许好了吗？"

"嗯，"宛亦睁开眼睛，"愿我们，从今往后，多有喜乐，少染风霜。"

星光落在时湛的眼睛里，一刹搅出深深涟漪。

"傻瓜。"他笑，"许的愿望不能说出来，会不灵的。"

"一直以来，我都拖累了你太多。"宛亦仰着头看着时湛的眼睛，"从你认识我，我没带给你一件好事。希望现在还不算晚，让我有足够的时间，用你对待我的方式来对你。"

"不。"时湛摇头，"你让我见识了这个世界的美好。"

她给了他最可贵的心动，世间万物，带上了情感，才能看出美丽。山河岁月，有她才是风景。

月光落进时湛的眼睛里，清澈得像晨间的洱海，起着温柔的波澜，他问她："如果有来生，还愿不愿意和我在一起？"

宛亦垂下眼睛，抱住他："如果今生不圆满，我求来世有何用。"

墨蓝天幕正北方的那颗孤星缓缓隐去，繁茂枝丫间的天空碎片渐渐变得清亮。

时湛低头看了眼手机，他们终于走到了有信号的地方，他侧过身看着宛亦，有一束晨光穿过丛林落在她身后，把她脖颈间稀碎的绒发镀上了模糊的光晕。

时湛突然发了疯般地想紧紧地抱一抱她，却在伸手的那一瞬死死地抑制住了自己。

最终，他只是轻轻触了一触她的脸颊，低声说，没事了。

君齐一直盯着时湛的共享位置，在信号出现的第一时间，就接收到了他的即时定位，飞驰着车子赶到。

他靠着驾驶椅，挑眼望着时湛："警方在你昨天信号消失的位置撒网式搜寻，一个小时前抓到了魏承兴，还在找着你呢，自个儿就跑出来了，看来真是有九条命。"

时湛上车，顾不上君齐的调笑，极低的声音里是再也强撑不下去的痛意："去医院。"

宛亦惊诧，与君齐同时看向他，时湛的身子在靠上座椅的那一瞬间僵垮了下来，苍白的脸上冷汗如瀑。

195

宛亦抓住他手臂，眼睛里满是连她自己都没察觉到的惊颤："时湛——"

时湛松松握住她的手，勉力扯出一个笑容："没……""事"字还没说出口，他身体就猛然前倾，一口鲜血喷涌而出，顺着他们相握的手，流得满身斑驳。

君齐霎时被一股寒凉浸透全身，半分不敢耽搁，定位最近的医院，打过方向盘，在呼啸的风中，把车速飙到了极限。

到医院时已有医生、护士守在门口，把半昏迷的时湛抬上抢救床，迅速往急救室推去。

宛亦惊慌地跟着抢救床和医生跑，她紧抓着他的手，而时湛手指的力度却在渐弱，只余一点儿。

被推进手术室前，时湛突然睁开眼睛，示意医生稍停下一会儿，然后吃力地扭头凝视着脸色惨白的宛亦。

"宛亦。"他艰难低唤。

宛亦跌撞地扑到他身侧，死死攥着抢救床的把柄，俯下身去。

时湛的目光恍若穿透了一生，在她耳边轻声说："别在医院待着，先回去，以后，好好的。如果有别人，学着接受。"

他清楚地知道自己被摩托车砸的那一下有多重，他几乎是拼着命将她护送到安全的地方的。

时湛此刻眼前已是白雾一片，却还是用力地看着宛亦，看一眼，或许就是此生的最后一眼。

"时湛！"宛亦的嗓音几乎被撕裂，她不明白时湛最后一句话是什么意思，她发疯般地要往急救室里冲，几个护士紧紧地按住她不让她进。

被拉进急救室的时湛什么都听不见看不清了，这个世界好像离他越来越远，远得只剩下他眼前的那抹幻影。

幻影里，月静如水，他眼前的那个姑娘，虔诚干净，月光落在她纤长的睫毛上，她轻轻地说："愿我们，从今往后，多有喜乐，少染风霜。"

他知道，他的姑娘此生最怕的就是失去和分离，更何况死别。

他忽然就后悔了，为什么要让这个姑娘爱上他？

手术室的灯持续亮着，宛亦坐在手术室外，紧攥着手指，被医院的凉意渗透了心肺。

渐渐地，有不少人赶过来，在手术室外打着电话，交流着，一片杂乱。

宛亦坐在无人问津的角落里，恍着神，脑海中的光影，久久地停滞在时湛让她离开的那个画面——他让她，以后，好好的。

她好像什么都懂了，却抗拒着，不愿意去想明白。

明明是盛夏，明明外面温度那么高，她依旧全身冰凉。

"你是宛亦？"主刀医生不知道什么时候站到了她身旁，宛亦倏然回神，腾一下从椅子上站起来，这才发现手术室灯已灭，走廊一片清静。

宛亦惊乱："时湛，时湛他人呢？"

"他的家人已经帮他转院了。"医生扶了扶眼镜，他主要是来告诉她，"刚才那位病人，急救中他突然清醒了几秒，问出一句，宛亦她走了没。"

他不知道，这是有多深的执念，才能支撑他在那种情况下醒来，不愿让这个姑娘看到最后最残酷的结局。

宛亦站在那里，像被抽走了所有力气，怔怔然看着医生，半响，才艰难问出："他伤得怎么样？"

"情况不太好。"医生皱起眉。

"右侧肋骨全断，内脏受损极为严重，耽搁时间过久，我们这边无能为力。即便是转到最好的医院，也凶多吉少。"

医生的声音落在宛亦的耳畔全成了连绵不灭的惊雷，她心跳越来越沉，越来越缓，最后，像被什么东西扼住般快要停跳。

她下意识地向外跑去，越跑越快，越跑越快，身体虚浮得恍若没有重心。

外面不知道什么时候又下起了暴雨，天地间一片苍茫，她深浅跌撞在其中。

他说来生，可哪里有来生！

他说别人，可哪里能有别人！

她那颗耗费多年终于平静的心，已被他砸出千层激浪，要怎么才能重新归于止水！

接时湛转院的车子已经开出医院的大门，她疯狂地追在后面，冲着前方失控地大喊：

"时湛——

"如果你活不过来，我就跟你一起去死！"

她的声音在狂风中被打散。车子越开越远，不可能听得见。她接着嘶喊："时湛你听着，我说到做到——"

她的脑海中浮现着时湛的一言一语、一颦一笑，反反复复，不停止。

她还没把那早已深入骨髓的爱说出口，她还没向时湛亲口说过爱。她不愿那迟到的、还未说出的话，变成无声的吊唁啊！

芸歌刚赶到医院，她看见失控的宛亦，冲到了她身旁。

"姐，你听我说。"芸歌抱着她，手中的伞被狂风掀飞，"我哥他就算现在凶多吉少，但还有一线希望，就算最后没了希望，他也想让你承载着他的希望好好活下去啊！

"他这一生只爱过你一个人，任何时候，他脑袋里最先想到的都是你，姐姐你冷静点，你要先坚持住！"

宛亦被芸歌抱住，却还在拖着芸歌往前走，往前追着那辆车，一步一步，全是失重的晕眩，像灵魂离了躯壳。

硕大的雨点打入尘土里，风卷着雨汹涌袭来，远近里只有凛冽的呼啸声。

宛亦的眼中是比大雨更滂沱的泪水，耳边还响着他的声音："以后，好好的。"

似有闪电劈上她心头，那是比她想象中还尖锐的痛。

时湛的所有消息被全线封锁。

没有人告诉宛亦时湛在哪儿，她不知道他是死是活。

宛亦用了所有的渠道，想尽了办法，都打探不到一点时湛的消息。

繁华城市，落在她眼中，是一座空城。

他与她攀过山岭，走出黑暗，她以为终见清明，所有的美好幻景却在那场大雨中仓促收笔。连带着她的未来，也深埋进了一片白雾之中。

命运何其残酷，把人这般玩弄。

宛亦枯坐房中，眸底一片凄怆。

她环视着她的房间，到处都是时湛留下的痕迹，细致入微的时湛，曾让她房间的每一寸都变得有生气。

光打在她面前的那只花瓶上，给怒放着的鲜花晕染上一层朦胧，那是时湛前几天刚给她换上的，是应季的白莲和蓝色绣球，配着几株浅紫的桔梗，鲜明美丽。

冰箱上里还有他留下的贴纸，她打开冰箱，依旧是满满的，仿佛还听得见他在她耳边轻笑着说："记得吃早餐。"

她的电脑还通着电，画面停留在几天前那个她看了一半的视频，是时湛的一个专访，隔着薄薄的屏幕，他却像是在另一个世界。

远得，她连伸手去触摸都不敢。

宛亦坐在那儿，颤抖，窒息，像再一次地被命运扼住了喉咙。以往的二十几年中，命运给她设了无数道无解的难题，但她确信，这次一定是对她打击最大的一次。

她的一切都是时湛给的，这世上，也再无人会像时湛那般待她，如果她曾被命运苛待，那时湛则是命运对她唯一的偏爱。

她懊恼、后悔，为什么不知道早点珍惜？为什么没早点清醒？拥有时湛的、她从未想过会失去的时光，忽然就成了她再也挽不回的时光。

芸歌过来陪着她，劝她，但宛亦对她的劝解没有任何反应。

她跟芸歌不一样，她们恰恰相反，她掩藏了本性，用冷漠强大伪装自己，芸歌看似柔软温和，却拥有坚不可摧的内心。

这世界上真正的痛苦都是无法言说的，因为没人会感同身受，它会像冰山一样沉积在你的心底，铸成一道枷锁，让你负着重，步步难行。

时间一天天地过去，她依旧得不到关于时湛的消息。

桌子上的花已经开败了，无人来换。

宛亦忽然地，就不想知道时湛的生死了。

芸歌守了宛亦半个月，看着她从最初的疯狂到最后的沉默。终于见她开口："如果哪一天他死了，不要让我知道。"

他不愿意让她看，她便不看了。时湛太了解她了，他太清楚，她承担不起不好的结局。

如果她知道时湛已不在人世，那她这一生，也就到此为止了。

宛亦看着芸歌，芸歌不曾见过那样的眼神，很静，很淡，很轻，却带着千钧的重量，压得她完全喘不过气来。

"如果他好起来了，还愿意见我，帮我转告他，我会一直在华盛顿等他。"

——那是他们最初相遇的地方。

她只与时湛相识一年半，他的直接，他的坚持，他的主动，把她一步一步地从黑暗的困顿中拉出，如果没有他，她便一辈子都不会知道爱情是什么，一辈子都会被困在自己给自己设下的牢笼中。

既然一切都是你给的，那我便等你。

用这一生来等你。

宛亦离开了北临，来到她曾经生活过的华盛顿。

她从东半球走到西半球，房子里再没有时湛的痕迹了，当关于他的一切真正不再出现在她生活中时，那种空旷的、令人窒息的、无形的压抑，让她终于忍不住了，她半跪在陌生的房子里，哭得没了自己。

或许在找不见时湛的那一刻，她就没了自己。

他答应过她，不再离开她，可他没做到。

他没有做到。

宛亦又飞回北临，把那株时湛种在她家的珊瑚铃带回了华盛顿。

那一年的冬天，冷得无以复加，冰天雪地里，天地一派灰色，她种的所有植物都死了，唯有那株被她漂洋过海几经波折带来的珊瑚铃，在冷色的世界里，生得艳丽。

像是她那颗被流放的，再无着落的心，在等待的执念里生出的那丝微弱希望。哪怕那丝希望只是虚无缥缈的妄念。

风雪锁城，也锁了心。

北临的冬天和华盛顿一样，格外地冷。

卿墨自去年言子辰离开之后，也变得沉默很多，像一夜长大，他太年轻了，无法一下子接受生离死别，总觉得言子辰还在身边，安静地坐在那里玩魔方，任他吐槽也不反驳。

时隔一年，他才慢慢接受言子辰已不在身边的现实。

快放寒假的一天，卿墨出了寝室楼，不经意在楼下看见了王其正。

"王老师？"他诧异地走过去跟他打招呼。

王其正脸上的笑意比往日淡了很多，取而代之的是落眼可见的沧桑。

"子辰之前住这儿是吗？"他问着卿墨，抬头看了看寝室楼和不远处的教学楼，追寻着少年留下的痕迹。

卿墨点点头，一瞬间泪目。

"王老师，"他说，"我有一个关于言子辰生活和比赛的 VR 视频，如果您想他，我带您去看一看。"

VR 视频的浸入式体验太过于真实，王其正在看到言子辰的那一瞬间，身体轻颤了一下，他扶了扶眼罩，看着阳光中的言子辰朝他走来，仿佛看见了少年重生。

少年精致的眉眼间依旧清淡得不染过多情绪，却是生动鲜明，在跳跃的阳光中，朝气蓬勃。

他看着看着，就想起在言子辰成名后，他去找他，说希望能借助他的影响力多宣传魔方时，少年眉宇清淡却眼神坚定地说："您放心，我跟您一样希望这项竞技能发展得更好。"

又想起在言子辰生病后，他告诫他多休息，别老想着练习，少年浮着笑容说:"这段时间,我没有练习指法,一直在脑子里构建改进着公式,以后能更快。"

没想到,自那以后,他再也没拿起魔方来。

视频中的言子辰进入赛场,拿出三阶魔方开始在后台练习,王其正走到他身后看着,行云流水,轻巧绚丽,眨眼间,他便将手中的魔方复原。

在去年的世锦赛决赛上,他第一次关注到这个少年,那日,言子辰虽失误,却让他看见了真正不凡的实力,关于言子辰风驰电掣的故事,便在那时展开。

在以后的接触中,他更是发现,这个少年是他接触的那么多选手中最爱魔方的那一个。

他在言子辰身上看到了曾经的自己。

20世纪80年代初,魔方传入中国,千变万化的神奇效果掀起了一股魔方热,在那个电脑和网络还没有普及的年代,他们自行摸索还原方法,仅十岁的他自己摸索出了复原公式,参加了1982年第一届世界魔方锦标赛,那次比赛,他虽未获得名次,却深刻地感受到了魔方竞速的魅力。

他的梦想便在那一年开始发酵。

但是之后,更多的玩具流入中国,电子游戏也逐渐出现,魔方热在中国逐渐褪去了,世界魔方锦标赛也不再举办。

直到2003年,WCA成立,停赛二十一年的世界魔方锦标赛才重新举办,年过三十的他在那场比赛中大放光彩,数十年如一日的练习让他横扫了很多项目的冠军,荣登巅峰。

之后，他便一直致力于中国魔方的发展和推广。

而言子辰，他爆发在这个最好的时代，他在论坛上毫无保留地分享着自己的技巧和心得，直播教更多人入门级的玩法，锲而不舍地练习，一次次刷新世界纪录，让更多的人看见了魔方的魅力，重新掀起一股魔方的热潮。

在这个普遍迷茫的时代，他是对热爱和坚持最好的标榜。

言子辰承诺他的，帮他进行魔方的推广，他做到了，却得不到任何的回应，只留下写满悲怆魔幻让人唏嘘的半生。

王其正想催眠自己，关于言子辰，是个悲而不殇的结局，但他清楚地知道，今年年近五十的他，此生再也没机会见到这个让他惊艳让他热血的少年了。

眼泪已完全模糊了双眼，视频中的言子辰依旧生动鲜明地转着魔方，他却再也看不下去，王其正去掉眼罩，用手背抹了下双眼。

卿墨接过 VR 设备，关掉视频，沉默着与王其正一起走出工作室。

长冬阴冷，漫漫无期，校园道路寂寥无人，两人无言地走到校门口，卿墨想再往前送一送王其正，王其正摆摆手，不让他送了。

卿墨站在了原地，看着王其正微弯的背脊、瘦削的背影，第一次发现，人的苍老，真的就在一瞬间。

卿墨闭了闭眼睛。

岁月苍茫而残酷。

愿言子辰的梦里，没有风雪。

有人说，在一个与之前生活没什么关系的世界待久了，就能忘掉很多东西。

确实，在华盛顿的这几个月，宛亦觉得很多事情都随着时间淡化了，而关于时湛的所有细节却历久弥新。

她依然，睁眼闭眼都是他，梦里梦外都是他。

他说——宛亦，你要多笑，笑起来很好看。她便对着镜子朝自己笑，笑得眼底一片灰色。

他说——宛亦，你要好好吃饭，她便学着顿顿给自己做，难以下咽也要强压着自己一顿不落。

而他对她笑的那些画面，不知道什么时候就会突然造访，可那笑，却像是黑白映画，她看不清背景里所有缤纷的颜色，世界没了他，便也没了色彩。

只有一次，她的梦是彩色的，鲜明的世界里，时湛告诉她，他很快就会来找她，宛亦很长很长时间都无法从这场梦里醒来，梦里时湛清晰明亮地看着她，那个样子太美好了，美好得让她不惧岁月长。

君齐来华盛顿找过宛亦一次，她以为他会带来一些时湛的消息，但没有，他只是在她住的房子里转了一圈，问她："你最近一个人过得怎么样？"

没等她回答，君齐又问她："如果时湛永远回不来了怎么办？"

宛亦沉默着，她不能判断他这句话背后隐含的是好消息还是坏消息，她想问，却不敢问。她太害怕，会问出不好的结果。

君齐接着说："时湛总是会主动地出现在你的世界里，之前的你或许没有想过，有一天，可能他永远也不会出现在你的生活中了。"

宛亦的脸色一瞬煞白，整个身体像是被冰水从头浸到脚。

君齐看着她的失色，表情没有任何波动，沉默了一会儿，突然说："可能你也看出来了，我一直不太喜欢你，你和时湛的这段感情里，我从你身上看到的全是置身事外的漠然。"

一次又一次，无论时湛怎么对她好，都攻不破她那颗犹如磐石的心。

他何曾见过这么冷血的人？这世间尽是陌路人，可笑的是，能入时湛心的除了宛亦竟再无其他人，他劝时湛、嘲笑时湛、讽刺时湛，却依然等不到时湛死心。

时湛他傻子般一直守在原地，让宛亦转身就能看见他，任她虐，任她伤，任她肆无忌惮。

凭什么？他自始至终都想来问问宛亦，你凭什么？

"时湛他这个人一向冷静自持，但一碰上关于你的事，就完全没了理智。"君齐冷然双眸暗波浮动，看着宛亦，"你知道魏承兴的口供里是怎么说的吗？

"魏承兴说他劫持你，准备与你同归于尽，时湛在路边抢了一辆摩托车追到山崖边，在魏承兴准备带着你开入悬崖的时候时湛硬是把他的汽车给撞了回去，时湛他自己却连人带车地撞上旁边的树干，直接把摩托车给撞报废了！

"你想象一下那是多大的冲力，明白时湛为什么会伤得那么重了吗？"

君齐看着宛亦，言辞是刺骨的凉讽与愤怒："那个傻子他是在以命换命！他伤成那个样子，还要忍着，克制着，拼着命把你安全送回去！"

时湛一向认真、负责，就连对付对手也像对挚爱的执着，给无情的商战添上一抹又一抹清亮而孤寂的底色。他同样心怀大义，不是滥杀鲁莽的复仇者，从不伤及无辜，甚至把魏氏坍塌后的那些员工都给妥善地安排了。

这样的人，这么好的人，他值得更好的。而不是一次又一次给他眼前的这个女人玩命！

"我来没别的，就是想告诉你，两个人如果付出的感情不对等，就不会有好结局。"君齐平稳了一下自己的情绪，冷眼看着宛亦灰白的脸色，丝毫没有留情，"你也没必要一直等他，不一定能等到，这世界上想对你宛亦好的人这么多，你何必只祸害时湛一个。"

君齐找到宛亦的当天下午，芸歌也赶来了，她站在街道对面望着站在家中花园里的宛亦，宛亦的脸沐在夕阳的光里，望着一株珊瑚铃，半天没有动一下。

这幅画面很静、很美，美得让芸歌感到心碎，她忍不住拿出手机拍下这个画面。

画面里的宛亦，是被刻在旧时光里走不出的人。

芸歌很想走过去告诉她，风雨再大，也会有停歇之日。

君齐却拉住了芸歌："走吧，不要打扰她了，该说的我都已经说过了。"

花园中最后的落日金粉散去，看不见星星的夜空是一片浓得化不开的黑暗。

　　夜里，喧嚣淡去，宛亦很难入眠，没有时湛在身边的日子，已有近两季。她回想着白天君齐问她的话——如果时湛回不来了怎么办。

　　这个世界唯一的时湛，曾给予了她关于未来所有的具象，灯光的颜色，窗边的花朵，电视机的位置。

　　他也曾遭遇不公，也曾踽踽独行，但仍带给了她力量与希望，把她拉出生活的泥沼。

　　如果他回不来了，那她就等在这里，看人群的聚散，看指数的起伏，看四季的更替，在回忆里终老一生。

　　可她还是希望，她能有机会弥补她亏欠时湛的一切。

第
十
八
章

世 间 万 物 又 逢 春

Chapter 18

春天到的时候，宛亦已经逐渐平静，这里的蓝天清澈而透明，常常把彩色的时湛带入梦境。

她有时也会出去走走，最常去的就是纳斯达克证券交易所。

那家咖啡馆还在，她站在那儿，抬头就能看见 NASDAQ 几个巨大的字母。

她想象着，这个为他们故事埋下伏笔的一幕是什么样子，那日是晴天还是阴天，他在不远处听着她轻狂的言论，是笑还是挑眉。

想着想着，她就在人群中看见了时湛，时湛挺拔的身形在汹涌的人潮中赫然显立，她一眼就能看见。

时湛也正望着 NASDAQ 那几个巨大的字母，而后，他收回目光，视线穿过千百人，终于找到了没于众人中的宛亦，目光独落于她身上。

周围的一切声音都没了，满世界的色彩，一瞬淡去。

只有时湛，含着笑，带着万道霞光，向她走来。

时光在这一刻是静止的，宛亦觉得这个幻境太美好了，她动也不敢动，生怕一个不小心，幻境就没了。

一定是她太思念他了。

直到时湛走到她面前，把她抱在怀里，她才意识到自己已是泪流满面。

往事在这一瞬散去，漫天阳光重现。

宛亦不知怎么才能证明时湛是真实的，仿佛只有用紧挨着才能感受到的体温，才能缓解她害怕他会再消失的恐惧。

时湛同样紧紧拥着她，他对她太想念，对她太喜欢，对她太渴望，她触摸到他肌肤的瞬间就已把他点燃。

到家后，宛亦赤红着双眼，去扯时湛的衣服，去吻他，用疯狂到极致的情感，做尽所有能做的事情，用抵死的缠绵告诉对方，我爱你。

很久很久，混乱模糊的景象才逐渐回归清晰。

宛亦的瞳孔里全是时湛的影子："为什么不早点联系我？"

时湛愣住了："我一脱离危险，就让君齐来跟你说了。"

刚开始的治疗过程中，他几度病危，在重症监护室里待了近两个月，为了不影响集团正常运营，他的消息被封锁得很严，一点蛛丝马迹都不能泄露。但他一脱离危险，确定无性命之虞，进入正常的恢复期后，因不方便与她直接联系，便让君齐直接飞到华盛顿亲口告诉她他的近况。

宛亦看着时湛，目色蒙眬，回想起君齐说的话，沉默了。

"他没说？"时湛皱着眉头，"那他说了什么？"

宛亦摇了摇头，接着沉默。

"芸歌呢？她也来了，也没告诉你？"

宛亦依旧沉默，她并没有见到芸歌。

时湛起身，来到阳台，电话拨到君齐那儿："你跟宛亦说了什么？"现在回想，他走到宛亦身旁抱住她时宛亦看他的眼神，不可置信是远大于惊喜的。

君齐在那边笑得坦然无畏："我说你快死了，让她别等了，赶快另找。"

时湛半天没说出一个字。

"先挂了啊。"隔着电话，君齐都能感受到大洋彼岸的沉沉气压，识时务者为俊杰，他又赶忙补上一句，"祝你俩百年好合。"

芸歌在一旁把眼睛瞪得溜圆："你当时是这样跟我姐姐说的？"

君齐耸耸肩："如果时湛连为她搏命都等不到她的不放弃，那两人的感情就永远也不会平等。"

"你这样会出人命啊！"芸歌踢了他一脚，又扑上去一阵猛打，"自己先跑来华盛顿，让你等我半天都等不了，我还以为你急着告诉我姐姐好消息，我信了你个没良心的好心！"

时湛回到卧室，圈住宛亦："对不起，让你担心了。"

宛亦摇摇头："他说得对。"

时湛眉心一跳，说得对？

宛亦接着说："我一直关注着时越集团的消息，你们把消息处理得滴水不漏，我看不到关于你的任何动态，我害怕，你即便是逃了这一劫，也不会再想搭理我。"

时湛诧异："为什么？"

"我反思了很多，之前我那样对你，你不再想搭理我也正常。"

时湛眼中浮出了些笑意，笑她的妄自菲薄："如果我不理你了怎么办？"

"我去缠你，求你，闹你，把你追回来。只要你还活着。"

"宛亦，你不用怀疑，"时湛将怀中姑娘圈得更紧，"你永远都是我翘首以盼、迫不及待，想要来见的人。"想见她，是他支撑下来的最大动力，让他坚持醒来的，只有她。

"时湛，"这个曾在她心口盘桓了无数次的名字，终于被她说出口时，无比缱绻动人，"从此以后，只有你是我魂牵梦绕，要以命相搏的人。"

时湛笑着看她，那个眼神，安定了人心，拂掉了凄清，散去了一身的尘埃。

不知不觉就到了傍晚时分，宛亦让附近餐厅送来餐点，她去开门拿外卖，在离开时湛温度的那一瞬，又觉得自己还是陷入幻觉中，关了门，她急急地朝卧室跑去，去看时湛还在不在，一不小心撞倒了桌子上的花瓶，花瓶应声而碎，水洒了一地，她又慌忙蹲在地上一片片捡着玻璃碎片，时湛闻声走出来扶着她肩膀。

"我来，你别伤着手。"

宛亦抬头，对上面前男人如墨的双眼，她盯着他不动，却有种错觉，觉得自己像是透过推远的长焦镜头看见的他，时湛近在咫尺的脸，实际上是在遥远的镜头之外。

宛亦晃了晃脑袋，伸手去摸时湛的脸。

时湛眉目间拢起淡淡的笑意："怎么了？"

"摸摸你是不是真的。"

时湛抱起她，低头在她唇上紧咬了一下，痛得宛亦肩膀缩起："是不是真的？"他笑，又去揉他在她唇上留下的印子，揉着揉着，他指尖的温度就迅速从微凉到温柔又燃烧到了灼热。

时湛便低下头来吻她，唇瓣间的贴合带出强烈的电流，他抱着她重新回到床上，时湛怕弄疼了她想动作轻点儿，但身下的宛亦柔软的身体紧紧地贴着他，主动地吻着他，这简直让他无法自控。

天旋地转里，宛亦隐约看见最后一丝霞光沉下，天空星河初现，拉开了夜的屏障，是一路的繁星璀璨。

等他们想起来吃饭的时候，餐厅送来的饭菜早已凉透，宛亦拿去厨房热，时湛跟着过去。他扫了一眼厨房，设备还挺齐全的，问她："有机会吃到你亲手做的饭吗？"

宛亦的脸色融在柔光里："明天，明天给你做。"

因为时差和一路风尘的疲惫，第二天时湛醒来时已是日落时分。他睁开眼睛就看见宛亦坐在他身旁看着他，时湛坐起来，眼睛里洇出温柔的笑意，一双手锁在她腰间："这么晚了，你怎么不喊我？"

宛亦目光追着他，一瞬不眨："早上醒来的时候，我以为自己在做梦。"

梦见满眼阳光，故人如是。

傍晚天色温柔缱绻，时湛的脸浸在光里，唇角的笑是时光赋予的美好，他用温热的掌心去揉宛亦微凉的小脸："梦不会醒了好不好？"

时湛起床后，洗完澡，两人踏着晚霞去超市买食材，西斜的阳光将两人的身影拉得很长。超市不远，十几分钟就走到了，宛亦推着小车，挑的菜全是时湛喜欢的。

"你竟然都记得？"时湛诧异了，自己吃饭都没个定性的姑娘，竟然真留心过他喜欢吃什么。

"我什么都记得，但这些日子，我特别害怕在人群中看见与你相似的背影和与你有关的事物。"宛亦把商品一件件拿出来，扫码，结账。

很多东西，平日里她并不是刻意地去想起，但或许是片熟悉的阳光，或许只是一道熟悉的香气，或者仅仅是闭眼的瞬间，跟他有关的记忆就会突然造访，占据她所有的神思。

宛亦想起今早她醒来，第一眼看到的时湛，他沉在蓬松的枕头里，睡得一片安稳，许是做着一个好梦，唇角也是放松的弧度。

日光浮在他轮廓分明的侧脸上，让那个画面看起来真的太不真实了。

她太害怕那是幻觉了。

如果生命是有重量的，那么在缺失他的日子里，真的就轻了大半。

时湛拎起袋子，向她伸手："走吧，回家。"

这轻描淡写的四个字，重重地拨动了宛亦心底的那根弦，在岁月的天南海北里，在她无数次的期盼和绝望中，沉淀出最动人的音符。

路边繁茂的树叶干净得发着光，街头艺人在热闹地表演着，还有香气四溢的热狗和冰激凌。

一切都是那么真实。

回到家中，开放式的厨房，时湛倚着餐桌看她做饭，香气浅淡，却勾得他跃跃欲试。

他从身后搂着她的腰："好香，熟了没，让我先尝一口。"

宛亦夹起一块牛肉递给他，他却微探着身子吻在她唇上："这儿更香。"

宛亦淡色的唇被他亲得嫣红，连带着脸也红了起来。

时湛在她耳边轻轻地说："一生很长，原谅我的偶尔缺席，剩下的路，我保证陪你走完。"

宛亦拿着筷子，感觉身后有清风穿堂而来。

她看着锅中颜色鲜明的西红柿炖牛腩，笑着。

这人间不止有离别，还有更好的春花秋月，人间烟火啊。

很久之后，宛亦回忆她这一生看过的风景，只觉这世间的美丽有千万般，却再没哪一帧比得过时湛踏着晨光归来时，那种震撼人心的惊艳了。

时湛没法在华盛顿待太久，两天后两人就回了北临，宛亦也没什么好收拾的，走的时候一身轻松，只带着那株珊瑚铃。

两人一前一后地过安检，宛亦先过，时湛的眼神追着她，恰巧宛亦回头，两人的目光便交缠在了一起。机场窗外的云霞，在他眼睛里映出一片惊鸿。

这归途，是无尽的暖调。

回北临后，两人直接去了时湛的住处，时湛的屋中有清淡到近乎没有的冷香，夜晚清凌的月色如烟似梦，她抱着他，睡得无比踏实。

回北临后，宛亦才慢慢拾起之前的工作，她休工半年，刚开始不怎么忙，便天天在家给时湛做饭。

有天回家，时湛看见宛亦站在阳台上，微低着头帮他烘干衣服，长发被风吹散在肩头。

阳台外面，出着太阳，下着细雨，这场太阳雨，像穿越了时光，如白日烟花般，在天空缓缓盛开。

那是一种被时光浸透了的安静。

时湛站在客厅里，盯着这一幕，眼眶都红了。

"你回来了？"宛亦去厨房端出做好的饭菜，喊着他，"吃饭吧。"

香气在两人之间铺陈开来，连清风都配合地穿堂而入，盛满整个房间。

时湛手指缠着她乌黑如缎的长发，着迷地吻了吻她，有些心疼："你不用做这些，有阿姨来做。"

"我喜欢。"宛亦笑着，"珍惜吧，等我过段时间忙起来，你可就没有这种少爷待遇了。"

晚饭挺丰盛，菜看被宛亦搭配得营养均衡，有一道时湛喜欢的清蒸海鱼，宛亦一直给时湛夹着，连鱼骨都给他剔了个干净。

时湛侧着脸看着她，眼睛里浸着笑意：“我已经痊愈了，真不用这样补，你更应该多吃。”

宛亦抬头笑：“你多吃。”

饭后，时湛起身要收碗。

“坐着，”宛亦阻止，“你多休息。”

宛亦的睫毛很长，起身按住时湛的手时，吊顶的灯恰好顺着睫毛的轨迹打进她的眼睛里，映出一圈光晕，给她罩上了几分温柔。

时湛不太舍得移开目光，几度怔神间，宛亦已把他面前的碗筷拿走了。

时湛也起了身，依着桌边看她收拾，难得身上带出一丝慵懒的气息，看着她在客厅和厨房间来来回回，听着水管里哗哗的声响，还有陶瓷清清脆脆的碰撞声。

最后，宛亦端了杯温水放他手边，瞥见他眼中还浸着意犹未尽的笑意：“怎么，没吃饱？”

“嗯，没吃饱。”他说着，伸手锁着她的腰身将她抵在墙上吻了过去，唇舌交缠的深吻裹挟着炽热的呼吸，将宛亦灼得肩头一阵轻颤。时湛吻了一会儿，不舍放开，便用胳膊圈住她，一边吻着，一边一步步将她带入卧室。

“你之前叫‘忆初’是吗？”他朦朦胧胧地自问自答着，“是个好听的名字。”灯光打在地板上折出一片明晃晃的光，晃乱了时湛的眼睛，也晃乱了他的思绪，世界很安静，安静才知心脏能跳动得这么快。

而后，他将她一把拦腰抱起起身压在床上，又将她肺里的氧气掠夺了个干净，喘息的工夫，时湛看着身下娇颜，指腹贴在她清灵的眼睛上，轻柔而温情，对她说："我第一次见你的时候，便诧异世上怎么会有这么有趣又漂亮的姑娘。回国后和小舅一起又碰见你，感叹着小舅眼光真好，心里却是一片遗憾，想着，如果日后你们在一起了，我一定得离得远一点，万一无法自拔地爱上小舅的女友，可怎么办才好。"

他的指腹移动到她嫣红的唇瓣，似摩擦出噼里啪啦的火花，声线愈发暗哑："你不知道，得知小舅对你别无他意时，我的那种感觉，真的就像是重生了。"

宛亦的心中涌起一片暖暖的浪潮："可当时你坐在小舅身边，看我的那个眼神张狂恣意，一点儿都不像好人。"

"当时我对你的企图就这么明显了？"时湛低着头笑，手指顺着衣服的曲线游弋至她的腰间，声音低哑惑人，"是我放肆了。"

宛亦一声无力自控的嘤咛彻底引燃了两人之间弥漫着的星火。

清淡的夜风，便带上了燎原之势。

这个夏天，总归很好，有时湛在身旁的日子，无论怎么样，都是好的。

她有时候也会想起言子辰，她和言子辰认识的时间其实并不长，截至他休眠，也只有一年半的时间。这个少年却给她带来过很多温暖，他孩子般的赌气，拿着奖牌向她炫耀，还有闹出的那场让她啼笑皆非的告白。

被冷冻那天的很多细节她其实已经记不清了，唯独少年慢慢闭上眼睛的那个画面还清晰得宛如昨天。

那个眼神里满是遗憾，以至于她每次想起言子辰，也都充满着遗憾。遗憾她看不到他创造更多的奇迹，走上更高的巅峰。

言子辰曾把魔方发扬四方，但在竞技场上，魔方还是太小众，奖金少，付出多，选手们大多靠爱好而支撑，很多优秀的选手迫于生活的压力而放弃。

在言子辰离开以后，宛亦联系王其正，在国内投资组建了一支魔方战队，给予丰厚的物资系统培训。今年的魔方世锦赛，她这一队人全都打入了决赛。

决赛的时候，宛亦在现场，她看着战队里一个个年轻的选手，蓄势待发，誓要夺冠。

看着看着，宛亦的眼眶就湿了。曾经的那个夏天，言子辰在台上熠熠生辉，今年夏天，他的战场，由她守候。

国际裁判和各国翻译已经到位，赛事一触即发，而宛亦却突然看见言子辰也站在台上，少年的脸浸在阳光里，带着透明的淡淡光芒。

而他指尖，是奋不顾身燃烧着的力量，绚烂地复原着一个个魔方，夺下那赛场上属于他的、久违的冠军。

一瞬间，全场起立，掌声雷动，闪光灯如同星海般汇成一色。

言子辰的眼中是极致的绚丽，像盛放的夏花，像燃烧的流星，释放着无尽的光华。

他站在台上，看着人群中的宛亦，骄傲地扬起下巴，属于他的光环，丝毫没有褪去。

宛亦朝言子辰笑着，分享着他的骄傲与喜悦，她朝少年走去，快走近时却突然惊醒。

她迷茫地看着周身，听着房间外的声响，决赛还在准备着，还没有开始，是她在休息室里睡着了。

原来是一场梦。

宛亦有些怅然，把这个梦说给时湛听。

时湛笑，隔着桌子伸手抚她的脸，温热的指尖略带磨砂感，沙沙地滑过她脸颊，宛亦还不适应在公共场所这般亲昵，条件反射地朝后躲去。

时湛够不着了，干脆起身，绕了半圈走到她身后，掌心不知什么时候多了一只木簪。

长指穿过黑发，柔柔地将她的长发绾起，却是无意落下耳畔一缕，与她的肤色黑白相映，如画的美。

时湛的手握住她肩膀，低头看着她，心旌摇曳。

温热气息落在她额头："入梦的人是在告诉你，他在另一个世界过得很好。"

宛亦抬头，对面环景玻璃上映出时湛颀长的身影，她与玻璃中的他对望着，脸颊在薄薄的阳光里染上一层胭脂色。

她没有说话，却是忽然想起在波多黎各日光和煦的海滩边，他以发为绳，欲为她束起长发。

亦如今天这般温柔。

其实，两个人之间，有着这么多的美好记忆。

其实命运，对她不算刻薄。

浮生如梦，而言子辰，以最特殊的方式活在她心中。

秋天的时候，宛亦也开始忙了起来，却喜欢上了看小说，总是在工作之余见缝插针地看。

降温的一天，她窝在阳台吊椅上，纤巧的肩膀裸露着，拿着一本书翻看得入神。瓷白皮肤裸露在微凉的空气里，时湛拿起一条薄毯从头覆上去，把她整个儿包住，抱回屋里。

宛亦看得太入迷，吓了一跳："你干吗？"

"暖你。"时湛看着怀中姑娘，眼中是不悦，"外面温度多少，穿成这样？"

"看书看入迷了，没顾得上冷。"

"什么书？"

宛亦把书往后藏了藏，不给他看。

时湛猜到了："芸歌喜欢的那类书？"

宛亦笑："她从我书柜里抱走了一堆股票入门级教材，又塞满了小说。"

时湛无奈了："你别跟她学，那丫头之前没看出来是个这么有个性的，天天跟君齐讲一堆歪理，闹得君齐拿她一点办法都没有。"

宛亦笑着："对了，我明天去一趟开封。"

时湛想了想："中原古城？"

"对，一座有四千年底蕴的古城，一千年前世界的经济中心。"

"世界经济中心？"时湛语气中带着怀疑。

宛亦瞥他一眼："公元 1000 年左右，大宋汴梁，人口超百万，是世界首屈一指的大城市，当之无愧的世界经济中心。"

时湛问她："你去那儿做什么？感受底蕴，缅怀曾经的辉煌？"

"之前开封有一队大学生，以宣传中国传统文化为主旨成立了一个社团，我看过他们的作品，很棒，但宣传上缺乏资金和渠道，没什么收入，一直靠兴趣支撑着，现在毕业了，准备解散，我去给他们找资金和渠道，劝他们做下去。"

"嗯。"时湛把侧躺在身旁的柔软身子拢在怀里，"明天我去上海，不陪你了，自己路上小心。"

第二天宛亦独自驱车去了开封，一下高速，这中原腹地八朝古都的浓郁气氛便扑面而来，视野变得苍茫开阔。

开过汴京的城墙，这种氛围更加浓烈，老城区内没有什么高的建筑，墙面大多斑驳，商铺的招牌也是仿宋的设计。正赶上开封的菊花文化节，整个城市被各色菊花点缀着，姿态万千，淡雅宜人，为这里的古韵添上一丝独具特色的鲜活。

宛亦直接去了几个少年的工作室，项目谈得很顺利，双方的观点一拍即合，一个下午便达成了初步的协议。谈完之后，他们极力邀请宛亦一起去吃开封有名的第一楼灌汤包，宛亦本没太大的兴趣，但盛情难却，便一同去了。

几个大学生很健谈，为她介绍着当地各种的特色与文化，热热闹闹地吃完饭，又邀请她去看《大宋·东京梦华》的水上表演，宛亦婉拒，早早地回了酒店。

她住在临近清明上河园的铂尔曼，这是一个地标级的园林酒店，融大宋民族文化与大气的现代风于一体，挨着龙亭，酒店园内有着大片的湿地，精致湖泊，石桥亭台，站在客房里就可尽览。

房间里有温泉风格的大理石浴缸，宛亦拉上帘子，接满水，整个身子躺进去，被柔软的水覆盖着，闭上双目，一天的疲惫便散了大半。

屋内宁静无声，她的微信忽然响了一声，宛亦微睁开眼睛，目光落在装饰台的钧瓷上，懒得去拿手机，过了一会儿，又响了一声。

这次是时湛的专属铃声。

氤氲水汽里，她伸出手，微探着身子把手机给拿了过来，点开。

时湛：想我了没？

宛亦笑了笑，用手指轻轻擦去玻璃屏幕上凝结的薄水雾，回他：才大半天不见，你想让我怎么想你？

时湛秒回：我想你了，开门。

开门？宛亦愣了一下，起身从浴池中走出，穿上浴袍，打开门镜。

透过那片小小的玻璃竟真看见了时湛，他站在门外，外套搭在手臂上，微低着头，正饶有兴趣地研究着门边的什么。

宛亦这才打开房门，顺着他的目光看去，见门边墙壁上镶嵌着一朵透明菊花，细长的花瓣被一线暖光映衬着，风姿尽展，美得独特。

听见开门声，时湛把目光移向宛亦，含着笑，在她脸上略略停驻，便拥着她进了房间，反手关上门，柔声质问着："才大半天不见？如果今天我不赶过来，何止半天见不到？"

宛亦帮他把领带稍微扯松了些，看来是刚在上海开完会就直接飞过来了："累不累？"

时湛摇摇头，微俯着身，亲在她眼睛上。

宛亦又问："还没吃饭吧？"

时湛点了下头："没有。"然后向下，亲在了她唇角。

"我今天听说这里的西祠夜市很棒，一会儿陪你去？"

"让酒店送点简餐就好。"时湛摁住了她的腰，加重了吻的力度，"相比于西祠，我更感兴趣的是你。"

不知是不是因为刚才在浴池中放的水过多，宛亦忽然觉得房间里的温度升高得过快了。

她从他怀里退了两步，拉开窗帘，又打开了点窗户，夜风吹了满室，安神，舒适的清凉。

时湛看了眼窗外，平静的湖面倒映着满月，再远一点，是埋于草木中星点般的微光，静谧，美妙，放眼望去，不见一个人影。

"这个酒店人真是少。"他走到宛亦身边，按住她后脑勺，把她带进怀里，让她躲不开，又将她摁在沙发上，压在身体里吻着，"这丛林湖泊地让我想起了我们被困于山林里的那晚。"

彼时，兵荒马乱。此时，安宁静谧。

"在山林里，你一次又一次地主动抱我，"时湛的手滑进她浴袍里，气息暧昧，"当时，我真想不要命了。"

宛亦的脸瞬间燃烧："时湛，你越来越不正经了。"

"对我的正经女朋友，太过于正经，会影响感情的。"

竟然觉得有些道理……

她一定是被芸歌的那些小说洗脑了。

"什么时候给我升级？"时湛扯开她浴袍的腰带，在她脖颈间寻着香气。

宛亦被他扰得有些迷乱："嗯？"

"什么时候嫁给我？"

"不是你一直不娶吗？"宛亦按住时湛的手，阻止着他的动作，"没钻戒，不求婚，请问你是要靠市梦率来迎娶我吗？"

"怎么没有？不是被你扔了吗？"时湛微抬起身子看着她，"况且，按你的说法，我现在再送你戒指不是挺浪费的？"

宛亦无话可说。

这天聊到最后都没聊明白，到底是谁耽误了结婚。

第二天两人都没有什么太重要的事情，不急着走，一早就去逛了珀尔曼旁边的清明上河园。

这个园子以实景还原了张择端久负盛名的《清明上河图》中描述的汴京繁盛街景，浓缩了千年风情。

初秋的天气很舒服，一入园子，便像走入画卷，穿越到一千多年前那个辉煌的宋朝。

仿宋建筑古朴大气，热闹的景观中有很多民间工艺的展铺，同时融入不少北宋时期民俗文化的剧目表演。

宛亦边走边说："想象一下，千年前的开封便是如此盛况，人口数量超过盛唐时期的长安，同时期的巴黎不及开封人口的五分之一，可以想象大宋是一个多了不起的朝代。"

时湛看着周围景色，点着头，仿佛透过时空看到了那个繁盛强大、政通人和的大宋。

晨间的阳光温和，时湛牵着宛亦走过上善门，头顶突然传来一道中气十足的男声："我王员外今日在此搭下绣楼，为女儿招亲，小女既有倾国倾城之貌，又有举案齐眉之德。只要被小女绣球抛中，就可成就这桩天赐良缘，当场披红戴花，登楼拜堂。"

"京城首富王员外招婿的剧目表演，"身旁的一个姑娘兴奋地跟男友解释着，"一会儿王小姐还要出场抛绣球呢，你也去抢，给你个机会让你顷刻拥有万贯家财和如花美眷。"

宛亦听着有意思，左右都是闲逛，便与时湛一起停下来看着热闹。

不一会儿，盛装的王小姐出现在二楼阳台，脚步轻盈，掩面的长袖柔柔落下，水灵娇柔得让台下人惊艳一片。

美人捧着绣球顾盼寻觅，那眼神让台下好些男人心口怦然跳动，跃跃欲试。

王小姐倚着雕花护栏来回望了好几圈，目光屡次落在时湛身上，是情不自禁，那男人太显眼，宸宁之貌，气质卓然。

手中的绣球几度虚抛惹得众人一片沸腾后，王小姐终于将之扔出，直直地抛落在时湛怀中，别人连抢的机会都没有。

王员外喜气洋洋地笑着："天赐良缘啊，这位公子快快有请，上来与小女拜堂成亲。"

时湛拿着绣球，在手中颠了两下，又在众人的起哄声中看了宛亦一眼。

宛亦笑意明媚，竟跟着旁人一起闹他，推着他向前："抱得美人归，坐拥万贯财，人生得意，莫过于此啊。"

时湛挑挑眉，顺着她的力度向前走了几步，被候在门槛旁的几个丫鬟拥进小楼，过一会儿，时湛玉冠束发，一袭红衣，一副新郎官的模样风姿绰约地出现在二楼露台。

他没走向王小姐，走向了王员外，低声和他交谈起来。

不知他说了些什么，那王员外听闻，笑得眉目尽展，接二连三地应着好。

两人聊完，王员外和王小姐均回了屋，时湛这才向楼下看了眼，宛亦正仰着小脸事不关己地看热闹，他拿着绣球向她砸去："上来。"

刚才宛亦的反应真是让他大跌眼镜，他还以为，她会直接怒怼："我宛亦的男人怎允许他人染指！"

他真是对她太好了，这姑娘有恃无恐了。

宛亦拎着绣球晃了晃，笑，几个宋装姑娘从小楼里走出，提着裙子袅袅婷婷地将她围住，半推半搡地把她拥进屋里，将她按在梳妆镜前，手法娴熟地为她淡扫蛾眉描上红妆。

宛亦诧异："这是做什么？"

"你舍得男朋友与他人拜天地，他可不乐意呢。"王小姐端出一套鲜红嫁衣，为她穿上，整理衣带时轻拍她的肩膀，"好男人要珍惜哦。"

说完，她便将盛装的宛亦推至阳台。

此刻的宛亦朱唇黛眉，凤冠霞帔，眉间金色花钿妩媚生动，是不同于平日的另一种美法，盛大而惊艳。

时湛笑着看她，朝她伸手："来。"

王员外主动当起了赞礼者，抑扬顿挫地唱出了一套简洁版的拜堂仪式。

台上佳人倾城公子无双，台下人头攒动喜见热闹，礼成之时，更是欢呼祝福一片。

王员外适时开始收尾："感谢各位父老乡亲前来观礼，祝一对新人百年好合永结同心，今日园中酒水餐食一应免费，大家随意取用，尽兴玩赏！"

观众们意犹未尽地笑闹着转身散开，发现身后的大宋茶馆和大宋酒馆竟真的端出一个个大碗，邀着大家来喝喜茶喜酒。

人渐渐地散去了。

露台一侧的梨木桌上放着王员外提前按时湛安排准备好的砚台笔墨，时湛拥着宛亦来到桌前，握着她的手执起毛笔，行云流水的行书落入宣纸：

喜今日永结同心，鸾凤和鸣。卜他年执手白头，桂馥兰馨。

己亥年秋

宛亦看着这由他们亲手写下的一纸婚书，心口暖意盎然。

时湛放下笔，依旧握着她的手，蘸了一旁玉盘里的印色，在宣纸上按下一个清晰的指纹，然后，他拿起剪刀，刺在自己的拇指指尖，就着涌出的鲜红血液，摁在了宛亦的指纹旁边。

宛亦一瞬间眼眸如海。

在秋菊盛放到极致的香气里，时湛在她唇上印下一个清冽缠绵的吻。在她耳边说："鲜血为鉴，时光为证，生生世世，此爱不渝。"

宛亦在清透的阳光中抬起头来。

"时湛，"她看着他的眼睛，诚挚而纯粹，"我们第一次相遇，你让我脱胎换骨，再次相遇，我宛若新生。

"曾经的我，不喜欢回头看，因为身后的璀璨和荒芜从不曾容纳我半分，同样，我也不愿意向前看，因为不知道前方的归途在哪，我把自己罩上无孔能入的壳，自以为屏蔽了世界就能心如止水。"

宛亦的目色如浸透了温暖的湖水，无声地润入时湛的身体里，她接着说："最后发现你说得对，没有人喜欢孤独终老，我不过是在逃避。还记得从爱尔兰回来时，你在机场对我说的那句话吗？"

宛亦专注地看着时湛："你说，你终将成为我生命中那道千回百转不灭的光。

"你说对了。"

时湛，我这一生，何其有幸能遇见你，被你照亮。

她永远记得他们一起看过的漫天星河，记得他们一起穿过的狂风暴雨，记得他们之间所有的故事，记得这段感情，至死不渝。

时光，终是给了他们最好的结局。

番
外

热 爱 终 将 在 时 光 中 不 朽

—— *Special Episode* ——

这是 2200 年的世界，也是言子辰在沉睡近两百年后苏醒的第三个月。

他站在窗前，沉默地望着这个完全颠覆了他记忆的世界。

这个时代，四季乱了，风雨乱了，建筑乱了，人也乱了，找不到丝毫当年的痕迹。

帮言子辰苏醒并为他治愈渐冻症的林博士无奈地走到少年身旁："如果你还是不愿意接受基因改造，你将完全无法融入这个世界。"

现在的言子辰只是个二百年前的普通人类，而 2200 年的今天，人类早已通过基因改造拥有了很多超能力，就像当年电影里的 X 战警一样。

两百年前的世界已经数字化，所以林博士知道这个漂亮沉默少年的所有故事，也知道他心心念念的那个人一生的轨迹。

林博士接着叹息："别老想着她了，没有意义，你回不去的，况且你也不是不知道，她当时是为了你人生不留遗憾才答应你的。"

言子辰痛苦地闭上眼睛，他沉眠之后，她在漫长的光阴中步步前行，他在时光的起点停滞不前。

他们的轨迹，终究还是错过了。

林博士望着言子辰，突然被他的这个神情刺痛了，她是多久没见到这种纯粹的神色了。

现在的人类，强大而完美，甚至不再需要别人的关心和感情，生活由科技主宰，冷漠是相处礼仪。

对于少年这场诚挚的跨时代爱情，她突然想成全了。

林博士长长地吁出一口气："来吧，我帮你。"

言子辰的眼睛倏然点亮。

"你去另一个有她的平行宇宙，那个世界她的人生轨迹和这里的不太一样，你或许还有机会。"

"平行宇宙？"少年微拧着眉心，终于开口，漂亮的眼睛里满是疑虑，"真的有吗？"

林博士耸耸肩："我们所生存的宇宙迟早有一天会走向灭亡，而平行宇宙可能是人类的最终归宿。

"你们那个时代虽然还没有明确找到平行宇宙，但在当时的世界，包括 M 理论在内的很多物理学理论也都支持平行空间的存在。"

少年的脸映着晨光，攥紧了手："无论以什么方式，只要能见到她，就好。"

林博士将言子辰送到一个她正在研究的平行世界——2009 年的世界。

来到这个世界后，言子辰依旧是十九岁大二的学生，而十六岁的宛亦，未曾遭遇变故改掉名字，依旧叫作"宛忆初"。

少年来到宛忆初就读高中的操场上，看着前方的教学楼和旧式空调，还有盛夏那绵长而安静的白云，一切都跟记忆中的一模一样，时光的滤镜将这里的一切都衬得闪闪发光。

下课铃声响起，少年一眼就从人群中找到了宛忆初，他的目光定格在她身上，唇角是抑制不住的笑意，看着她越走越近，越走越近。最后言子辰起身，从台阶上蹦下来，直直地朝她走去。

他离她只有几米之遥了。

阳光照在言子辰脸上，灿烂而鲜明。

"宛忆初。"

少年的声音干净好听，他隔着清风，隔着光影，隔着一个时空的情愫，轻喊出她的名字。

少女回过头来，两人视线交汇在一起，看见言子辰，宛忆初被恍了一瞬，"喊我？"她问，又迟疑着，"我们认识？"

"嗯。"少年眼中笑意明显，"我早就认识你了，早到……你二十五岁的时候。"

"我今年十六岁。"姑娘声音清俏，掺着丝凉意，"所以你是脑子有坑吗？"

少年只是笑，没有辩解，像是看着世间最惊艳的景色，眼中有光芒迸出。

"隔壁精神病院的啊。"见他不说话，宛忆初向后退了两步，校服裙子在膝盖上微微晃动。

子辰跟着她的后退朝前走了两步，宛忆初伸手阻止："你别过来。"

她不让他靠近，言子辰便站在原地不靠近了，接着笑："我在隔壁学校读大二，下课比你早。"

宛忆初盯着他顾自后退着，退到安全距离以外，转身就跑了。

言子辰看着她灵俏的背影，笑容无止境地放大。

下午放学的时候，言子辰依旧在操场上等着她。

夏日酷暑，橘色的黄昏里。他见宛忆初从教室里出来，跑过去，把刚买的一瓶冰果汁递到她手里，不小心碰到她指尖，擦出一片电流，似要把他心脏都点着。

宛忆初神色变了变，把果汁扔了回去："我还在读高中，不早恋。"

言子辰在室外等得久了，额角有薄薄的汗，眼中却有涟漪晕开。

"嗯，"他说，"我等着你。"

"也就一年，"他略垂下目光，笑着，"两百年都过来了，一年何妨，还不是弹指瞬间。"

宛忆初瞪圆了眼睛："又发病了啊你！"这神经病长得倒是挺好看的，怎么脑子这么不正常，怪吓人的，靠脸考上的大学啊？

"这一年中，你不要喜欢上别人。"霞光由浓变淡，光线变得清和，言子辰看着宛忆初，"我可是为了你，放弃了成为超人的机会。"

宛忆初摁着额头，这人……还真是，病得不轻。

神经病少年每天都去隔壁高中在未来女朋友的漠视中等她放学。宛忆初不搭理他，他也不强求，远远看两眼就回自己学校了。

有一天等得无聊，他便去买来一只魔方打发时间，打乱，几秒复原，又打乱，几秒复原，眼花缭乱得看呆了一旁路过的小学生们。

有一次，他自个儿玩得入迷了，把背包里的三阶、四阶、五阶、六阶、七阶魔方复原了个遍，一抬头，看见身边围了一圈瞠目结舌的小学生。

"你们干吗？"

言子辰觉得小学生们的目光不是很正常："要打架吗？"

"哥！"小学生们激动地蜂拥而上，"你是怎么做到的？"

这次是言子辰被吓跑了，吓得三天没敢去隔壁高中。

2009年的互联网传播速度还没那么快，小学生们从来没见过能把魔方玩到如此程度的人，有人录了一段言子辰复原魔方的视频传到校园论坛上，男孩子折服于他的速度，女孩子折服于他的颜值，言子辰瞬间成了炙手可热的校园偶像，有人去查了查魔方的世界纪录，天哪！不敢相信这些世界冠军跟小哥哥比起来竟全是小弱鸡！小学生们沸腾了，QQ头像全换成了魔方哥哥视频的截图。

宛忆初跟着大家一起凑在电脑前，一遍一遍地看着视频，同样的目瞪口呆。

这人，还真是超人啊，想到少年对她说的那些话，也不觉得他是神经病了，嗯……应该是天才的思维模式都比较奇特，不走寻常路。

大家都知道魔方哥哥每天是来等宛忆初的，于是她被委以重任，去隔壁大学讨要魔方教程。

言子辰坐在操场台阶上，见她来找他，借着月光对她笑，抑制不住的开心。

他给她讲解魔方初级玩法：

——先做好底层棱块归位，然后是底层角块归位，中层棱块归位，做好顶面十字，顶角翻色，调整顶角位置，顶层棱块归位。

少年指间的绚丽夺目，晃得她头昏脑涨。

宛忆初眨了眨眼睛，手指还停留在第一步，问他："你讲得这么快，是怕我学会吗？"

少年的唇角慢慢扬起，手指停住，脑海中浮现了另一段时光的光影。

那日，他教宛亦金字塔魔方，他飞快地讲解了复原金字塔魔方的步骤，宛亦靠在阳光房蔷薇花枝旁，浮光在她身上晃动，她的手一直在僵着，最后问他："你教得这么快，是怕我学会吗？"

一晃数百年，幕幕如昨日。

学完魔方，言子辰骑单车载着宛忆初将她送回家，夏夜风轻，月漫枝头。

言子辰穿着纯白衬衣，皮肤也是瓷白的，薄薄的衣角在风中翻飞着。他载着她穿过一个个被树荫遮盖的路灯，姑娘在斑驳的灯影里冥思苦想，顶面十字复原的公式是什么？

言子辰突然回头看了她一眼："笨。"他停下车子，一双长腿撑着地面，侧过身来，漆黑的眼睛里盛满笑意。

四下寂静，只有少年清隽的声线："我放慢动作，你仔细看着。"

宛忆初抬起头看着言子辰，那一瞬间，她觉得自己几乎对这个漂亮的少年动了心。

花瓣纷纷飞落，顺着风的方向萦绕在周身，姑娘赶忙垂下眼睛盯着少年手中的动作，她挺秀的鼻尖儿微翘，唇色像樱桃，白皙的脸蛋被扎起的马尾衬得更加小巧。

言子辰心中一片温暖，这个夏天真好，连风都送着花香。

宛忆初很快升上高三，冬天的时候课程加紧，没太多时间搭理言子辰，好不容易等到期末考试，言子辰早早地等在考场外。

这几天下了一场大雪，在一派明净的雪光里，他的脸清澈到透明，似要与雪色融为一体。雪后出了阳光，但依旧是清冷，少年围着花坛转圈，雪下得厚，很快被他踩实了一大片。

宛忆初考完试跑出来，远远地就看见言子辰穿着白色羽绒服站在那儿，雪色映着他瓷白面容，明亮的光给他漆黑的发镀了层金色。

"你傻不傻，来这么早。"姑娘眼中难得含着一抹娇俏，去摸他的手，一片冰凉，"冻透了都。"

她踮着脚，把言子辰羽绒服的帽子给他盖了上来，帽子太大，戴上后只看得见少年精致白皙的下巴和微扬起的唇角。

"看不见你了。"少年又把帽子掀掉，觉得姑娘的笑浸了阳光，融了冰寒，一点儿都不冷了。

"急着想见你。"言子辰望着她，止住了笑意，"我订了会展中心的人工智能展，想去看吗？"

那一年，人工智能的概念还未大范围普及，展会上出现了很多宛忆初从未见过的新奇事物，自主无人系统的智能技术，人脸、情感、语意等模式的识别，跨媒体分析等等，看得她眼花缭乱，惊奇万分。

"人工智能是计算机科学的一个分支，它的理论和技术越来越成熟，应用的范围日益扩大，会慢慢地颠覆这个世界，改变人类的生活。"

言子辰却似对这些事物很熟悉，一项一项对她耐心地解释，深入浅出，直到展会结束，她还意犹未尽。

看着她的神色，言子辰笑道："下周末还有一场人工智能展，展品主要是机器人，机器人在未来不仅会替代更多的岗位，还可能会出现自我进化，会比今天的更有趣。一起来？"

宛忆初一脸向往地答应了。

回校的时间正赶上下班高峰，地铁上人很多，挤得宛忆初身形不稳、左摇右摆，言子辰便一只手撑于车厢内壁，另一只手把她圈于自己身下，替她隔绝开拥挤的人流。

他圈在她腰间的手似带有细微电流，宛忆初的肩膀不自觉地颤了颤，仰起脸看他，绵软羞涩的目光便落入他琥珀色的瞳仁里。

出了地铁，宛忆初的脸颊已是一片胭脂色。

她突然拉住言子辰，看着他，慢慢开口："1990年一群科学家开始做基因测序，直到1997年才破解百分之一的基因，按这个速度，要等七百年，世人才能看到完整的科研成果，而没有人能活到七百岁。在全世界的失望中，剩下百分之九十九的基因测序却只用了四年的时间，破解进程以幂次的速度增长着。所以，很多事情不能用常规的线形思维来衡量，需要用指数型的思维去思考，就像，我对你。"

红色的晚霞深浅灵动，将天空染出了动漫般的温柔，言子辰望着她，一眨不眨。

"听懂了吗？"宛忆初见他不开口，略微忐忑。

少年的目光温润澄净，未染凡尘，止不住的笑意如星光绽放。

他慢慢地俯下身，几乎抵上她额头，如耳语般的，轻缓开口："嗯，明白。"

她是在告诉他，我飞快地喜欢上了你。

两人极近的距离里，她红着脸笑，落在少年眼中，像装着整个夏天。

很多很多年前，也是这样的一个季节。

那时，命运的年轮将他带入无尽的深渊，那年他十九岁，奢望未来，却只能带着一身伤痕，沉眠于长日尽处。

是她给了他最坚定的信念。

今时，他依旧十九岁，站在冬日的尾端，是她，陪他抵御漫漫风雪。

他想到一个诗人的诗：你来人间一趟，你要看看太阳。

你就是我的太阳。

因为你，我始终愿意相信这个世界有光明，热爱终会在时光中不朽。

这是2009年，岁月还很长，他们的故事，刚刚开始。

图书在版编目（CIP）数据

繁星如你 / 言七著 . -- 成都 : 四川文艺出版社，
2020.5
ISBN 978-7-5411-5643-4

Ⅰ . ①繁… Ⅱ . ①言… Ⅲ . ①长篇小说—中国—当代
Ⅳ . ① I247.5

中国版本图书馆 CIP 数据核字 (2020) 第 040180 号

FANXING RUNI

繁星如你

言七 著

出 品 人	张庆宁
出版统筹	刘运东
特约策划	杨　洁
特约监制	王兰颖
责任编辑	陈雪媛
特约编辑	马春雪　苗玉佳
封面设计	苏　涛
责任校对	汪　平

出版发行　四川文艺出版社（成都市槐树街2号）
网　　址　www.scwys.com
电　　话　028-86259287（发行部）　　028-86259303（编辑部）
传　　真　028-86259306

邮购地址　成都市槐树街2号四川文艺出版社邮购部　610031
印　　刷　三河市海新印务有限公司
成品尺寸　145mm×210mm　　　　开　本　32开
印　　张　15.5　　　　　　　　　字　数　330千字
版　　次　2020年5月第一版　　　印　次　2020年5月第一次印刷
书　　号　ISBN 978-7-5411-5643-4
定　　价　49.80元（全二册）